Pittacus Lore ist das gemeinsame Pseudonym der beiden Schriftsteller James Frey (geboren 1969) und Jobie Hughes (1980). Mit der Lorien-Trilogie kamen die Autoren auf Platz 1 der New-York-Times- Bestsellerliste. Der erste Teil ›Number 4‹ wurde im Jahr 2009 von Produzent Michael Bay verfilmt.

Weitere Informationen zum Kinder- und Jugendbuchprogramm der S. Fischer Verlage, auch zu E-Book-Ausgaben, gibt es bei www.fischerverlage.de

PITTACUS
LORE

NUMBER 4

Aus dem Amerikanischen
von Irmela Bender

FISCHER Taschenbuch

Die Ereignisse in diesem Buch entsprechen der Wirklichkeit.
Namen und Orte wurden geändert, um die sechs Loriener zu schützen, die weiter im Verborgenen leben.
Betrachtet dies als erste Warnung.
Andere Zivilisationen existieren.

Einige von ihnen trachten danach, euch zu zerstören.

FSC www.fsc.org
MIX
Papier aus verantwortungsvollen Quellen
FSC® C083411

Erschienen bei FISCHER Kinder- und Jugendtaschenbuch
Frankfurt am Main, April 2015

Lizenzausgabe mit freundlicher Genehmigung
des Aufbau Verlags, Berlin
Die amerikanische Originalausgabe erschien 2010 unter dem Titel
›I am Number Four‹ bei HarperCollins Publishers, New York

Druck und Bindung: CPI books GmbH, Leck
Printed in Germany
ISBN 978-3-7335-0107-5

Die Tür beginnt zu vibrieren, ein windschiefes Ding aus Bambustrieben, mit abgerissenen Schnüren zusammengebunden. Das kaum wahrnehmbare Zittern hört gleich wieder auf. Wachsam heben sie die Köpfe – ein vierzehnjähriger Junge und ein fünfzigjähriger Mann, den jeder für seinen Vater hält, der aber nahe einem anderen Dschungel auf einem anderen Planeten, Hunderte von Lichtjahren entfernt, geboren wurde. Mit nackten Oberkörpern liegen sie in einer Hütte einander gegenüber, jeder unter einem Moskitonetz. Sie hören ein fernes Knacken, ähnlich dem Geräusch, das Tiere beim Brechen eines Astes verursachen. In diesem Fall klingt es allerdings, als wäre der ganze Baum umgestürzt.

»Was war das?«, fragt der Junge.

»Psst!«

Insekten sirren. Ansonsten absolute Stille. Der Mann schiebt die Beine über den Rand seines Feldbetts, als das Vibrieren wieder beginnt. Ein längeres, stärkeres Wackeln und wieder ein Knacken, diesmal näher. Der Mann atmet tief ein, während er langsam die Hand zum Riegel schiebt. Der Junge setzt sich auf.

»Nein«, flüstert der Mann, und in diesem Moment stößt ein Schwert, lang und glänzend, aus einem Weißmetall, das nirgendwo auf der Erde zu finden ist, durch die Tür und sinkt tief in die Brust des Mannes. Es dringt durch den Rücken, ragt fünfzehn Zentimeter hervor, bevor es schnell wieder herausgezogen wird. Der Mann stöhnt. Der Junge ringt nach Luft. Der Mann

macht einen letzten Atemzug und stößt nur ein Wort hervor: »Lauf!« Dann fällt er leblos zu Boden.

Der Junge springt von seinem Lager auf und stürzt durch die Rückwand. Er gibt sich nicht mit Tür oder Fenster ab, sondern läuft buchstäblich durch die Wand, die zerreißt wie Papier, obwohl sie aus kräftigem, hartem afrikanischem Mahagoni besteht.

Er rennt in die kongolesische Nacht, springt über Bäume, läuft mit einer Geschwindigkeit von etwa hundert Kilometern in der Stunde. Seine Sinne sind übermenschlich. Er weicht Baumgruppen aus, bricht durch ein Gewirr von Schlingpflanzen, springt mit nur einem Satz über Bäche. Schwere Schritte hinter ihm kommen mit jeder Sekunde näher. Auch seine Verfolger haben besondere Fähigkeiten. Und sie haben etwas bei sich, über das er nur Gerüchte gehört hat; etwas, das er nie auf der Erde zu sehen glaubte.

Das Krachen kommt näher. Der Junge hört ein tiefes, kräftiges Brüllen. Was auch immer hinter ihm ist, es wird schneller. Vor ihm öffnet sich der Dschungel, und eine gewaltige Schlucht tut sich auf, neunzig Meter breit und ebenso tief. Am Grund fließt ein Fluss. Am Ufer liegen riesige Felsblöcke; bei einem Sturz würde der Junge auf ihnen zerschellen. Die einzige Möglichkeit ist, die Schlucht zu überqueren. Es ist nur Platz für einen kurzen Anlauf. Eine einzige Chance, sein Leben zu retten. Selbst für ihn oder einen der anderen hier auf der Erde, die sind wie er, ist dieser Sprung fast unmöglich. Doch zurücklaufen, in den Abgrund fallen oder den Kampf wagen bedeutet den sicheren Tod. Es bleibt nur ein Ausweg.

Das Gebrüll hinter ihm ist ohrenbetäubend. Sie sind sechs, vielleicht neun Meter entfernt. Er läuft fünf Schritte zurück, rennt los – und direkt vor dem Rand springt er ab und fliegt über die Schlucht. Drei oder vier Sekunden lang ist er in der

Luft. Er schreit und streckt die Arme vor. Jetzt kommt die Sicherheit oder das Ende.

Dann schlägt er auf dem Boden auf und stolpert vorwärts bis zum Stamm eines Mammutbaums. Er lacht. Er kann nicht glauben, dass er es geschafft, dass er überlebt hat. Er will sie nicht sehen. Er weiß, dass er weiterlaufen muss, aber noch bleibt er stehen und wendet sich zum Dschungel.

Plötzlich legt sich eine riesige Hand um seine Kehle. Er wird vom Boden gehoben, wehrt sich, tritt, versucht davonzukommen, aber er weiß, dass es vergeblich ist. Es ist vorbei. Er hätte wissen sollen, dass sie auf beiden Seiten sein würden. Wenn sie ihn einmal gefunden hatten, war keine Flucht mehr möglich.

Der Mogadori hebt ihn hoch, sodass er ihm auf die Brust sehen und das Amulett erkennen kann, das nur er und seinesgleichen tragen können. Der Mogadori reißt es ab und steckt es irgendwo in seinen langen schwarzen Umhang. Als seine Hand wieder aus dem Umhang herauskommt, trägt sie ein Schwert aus glänzendem weißem Metall.

Der Junge blickt dem anderen in die tiefen, gefühllos schwarzen Augen und spricht: »Die Erben leben. Sie werden einander finden, und wenn sie bereit sind, werden sie euch zerstören.«

Der Mogadori lässt ein scheußliches, höhnisches Lachen hören. Dann hebt er das Schwert, die einzige Waffe im Universum, die den Zauber brechen kann, der den Jungen bis heute schützte – und der immer noch die anderen schützt.

Die Klinge flammt silbrig auf, als sie zum Himmel deutet, so als würde sie lebendig, würde ihre Aufgabe spüren und sich erwartungsvoll strecken. Und als sie fällt, ein Lichtschweif im Schwarz des Dschungels, glaubt der Junge immer noch, dass ein Teil von ihm überleben und nach Hause finden wird. Er schließt die Augen. Das Schwert stößt zu.

Und dann ist es vorbei.

1

Am Anfang waren wir zu neunt. Wir reisten ab, als wir jung waren, fast zu jung, um uns zu erinnern.

Fast.

Man erzählte mir, dass die Erde bebte, dass Licht und Explosionen den Himmel erleuchteten. Es war in diesen zwei Wochen im Jahr, in denen beide Monde sich am Horizont gegenüberstehen, eine Zeit zum Feiern, und die Explosionen wurden zunächst irrtümlich für Feuerwerk gehalten. Es war warm und eine sanfte Brise wehte vom Wasser herüber. Immer wieder berichtete man mir, wie das Wetter war: Es war warm. Ein leichter Wind wehte. Ich habe nie verstanden, warum das wichtig sein soll.

Am besten ist mir in Erinnerung geblieben, wie meine Großmutter an jenem Tag aussah. Sie war außer sich und zugleich traurig. Tränen schimmerten in ihren Augen. Mein Großvater stand direkt hinter ihr. Ich erinnere mich, wie sich in seinen Brillengläsern das Tageslicht sammelte. Es gab Umarmungen. Jeder von ihnen sagte etwas. Ich weiß nicht mehr, was. Nichts quält mich mehr als das.

Es dauerte ein Jahr, bis wir hier waren. Ich war fünf Jahre alt, als wir ankamen. Bis wir nach Lorien zurückkehren konnten, weil das Leben dort wieder möglich war, sollten wir uns an diese Zivilisation anpassen. Wir neun sollten uns verteilen, jeder seiner eigenen Wege gehen. Wie lange, wusste niemand. Und wir wissen es immer noch nicht. Keiner von den anderen hat Kenntnis darüber, wo ich bin, und ich weiß nicht, wo sie sich befinden oder wie sie jetzt aussehen. So schützen wir uns, denn der Zauber, mit dem wir belegt wurden, als wir abreisten – dieser Zauber garantiert, dass wir nur in der Reihenfolge unserer Nummern getötet werden können, solange wir getrennt bleiben. Wenn wir zusammenkommen, wird der Zauber gebrochen.

An unserem linken Knöchel bildete sich, nachdem der lorienische Zauber gesprochen worden war, eine kleine Narbe in Form des Amuletts, das jeder von uns trägt. Und wenn einer von uns entdeckt und getötet wird, zieht sich eine runde Narbe um den rechten Fußknöchel derer, die noch leben. Diese Male sind ein anderer Teil des Zaubers: ein Warnsystem, das uns informiert, wie es um die anderen bestellt ist, und auch darüber, wann sie den Nächsten von uns suchen werden.

Die erste Narbe erschien, als ich neun Jahre alt war. Wir lebten in Arizona, in einer kleinen Grenzstadt in der Nähe von Mexiko. Mitten in der Nacht wachte ich schreiend vor Schmerz auf und beobachtete völlig verängstigt, wie sich die Narbe in mein Fleisch brannte. Es war das erste Zeichen dafür, dass die Mogadori uns schließlich auf der Erde gefunden hatten – und gleichzeitig die erste Warnung, dass wir in Gefahr waren. Bis zu dem Zeitpunkt hatte ich mich fast schon selbst davon überzeugt, dass ich mir meine Erinnerungen eingebildet hatte, dass das, was Henri mir erzählt hatte, falsch war. Ich wollte ein normales Kind mit einem normalen Leben sein. Aber plötzlich waren alle Zweifel weggewischt und jede Diskussion überflüssig: Ich war kein normales Kind.

Am nächsten Tag zogen wir nach Minnesota.

Die zweite Narbe trat auf, als ich in Colorado in der Schule gerade an einem Buchstabierwettbewerb teilnahm. Sowie der Schmerz anfing, wusste ich, was passiert war, was mit Nummer Zwei geschehen war. Der Schmerz war entsetzlich, aber diesmal erträglich. Ich wäre sogar auf der Bühne der Aula sitzen geblieben, doch die Hitze setzte meine Socke in Brand. Der Lehrer, der den Wettbewerb leitete, besprühte mich mit einem Löschgerät und brachte mich schleunigst ins Krankenhaus. Der Arzt in der Notaufnahme fand die Feuernarbe und rief die Polizei. Als Henri kam, drohten sie, ihn wegen Kindesmisshandlung zu verhaften. Aber weil er überhaupt nicht in meiner Nähe gewesen war, als sich die zweite Narbe bildete, ließen sie ihn gehen. Wir stiegen in den Wagen und fuhren davon, diesmal nach Maine. Alles, was wir besaßen, ließen wir zurück – außer dem lorienischen Kasten, den Henri bei jedem Umzug mitnahm. Bei allen einundzwanzig Umzügen bis heute.

Die dritte Narbe kam vor einer Stunde. Ich saß gerade in einem Pontonboot, das den Eltern des beliebtesten Jungen meiner Schule gehörte; er feierte darauf eine Party, von der sie nichts wussten. Noch nie zuvor war ich zu den Partys meiner Mitschüler eingeladen worden. Ich war immer für mich geblieben, weil ich wusste, dass wir jede Minute abreisen könnten. Aber zwei Jahre lang war es ruhig gewesen. Henri hatte in den Nachrichten nichts gefunden, was die Mogadori hätte zu einem von uns führen oder auf uns aufmerksam machen können. Also hatte ich mir ein paar Freunde gesucht. Und einer von ihnen machte mich mit dem Typ bekannt, der die Party organisierte. Alle trafen sich auf einem Dock. Drei Kühlboxen, Musik und Mädchen waren dabei – Mädchen, die ich von Weitem bewunderte, mich aber bisher nie getraut hatte anzusprechen.

Wir fuhren aus dem Dock und eine halbe Meile weit in den Golf von Mexiko hinein. Ich saß auf dem Rand des Pontons, ließ die Füße ins Wasser hängen und sprach gerade mit einem süßen, dunkelhaarigen Mädchen mit blauen Augen namens Tara, als ich es kommen spürte. Das Wasser um mein Bein begann zu kochen und Fuß und Wade leuchteten, als die Narbe sich ins Fleisch grub. Das dritte Loriensymbol, die dritte Warnung. Tara schrie und die anderen Kids drängten sich um mich. Ich wusste, dass ich es nicht erklären konnte. Und ich wusste, wir würden sofort abreisen müssen.

Jetzt stand mehr auf dem Spiel. Sie hatten Nummer Drei aufgesucht, wo immer er oder sie auch gewesen war, und Nummer Drei war tot. Ich beruhigte Tara, küsste sie scheu auf die Wange und sagte ihr, es sei schön gewesen, sie kennenzulernen, und dass ich hoffte, sie hätte ein langes, wunderbares Leben. Dann machte ich einen Kopfsprung vom Bootsrand und schwamm, so schnell ich konnte, die gesamte Strecke bis zum Ufer unter Wasser, bis auf einen einzigen Atemzug etwa auf halbem Weg. Dann rannte ich den Highway entlang, immer versteckt innerhalb der Baumlinie, mit der gleichen Geschwindigkeit wie die Autos neben mir.

Als ich nach Hause kam, saß Henri vor den Monitoren und Internetprogrammen, mit denen er Nachrichten aus aller Welt und die Polizeiaktivitäten in unserer Gegend recherchierte. Bevor ich auch nur ein Wort sagte, wusste er Bescheid; er zog dennoch kurz meine nasse Hose hoch, um die Narben zu sehen.

◆◆◆

Neun von uns sind entkommen.
Drei sind schon tot.
Sechs von uns sind noch übrig.
Sie verfolgen uns, bis sie alle getötet haben.
Ich bin Nummer Vier.
Ich weiß, dass ich der Nächste bin.

2

Ich stehe mitten in der Auffahrt und starre zu dem Haus hinauf. Es ist in einem hellen Zuckerguss-Pink angemalt und steht auf Holzpfählen ungefähr dreißig Zentimeter über dem Boden. Davor wiegt sich eine Palme im Wind. Hinter dem Haus erstreckt sich ein Pier achtzehn Meter weit in den Golf von Mexiko. Wenn das Haus eine Meile weiter südlich stünde, wäre der Pier mitten im Atlantik.

Henri kommt aus dem Haus. Er trägt die letzte der Kisten, von denen einige nach unserem letzten Umzug gar nicht ausgepackt worden waren. Er schließt die Tür ab und wirft die Schlüssel in den Briefkasten daneben. Es ist zwei Uhr früh. Henri trägt Khakishorts und ein schwarzes Polohemd. Er ist braun gebrannt, sein unrasiertes Gesicht sieht niedergeschlagen aus. Auch ihm fällt der Abschied schwer. Er stellt die letzten Kisten hinten in den Truck zu unseren anderen Sachen.

»Das wär's«, sagt er.

Ich nicke. Wir stehen da, schauen zum Haus hinauf und lauschen dem Wind in den Palmwedeln. Ich habe eine Tüte Sellerie in der Hand. »Dieses Haus wird mir fehlen, die Umgebung auch«, sage ich. »Noch mehr als die Orte davor.«

»Mir auch.«

»Zeit fürs Feuer?«

»Ja. Willst du oder soll ich?«

»Ich mache es.«

Henri wirft seine Brieftasche auf den Boden. Ich tue es ihm

nach. Er geht zum Wagen, kommt zurück mit Pässen, Geburtsurkunden, Versicherungskarten, Scheckbüchern, Kredit- und Bankkarten und schmeißt alles auf den Boden. Alle Dokumente, alles, was mit unserer Identität hier zusammenhängt, ist gefälscht und nachgemacht. Ich hole aus dem Wagen einen kleinen Benzinkanister, den wir für Notfälle mitführen, und schütte das Benzin über den kleinen Haufen. Mein gegenwärtiger Name ist Daniel Jones, ich bin in Kalifornien aufgewachsen, der Job meines Vaters als Computerprogrammierer hat uns hierhergebracht. Daniel Jones verschwindet genau in diesem Augenblick. Ich zünde ein Streichholz an, lasse es fallen, das Häuflein brennt. Wieder wird eins meiner Leben ausgelöscht. Wie immer bleiben Henri und ich stehen und blicken ins Feuer. Tschüss, Daniel, war nett, dich zu kennen.

Als das Feuer erlischt, blickt Henri mich an. »Wir müssen gehen.«

»Ich weiß.«

»Diese Inseln waren nie sicher. Es ist zu schwierig, schnell wegzukommen, zu fliehen. Es war dumm von uns, hierherzukommen.«

Ich nicke. Er hat recht, ich weiß es. Aber es fällt mir immer noch schwer, zu gehen. Wir waren hergekommen, weil ich es mir gewünscht hatte; zum ersten Mal hatte Henri mich entscheiden lassen, wohin wir zogen. Neun Monate haben wir hier gelebt – die längste Zeit an einem Ort, seit wir Lorien verlassen haben. Die Sonne, die Wärme wird mir fehlen. Der Gecko, der mich jeden Morgen von der Wand aus beim Frühstück beobachtete. Obwohl es buchstäblich Millionen Geckos in Südflorida gibt, schwöre ich, dass dieser mir zur Schule folgte und überall zu sein schien, wo ich war. Ich werde die Gewitter vermissen, die aus dem Nichts kommen, die Stille in den frühen Morgenstunden, bevor die Seeschwalben fliegen. Die Delphine, die manchmal zum Fressen in Strandnähe kommen, wenn die Sonne untergeht. Sogar der Schwefelgeruch von den modernden Seealgen unten am Ufer, wie er ins Haus kriecht und nachts in unsere Träume dringt.

»Werde deinen Sellerie los, ich warte im Truck«, sagt Henri. »Es wird Zeit.«

In einem Baumdickicht rechts vom Truck warten schon drei Key-West-Rehe. Ich leere die Sellerietüte vor ihren Hufen aus, krieche vorsichtig an sie heran und streichle eins nach dem anderen. Das erlauben sie mir, sie sind längst nicht mehr so ängstlich. Eins hebt den Kopf und sieht mich mit seinen dunklen, glänzenden Augen an. Es ist fast, als würde sein Blick mich durchdringen, ein Schauder läuft mir über den Rücken. Dann senkt es den Kopf und frisst weiter.

»Macht's gut, ihr kleinen Freunde«, verabschiede ich mich, dann gehe ich zum Wagen und klettere auf den Beifahrersitz.

Wir beobachten in den Seitenspiegeln, wie das Haus kleiner wird, bis Henri auf die Hauptstraße biegt und es ganz aus unserem Blickfeld verschwindet. Es ist Samstag. Wie wohl die Party ohne mich weitergegangen ist? Was erzählen sie sich über die Art, wie ich verschwunden bin, was werden sie am Montag sagen, wenn ich nicht in die Schule komme? Ich wollte, ich hätte mich verabschiedet. Ich werde keinen, den ich hier gekannt habe, je wiedersehen, nie wieder mit einem von ihnen sprechen. Und sie werden nie erfahren, wer ich bin und warum ich gegangen bin. Nach ein paar Monaten, vielleicht schon nach ein paar Wochen wird vermutlich keiner mehr an mich denken.

Bevor wir zum Highway kommen, hält Henri zum Tanken. Ich blättere inzwischen in dem Atlas, den er neben dem Sitz aufbewahrt. Den Atlas haben wir seit unserer Ankunft auf diesem Planeten. Darin sind Linien zu und von jedem Ort gezogen, an dem wir gelebt haben. Inzwischen kreuzen die Linien durch die gesamten Vereinigten Staaten. Wir wissen, dass wir den Atlas loswerden sollten, aber er ist wirklich der einzige Nachweis unseres gemeinsamen Lebens. Normale Menschen haben Fotos, Videos, Tagebücher – wir haben den Atlas. Jetzt sehe ich, dass Henri eine neue Linie von Florida nach Ohio gezogen hat. Bis jetzt haben wir in einundzwanzig Staaten gewohnt, aber noch nie in Ohio. Wenn ich es mir vorstelle, denke ich an Kühe, Mais und nette Leute. Auf dem Autonummerschild von Ohio steht: **THE HEART OF IT ALL**. Was **ALL** sein soll, weiß ich nicht, aber wahrscheinlich werde ich es herausbekommen.

Henri kommt zurück. Er hat zwei Flaschen Limonade und eine Tüte Chips gekauft. Jetzt fährt er los, dem Highway One entgegen, der uns nach Norden bringt. Er greift nach dem Atlas.

»Glaubst du, es gibt Menschen in Ohio?«

Er lacht. »Ein paar wahrscheinlich schon. Und vielleicht haben wir Glück und entdecken dort sogar Autos und einen Fernseher.«

Ich nicke. Vielleicht wird es nicht so schlimm, wie ich glaube. »Was hältst du von dem Namen John Smith?«

»Willst du so heißen?«

»Ich glaube schon.« Ich war noch nie ein John oder ein Smith.

»Einen weiter verbreiteten Namen gibt es kaum. Ich würde sagen: Nett, Sie kennenzulernen, Mr. Smith.«

Ich lache. »Ja, ich glaube, John Smith gefällt mir.«

»Wenn wir halten, mache ich deine Dokumente fertig.«

Nach einer Meile sind wir von der Insel runter und überqueren eine Brücke. Unter uns fließt das Wasser, es ist ruhig, das Mondlicht schimmert auf den kleinen Wellen und malt ihnen weiße Tupfen auf die Kronen. Rechts ist das Meer, links der Golf; eigentlich ist es dasselbe Wasser, aber es trägt verschiedene Namen. Ich würde gern weinen, verkneife es mir aber. Natürlich bin ich traurig, weil ich Florida verlassen muss, aber vor allem habe ich es satt, davonzulaufen, mir alle sechs Monate einen neuen Namen zuzulegen. Ich habe genug von neuen Häusern und neuen Schulen. Ob wir damit jemals werden aufhören können?

3

Wir halten, tanken und besorgen uns Snacks und neue Telefone. In einem Truck Stop essen wir Hackbraten mit Makkaroni und Käse – eines der wenigen Gerichte, die Henri für besser hält als das, was es auf Lorien gab. Dann macht er auf seinem Laptop Dokumente mit unseren neuen Namen fertig. Er wird sie ausdrucken, sobald wir angekommen sind, und jeder wird glauben, dass wir die Personen sind, deren Namen da stehen.

»Bleibst du bei John Smith?«, fragt Henri.

»Ja.«

»Geboren bist du in Tuscaloosa, Alabama.«

Das finde ich lustig. »Wie bist du denn darauf gekommen?«

Er lacht und deutet auf zwei Frauen, die nicht weit von uns sitzen. Beiden scheint es heiß zu sein. Eine trägt ein T-Shirt, auf dem steht: **WE DO IT BETTER IN TUSCALOOSA**.

»Und dahin ziehen wir dann danach«, sagt er.

»Auch wenn es verrückt klingt – ich hoffe, wir bleiben lange in Ohio.«

»Aber wirklich. Gefällt dir der Gedanke, in Ohio zu leben?«

»Mir gefällt der Gedanke, ein paar Freunde zu finden, mehr als ein paar Monate in dieselbe Schule zu gehen, vielleicht tatsächlich ein Leben wie alle anderen zu führen. In Florida habe ich damit angefangen. Es war toll, und zum ersten Mal seit wir auf der Erde sind, habe ich mich fast normal gefühlt. Ich möchte irgendwo einen Ort finden und irgendwo bleiben.«

Henri schaut mich nachdenklich an. »Hast du heute schon nach deinen Narben gesehen?«

»Nein, warum?«

»Weil es hier nicht um dich geht. Es geht um das Überleben unserer Rasse, die fast ganz ausgelöscht wurde, und darum, dich am Leben zu halten. Jedes Mal, wenn einer von euch stirbt – einer von der Garde –, verringern sich unsere Chancen. Du bist Nummer Vier, du bist der Nächste. Dich verfolgt eine komplette Rasse heimtückischer Mörder. Beim ersten Anzeichen von Schwierigkeiten gehen wir fort, und darüber werde ich nicht mit dir diskutieren.«

Henri fährt die gesamte Strecke. Bis auf ein paar Pausen, vorwiegend für die Herstellung der neuen Dokumente, sind das etwa dreißig Stunden. Ich schlafe fast die ganze Zeit oder spiele Videospiele. Wegen meiner schnellen Reflexe beherrsche ich die meisten Games rasch. Dabei stelle ich mir vor, ich bin wieder auf Lorien und kämpfe gegen Mogadori, schlage sie nieder, mache Asche aus ihnen. Henri findet das albern und versucht mich davon abzuhalten. Er sagt, wir müssen in der wirklichen Welt leben, wo Krieg und Tod Realität sind, wir sollen nicht so tun, als ob. Nachdem ich mein letztes Spiel beendet habe, blicke ich auf. Ich habe es satt, im Truck zu sitzen. Die Anzeige auf dem Armaturenbrett zeigt sieben Uhr achtundfünfzig.

Ich gähne und reibe mir die Augen. »Ist es noch weit?«

»Wir sind fast da«, antwortet Henri.

Draußen ist es noch dunkel, doch im Westen zeigt sich schon ein heller Schein. Wir fahren an Farmen mit Pferden und Vieh vorbei, dann an kahlen Feldern; dahinter stehen Bäume, so weit das Auge reicht. Das ist genau das, was Henri wollte – ein ruhiger Ort, wo man unauffällig leben kann. Einmal in der Woche recherchiert Henri im Internet sechs, sieben, acht Stunden hintereinander und aktualisiert eine Liste mit leer stehenden Häusern im ganzen Land, die seinen Ansprüchen genügen: abgeschieden, ländlich, sofort zu beziehen. Er hat mir gesagt, dass vier Versuche nötig waren – ein Anruf in South Dakota, einer in New Mexico, einer in Arkansas –, bis er das Haus mieten konnte, in dem wir jetzt wohnen werden.

Ein paar Minuten später sehen wir verstreute Lichter, die auf eine Stadt hinweisen, und fahren an einem Schild vorbei mit der Aufschrift:

WILLKOMMEN IN PARADISE, OHIO
5243 EINWOHNER

»Wahnsinn«, sage ich. »Das Nest ist noch kleiner als das, in dem wir in Montana gewohnt haben.«

Henri grinst. »Und für wen, glaubst du, ist es ein Paradies?«

»Für Kühe vielleicht? Vogelscheuchen?«

Wir fahren an einer alten Tankstelle vorbei, einer Autowaschanlage, einem Friedhof. Dann kommen die Häuser; Holzhäuser, die etwa hundert Meter auseinander stehen. Die meisten Fenster sind für Halloween dekoriert. Ein Fußweg durchschneidet kleine Höfe vor den Haustüren. Im Zentrum des Ortes gibt es einen Kreisverkehr, und in dessen Mitte steht eine Statue, die einen Reiter mit einem Schwert in der Hand darstellt.

Henri hält kurz an. Wir betrachten beide den Reiter, dann müssen wir lachen – allerdings nur, weil wir hoffen, dass sich kein anderes Wesen mit einem Schwert hier blicken lässt. Henri fährt in den Kreisverkehr, dann sagt uns das Navi, dass wir abbiegen müssen. Jetzt fahren wir nach Westen, aus dem Städtchen hinaus.

Nach vier Meilen biegen wir links in einen Kiesweg, dann

geht es an gemähten Feldern vorbei, auf denen im Sommer wahrscheinlich Mais oder Korn wächst, danach etwa eine Meile durch einen dichten Wald. Und dann finden wir, hinter überwachsener Vegetation versteckt, einen verrosteten, silbrigen Briefkasten mit schwarzer Schrift auf der Seite: *17 Old Mill Road*.

»Das nächste Haus ist zwei Meilen entfernt«, sagt Henri beim Einbiegen. Unkraut wächst in der Kiesauffahrt voller Schlaglöcher, in denen gelbbraunes Wasser steht.

»Wem gehört der Wagen?« Ich deute auf den schwarzen SUV, hinter dem Henri gerade geparkt hat.

»Wahrscheinlich der Immobilienmaklerin.«

Das Haus, umgeben von hohen Bäumen, wirkt im Dunkeln gespenstisch, so als wäre sein letzter Bewohner fortgejagt, vertrieben worden oder weggelaufen. Ich steige aus dem Truck. Der Motor klopft und ich spüre seine Hitze. Ich schnappe mir meine Tasche von hinten.

»Na, was sagst du?«, fragt Henri.

Das Haus ist einstöckig. Holzkonstruktion. Die weiße Farbe ist zum großen Teil abgeblättert, ein Vorderfenster zerbrochen. Die schwarzen Schindeln auf dem Dach sehen verzogen und brüchig aus. Drei Holzstufen führen zu einer kleinen Veranda mit wackligen Stühlen. Der Hof ist langgestreckt und verwahrlost. Seit das Gras zum letzten Mal gemäht wurde, muss sehr viel Zeit vergangen sein.

»Es sieht aus wie ein Paradies«, sage ich.

Als wir zur Tür gehen, wird sie bereits von einer gut gekleideten Blondine in Henris Alter von innen geöffnet. Sie hält ein Clipboard und einen Schnellhefter in der Hand, ein Smartphone ist an ihrem Rockbund befestigt.

Sie lächelt. »Mr. Smith?«

»Ja«, bestätigt Henri.

»Ich bin Annie Hart von *Paradise Reality*. Wir haben miteinander telefoniert. Ich habe vorhin versucht, Sie zu erreichen, aber Ihr Handy ist offenbar ausgeschaltet.«

»Ja, leider hat der Akku auf der Fahrt hierher versagt.«

»Oh, ich hasse es, wenn mir das passiert.« Sie kommt auf uns zu und schüttelt Henri die Hand. Dann fragt sie mich nach meinem Namen und ich kann mich gerade noch zügeln, einfach nur »Vier« zu sagen. Während Henri den Mietvertrag unterschreibt, erkundigt sie sich nach meinem Alter und erzählt, dass ihre etwa gleichaltrige Tochter auf die örtliche Highschool gehe. Sie ist sehr freundlich und entgegenkommend, offensichtlich plaudert sie gern. Zu dritt gehen wir ins Haus.

Drinnen sind die meisten Möbel mit weißen Laken verhüllt. Auf den unbedeckten liegt zentimeterdick Staub, dazwischen tote Insekten. Die Jalousien in den Fenstern sehen brüchig aus, die Wände sind mit billigem Sperrholz getäfelt. Es gibt zwei Schlafzimmer, eine ziemlich kleine Küche mit lindgrünem Linoleumboden und ein Bad. Das Wohnzimmer ist ein großes Rechteck auf der Vorderseite des Hauses mit einem Kamin in der hintersten Ecke. Ich werfe meine Tasche auf das Bett im kleineren Schlafzimmer, in dem ein riesiges ausgeblichenes Poster von einem Footballspieler hängt; sein Trikot ist in einem grellen Orange. *Bernie Kosar, Quarterback, Cleveland Browns* steht darunter.

»Komm, verabschiede dich von Mrs. Hart!«, ruft Henri aus dem Wohnzimmer.

Mrs. Hart steht mit ihm an der Tür. Sie sagt, ich solle mich in der Schule nach ihrer Tochter umschauen, vielleicht könnten wir Freunde werden. Ich lächle und antworte: »Ja, das wäre nett.«

Sofort nachdem sie gegangen ist, entladen wir den Truck. Je nachdem, wie schnell wir einen Ort verlassen müssen, reisen wir entweder sehr leicht – also nur mit den Sachen, die wir anhaben, Henris Laptop und dem kunstvoll geschnitzten lorienischen Kasten, den wir überallhin mitnehmen – oder bringen ein paar Dinge mit, meistens Henris andere Computer plus Zubehör; alles, was er für Sicherheitsmaßnahmen und Internetrecherche nach Informationen und Ereignissen, die mit uns zusammenhängen könnten, benötigt. Diesmal haben wir den Kasten dabei, die beiden Hochleistungscomputer, vier Fernsehmonitore und vier Kameras. Auch einiges zum Anziehen ist eingepackt, obwohl nicht viele der Klamotten aus Florida für Ohio geeignet sind. Henri trägt den Kasten in sein Zimmer, danach schleppen wir alle Geräte in den Keller, wo er sie aufstellen wird und kein Besucher sie entdecken kann. Sowie alles im Haus ist, baut er die Kameras auf und schaltet die Monitore ein.

»Vor morgen früh haben wir hier kein Internet. Aber wenn du morgen in die Schule gehen willst, kann ich dir deine neuen Dokumente ausdrucken.«

»Muss ich dir beim Putzen und Einrichten helfen, wenn ich hierbleibe?«

»Ja.«

»Klar, ich gehe in die Schule«, sage ich.

»Dann leg dich lieber rechtzeitig schlafen.«

4

Eine andere Identität, eine andere Schule. Ich habe den Überblick darüber verloren, wie viele es im Laufe der Jahre gewesen sind. Fünfzehn? Zwanzig? Immer eine kleine Stadt, eine kleine Schule, immer die gleiche Routine. Neue Schüler fallen auf. Manchmal zweifele ich an unserer Strategie, ausschließlich in Kleinstädten zu wohnen, weil es schwierig, fast unmöglich ist, dort unbemerkt zu bleiben. Aber ich kenne Henris Grund: Genauso wie für uns ist es auch für *sie* unmöglich, unbemerkt zu bleiben.

Am nächsten Morgen fährt Henri mich zur Schule, die drei Meilen von unserem Haus entfernt ist. Sie ist kleiner als die meisten anderen, in denen ich war, und ziemlich unscheinbar, einstöckig, lang und niedrig. Ein Wandbild von einem Piraten mit einem Messer zwischen den Zähnen bedeckt die Außenwand neben dem Vordereingang.

»Du bist also jetzt ein Seeräuber?«, fragt Henri neben mir lakonisch.

»Sieht so aus.«

»Du weißt, wie du dich zu verhalten hast.«

»Das ist nicht mein erstes gekapertes Schiff.«

»Lass sie nicht deine Intelligenz spüren. Das nimmt sie gegen dich ein.«

»Nicht im Traum.«

»Bleib unauffällig, zieh keine Aufmerksamkeit auf dich.«

»Wie eine Fliege an der Wand«, verspreche ich.

»Und kränke niemanden. Du bist viel stärker als alle anderen.«

»Ich weiß.«

»Das Wichtigste: sei bereit, jederzeit abzuhauen. Was hast du in deinem Rucksack?«

»Trockenobst und Nüsse für fünf Tage. Extrasocken und Thermounterwäsche. Regenjacke. Ein tragbares Navi. Ein Messer, als Füller getarnt.«

»Das musst du immer bei dir behalten.« Henri holt tief Luft. »Und achte auf Zeichen. Dein Erbe kann jeden Tag zum Vorschein kommen. Verbirg es unter allen Umständen und ruf mich sofort an.«

»Ich weiß, Henri.«

»Jeden Tag, John«, wiederholt er. »Wenn deine Finger zu verschwinden scheinen, wenn du schwebst oder heftig zitterst, wenn du die Muskelbeherrschung verlierst oder Stimmen hörst, obwohl niemand redet – irgendetwas, dann rufst du mich an.«

Ich klopfe auf meine Tasche. »Da ist mein Handy.«

»Ich werde hier nach der Schule auf dich warten. Viel Glück da drin, Kleiner!«

Ich lächle ihm zu. Heute ist er fünfzig. Als wir ankamen, war er vierzig. Sein Alter machte die Umstellung schwieriger. Er spricht immer noch mit einem starken lorienischen Akzent, der oft für Französisch gehalten wird. Am Anfang war das ein gutes Alibi, er nannte sich also Henri und ist seither dabei geblieben. Nur den Nachnamen wechselt er, damit er zu meinem passt.

»Dann gehe ich jetzt mal und mische den Laden auf«, sage ich.

»Mach's gut.«

Wie bei den meisten Highschools hängen jede Menge Schüler davor herum, ordentlich in Gruppen aufgeteilt: die Sportfanatiker und die Cheerleader, die Bandmusiker mit ihren Instrumenten, die schlauen Köpfe mit ihren Brillen, Büchern und Handys, die Kiffer mit Abstand an der Seite, ohne die anderen wahrzunehmen. Ein Junge, schlaksig, dicke Brillengläser, steht allein. Er trägt ein schwarzes NASA-T-Shirt und Jeans, mehr als fünfzig Kilo kann er nicht wiegen. Durch ein Fernrohr betrachtet er den Himmel, der fast ganz von Wolken bedeckt ist.

Dann fällt mir ein Mädchen auf, das Fotos macht und sich dabei locker eine Gruppe nach der anderen vornimmt. Es ist unglaublich schön mit glatten blonden Haaren bis über die Schultern, elfenbeinfarbener Haut, hohen Wangenknochen und sanften blauen Augen. Alle scheinen es zu kennen und begrüßen es mit großem Hallo, niemand hat etwas dagegen, von ihm fotografiert zu werden.

Das Mädchen bemerkt mich, lacht und winkt. Warum bloß? Ich drehe mich um, vielleicht steht jemand hinter mir. Zwei Kids reden über ihre Hausaufgaben, aber sonst ist da niemand. Die Fotografin kommt lächelnd auf mich zu. Noch nie habe ich ein Mädchen getroffen, das so unfassbar gut aussieht, schon gar nicht mit ihm geredet, und ganz bestimmt hat mir noch keines gewunken und mich angelacht, als wären wir befreundet. Augenblicklich bin ich nervös und werde rot. Aber auch das mir anerzogene Misstrauen steigt in mir hoch.

Als die Fotografin näher kommt, hebt sie die Kamera und fängt an, Bilder zu machen. Ich hebe die Hände vors Gesicht. Sie senkt die Kamera und lächelt wieder. »Sei doch nicht so schüchtern.«

»Bin ich nicht. Ich will nur deine Linse schützen. Mein Gesicht könnte sie zerbrechen.«

Sie grinst. »Mit dieser Grimasse vielleicht. Versuch zu lächeln.«

Ich ziehe die Mundwinkel ein bisschen nach oben. Ich bin so

nervös, gleich werde ich explodieren! Ich spüre, wie mein Hals brennt und meine Hände warm werden.

»Das ist kein richtiges Lächeln. Zum Lächeln gehört, dass du die Zähne zeigst.«

Ich grinse breit und sie macht Aufnahmen. Für gewöhnlich lasse ich keine Fotos von mir zu. Wenn sie im Internet oder in einer Zeitung auftauchten, wäre es viel einfacher, mich zu finden. Zweimal ist das vorgekommen, und Henri war rasend wütend, besorgte sich die Fotos und vernichtete sie. Wenn er wüsste, was ich gerade hier tue, bekäme ich riesigen Ärger. Aber ich kann nicht anders – dieses Mädchen ist so verdammt hübsch und charmant. Während sie mich fotografiert, kommt ein Hund zu mir gelaufen, ein Beagle mit hellbraunen Schlappohren, weißen Beinen, weißer Brust und einem schwarzen Körper. Er ist mager und schmutzig, vielleicht ein Streuner. Der Beagle reibt sich an meinem Bein und versucht jaulend, auf sich aufmerksam zu machen. Das Mädchen findet ihn offenbar süß und lässt mich hinknien, damit es mich mit dem Hund fotografieren kann. Allerdings weicht der Hund zurück, sobald die Fotografin ihre Kamera hebt. Bei jedem Versuch entfernt er sich weiter. Schließlich gibt das Mädchen auf und macht noch ein paar Fotos von mir. Der Hund sitzt mittlerweile etwa hundert Meter von uns entfernt im Gras und schaut zu.

»Kennst du diesen Hund?«, fragt die Fotografin.

»Noch nie gesehen.«

Sie streckt die Hand aus. »Ich bin Sarah Hart. Meine Mutter ist eure Immobilienmaklerin. Sie hat mir erzählt, dass du vielleicht heute in die Schule kommst; ich sollte mich nach dir umschauen. Du bist der einzige Neue heute.«

Ich lache. »Ja, deine Mutter habe ich schon kennengelernt. Sie war nett.«

»Gibst du mir die Hand?« Ihre ist immer noch ausgestreckt.

Ich lache, greife danach – und es ist buchstäblich eines der besten Gefühle, die ich je hatte.

»Donnerwetter«, sagt sie.

»Was?«

»Deine Hand ist heiß. Wirklich heiß, als hättest du Fieber.«

»Das glaube ich nicht.«

Sie lässt los. »Vielleicht bist du nur warmblütig.«

»Ja, vielleicht.«

Es läutet in der Ferne und Sarah erklärt mir, dies sei das Warnklingeln: Wir haben noch fünf Minuten, um ins Klassenzimmer zu kommen. Wir verabschieden uns. Während ich ihr noch hinterhersehe, trifft mich etwas am Ellbogen. Eine Gruppe Footballspieler, alle in diesen Jacken mit den Initialen der Schule, die nur ausgezeichnete Sportler bekommen, rennen an mir vorbei. Einer von ihnen funkelt mich wütend an, er hat mich im Vorbeilaufen mit seinem Rucksack angerempelt. Ich bezweifle, dass es Zufall war, und folge ihnen. Ich weiß, dass ich nichts tun werde, auch wenn ich könnte. Aber ich mag solche Schlägertypen einfach nicht.

Plötzlich marschiert der Junge mit dem NASA-T-Shirt neben mir her. »Ich weiß, du bist neu, also bringe ich dich erst mal auf einen aktuellen Wissensstand.«

»Worüber?«

»Das ist Mark James. Er gilt hier in der Gegend als große Nummer. Sein Dad ist der Sheriff und er der Star der Football-Mannschaft. Sarah ist mit ihm ausgegangen, als sie noch Cheerleader war. Aber sie hat das Rumgehüpfe aufgegeben und gleichzeitig mit Mark Schluss gemacht. Das hat er nicht verkraftet. Mit ihm würde ich mich nicht anlegen, wenn ich du wäre.«

»Danke.«

Der Junge läuft davon. Ich mache mich auf den Weg zum Büro des Direktors, damit ich mich für die Fächer eintragen und richtig aufgenommen werden kann. Vorher schaue ich mich noch mal nach dem Hund um. Er sitzt noch auf demselben Fleck und beobachtet mich.

◆◆◆

Der Direktor, Mr. Harris, ist dick und fast kahl – bis auf ein paar lange Strähnen hinten und an den Seiten seines Kopfes. Sein Bauch hängt über den Gürtel. Er hat kleine Knopfaugen, die zu eng beieinander stehen. Als er mich über den Schreibtisch hinweg angrinst, scheint sein Lächeln seine Augen zu verschlucken.

»Du bist also ein Sophomore aus Santa Fe?«, fragt er.

Ich nicke und bejahe, obwohl wir nie in Santa Fe geschweige denn überhaupt in New Mexico waren. Eine einfache Lüge, um mir Nachforschungen zu ersparen. Na, zumindest stimmt es, dass ich im zweiten Jahr der Highschool bin.

»Das erklärt die Bräune. Und was führt euch nach Ohio?«

»Der Beruf meines Vaters.«

Henri ist nicht mein Vater, aber ich behaupte das immer, um Argwohn zu zerstreuen. In Wahrheit ist er mein Wächter oder – was auf der Erde besser verstanden wird – mein Vormund.

Auf Lorien gab es zwei Arten von Bürgern. Einmal sind da die Träger des Erbes mit höchst verschiedenartigen Fähigkeiten wie Unsichtbarkeit oder Gedankenlesen bis hin zum Fliegen oder der geschickten Anwendung der Naturgewalten. Diese Träger des Erbes werden Garde genannt, die anderen heißen Cêpan oder Wächter. Ich bin ein Angehöriger der Garde, Henri ist mein Cêpan. Jeder Gardist bekommt in sehr jungen Jahren einen Cêpan zugeteilt. Sie helfen uns, die Geschichte unseres Planeten zu verstehen und unsere Fähigkeiten zu entwickeln. Cêpan und Garde – eine Gruppe betreibt und verwaltet den Planeten, die andere Gruppe verteidigt ihn.

Mr. Harris nickt. »Und was ist dein Vater von Beruf?«

»Schriftsteller. Er wollte in einer kleinen, ruhigen Stadt leben, um sein gegenwärtiges Projekt zu beenden.« Das ist unsere Standardgeschichte.

Mr. Harris nickt wieder und kneift die Augen zusammen. »Du scheinst ein kräftiger junger Mann zu sein. Hast du vor, hier Sport zu treiben?«

»Ich wollte, ich könnte es. Aber ich habe Asthma.« Meine übliche Ausrede zur Vermeidung von Situationen, die meine Stärke und Schnelligkeit verraten könnten.

»Tut mir leid, das zu hören. Wir suchen immer gute Athleten für das Footballteam.« Mr. Harris' Blick wandert zum Regal an der Wand, auf dem ganz oben ein Pokal mit dem eingravierten Datum des vergangenen Jahres steht. »Wir haben den Juniorpokal gewonnen!«, erklärt er strahlend vor Stolz.

Aus einem Aktenschrank neben seinem Schreibtisch nimmt er zwei Blatt Papier für mich. Das erste ist mein Stundenplan mit ein paar noch offenen Rubriken, das zweite eine Liste der verfügbaren Wahlfächer. Ich suche aus, trage sie ein und gebe alles zurück. Dann hält er mir einen gefühlt stundenlangen einführenden Vortrag, in dem er jede Seite des Schülerhandbuchs mit peinlichster Genauigkeit erklärt. Es läutet einmal, dann noch einmal. Schließlich ist er fertig und will wissen, ob ich noch Fragen habe. Nein, keine Fragen.

»Ausgezeichnet. Jetzt läuft noch die Hälfte der zweiten Stunde, und du hast Astronomie bei Mrs. Burton gewählt. Sie ist eine großartige Lehrerin, eine unserer besten. Sie ist sogar schon einmal vom Staat ausgezeichnet worden; der Gouverneur hat die Urkunde selbst unterschrieben!«

»Großartig«, sage ich.

Nachdem sich Mr. Harris aus seinem Stuhl gekämpft hat, gehen wir aus seinem Büro durch den Gang. Seine Schuhe klappern auf dem frisch gewachsten Boden. Die Luft riecht nach Farbe und Reinigungsmittel. Spinde säumen die Wände, viele von ihnen tragen Banner für das Footballteam. Mehr als zwanzig Klassenzimmer können nicht im Gebäude sein. Ich zähle sie im Vorbeigehen.

»Da sind wir.« Mr. Harris streckt die Hand aus, ich schüttle sie. »Wir sind froh, dich hier zu haben. Ich betrachte uns gern als eine eng verbundene Familie. Ich freue mich, dich darin begrüßen zu können.«

»Danke«, sage ich höflich.

Mr. Harris öffnet die Tür und streckt den Kopf ins Klassenzimmer. Erst jetzt wird mir klar, dass ich ein bisschen nervös bin, dass ein gewisses Schwindelgefühl sich einschleicht. Mein rechtes Bein zittert, mein Magen flattert und ich verstehe nicht, warum. Es kann doch kein Lampenfieber vor der neuen Klasse sein! Dazu habe ich diese Situation viel zu oft erlebt. Ich hole tief Luft und versuche die Beklemmung abzuschütteln.

»Mrs. Burton, entschuldigen Sie die Störung. Ihr neuer Schüler ist da.«

»Oh, hervorragend! Schicken Sie ihn herein«, ruft Mrs. Burton mit schriller, begeisterter Stimme.

Mr. Harris hält die Tür auf und ich gehe hinein. Das Klassenzimmer ist komplett quadratisch, etwa fünfundzwanzig Schüler sitzen darin an rechteckigen, etwa küchentischgroßen Schreibtischen, etwa drei Schüler pro Tisch. Alle starren mich an. Ich starre zurück, bevor ich Mrs. Burton ansehe. Sie dürfte um die sechzig sein und trägt einen rosa Wollpullover. Eine Brille mit rotem Plastikgestell hängt ihr an einer Kette um den Hals. Sie lächelt breit, ihr Haar ist graumeliert und lockig. Ich spüre, wie meine Handflächen schweißnass werden, mein Gesicht fühlt sich heiß an, hoffentlich ist es nicht rot. Mr. Harris schließt die Tür.

»Und wie heißt du?«, fragt Mrs. Burton.

In meiner Verwirrung hätte ich beinahe ›Daniel Jones‹ gesagt, aber ich fange mich, atme tief ein und antworte: »John Smith.«

»Großartig. Und woher kommst du?«

»F…«, fange ich an, kann mich aber rechtzeitig korrigieren. »Santa Fe.«

»Klasse, heißt ihn herzlich willkommen!«

Alle klatschen. Mrs. Burton bedeutet mir, dass ich mich auf den leeren Platz mitten im Raum zwischen zwei andere Schüler setzen soll. Erleichtert, dass sie keine weiteren Fragen stellt, trotte ich den kleinen Gang hinunter – direkt auf Mark James zu, der mit Sarah Hart an einem Tisch sitzt. Als ich an ihm vorbeigehe, stellt er mir ein Bein. Ich verliere das Gleichgewicht, bleibe aber aufrecht. Gekicher.

Mrs. Burton fährt herum. »Was ist los?«

Ohne zu antworten, starre ich Mark an. Jede Schule hat so einen harten Typen, einen Tyrann, einen Angeber, wie man ihn auch nennen mag, aber noch nie hat sich einer so schnell herauskristallisiert. Seine gegelten schwarzen Haare sind sorgfältig so gestylt, dass sie in alle Richtungen abstehen. Er hat exakt geschnittene Koteletten, Stoppeln am Kinn und buschige Brauen über den dunklen Augen. Auf seine Collegejacke, die Oberstufenschülern vorbehalten ist, ist sein Name in Gold über das Jahr gestickt. Wir durchbohren einander mit Blicken, die anderen stöhnen auf.

Ich schaue kurz nach meinem Platz, drei Tische entfernt, dann zurück zu Mark. Ich könnte ihn ohne Weiteres in zwei Teile brechen, wenn ich wollte. Ich könnte ihn bis zum nächsten Verwaltungsbezirk schleudern. Wenn er versuchen sollte, in einem Auto zu fliehen, könnte ich den Wagen einholen und problemlos auf einen Baumwipfel setzen. Aber abgesehen davon, dass das vielleicht ein wenig übertrieben wäre, spuken nun

Henris Worte durch meinen Kopf: *Bleib unauffällig, zieh keine Aufmerksamkeit auf dich.* Ich weiß, dass ich seinem Rat folgen und den Vorfall ignorieren sollte, wie ich es bei ähnlichen Erlebnissen in der Vergangenheit getan habe. Das können wir gut, wir passen uns der Umgebung an und leben in ihrem Schatten. Aber jetzt bin ich unsicher, angespannt, und noch bevor ich nachgedacht habe, platze ich heraus: »Was willst du?«

Mark lässt seinen Blick durch den Raum schweifen, rutscht auf seinem Platz zurück und sieht mich dann wieder an. »Wovon sprichst du?«

»Du hast mir eben ein Bein gestellt. Und draußen hast du mich angerempelt. Ich dachte, du willst vielleicht was von mir.«

»Was ist hier los?« Mrs. Burton steht mittlerweile hinter mir.

Ich blicke sie über die Schulter an. »Nichts.« Und dann zu Mark: »Also?«

Er klammert die Hände an seine Schreibtischplatte, schweigt aber weiter. Wir starren einander an, bis er seufzt und wegsieht.

»Das dachte ich mir«, sage ich abfällig und gehe weiter. Die anderen Schüler wissen nicht genau, was sie tun sollen, und so beobachten die meisten mich einfach nur, bis ich mich setze, zwischen ein rothaariges Mädchen mit Sommersprossen und einen übergewichtigen Typen, der mich mit offenem Mund unverhohlen anglotzt.

Mrs. Burton vorn an der Tafel wirkt ein bisschen aufgeregt, aber dann zuckt sie die Achseln und beginnt zu erklären, warum Ringe um den Saturn sind, und dass sie hauptsächlich aus Eispartikeln und Staub bestehen. Nach einer Weile schalte ich sie für mich aus und betrachte die anderen Schüler: eine ganz neue Gruppe, die ich wieder versuchen werde, auf Abstand zu halten. Das ist immer ein Eiertanz, gerade so viel zu kommunizieren, dass man geheimnisvoll bleibt, aber nicht merkwürdig und damit auffällig wird. Heute habe ich es total verpfuscht.

Ich hole tief Luft und atme langsam aus. Ich habe immer noch ein flaues Gefühl im Magen, immer noch das irre Zittern im Bein. Meine Hände fühlen sich wärmer an. Mark James sitzt drei Tische vor mir. Einmal dreht er sich um und sieht mich an, dann flüstert er Sarah etwas ins Ohr. Sie wendet sich um, offenbar cool, aber dass sie früher mit ihm ausgegangen ist und jetzt neben ihm sitzt, macht mich nachdenklich. Sie schenkt mir ein herzliches Lächeln. Ich will zurücklächeln, aber ich bin wie erstarrt. Mark will ihr wieder was zuflüstern, doch sie schüttelt den Kopf und schiebt ihn weg. Mein Gehör ist eigentlich viel besser als das menschliche, wenn ich es fokussiere, aber ihr Lächeln hat mich so durcheinandergebracht, dass da gar nichts mehr geht. Ich wollte, ich hätte gehört, was gesagt worden ist.

Ich öffne und schließe die Hände. Meine Handflächen sind verschwitzt und fangen an zu brennen. Noch ein tiefer Atemzug. Ich sehe nur noch verschwommen. Fünf Minuten vergehen, dann zehn. Mrs. Burton spricht immer noch, aber ich höre nicht, was sie sagt. Ich drücke meine Fäuste zu, dann öffne ich sie wieder. Dabei bleibt mir der Atem in der Kehle stecken. Ein leichter Schimmer erscheint auf meiner rechten Handfläche. Ich sehe verblüfft, erstaunt darauf hinunter. Nach ein paar Sekunden wird das Leuchten heller.

Ich schließe die Fäuste. Zuerst fürchte ich, einem der anderen könnte etwas zugestoßen sein. Aber was? Wir können nicht außer der Reihe getötet werden. So bestimmt es der Zauber. Aber bedeutet das auch, dass ihnen nichts anderes zustoßen kann?! Wurde einem die rechte Hand abgeschnitten? Ich habe keine Ahnung. Aber wenn etwas geschehen wäre, hätte ich es in den Narben an meinem Knöchel gespürt.

Und erst jetzt dämmert es mir: Mein erstes Erbe bildet sich!

Ich hole mein Handy aus der Tasche und schicke Henri eine SMS: kmr. Ich wollte komm her tippen, aber mir ist zu schwindlig, um mehr zu schreiben. Ich balle die Hände und lege sie in den Schoß. Sie brennen und zittern. Ich öffne sie noch einmal – die linke Handfläche ist knallrot, die rechte schimmert immer noch. Ich werfe einen Blick auf die Uhr an der Wand und sehe, dass die Stunde fast vorbei ist. Wenn ich hier rauskomme, kann ich einen leeren Raum suchen, Henri anrufen und ihn fragen, was los ist. Ich fange an, die Sekunden runterzuzählen, sechzig, neunundfünfzig, achtundfünfzig. Es fühlt sich an, als würde gleich etwas in meinen Händen explodieren. Ich konzentriere mich aufs Zählen. Vierzig, neununddreißig. Jetzt brennen meine Hände so sehr, als würden kleine Nadeln in die Handflächen gesteckt. Achtundzwanzig, siebenundzwanzig. Ich öffne die Augen und starre geradeaus, konzentriere mich auf Sarah und hoffe, das lenkt mich ab. Fünfzehn, vierzehn. Sie anzusehen, macht es schlimmer. Die Nadeln fühlen sich jetzt an wie glühende Nägel, die in einem Ofen erhitzt wurden. Acht, sieben.

Es läutet. Augenblicklich springe ich auf und renne an den anderen vorbei aus dem Klassenzimmer. Mir ist schwindlig, ich bin unsicher auf den Beinen, laufe durch den Gang und habe keine Ahnung, wohin. Ich spüre, dass mir jemand folgt. Ich ziehe meinen Stundenplan aus der Tasche und suche meine Spindnummer. Zum Glück ist mein Spind gerade neben mir auf der rechten Seite. Ich bleibe davor stehen und lege den Kopf an die Metalltür. Dann schüttle ich ihn, weil mir plötzlich klar wird, dass ich bei meiner Hast, aus dem Klassenzimmer zu kommen, meine Tasche mit dem Handy darin liegen gelassen habe.

Und dann schubst mich jemand. »Was ist los, du harter Knochen?«

Ich stolpere ein paar Schritte und blicke auf.

Mark steht da und grinst mich an. »Stimmt was nicht?«

»Alles okay.« Mir schwindelt; ich habe das Gefühl, gleich

ohnmächtig zu werden. Und meine Hände brennen. Was immer geschieht, es gäbe keinen unpassenderen Moment als diesen.

Mark schubst mich wieder. »Nicht ganz so tough, wenn keine Lehrer in der Nähe sind, was?«

Ich kann mich nicht mehr aufrecht halten, stolpere über meine eigenen Füße und falle auf den Boden.

Sarah tritt vor Mark. »Lass ihn in Ruhe.«

»Das hat nichts mit dir zu tun«, entgegnet er.

»Richtig. Du siehst, wie ein neuer Schüler mit mir spricht, und sofort versuchst du, dich mit ihm zu schlagen. *Das* ist nur ein Beispiel dafür, warum wir nicht mehr zusammen sind.«

Ich versuche aufzustehen. Sarah beugt sich herunter und will mir helfen, doch sowie sie mich berührt, flammt der Schmerz in meinen Händen erneut auf. Es fühlt sich an, als würde der Blitz durch meinen Kopf schlagen. Ich drehe mich um und laufe davon, in die entgegengesetzte Richtung vom Astronomieraum. Ich weiß, dass jeder mich in diesem Moment für einen Feigling hält, aber mir ist, als würde ich sonst ohnmächtig. Später werde ich Sarah danken und mich mit Mark auseinandersetzen. Im Moment muss ich nur ein Zimmer finden, das ich abschließen kann.

Ich laufe bis zum Ende des Gangs, der in den Haupteingang mündet. Der Direktor hat in seinem langen Vortrag auch davon gesprochen, wo die verschiedenen Räume hier sind. Wenn ich mich richtig erinnere, liegen am Ende dieses Trakts die Aula sowie die Musik- und Kunsträume. Ich renne darauf zu, so schnell ich in diesem Zustand kann. Mark brüllt mir etwas nach und Sarah schreit wiederum ihn an. Ich reiße die erste Tür auf, die infrage kommt, und knalle sie hinter mir zu. Ein Glück, sie hat ein Schloss, es funktioniert.

Ich bin in einer Dunkelkammer. Filmstreifen hängen an Trockenschnüren. Ich breche auf dem Boden zusammen. Mein

Kopf dreht sich, meine Hände brennen und brennen. Seit sie leuchten, habe ich die Fäuste geballt. Jetzt betrachte ich sie: Die rechte Hand glüht immer noch, das Licht im Inneren pulsiert. Panik ergreift mich.

Ich sitze auf dem Boden, Schweiß sticht mir in die Augen, beide Hände tun schrecklich weh. Ich wusste, dass ich mein Erbe erwarten muss, aber ich hatte keine Ahnung, dass es so etwas mit einschließt. Ich öffne die Hände – die rechte Handfläche leuchtet hell und das Licht beginnt sich zu konzentrieren. Die linke flackert schwach, das Brennen ist fast unerträglich. Wenn Henri nur hier wäre!

Ich schließe die Augen, schlinge die Arme um den Körper und wiege mich auf dem Boden hin und her, alles in mir schmerzt. Ich weiß nicht, wie viel Zeit vergeht – eine Minute? Zehn? Es läutet, die nächste Schulstunde beginnt. Ich höre Leute vor der Tür, ein paar Mal will jemand öffnen, vergeblich. Ich wiege mich weiter auf dem Boden, die Augen fest geschlossen. Es wird geklopft, dazu gedämpfte Stimmen, ich verstehe nichts. Dann öffne ich die Augen und sehe, dass der Lichtschein von meinen Handflächen die gesamte Dunkelkammer erleuchtet. Ich drücke die Hände zu Fäusten, damit das Licht ausgeht, aber es scheint zwischen den Fingern hindurch.

Auf einmal wird kräftig an der Tür gerüttelt. Was werden sie zu dem Licht in meinen Händen sagen? Ich kann es nicht verbergen. Wie soll ich es erklären?

»John? Mach die Tür auf – ich bin es.«

Eine Welle der Erleichterung durchflutet mich. Henris Stimme! Die einzige Stimme auf der ganzen Welt, die ich jetzt hören möchte.

5

Ich krieche zur Tür und schließe auf.

Henri ist ganz verdreckt und trägt Gärtnerkleidung, offenbar hat er draußen vor dem Haus gearbeitet. Ich freue mich so, ihn zu sehen, dass ich aufspringen und ihn umarmen will, aber ich bin zu benommen und falle zurück auf den Boden.

»Ist da drin alles in Ordnung?«, fragt Mr. Harris, der hinter Henri steht.

»Alles bestens. Geben Sie uns nur eine Minute, bitte«, antwortet Henri.

»Muss ich einen Notarzt rufen?«

»Nein!«

Die Tür geht zu. Henri schaut auf meine Hände hinunter. Das Licht in der rechten leuchtet hell, in der linken flackert es schwach, als brauche es noch Selbstvertrauen.

Henri lächelt breit, sein Gesicht strahlt wie ein Signalfeuer. »Ah, Lorien sei Dank«, seufzt er, dann zieht er ein Paar lederne Gartenhandschuhe aus der Hosentasche. »Ein Glück, dass ich im Hof gearbeitet habe. Zieh die an.«

Ich gehorche. Die Handschuhe verdecken das Licht völlig.

Mr. Harris öffnet die Tür und streckt den Kopf herein. »Mr. Smith, ist alles okay?«

»Ja, kein Problem. Geben Sie uns nur noch dreißig Sekunden.«

Dann sieht Henri wieder mich an. »Dein Direktor mischt sich zu viel ein.«

Ich hole tief Luft und atme langsam aus. »Ich verstehe ja, was passiert, aber warum so?«

»Dein erstes Erbe.«

»Ich weiß, aber warum diese Lichter?«

»Darüber reden wir auf der Heimfahrt. Kannst du gehen?«

»Ich glaube schon.«

Er hilft mir auf. Ich schwanke und zittere noch, greife nach seinem Arm.

»Ich muss noch meine Tasche holen.«

»Wo ist sie?«

»Im Klassenzimmer.«

»Welche Nummer?«

»Siebzehn.«

»Wir bringen dich erst mal in den Truck, dann hole ich sie.«

Ich lege den rechten Arm über seine Schulter. Er stützt mich mit dem linken Arm um meine Mitte. Obwohl es zum zweiten Mal geläutet hat, höre ich noch Stimmen auf dem Gang.

»Du musst so aufrecht und normal gehen wie nur möglich.«

Für den langen Weg aus der Schule heraus versuche jedes bisschen Kraft aufzubringen, das ich noch in Reserve habe. »Also los.« Ich wische mir den Schweiß von der Stirn und folge Henri aus der Dunkelkammer.

Mr. Harris steht noch im Gang herum. »Nur ein schwerer Asthmaanfall«, erklärt ihm Henri im Vorbeigehen.

Etwa zwanzig Schüler drängen sich im Korridor, die meisten haben Kameras um den Hals gehängt und wollen zum Fotounterricht in die Dunkelkammer. Ein Glück, Sarah ist nicht unter ihnen. Ich versuche, so selbstverständlich wie möglich einen Fuß vor den anderen zu setzen. Der Schulausgang ist dreihundert Meter entfernt – das bedeutet viele Schritte.

Die Kids flüstern.

»So ein Weichei!«

»Geht er hier in die Schule?«

»Hoffentlich, er ist doch süß.«

»Was hat er denn in der Dunkelkammer gemacht, dass sein Gesicht so rot geworden ist?«, höre ich, und alle lachen. Genauso wie wir unser Gehör fokussieren können, so können wir es auch abschalten, und das hilft, wenn man sich mitten in Lärm und Durcheinander konzentrieren will. Ich blende also den Krach aus und bleibe dicht hinter Henri. Jeder Schritt kommt mir vor wie zehn, aber endlich erreichen wir die Tür. Henri hält sie auf und ich versuche allein zum Truck zu gehen, der vor dem Gebäude parkt. Für die letzten zwanzig Schritte lege ich wieder den Arm um seine Schulter. Endlich sitze ich im Wagen.

»Siebzehn, hast du gesagt?«

»Ja.«

»Du hättest sie bei dir behalten sollen. Es sind die kleinen Fehler, die zu den großen führen. Wir können uns keine leisten.«

»Ich weiß. Tut mir leid.«

Er schließt die Tür und marschiert zurück zum Gebäude, während ich versuche, ruhiger zu atmen. Ich spüre immer noch den Schweiß auf meiner Stirn. Im Spiegel an der Sonnenblende sehe ich, wie rot mein Gesicht ist, wie wässrig die Augen sind. Aber trotz Schmerz und Erschöpfung lächle ich. *Endlich!* Nach Jahren des Wartens, in denen meine einzige Verteidigung gegen die Mogadori Intelligenz und gute Nerven waren, habe ich mein erstes Erbe empfangen.

Henri kommt mit meiner Tasche zurück. »Danke«, sage ich, als er sie auf den Sitz wirft.

»Kein Problem.«

Als wir vom Gelände fahren, streife ich die Handschuhe ab und betrachte meine Hände genauer. Das Licht in der rechten sammelt sich nun zu einem Strahl, wie bei einer Taschenlampe, nur heller. Das Brennen lässt nach. Meine linke Hand flackert noch schwach.

»Du solltest die Handschuhe anlassen, bis wir zu Hause sind.« Henri lächelt stolz. »Das war eine scheißlange Wartezeit.«

»Hm?«

»Eine scheißlange Wartezeit«, wiederholt er. »Auf dein Erbe.«

Ich muss grinsen. Henri hat gelernt, vieles auf der Erde zu beherrschen – aber eine derbe Ausdrucksweise gehört nicht dazu. »Eine verdammt lange Wartezeit«, verbessere ich.

»Ja, das habe ich doch gesagt.« Er biegt in unsere Straße ein.

»Und was kommt jetzt? Kann ich jetzt Laserstrahlen von meinen Händen schießen, oder was?«

Er grinst. »Netter Einfall, aber nein.«

»Was mache ich dann mit dem Licht? Wenn ich gejagt werde, drehe ich mich um und blitze es den Verfolgern in die Augen? Gehorchen sie dann, oder wie jetzt?«

»Geduld«, antwortet er. »Du musst es noch nicht verstehen. Lass uns einfach nach Hause fahren.«

Und dann fällt mir etwas ein, was mich fast vom Sitz springen lässt. »Heißt das, wir öffnen endlich den Kasten?«

Er nickt und lächelt. »Sehr bald.«

»Oh Mann, ja!« Der kunstvoll geschnitzte Holzkasten hat mich mein Leben lang gemartert. Er ist eine zerbrechlich wirkende Schachtel mit dem lorienischen Symbol auf der Seite und Henri hat immer ein Geheimnis daraus gemacht. Nie hat er mir verraten, was darin ist, und man kann den Kasten nicht öffnen – das weiß ich, weil ich es öfter versucht habe, als ich zählen kann, und nie mit Erfolg. Er ist mit einem Vorhängeschloss gesichert, das keinen erkennbaren Schlitz für einen Schlüssel hat.

Als wir nach Hause kommen, sehe ich, dass Henri fleißig

war: Die drei Stühle sind von der Veranda geräumt, alle Fenster stehen offen und es liegen keine Tücher mehr auf den Möbeln, einige sind sauber gewischt. Ich stelle meine Tasche auf den Tisch im Wohnzimmer, öffne sie – und beginne augenblicklich zu fluchen. »Dieser Mistkerl!«

»Was ist?«

»Mein Handy fehlt.«

»Wo ist es?«

»Ich hatte heute Morgen eine kleine Meinungsverschiedenheit mit einem gewissen Mark James. Er hat es wahrscheinlich rausgenommen.«

»John, du warst anderthalb Stunden in der Schule. Wie zum Teufel hast du da schon eine *kleine Meinungsverschiedenheit* haben können? So dumm kannst du doch nicht sein!«

»Es ist eine Highschool. Ich bin der Neue. So einfach ist das.«

Henri zieht sein Handy aus der Tasche und wählt meine Nummer. »Ausgeschaltet.«

»Natürlich.«

Er starrt mich an. »Was ist passiert?«, fragt er in dem mir nur allzu gut bekannten Vielleicht-müssen-wir-schon-wieder-umziehen-Tonfall.

»Nichts, nur ein dummer Streit. Vielleicht habe ich das Handy ja auch fallen lassen, als ich es in meine Tasche stecken wollte.« Ich weiß, dass das nicht stimmt. »Ich war nicht in der besten Verfassung. Vielleicht wartet es im Fundbüro auf mich.«

Er schaut sich aufmerksam um, dann seufzt er. »Hat jemand deine Hände gesehen?«

Seine Augen sind rot und blutunterlaufen, er sieht noch müder aus als auf der Fahrt am Morgen zur Schule. Mit zerzaustem Harr steht er gebeugt da, als könne er vor Erschöpfung jeden Moment zusammenbrechen. Zuletzt hat er vor zwei Tagen in Florida geschlafen. Ich weiß nicht mal, wie er es überhaupt schafft, sich auf den Beinen zu halten.

»Nein, niemand.«

»Du warst anderthalb Stunden in der Schule. In der Zeit hat sich dein erstes Erbe entwickelt, du bist in einen Streit geraten und hast deine Tasche in einem Klassenzimmer vergessen. Nicht gerade das, was ich unauffällige Integration nennen würde.«

»Es war nichts. Jedenfalls nicht auffällig genug, um nach Idaho oder Kansas zu ziehen oder wo zum Teufel unser nächster Wohnort sein wird.«

Henri kneift die Augen zusammen, denkt über das gerade Gehörte nach und versucht zu entscheiden, ob es einen Umzug rechtfertigt. »Jetzt ist nicht der richtige Moment, leichtsinnig zu sein«, sagt er schließlich.

»Tagtäglich gibt es in jeder Schule Streitereien. Ich verspreche dir, sie werden uns nicht finden, nur weil ein Schlägertyp mit dem Neuen aneinandergeraten ist.«

»Außer, dass nicht in jeder Schule die Hände des Neuen Licht ausstrahlen.«

Ich seufze. »Henri, du siehst aus, als würdest du gleich auf der Stelle tot umfallen. Leg dich hin. Wir können uns entscheiden, wenn du dich ausgeruht hast.«

»Wir müssen über vieles reden.«

»Noch nie habe ich dich so müde gesehen. Schlaf ein paar Stunden. Dann reden wir.«

Er nickt. »Ein Schläfchen wäre wahrscheinlich gut für mich.«

◆◆◆

Henri geht in sein Zimmer und schließt die Tür. Ich laufe hinaus und drehe ein paar Runden im Hof. Die Sonne versteckt sich hinter den Bäumen und ein frischer Wind weht. Ich ziehe die Handschuhe aus und steckte sie in die Hosentasche. Als ich meine Hände betrachte, sind sie immer noch wie zuvor. Ehrlich gesagt ist nur ein Teil von mir begeistert, dass mein erstes Erbe endlich, nach so vielen Jahren ungeduldigen Wartens, eingetroffen ist. Die andere Hälfte von mir ist niedergeschlagen. Unser ständiges Umziehen hat mich ausgelaugt, und jetzt ist es erst recht undenkbar, sich anzupassen oder länger an einem Ort zu bleiben. Es wird unmöglich sein, Freundschaften zu schließen oder das Gefühl zu haben, dass ich dazugehöre. Ich habe die falschen Namen und die Lügen satt. Ich habe es satt, immer über die Schulter blicken zu müssen, ob ich verfolgt werde.

Ich betaste die drei Narben an meinem rechten Knöchel. Diese Kreise symbolisieren die drei Toten. Wir sind durch mehr als unsere Rasse miteinander verbunden. Während ich die Narben spüre, versuche ich mir vorzustellen, wer sie waren, ob Jungen oder Mädchen, wo sie lebten, wie alt sie waren, als sie starben. Ich versuche mich an die anderen Kinder auf dem Schiff zu erinnern und gebe jedem einzelnen eine Nummer. Ich überlege, wie es wäre, wenn wir uns träfen und miteinander Zeit verbrächten. Wie es gewesen sein könnte, als wir noch in Lorien lebten. Wie es sein könnte, wenn das Schicksal unserer gesamten Art nicht vom Überleben einiger weniger Loriener abhängig wäre. Wie es wäre, wenn wir nicht dem Tod durch die Hände unserer Feinde ausgesetzt wären.

Es macht mir Angst zu wissen, dass ich der Nächste bin. Aber wir waren ihnen bis jetzt immer einen Schritt voraus, weil wir umgezogen sind, weil wir davongelaufen sind. Auch wenn ich die Nase voll habe von diesem Davonlaufen, weiß ich, dass wir unser Überleben nur ihm verdanken. Wenn wir stehen bleiben, werden sie uns finden. Und jetzt, wo ich der Nächste bin, haben sie zweifellos ihre Suche beschleunigt. Bestimmt wissen sie, dass wir stärker werden, wenn wir über unser Erbe verfügen.

Und dann ist da der andere Knöchel mit der Narbe, die sich bildete, als der lorienische Zauber über uns ausgesprochen wurde – in diesen kostbaren Momenten, noch vor unserem Abschied von Lorien.

Sie ist das Brandmal, das uns verbindet.

6

Ich gehe ins Haus und lege mich in meinem Zimmer auf die nackte Matratze. Der Morgen hat mich sehr angestrengt und mir fallen sofort die Augen zu.

Als ich sie wieder öffne, steht die Sonne über den Baumwipfeln. Henri sitzt am Küchentisch vor seinem Laptop, wie immer hat er die News gescannt, Nachrichten oder Berichte gesucht, die uns sagen könnten, wo sich die anderen befinden.

»Hast du geschlafen?«, frage ich.

»Nicht viel. Seit wir Florida verlassen haben, konnte ich keine Nachrichten mehr sehen. Jetzt funktioniert das Internet. Das hat mich wieder geweckt.«

»Gibt es was Besonderes?«

Er zuckt die Achseln. »Ein Vierzehnjähriger ist in Afrika aus einem Fenster im vierten Stock gefallen und ohne einen Kratzer davongekommen. Und ein Fünfzehnjähriger in Bangladesh hat behauptet, er sei der Messias.«

Ich lache. »Der Fünfzehnjährige gehört bestimmt nicht zu uns. Der andere vielleicht?«

»Nein. Einen Sturz aus einer solchen Höhe zu überleben ist nichts Besonderes, und einer von uns wäre von vornherein nicht so leichtsinnig gewesen.« Er blinzelt mir zu.

Ich grinse und setze mich ihm gegenüber. Er schließt den PC und stützt die Arme auf den Tisch, seine Uhr zeigt elf Uhr sechsunddreißig. Jetzt sind wir gerade mal einen halben Tag in Ohio, und schon ist so viel geschehen. Ich halte die Hände hoch.

Sie sind dunkler geworden, seit ich sie das letzte Mal angesehen habe.

»Weißt du, was du hast?«, fragt er.

»Licht in den Händen.«

Er schmunzelt. »Es wird Lumen genannt. Mit der Zeit wirst du es kontrollieren können.«

»Das will ich doch sehr hoffen! Meine Tarnung fliegt sofort auf, wenn das so weitergeht. Ich verstehe immer noch nicht, was das soll.«

»Zu Lumen gehört mehr als nur das Licht, das verspreche ich dir.«

»Was noch?«

Er geht in sein Zimmer und kommt mit einem Feuerzeug zurück.

»Erinnerst du dich noch an deine Großeltern?«

Unsere Großeltern ziehen uns auf. Von unseren Eltern bekommen wir wenig mit, bis wir eigene Kinder haben. Die Lebenserwartung der Loriener beträgt etwa zweihundert Jahre und wenn Eltern im Alter zwischen fünfundzwanzig und fünfunddreißig ihre Kinder bekommen, erziehen die Großeltern sie, während die Eltern weiter ihr Erbe vervollkommnen.

»Nicht so gut. Warum?«

»Weil dein Großvater die gleiche Gabe hatte.«

»Ich kann mich nicht entsinnen, dass seine Hände leuchteten.«

Henri zuckt die Achseln. »Vielleicht hatte er nie Grund, die Gabe zu nutzen.«

»Wunderbar, das klingt nach einem großartigen Geschenk – eines, das ich nie brauche.«

Er schüttelt den Kopf. »Gib mir deine Hand.«

Ich halte ihm die rechte Hand hin, er klickt das Feuerzeug an und bewegt die Flamme zu meiner Fingerspitze.

Ich reiße die Hand weg. »Was machst du denn da?!«

»Vertrau mir.«

Zögernd gebe ich ihm wieder die Hand. Er hält sie und macht erneut das Feuerzeug an. Er blickt mir in die Augen, dann lächelt er. Ich schaue hinunter und sehe, dass er die Flamme über die Spitze meines Mittelfingers hält. Ich spüre nichts. Instinktiv ziehe ich trotzdem die Hand weg und reibe den Finger. Er fühlt sich nicht anders an als zuvor.

»Hast du das gespürt?«, fragt Henri.

»Nein.«

»Wir probieren es noch einmal. Sag mir, wenn du etwas spürst.«

Er fängt wieder an einer Fingerspitze an, dann bewegt er die Flamme ganz langsam den Handrücken hinauf. Es kitzelt leicht, wenn die Flamme die Haut berührt, das ist alles. Erst als sie das Handgelenk erreicht, ahne ich das Brennen.

Ich ziehe den Arm weg. »Autsch!«

»Lumen«, sagt Henri. »Du wirst feuer- und hitzebeständig. Bei deinen Händen kommt das von selbst, aber deinen übrigen Körper müssen wir trainieren.«

»Feuer- und hitzebeständig!« Ich grinse. »Also kann ich nie wieder eine Verbrennung bekommen?«

»Nach einiger Zeit nicht.«

»Wahnsinn!«

»Also doch kein schlechtes Erbe, was?«

»Kein bisschen schlecht«, stimme ich zu. »Und was ist mit diesen Lichtern? Gehen die auch mal aus?«

»Bestimmt. Wahrscheinlich nach einer ordentlichen Mütze Schlaf, wenn du nicht mehr an sie denkst. Aber du musst eine Zeit lang darauf achten, dich nicht aufzuregen. Wenn du emotional aus dem Gleichgewicht kommst, wenn du besonders nervös, wütend oder traurig bist, flackern sie sofort auf.«

»Wie lange?«

»Bist du gelernt hast, die Gabe zu kontrollieren.« Er schließt die Augen und reibt sich das Gesicht. »Also, ich versuche jetzt noch einmal zu schlafen. In ein paar Stunden reden wir über dein Training.«

Nachdem er gegangen ist, bleibe ich am Küchentisch sitzen, öffne und schließe meine Hände, atme tief ein und versuche, im Inneren ganz zur Ruhe zu kommen, damit die Lichter gedämpft werden – natürlich klappt es nicht.

Das Haus sieht noch ziemlich chaotisch aus bis auf die wenigen Dinge, die Henri erledigt hat, während ich in der Schule war. Ich weiß, dass er schon jetzt ans Weiterziehen denkt, aber noch besteht ein Fünkchen Hoffnung, ihn überreden zu können, dass wir hierbleiben. Vielleicht fällt ihm die Entscheidung leichter, wenn er beim Aufwachen das Haus sauber und aufgeräumt vorfindet.

Ich fange mit meinen Zimmer an, staube ab, putze die Fenster und kehre den Boden. Als alles sauber ist, werfe ich Laken, Kissenbezüge und Decken aufs Bett, dann hänge ich meine Kleider auf oder lege sie zusammen. Die Kommode ist alt und wacklig, aber ich fülle sie und stelle dann die paar Bücher darauf, die ich besitze. Und sieh an – so schnell ist das Zimmer sauber, alle meine Habseligkeiten sind eingeräumt, alles ist ordentlich.

Ich gehe in die Küche, räume das Geschirr ab und wische die Platten. Das lenkt mich ab, sodass ich nicht unentwegt über meine Hände nachgrübele.

Beim Saubermachen denke ich an Mark James. Zum ersten Mal in meinem Leben habe ich mich jemandem widersetzt. Schon oft habe ich das gewollt, aber nie getan, weil ich Henris Rat befolgen und nicht auffallen wollte. Ich habe immer versucht, den nächsten Umzug so lange wie möglich hinauszuzögern, brav zu sein. Aber heute war es anders. Es hat sich gut angefühlt, zurückzuschubsen, wenn man herumgestoßen wird.

Und dann ist da noch mein gestohlenes Handy. Sicher, wir können uns leicht ein neues besorgen, aber wo bleibt dann die Gerechtigkeit?

7

Ich wache auf, bevor sich der Wecker meldet. Das Haus ist kühl und still. Ich ziehe die Hände unter der Decke hervor. Sie sehen ganz normal aus – kein Licht, kein heller Schein. Ich rolle aus dem Bett und gehe ins Wohnzimmer.

Henri sitzt schon am Küchentisch, liest die Lokalzeitung und trinkt Kaffee. »Guten Morgen. Wie fühlst du dich?«

»Wie neu geboren.« Ich fülle mir eine Schale mit Müsli und setze mich ihm gegenüber. »Was hast du heute vor?«

»Besorgungen. Unser Geld wird knapp. Eigentlich will ich auf der Bank für eine Überweisung sorgen.« Lorien ist (oder *war*, je nachdem, wie man es betrachtet) ein Planet mit vielen natürlichen Ressourcen, unter ihnen kostbare Edelsteine und Metalle. Als wir den Planeten verlassen mussten, bekam jeder Cêpan einen Sack voller Diamanten, Smaragde und Rubine, die er auf der Erde verkaufen konnte. Henri legte dann das Geld auf ein Konto in Übersee. Ich habe keine Ahnung, wie viel es ist, und ich frage nie danach. Aber ich weiß, dass es für mindestens zehn Leben auf der Erde reicht, wenn nicht mehr. Einmal im Jahr hebt Henri etwas ab.

»Aber ich weiß nicht recht«, fährt er fort. »Ich will nicht zu weit durch die Gegend kurven, für den Fall, dass heute noch irgendwas passieren sollte.«

Um aus den Ereignissen am Tag zuvor keine große Sache zu machen, winke ich lässig ab. »Mir wird nichts geschehen. Geh und besorge die Kohle.« Ich sehe aus dem Fenster. Das Morgengrauen wirft einen blassen Schleier über alles. Der Truck ist mit Tau bedeckt. Es ist einige Zeit her, dass wir einen Winter erlebt haben. Ich besitze noch nicht einmal eine Jacke, und aus meinen meisten Pullovern bin ich herausgewachsen.

»Draußen sieht es kalt aus«, sage ich. »Vielleicht können wir bald ein paar neue Klamotten kaufen.«

Er nickt. »Genau das ist mir gestern Abend aufgefallen, deshalb muss ich zur Bank.«

»Dann los«, meine ich. »Heute passiert nichts.«

Ich esse mein Müsli auf, stelle die schmutzige Schale in die Spüle und springe dann unter die Dusche. Zehn Minuten später habe ich Jeans und ein schwarzes Thermohemd an, die Ärmel bis zu den Ellbogen aufgerollt. Ich blicke in den Spiegel, dann auf meine Hände. Ich bin ruhig. Gut so. So muss ich bleiben.

Auf dem Weg zur Schule reicht Henri mir ein Paar Handschuhe. »Behalte sie unter allen Umständen an. Man kann nie wissen.«

Ich stecke sie in meine Hosentasche. »Ich werde sie kaum brauchen. Ich bin in ziemlich guter Verfassung.«

Vor der Schule sind Busse aufgereiht. Henri hält neben dem Gebäude. »Ich mag es nicht, wenn du kein Handy hast. Alles Mögliche könnte schieflaufen.«

»Mach dir keine Sorgen. Ich werde es bald zurückhaben.«

Er seufzt und schüttelt den Kopf. »Mach keine Dummheiten. Genau hier werde ich nachher auf dich warten.«

»Alles klar.« Ich steige aus und er braust davon.

Auf den Gängen ist viel Betrieb; Schüler stehen vor ihren Spinden, reden und lachen. Ein paar sehen mich an und flüstern einander etwas zu, vielleicht sprechen sie über die Auseinandersetzung mit Mark, vielleicht über mich in der Dunkelkammer. Wahrscheinlich beides. Es ist eine kleine Schule, und da gibt es wenig, was nicht jeder sofort erfährt.

Am Haupteingang wende ich mich nach rechts und finde meinen Spind. Er ist leer. Ich habe noch fünfzehn Minuten, bevor der Unterricht beginnt, die erste Stunde habe ich einen Grundkurs in Kompositionslehre. Ich überprüfe zuerst, wo sich der entsprechende Klassenraum befindet, dann gehe ich ins Büro. Die Sekretärin begrüßt mich mit einem Lächeln.

»Hallo«, sage ich. »Mein Handy ist weg. Ich habe es gestern verloren und dachte, vielleicht hat es jemand abgegeben.«

Sie schüttelt den Kopf. »Nein, leider nicht.«

»Danke.«

Zurück auf dem Gang, kann ich Mark nirgends entdecken. Immer noch werde ich angestarrt, immer noch gibt es Geflüster, aber das macht mir nichts aus. Plötzlich sehe ich Mark in etwa fünfzehn Metern Entfernung vor mir. Sofort schießt Adrenalin durch meinen Körper. Ich schaue auf meine Hände. Sie sehen ganz normal aus. Trotzdem fürchte ich, dass sie rot werden könnten, und genau diese Furcht könnte gerade das auslösen.

Mark lehnt mit verschränkten Armen an einem Spind; er ist der Mittelpunkt einer Gruppe von fünf Jungs und zwei Mädchen, die alle lachen und quatschen. Sarah sitzt ungefähr fünf Meter von ihnen entfernt auf einem Fenstersims. Blonder Pferdeschwanz, Rock, grauer Pullover – sie sieht wieder umwerfend aus! Als ich näher komme, blickt sie von ihrem Buch auf, das sie gerade liest. Vor der Gruppe bleibe ich stehen, sehe Mark seelenruhig an und warte.

Nach kurzer Zeit bemerkt er mich. »Was willst du?«

»Das weißt du ganz genau.«

Wir sehen uns unverwandt in die Augen. Die Schülerschar um uns herum wächst, schwillt an auf zehn, dann auf zwanzig Leute. Sarah springt vom Sims und stellt sich an den Rand der Menge.

Mark trägt seine Collegejacke, sein schwarzes Haar ist sorgfältig so gestylt, als käme er gerade aus dem Bett. Er stößt sich vom Spind ab und kommt auf mich zu. Er bleibt so dicht vor mir stehen, dass wir uns fast berühren, und der würzige Duft seines Parfüms steigt mir in die Nase. Er misst vielleicht eins dreiundachtzig, sechs Zentimeter mehr als ich. Wir haben den gleichen Körperbau. Und er hat keine Ahnung, dass in mir etwas ganz anderes steckt als in ihm. Ich bin schneller als er und unendlich stärker. Der Gedanke daran lässt mich zuversichtlich lächeln.

»Glaubst du, dass du es heute ein bisschen länger in der Schule aushältst? Oder läufst du wieder davon wie eine kleine Pissnelke?«

Aus der Gruppe kommt Gekicher.

»Mal sehen, oder?«

»Ja, das werden wir wohl sehen«, entgegnet er und kommt noch näher.

»Ich will mein Handy zurück.«

»Ich habe dein Handy nicht.«

Ich schüttle den Kopf. »Zwei Leute haben gesehen, dass du es genommen hast«, lüge ich.

Sein Stirnrunzeln zeigt mir, dass ich richtig geraten habe.

»Na, und wenn schon? Was willst du machen?«

Jetzt stehen etwa dreißig Leute um uns herum. Zweifellos wird die ganze Schule innerhalb von zehn Minuten nach dem Läuten wissen, was geschehen ist.

»Betrachte dies als Warnung«, sage ich. »Ich lasse dir Zeit bis zum Ende des Tages.« Ich drehe mich um und marschiere davon.

»Sonst was?«, ruft er hinter mir her. Soll er doch selbst über der Antwort brüten! Meine Fäuste sind geballt, und mir wird klar, dass ich Adrenalin mit Nervensträngen verwechselt habe. Warum war ich so nervös? Weil unklar war, wie die Sache ausgeht? Weil ich zum ersten Mal auf Erden jemanden herausgefordert habe? Weil meine Hände leuchten könnten? Vielleicht alles zusammen.

Ich gehe auf die Toilette, schließe mich in einer Kabine ein und betrachte meine Hände: ein leichter Schimmer in der rechten! Ich schließe die Augen, seufze und konzentriere mich auf eine kontrollierte Atmung. Eine Minute später ist der Schimmer immer noch da. Ich hätte nicht gedacht, dass ein Erbe so empfindsam sein kann, so leicht reagiert. Ich bleibe in der Kabine, spüre kleine Schweißtropfen auf der Stirn, beide Hände sind warm, die linke aber zum Glück noch im Sinne einer normalen Körpertemperatur. Jungs kommen rein und gehen wieder, ich hocke in der Kabine und warte. Das leichte Leuchten bleibt. Schließlich läutet es und die Toilette leert sich.

Ich schüttle verärgert den Kopf, ich muss das Unvermeidliche akzeptieren: Mein Handy ist weg, und Henri ist auf dem Weg in die Stadt. Ich bin allein mit meiner Dummheit und kann keinem die Schuld geben außer mir selbst. Ich hole die Handschuhe aus der Hosentasche und ziehe sie an. Lederne Gartenhandschuhe! In Clownschuhen und gelben Pumphosen könnte ich nicht lächerlicher aussehen. So viel zu Unauffälligkeit und Anpassen! Ich muss aufhören, mich mit Mark herumzustreiten. Er hat gewonnen. Soll er doch mein Handy behalten, Henri und ich werden heute Abend ein anderes besorgen. Ich verlasse die Toiletten und begebe mich durch den leeren Gang in mein Klassenzimmer.

Alle starren erst mich, dann die Handschuhe an. Sinnlos, sie verstecken zu wollen. Ich sehe aus wie ein Idiot. Ich bin ein Alien, ich habe außerordentliche Kräfte, die noch zunehmen werden und kann Dinge tun, von denen Menschen nicht mal zu träumen wagen – aber ich sehe immer noch aus wie ein Idiot.

◆◆◆

Ich sitze mitten im Klassenzimmer. Niemand spricht mit mir und ich bin zu aufgeregt, um zu hören, was der Lehrer sagt. Als es läutet, sammele ich meine Sachen zusammen, packe sie in meine Tasche und ziehe die Riemen über meine Schulter. Ich trage immer noch die Handschuhe. Beim Hinausgehen ziehe ich den rechten ein wenig zurück und werfe einen vorsichtigen Blick auf die Handfläche. Sie schimmert noch.

Ich gehe kontrolliert durch den Gang, atme langsam, versuche mich zu sammeln – es funktioniert nicht. Im nächsten Klassenzimmer sitzt Mark am gleichen Platz wie gestern, Sarah neben ihm. Er grinst mich spöttisch an, und weil er so sehr damit beschäftigt ist, cool zu sein, bemerkt er zum Glück meine Handschuhe nicht.

»Wie geht's, Sprinter? Wie ich höre, suchen die fürs Querfeldeinrennen noch neue Leute.«

»Lass den Schwachsinn!«, weist Sarah ihn zurecht. Ich blicke sie im Vorbeigehen an; ihre blauen Augen schüchtern mich ein, mein Gesicht wird warm. Mein Platz vom Vortag ist besetzt, also gehe ich ganz nach hinten. Der Junge von gestern, der mich vor Mark gewarnt hat, setzt sich neben mich. Er trägt wieder ein schwarzes T-Shirt mit dem NASA-Logo in der Mitte, Militärhosen und Tennisschuhe. Seine sandfarbenen Haare sind zerzaust, die haselnussbraunen Augen werden durch die Brillengläser vergrößert. Er zieht einen Notizblock voller Diagramme von Sternkonstellationen und Planeten heraus, dann mustert er mich und starrt unverhohlen auf meine Hände.

»Wie geht's?«, frage ich.

Er zuckt die Achseln. »Warum hast du Handschuhe an?«

Ich will antworten, aber Mrs. Burton beginnt mit dem Unterricht.

Fast die gesamte Stunde zeichnet mein Sitznachbar das, was anscheinend seiner Vorstellung von Marsmenschen entspricht:

kleine Körper, große Köpfe, Hände und Augen. Die gleichen stereotypen Darstellungen wie im Kino. Jede seiner Zeichnungen signiert er mit *Sam Goode*. Als er merkt, dass ich ihn beobachte, schaue ich weg.

Während Mrs. Burton über Saturns einundsechzig Monde spricht, betrachte ich Marks Hinterkopf. Beim Schreiben beugt er sich über seinen Tisch, dann setzt er sich auf und gibt Sarah einen Zettel. Sie schnippt ihn zurück, ohne ihn zu lesen. Das freut mich. Mrs. Burton macht das Licht aus und zeigt uns ein Video. Beim Anblick der rotierenden Planeten auf der Leinwand muss ich an Lorien denken. Lorien ist einer der achtzehn Planeten im Universum, auf denen Leben existiert. Die Erde ist ein anderer. Mogador, leider, wieder ein anderer.

Lorien. Ich schließe die Augen und erlaube mir die Erinnerung. Ein alter Planet, hundert Mal älter als die Erde. Die Probleme, die sich jetzt auf der Erde wiederfinden – Verschmutzung, Überbevölkerung, globale Erwärmung, Lebensmittelknappheit –, hatte Lorien auch. An einem bestimmten Punkt, vor fünfundzwanzigtausend Jahren, begann der Planet zu sterben. Das war lange bevor man durchs Universum reisen konnte, und die Einwohner von Lorien mussten etwas unternehmen, wenn sie überleben wollten. Schließlich engagierten sie sich für die Selbsterhaltung ihres Planeten, indem sie ihre Lebensweise änderten und auf alles Schädliche wie Waffen, giftige Chemikalien und Schadstoffe verzichteten. Allmählich kehrten sich die Dinge um. Unterstützt durch die Evolution, entwickelten in Tausenden von Jahren bestimmte Einwohner – die Garde – Kräfte zum Schutz und zur Unterstützung des Planeten. Es war, als belohnte Lorien meine Vorfahren für ihren Weitblick und ihren Respekt.

Mrs. Burton schaltet das Licht wieder an. Ich öffne die Augen und schaue auf die Uhr. Die Stunde ist fast vorbei. Ich habe mich wieder beruhigt, meine Hände sogar fast vergessen. Ich hole tief Luft und hebe den Rand des rechten Handschuhs. Kein Licht mehr! Grinsend ziehe ich beide Handschuhe aus. Alles ist wieder ganz normal. Ich habe heute noch sechs Stunden Unterricht, für die ich mich zusammenreißen muss.

◆◆◆

Die erste Hälfte vergeht ohne Zwischenfall. Ich bin total gelassen und habe auch keine unschönen Begegnungen mit Mark. In der Mittagspause belade ich mein Tablett mit dem Nötigsten und finde einen leeren Tisch hinten im Raum.

Als ich gerade die Hälfte meines Pizzastücks gegessen habe, setzt sich Sam Goode aus der Astronomieklasse mir gegenüber. »Kämpfst du heute wirklich nach der Schule mit Mark?«

Ich schüttle den Kopf. »Nein.«

»Das sagen aber alle.«

»Sie irren sich.«

Er zieht die Augenbrauen hoch und isst weiter. Nach einem kurzen Schweigen fragt er: »Was ist mit deinen Handschuhen?«

»Ich habe sie ausgezogen. Meine Hände sind nicht mehr kalt.«

Er will gerade antworten, aber ein großer Hackfleischball, der bestimmt für mich gedacht war, trifft ihn am Hinterkopf. Seine Haare und Schultern sind mit Fleischbröckchen und Tomatensoße bedeckt. Einiges ist auch auf mich gespritzt. Während ich es abputze, fliegt eine zweite dicke Bulette durch die Luft und erwischt mich mitten auf der Wange. Ein kollektives Raunen geht durch die Cafeteria.

Während ich aufstehe und mich mit einer Serviette abputze, steigt die Wut in mir hoch. In diesem Moment sind mir meine Hände total egal. Sollen sie doch so hell wie die Sonne scheinen und Henri und ich heute Nachmittag unsere Sachen packen, wenn es sein muss! Aber das kann ich mir auf keinen Fall gefallen lassen. Heute Morgen war es vorbei … jetzt nicht mehr.

»Nicht«, sagt Sam. »Wenn du dich wehrst, lassen sie dich nie in Ruhe!«

Ich marschiere los. Es wird mucksmäuschenstill in der Cafeteria. Hundert Augenpaare sind auf mich gerichtet. Mein Gesicht verzerrt sich zu einer Grimasse. Sieben Jungs sitzen am Tisch von Mark James. Alle sieben stehen auf, als ich näher komme.

»Hast du ein Problem?«, fragt einer mit der Statur eines Verteidigers beim Football. Rötliche Haare wachsen in Flecken auf seinen Wangen und dem Kinn, als versuche er, sich einen Bart wachsen zu lassen. Sein Gesicht sieht dadurch dreckig aus. Wie die anderen trägt er eine Collegejacke. Jetzt verschränkt er die Arme und stellt sich mir in den Weg.

»Das geht dich nichts an«, sage ich.

»Du musst an mir vorbei, wenn du zu ihm willst.«

»Gehst du freiwillig oder muss ich dich aus dem Weg räumen?«

»Ich glaube nicht, dass du das schaffst.«

Ich ramme ihm mein Knie in den Unterleib, sodass ihm die Luft wegbleibt. Während er sich krümmt, geht ein Aufstöhnen durch den gesamten Raum.

»Ich habe dich gewarnt.« Ich steige über ihn und gehe direkt auf Mark zu. Einen kurzen Moment, bevor ich bei ihm bin, werde ich von hinten gepackt. Blitzschnell drehe ich mich um, die Hände geballt, zum Schlag bereit – und erkenne in letzter Sekunde den Aufsichtslehrer.

»Das reicht, Jungs.«

»Sehen Sie nur, was er mit Kevin gemacht hat, Mr. Johnson«, ruft Mark. Kevin liegt immer noch zusammengekrümmt auf dem Boden. Sein Gesicht ist knallrot. »Schicken Sie ihn zum Direktor.«

»Halt den Mund, James! Ihr geht alle drei. Glaub bloß nicht, dass ich nicht gesehen habe, wie ihr die Fleischbällchen durch die Gegend geschmissen habt.« Und zu Kevin: »Steh auf!«

Neben mir taucht Sam auf. Mit seinem notdürftigen Versuch, sich Fleisch und Soße von Haar und Schultern zu wischen, hat er zwar die großen Brocken besiegt, die Soße aber nur noch mehr verschmiert. Ich weiß nicht recht, warum er da ist. Ich blicke auf meine Hände, bereit, beim ersten Lichtschimmer zu fliehen, doch zu meiner Überraschung sehen sie ganz normal aus. Vielleicht, weil die Situation mich dazu gezwungen hat, schnell zu reagieren, ohne vorher nervös zu werden? Keine Ahnung.

Kevin steht auf und funkelt mich an; er zittert und japst immer noch. Er greift nach der Schulter des Jungen neben sich und stützt sich darauf. »Das wirst du noch bereuen!«

»Das bezweifle ich.« Ich bin immer noch mit Essen bekleckert und denke nicht mal daran, es wegzuwischen.

Wir vier machen uns auf den Weg ins Büro des Direktors. Mr. Harris isst gerade hinter seinem Schreibtisch sein Mittagessen aus der Mikrowelle, die Serviette hat er sich in den Hemdkragen gesteckt.

»Tut mir leid, dass wir Sie stören müssen, aber es gab gerade einen kleinen Zwischenfall beim Mittagessen. Diese Jungen erklären es sicher gern«, sagt der Aufsichtslehrer.

Der Direktor seufzt, zieht sich die Serviette vom Hemd und wirft sie in den Papierkorb. Dann schiebt er sein Tablett zur Seite. »Danke, Mr. Johnson.«

Mr. Johnson geht, und wir vier setzen uns.

»Wer fängt an?«, fragt Mr. Harris gereizt.

Ich schweige. Die Muskeln im Direktorenkiefer sind angespannt. Ich schaue auf meine Hände. Immer noch alles normal. Trotzdem lege ich sie flach auf meine Jeans, für alle Fälle.

Nach zehn Sekunden Stille fängt Mark an. »Jemand hat ihn hier mit einem Hackfleischball beworfen. Er glaubt, dass ich es war, deshalb hat er Kevin in die Eier getreten.«

»Drück dich anständig aus!«, bellt Mr. Harris, dann wendet er sich an Kevin: »Alles in Ordnung?«

Kevin, immer noch rot im Gesicht, nickt.

»Also, wer hat den Hackfleischball geworfen?«, fragt Mr. Harris mich.

Ich antworte nicht; innerlich koche ich immer noch, die ganze Situation irritiert mich. Dann hole ich tief Luft und versuche, mit beherrschter Stimme zu sprechen. »Ich weiß es nicht.« Mein Zorn hat eine neue Ebene erreicht. Ich möchte mich nicht mithilfe von Mr. Harris mit Mark auseinandersetzen, sondern die Sache lieber außerhalb des Direktorenbüros bereinigen. Sam blickt mich überrascht an.

Mr. Harris hebt frustriert die Hände. »Warum um alles in der Welt seid ihr denn dann hier?!«

»Gute Frage«, antwortet Mark. »Wir haben einfach nur unser Mittagessen gegessen.«

Jetzt meldet sich Sam: »Mark hat geworfen. Ich habe es gesehen, Mr. Johnson auch.«

Ich schaue ihn an. Er kann es gar nicht beobachtet haben, denn beim ersten Mal hat er dem Werfer den Rücken zugekehrt und beim zweiten Mal war er damit beschäftigt, sich zu säubern. Ich bin beeindruckt, dass er mir durch seine Aussage beisteht, obwohl er weiß, dass es ihm Ärger mit Mark und seinen Freunden einbringen wird.

Mark funkelt Sam wütend an, dann sagt er: »Also, Mr. Harris, ich habe morgen das Interview mit der *Gazette*, und das

Spiel ist am Freitag. Ich habe keine Zeit, mich über solchen Mist zu ärgern. Ich werde hier wegen etwas an den Pranger gestellt, was ich nicht getan habe. Es ist schwer, sich bei solcher Scheiße auch noch zu konzentrieren.«

»Sprich anständig!«, schimpft Mr. Harris.

»Ist doch wahr.«

»Ich glaube dir.« Der Direktor seufzt schwer. Dann sieht er Kevin an, der sich immer noch mit dem Atmen schwertut. »Musst du zur Krankenschwester?«

»Nein, geht schon«, murmelt Kevin.

Mr. Harris nickt. »Ihr zwei vergesst diesen Vorfall, und Mark, sieh zu, dass du wieder klar im Kopf wirst. Wir haben uns schon länger um dieses Interview bemüht. Sie könnten uns sogar einen Platz auf der ersten Seite einräumen. Stellt euch das nur vor – die Titelseite der *Gazette*!« Er lächelt.

»Danke«, sagt Mark. »Ich freue mich darauf.«

»Gut. Ihr beide könnt jetzt gehen.«

Als die zwei verschwunden sind, blickt Mr. Harris Sam scharf an. Sam hält seinem Blick stand.

»So, Sam, und jetzt will ich die Wahrheit hören. Hast du gesehen, dass Mark den Fleischball geworfen hat?«

Sam kneift die Augen zusammen, aber er schaut nicht weg. »Ja.«

Der Direktor schüttelt den Kopf. »Ich glaube dir nicht, Sam. Und deshalb werden wir Folgendes tun.« Er sieht mich an. »Ein Fleischball wurde also geworfen …«

»Zwei«, unterbricht ihn Sam.

»Was?« Mr. Harris funkelt Sam wieder an.

»*Zwei* Fleischbälle wurden geworfen, nicht einer.«

Mr. Harris schlägt mit der Faust auf den Schreibtisch. »Es ist doch völlig egal, wie viele das waren! John, du hast Kevin angegriffen. Auge um Auge. Damit lassen wir es bewenden. Verstehst du mich?« An der Röte seines Gesichts lässt sich ablesen, dass es sinnlos ist zu widersprechen.

»Jep«, sage ich.

»Ich will euch zwei hier nicht noch einmal sehen! Ihr dürft gehen.«

Das lassen wir uns nicht zweimal sagen.

»Warum hast du ihm nichts von deinem Handy gesagt?«, fragt Sam.

»Weil es ihm egal ist. Er wollte nur in Ruhe weiter Mittag essen. Und, Sam, sei vorsichtig!«, warne ich ihn. »Jetzt hat Mark dich auf dem Schirm!«

◆◆◆

Nach der Mittagspause habe ich Hauswirtschaftslehre – nicht weil ich mich besonders fürs Kochen interessiere, sondern weil die Alternative der Schulchor gewesen wäre. Und ich habe zwar viele Stärken und Fähigkeiten, die auf der Erde als außerordentlich gelten, aber das Singen gehört nicht dazu. Also gehe ich in den Hauswirtschaftsraum und suche mir einen Platz. Es ist ein ziemlich kleiner Raum, und kurz bevor es läutet, kommt Sarah herein und setzt sich neben mich.

»Hi«, sagt sie.

»Hi.«

Blut steigt mir in den Kopf, meine Schultern versteifen sich. Ich nehme einen Bleistift und drehe ihn in meiner rechten Hand, während die linke die Ecken von meinem Notizblock zurückbiegt. Mein Herz rast. Bitte, keine schimmernden Hände! Ich linse auf die Handfläche, dann seufze ich erleichtert auf. *Bleib locker*, ermahne ich mich. *Sie ist nur ein Mädchen.*

Sarah sieht mich an. Alles in mir scheint sich aufzulösen. Sie könnte das schönste Mädchen sein, das ich je gesehen habe!

»Es tut mir leid, dass Mark sich dir gegenüber so idiotisch verhält«, sagt sie.

Ich zucke die Achseln. »Da kannst du ja nichts dazu.«

»Ihr werdet euch doch nicht wirklich schlagen, oder?«

»Ich will das nicht.«

Sie nickt. »Er kann ein richtiger Penner sein, wenn er meint zeigen zu müssen, wer hier der Boss ist.«

»Das ist ein Zeichen von Unsicherheit«, sage ich.

»Er ist nicht unsicher, sondern ein Penner.«

Natürlich ist er das. Aber ich will mich mit Sarah nicht streiten. Außerdem klingt sie so bestimmt, dass ich fast an mir selbst zweifle.

Sie sieht auf die Tomatensoßeflecken auf meinem Hemd, dann streckt sie die Hand aus und zieht mir einen hart gewordenen Brocken aus den Haaren.

»Danke.«

Sie seufzt. »Es tut mir leid, dass das passiert ist.« Dann blickt sie mir in die Augen. »Mark und ich sind nicht zusammen, weißt du.«

»Nein?«

Sie schüttelt den Kopf. Faszinierend, dass sie es für nötig hält, mir das klarzumachen!

Nachdem sie ungefähr zehn Minuten lang erklärt hat, wie man Pfannkuchen macht – wovon ich nichts wirklich wahrnehme –, teilt die Lehrerin, Mrs. Benshoff, Sarah und mich zusammen ein. Wir gehen in die Küche, die etwa dreimal so groß wie das eigentliche Klassenzimmer ist. Hier gibt es zehn verschiedene Kücheneinheiten, komplett mit Kühlschrank, Spüle und Herd. Sarah geht zielstrebig in eine hinein, nimmt eine Schürze aus einer Schublade und hängt sie um. »Würdest du mir die bitte zuknoten?«

Beim ersten Versuch ziehe ich zu fest und muss die Schleife

noch mal neu machen. Unter den Fingern spüre ich die Umrisse ihres Pos. Als ihre Schürze gebunden ist, hänge ich mir auch eine um und fange an, sie selbst zuzubinden.

»Lass mich dir helfen, du Dummkopf!« Resolut nimmt sie mir die Bänder aus der Hand und knotet die Schürze zu.

»Danke.«

Ich versuche, das erste Ei aufzuschlagen, schlage aber natürlich viel zu kräftig, sodass nichts davon es in die Schüssel schafft. Sarah lacht, legt mit ein neues Ei in die Hand, nimmt meine Hand in ihre und zeigt mir, wie die Eischale am Rand der Schüssel aufzuschlagen ist. Sie lässt ihre Hand eine Sekunde länger als nötig auf meiner, sieht mich an und lächelt. »So.«

Sie mischt den Teig, dabei fallen ihr die Haare ins Gesicht. Zu gern würde ich ihr diese Strähnen hinters Ohr schieben, trau mich aber natürlich nicht. Mrs. Benshoff kommt, um nachzusehen, ob wir vorankommen. So weit, so gut – dank Sarah, denn ich habe nicht den blassesten Schimmer, was ich da mache.

»Wie gefällt dir Ohio bis jetzt?«, fragt Sarah.

»Gut. Ich hätte allerdings einen besseren ersten Schultag brauchen können.«

Sie lächelt. »Was ist denn überhaupt geschehen? Ich habe mir Sorgen um dich gemacht.«

»Würdest du mir glauben, wenn ich sage, dass ich ein Alien bin?«

»Hör auf?!«, antwortet sie scherzhaft. »Und was ist wirklich passiert?«

Ich lache. »Ich habe echt schlimmes Asthma. Aus irgendeinem Grund hatte ich gestern einen Anfall.« Schade, dass ich lügen muss. Ich will nicht, dass sie mir eine Schwäche zuschreibt, die noch dazu erfunden ist.

»Na, ich bin auf jeden Fall froh, dass es dir besser geht.«

Wir machen vier Pfannkuchen, die Sarah auf einen Teller stapelt, dann gießt sie eine absurde Menge Ahornsirup darüber und reicht mir eine Gabel. Ich schaue mich um. Die meisten Schüler essen von zwei Tellern. Ich greife hinüber und nehme mir ein Stück.

»Nicht schlecht«, mampfe ich mit vollem Mund.

Wir essen abwechselnd, bis der Teller leer ist. Ich bin kein bisschen hungrig, aber ich helfe ihr, alles aufzuessen. Als wir fertig sind, habe ich Bauchweh. Sarah spült das Geschirr und ich trockne ab. Als es klingelt, verlassen wir gemeinsam den Raum.

»Weißt du, für einen Sophomore bist du gar nicht so übel.« Sie versetzt mir einen Rippenstoß. »Mir ist egal, was die anderen sagen.«

»Danke, du bist auch nicht übel für … was immer du bist.«

»Ich bin ein Junior.« Also ein Schuljahr über mir.

Schweigend gehen wir weiter.

»Du wirst dich doch nicht wirklich nach der Schule mit Mark schlagen, oder?«

»Ich brauche mein Handy wieder. Außerdem – sieh mich an!« Ich zeige auf mein Hemd.

Sie zuckt die Achseln. An meinem Spind bleibe ich stehen, sie schaut auf die Nummer. »Jedenfalls solltest du das nicht tun.«

»Ist ja auch nicht so, dass ich es unbedingt will.«

Sie verdreht die Augen. »Jungs und ihre Kämpfe! Na ja, also, wir sehen uns morgen.«

»Hab noch einen schönen Restnachmittag«, sage ich.

◆◆◆

Nach der neunten Stunde, Amerikanische Geschichte, mache ich mich langsam auf den Weg zu meinem Spind. Ich überlege kurz, ob ich die Schule still und leise verlassen soll, ohne nach

Mark Ausschau zu halten. Aber dann wird mir klar, dass ich für immer als Feigling abgestempelt sein werde.

Ich verstaue die Bücher, die ich nicht brauche, dann stehe ich einfach da und spüre, wie meine Nervosität zunimmt. Die Hände sind noch normal. Soll ich vorsorglich die Handschuhe anziehen? Nein. Ich hole tief Luft und schließe den Spind.

»Hallo!« Überrascht schrecke ich aus meinen Gedanken auf: Es ist Sarah. Sie blickt kurz hinter sich, dann wieder zu mir. »Ich habe etwas für dich.«

»Bitte nicht noch einen Pfannkuchen ... Ich platze gleich.«

Sie lacht nervös. »Keinen Pfannkuchen. Aber wenn ich es dir gebe, musst du mir versprechen, dass du keine Schlägerei anfängst.«

»Okay.«

Sie schaut sich wieder um, dann zieht sie schnell mein Handy aus ihrer Tasche und reicht es mir.

»Woher hast du das?«

Sie zuckt mit den Schultern.

»Weiß Mark das?«

»Nö. Willst du jetzt immer noch den coolen Typen spielen?«

»Kaum.«

»Gut.«

»Danke.« Ich kann nicht glauben, dass sie offenbar alle Hebel in Bewegung gesetzt hat, um mir zu helfen – sie kennt mich doch kaum. Aber ich will mich nicht beklagen.

»Bitte«, antwortet sie, dreht sich um und stürmt durch den Gang davon. Ich blicke ihr die gesamte Strecke hinterher und kann nicht aufhören zu grinsen. Beim Hinausgehen treffe ich in der Eingangshalle auf Mark James, der sage und schreibe acht seiner Freunde im Schlepptau hat.

»Na, na, na«, sagt er. »Du hast wirklich den ganzen Schultag hinter dich gebracht, was?«

»In der Tat. Und sieh doch nur, was ich gefunden habe!« Triumphierend halte ich mein Handy hoch. Ihm fällt der Unterkiefer herunter. Ich marschiere an ihm vorbei durch die Eingangshalle und aus dem Gebäude hinaus.

8

Henri hat exakt dort geparkt, wo er es angekündigt hatte. Immer noch grinsend steige ich in den Truck.

»Alles gut?«, fragt er.

»Allerdings. Ich habe mein Handy wieder.«

»Keine Schlägerei?«

»Nichts Größeres.«

Er sieht mich misstrauisch an. »Will ich etwa wissen, was das heißt?«

»Wahrscheinlich nicht.«

»Sind deine Hände auffällig geworden?«

»Nein«, lüge ich. »Wie war dein Tag?«

Er fährt die Auffahrt zur Schule hinunter. »Gut. Ich bin in nur anderthalb Stunden nach Columbus gefahren, nachdem ich dich abgesetzt habe.«

»Warum nach Columbus?«

»Dort gibt es große Banken. Ich will nicht dadurch auffallen, dass ich mehr Geld transferiere, als auf den Konten der gesamten Stadt liegt.«

Ich nicke. »Klug von dir.«

Er biegt auf die Straße. »Verrätst du mir ihren Namen?«

»Hm?«

»Es muss doch irgendeinen Grund für dein lächerlich festgetackertes Grinsen geben! Der naheliegendste ist ein Mädchen.«

»Woher willst du das wissen?«

»Mein lieber John, auf Lorien war dieser alte Cêpan hier ein richtiger Frauenschwarm.«

»Echt jetzt?! So was wie Frauenschwärme gab es doch gar nicht auf Lorien.«

Er nickt zustimmend. »Gut aufgepasst!«

Die Loriener sind monogam. Wenn wir uns verlieben, dann fürs ganze Leben. Ehen werden etwa mit Mitte zwanzig geschlossen. Mit dem Gesetz haben sie nichts zu tun; mehr mit Versprechen und Verbindlichkeit. Henri war fünfundzwanzig Jahre verheiratet, bevor er mit mir wegging. Zehn Jahre sind seitdem vergangen, aber ich weiß, dass ihm seine Frau immer noch an jedem einzelnen Tag fehlt.

»Also, wer ist es?«, fragt er.

»Sie heißt Sarah Hart und ist die Tochter der Immobilienmaklerin, von der du das Haus gemietet hast. Wir haben zwei Fächer gemeinsam. Sie ist ein Junior, also eine Klasse höher als ich.«

Er nickt. »Hübsch?«

»Absolut! Und klug.«

»Ja … damit habe ich schon lange gerechnet«, sagt er langsam. »Bitte denk dran, dass wir unter Umständen sofort abreisen müssen.«

»Ich weiß.«

Den Rest des Heimwegs schweigen wir.

◆◆◆

Der lorienische Kasten steht auf dem Küchentisch. Er ist in etwa so groß wie eine Mikrowelle und fast vollkommen quadratisch. Aufgeregt laufe ich hin und betaste das Schloss.

»Ich glaube, wie man das aufschließt, interessiert mich sogar noch mehr als der Inhalt«, sage ich.

»Wirklich? Nun, ich kann dir zeigen, wie man es öffnet, dann können wir es wieder zuschließen und den Inhalt vergessen.«

Ich grinse. »Lass uns nichts überstürzen! Also – was ist darin?«

»Es ist dein Vermächtnis.«

»Was soll das heißen, *mein Vermächtnis*?«

»Jedem Angehörigen der Garde wird es bei der Geburt mit auf den Weg gegeben, damit er oder sein Cêpan es nutzen können, wenn er sein Erbe antritt. Das gilt natürlich ebenso für die weiblichen Gardisten.«

Ich nicke amüsiert. »Also, was ist darin?«

»Dein Vermächtnis.« Diese Antwort enttäuscht mich. Ich versuche, das Schloss mit Gewalt zu öffnen, wie schon so oft. Natürlich rührt sich nichts.

»Ohne mich kannst du es nicht öffnen, und ich nicht ohne dich«, sagt Henri.

»Großartig, und wie machen wir das? Da ist kein Schlüsselloch.«

»Durch unseren Willen.«

»Oh, komm schon, Henri, hör auf, so geheimnisvoll zu tun.«

Er nimmt mir das Schloss ab. »Dieses Schloss öffnet sich nur, wenn wir zusammen sind, und erst, nachdem sich dein erstes Erbe gezeigt hat.«

Er geht zur Haustür, streckt prüfend den Kopf hinaus, dann schließt und verriegelt er sie und kommt zurück. »Jetzt lege die Handfläche an die Seite des Schlosses.«

Ich gehorche. »Es ist warm.«

»Gut. Das bedeutet, dass du bereit bist.«

»Und jetzt?«

Er drückt seine Handfläche gegen die andere Seite des Schlosses und verschränkt seine Finger mit meinen. Eine Sekunde vergeht – dann schnappt das Schloss auf.

»Wahnsinn!«

»Ein lorienischer Zauber schützt den Kasten, genau wie dich. Er ist unzerstörbar. Du könntest ihn mit einer Dampfwalze überfahren und er hätte noch nicht einmal eine Beule. Nur wir beide zusammen können ihn öffnen. Außer ich sollte sterben – dann schaffst du es allein.«

»Ähm, ich hoffe, dazu kommt es nicht.«

Ich will gerade den Deckel heben, doch Henri hält mich zurück. »Noch nicht. Es sind Dinge darin, die du noch nicht sehen sollst. Setz dich aufs Sofa.«

»Henri, bitte!«

»Vertrau mir einfach«, sagt er.

Kopfschüttelnd setze ich mich. Er öffnet den Kasten und holt einen Stein heraus, der etwa fünfzehn Zentimeter lang und fünf Zentimeter dick sein dürfte. Dann verschließt er den Kasten und bringt mir den Stein. Er ist vollkommen glatt und rechteckig, außen durchsichtig, in der Mitte trüb.

»Was ist das?«

»Ein lorienischer Kristall.«

»Wozu braucht man ihn?«

»Halte ihn.«

Sowie meine Hände den Stein berühren, leuchten die Handflächen; sie sind noch heller als gestern. Ich spüre, wie der Stein sich erwärmt. Ich halte ihn hoch und betrachte ihn genauer. Die trübe Masse in seiner Mitte wirbelt, sie dreht sich um sich selbst wie eine Welle. Ich spüre, wie sich auch der Anhänger an meinem Hals leicht erhitzt. Wie aufregend! Mein ganzes bisheriges Leben lang habe ich ungeduldig auf meine neuen Kräfte gewartet. Sicher, es gab Zeiten, in denen ich hoffte, sie würden nie kommen, damit wir endlich irgendwo sesshaft werden und ein normales Leben führen könnten, aber jetzt – einen Kristall in den Händen zu halten, in dessen Innern sich so etwas wie ein

Rauchball befindet, zu wissen, dass meine Hände feuer- und hitzebeständig sind und dass mindestens zwei weitere, nicht so bedeutende Fähigkeiten sich entwickeln, denen meine wichtigste folgen wird (die Kraft, die mich zum Kämpfen befähigt) – das alles ist schon ziemlich cool und aufregend. Ich bekomme das Grinsen nicht mehr aus dem Gesicht.

»Was passiert damit?«

»Er ist mit deinem Erbe verbunden. Deine Berührung aktiviert den Stein. Wenn du kein Lumen entwickelt hättest, würde der Kristall strahlen wie jetzt deine Hände. Stattdessen ist es umgekehrt.«

Ich betrachte den Kristall, in dem der Rauch wirbelt und leuchtet.

»Sollen wir anfangen?«, fragt Henri.

Ich nicke heftig. »Zur Hölle, aber sofort!«

◆◆◆

Es ist kalt geworden. Im Haus ist es still, nur ein gelegentlicher Windstoß lässt die Fenster klappern. Ich liege mit dem Rücken auf dem Holztisch. Meine Hände hängen an den Seiten herunter. Irgendwann wird Henri unter beiden ein Feuer entzünden. Ich atme langsam und regelmäßig, wie Henri es mir geraten hat.

»Du musst die Augen geschlossen halten. Horch nur auf den Wind. Vielleicht spürst du ein leichtes Brennen in den Armen, wenn ich mit dem Kristall an ihnen entlangfahre. Achte nicht darauf.«

Draußen fahren die Windstöße durch die Bäume. Fast spüre ich, wie die Äste schwanken und sich beugen. Henri beginnt mit meiner rechten Hand. Er drückt den Kristall gegen ihren Rücken, schiebt ihn zum Handgelenk und auf den Unterarm.

Dort brennt es, wie er vorausgesagt hat, aber nicht so sehr, dass ich den Arm wegziehen möchte.

»Lass deine Gedanken wandern, John. Geh, wohin du gehen musst.«

Ich habe keinen blassen Schimmer, was er damit meint, aber ich versuche, den Kopf freizubekommen, und atme noch kontrollierter. Plötzlich treibe ich davon. Von irgendwoher spüre ich Sonnenstrahlen auf meinem Gesicht und einen Wind, der viel wärmer bläst als der außerhalb unserer Wände. Als ich die Augen öffne, bin ich nicht mehr in Ohio.

Ich befinde mich über unzähligen Baumwipfeln, nichts als Dschungel, so weit ich sehen kann. Blauer Himmel, eine heiße Sonne, die fast doppelt so groß ist wie die Erde. Eine warme Brise fährt mir durchs Haar. Unter mir graben Flüsse tiefe Schluchten durch das Grün. Ich schwebe über einer von ihnen. Tiere in allen Formen und Größen – manche lang und schlank, manche mit kurzen Armen und gedrungenem Körper, einige mit Haar, andere mit dunkler, rauer Haut – trinken am Flussufer. Am Horizont erkenne ich eine gebogene Linie und weiß, dass ich auf Lorien bin. Der Planet ist zehnmal kleiner als die Erde, sodass man die Biegung seiner Oberfläche sehen kann, wenn man die Horizontlinie aus weiter Ferne betrachtet.

Ich weiß nicht, wieso, aber ich kann fliegen. Ich steige hoch und drehe mich in der Luft, dann stoße ich herab und rase am Fluss entlang. Die Tiere heben die Köpfe und schauen mir neugierig, aber nicht ängstlich zu. Lorien steht in voller Blüte, der Planet wimmelt vor Flora und Fauna. Es sieht aus wie in meiner Vorstellung die Erde vor Millionen von Jahren, als das Land bestimmte, wie seine Kreaturen zu leben haben, lange bevor der Mensch kam und das Zepter übernahm. Lorien in seinen besten Jahren. Ich weiß, dass es heute nicht mehr so aussieht. Ich muss in einer Erinnerung sein – doch sicher nicht in meiner eigenen?!

Und dann gleitet der Tag in die Dunkelheit. In der Ferne beginnt ein großes Feuerwerk, Raketen steigen hoch in den Himmel und explodieren zu Tier- und Baumgestalten; der dunkle Himmel, die Monde und eine Million Sterne bilden den glänzenden Hintergrund.

»Ich kann ihre Verzweiflung spüren«, höre ich von irgendwoher. Ich sehe mich um, da ist niemand. »Sie wissen, wo eine von den anderen ist, doch der Zauber besteht noch. Sie können sie nicht berühren, bevor sie dich getötet haben. Doch sie verfolgen sie weiter.«

Ich fliege hoch, sinke wieder herab und versuche herauszufinden, woher diese Stimme kommt.

»Jetzt müssen wir so wachsam wie nur möglich sein. Jetzt müssen wir ihnen voraus bleiben.«

Ich nähere mich dem Feuerwerk. Die Stimme irritiert mich. Vielleicht werden die lauten Detonationen sie übertönen.

»Sie hatten uns alle töten wollen, bevor sich euer Erbe entwickelt hat. Aber wir hielten uns im Verborgenen. Wir müssen ruhig bleiben. Die ersten drei sind in Panik geraten. Die ersten drei sind tot. Wir müssen klug und besonnen sein. Wenn wir lähmende Angst bekommen, machen wir Fehler. Sie wissen, dass es um so schwieriger für sie wird, je weiter ihr übrigen euch entfaltet. Und wenn ihr komplett entwickelt seid, wird es zum Krieg kommen. Wir werden zurückschlagen und uns rächen – und sie wissen es.«

Ich sehe, wie die Bomben auf Lorien fallen. Explosionen erschüttern Boden und Luft, der Wind trägt Schreie zu mir herüber, Feuer fegen über das Land und die Bäume. Der Wald brennt.

Es müssen Tausende verschiedener Flugzeuge sein, die aus großer Höhe herabstoßen, um auf Lorien zu landen. Mogadori-Soldaten strömen heraus; sie tragen Gewehre und Granaten von wesentlich größerer Zerstörungskraft als die Waffen, die hier bei der Kriegsführung angewendet werden. Diese Soldaten sind größer als wir, ähneln uns dennoch. Bis auf das Gesicht. Ihre Augen haben keine Pupillen und die Iris ist tief magentarot, bei manchen schwarz. Dunkle, dicke Kreise umrahmen die Augen, die Haut ist bleich – sie wirkt fast entfärbt, verletzt. Die Zähne glänzen zwischen Lippen, die sich nie zu schließen scheinen, Zähne mit unnatürlichen Spitzen, als wären sie gefeilt.

Die Bestien von Mogador strömen dicht hinter ihnen aus den Flugzeugen, sie haben den gleichen kalten Blick wie die Soldaten. Einige sind haushoch, zeigen ihre messerscharfen Zähne und brüllen so laut, dass es mich in den Ohren schmerzt. »Wir sind leichtsinnig geworden, John. Deshalb sind wir so leicht zu besiegen.« Ich weiß jetzt, dass es Henris Stimme ist, die ich höre, aber er ist nirgendwo zu sehen, und ich kann ihn nicht suchen, weil es mir nicht gelingt, den Blick von dem Morden und der Zerstörung unter mir zu lösen. Überall rennen Wesen hin und her, überall wird gekämpft. Ebenso viele Mogadori wie Loriener werden getötet. Schließlich verlieren die Loriener die Schlacht gegen die Bestien, die Feuer ausstoßen, mit ihren großen Kiefern mahlen, böse mit Armen und Schwänzen um sich schlagen und Dutzende unserer Leute auf einmal töten. Die Zeit rast, viel schneller als üblich. Wie viel ist vergangen? Eine Stunde? Zwei?

Die Garde führt unter Einsatz ihres Erbes den Kampf an. Manche Gardisten fliegen, andere laufen so schnell, dass man sie nur verschwommen wahrnehmen kann, wieder andere verschwinden völlig. Laserstrahlen schießen aus Händen, Körper werden von Flammen umhüllt, Gewitterwolken und raue Winde sammeln sich über denen, die das Wetter kontrollieren können. Dennoch verlieren sie. Auf einen Gardisten kommen fünfhundert Mogadori. Ihre Kräfte reichen nicht aus.

»Unsere Garde ist gefallen. Die Mogadori waren gut vorbereitet; sie haben genau den Moment gewählt, in dem wir wegen der Abwesenheit unserer Ältesten am verletzlichsten waren. Pittacus Lore, der Wichtigste der Ältesten, ihr Anführer, hatte sie vor dem Angriff zusammengerufen. Niemand weiß, was mit ihnen geschehen ist, wohin sie gingen oder ob sie überhaupt noch am Leben sind. Vielleicht haben die Mogadori sie vor dem Angriff gefangen genommen. Wir wissen nur, dass an dem Tag, an dem die Ältesten sich versammelten, eine Säule aus schimmerndem weißem Licht unendlich hoch in die Luft aufstieg. Sie stand den ganzen Tag am Horizont, dann verschwand sie so plötzlich, wie sie gekommen war. Wir, das Volk, hätten darin ein Zeichen erkennen sollen für etwas, das fehlte. Aber wir bemerkten nichts. Wir sind selbst verantwortlich für das, was geschah. Es war pures Glück, dass einige den Planeten verlassen konnten, noch dazu neun junge Gardisten, die eines Tages den Kampf fortsetzen und unsere Rasse am Leben erhalten können.«

In der Ferne schießt mit einem blauen Rauchstrahl ein Raumschiff pfeilschnell in die Luft. Von meinem Aussichtspunkt beobachte ich es, bis es verschwunden ist. Es kommt mir bekannt vor. Und dann dämmert es mir: Ich befinde mich darauf, Henri ebenfalls. Es ist das Raumschiff, das uns zur Erde trägt. Die Loriener müssen gewusst haben, dass sie besiegt waren. Warum hätten sie uns sonst weggeschickt?

Sinnloses Gemetzel. So erscheint es mir zumindest. Ich lande auf dem Boden und laufe durch einen Feuerball. Zorn packt mich. Männer und Frauen sterben. Gardisten und Cêpan, dazu hilflose Kinder. Wie kann das zugelassen werden? Wie können die Herzen der Mogadori so verhärtet sein, dass sie solche Schlachten führen? Und warum bin ich verschont geblieben?

Ich stürze mich auf einen Soldaten, dringe aber direkt durch ihn hindurch und falle. Natürlich ist alles, was ich sehe, schon geschehen. Ich bin ein Zuschauer unserer Vernichtung; es gibt nichts, was ich tun kann.

Ich drehe mich um – und stehe einer Bestie gegenüber, zwölf Meter hoch, breitschultrig, mit roten Augen und sechs Meter langen Hörnern. Speichel tropft von den langen, scharfen Zähnen. Das Monster stößt ein Gebrüll aus, dann geht es auf mich los.

Natürlich läuft es durch mich hindurch, greift sich aber Dutzende Loriener rundum. Sofort sind sie verschwunden. Und die Bestie hört nicht auf, sie fasst immer mehr Loriener.

Plötzlich vernehme ich ein kratzendes Geräusch, das mit dem Blutbad auf Lorien nichts zu tun hat. Ich treibe davon oder gleite zurück.

Zwei Hände drücken auf meine Schultern. Ich reiße die Augen auf – und bin wieder in unserem Haus in Ohio. Meine Arme hängen über den Holztisch. Nur Zentimeter unter ihnen stehen zwei Kessel mit Feuer, und meine Hände und Knöchel sind komplett in die Flammen getaucht. Die Hitze spüre ich überhaupt nicht. Henri beugt sich über mich. Das Kratzen, das ich gehört habe, kommt von der Haustür.

»Was ist das?«, flüstere ich.

»Ich weiß es nicht.«

Wir lauschen angestrengt. Drei weitere Kratzer an der Tür. Henri sieht auf mich herunter. »Da draußen ist jemand.«

Ich schaue auf die Uhr an der Wand. Fast eine Stunde ist vergangen. Ich schwitze, bin außer Atem und aufgewühlt von den Schlachtszenen, deren Zeuge ich soeben war. Zum ersten Mal in meinem Leben verstehe ich wirklich, was auf Lorien geschehen ist. Zuvor waren die Ereignisse nur Teil einer anderen Geschichte, die sich nicht sonderlich von den vielen unterschied, die ich in Büchern gelesen hatte. Aber jetzt habe ich das Blut gesehen, die Tränen, die Toten. Ich habe die Vernichtung gesehen. Das alles ist ein Teil von mir.

Draußen ist es dunkel geworden. Wieder weitere Kratzer an

der Tür, ein tiefes Grollen. Wir zucken beide zusammen. Ich denke sofort an das Knurren der Bestien.

Henri läuft in die Küche und schnappt sich ein Messer aus der Schublade neben der Spüle. »Versteck dich hinter dem Sofa.«

»Wieso, warum?«

»Weil ich es sage.«

»Glaubst du, dieses kleine Messer bringt einen Mogadori um?«

»Wenn ich es ihm ins Herz stoße, schon. Hinter das Sofa!«

Ich gehorche. In den beiden Kesseln brennt noch das Feuer, blasse Visionen von Lorien spuken wieder und wieder durch meinen Kopf. Nun kann man ein ungeduldiges Jaulen von der anderen Seite der Tür hören. Zweifellos ist jemand oder etwas dort draußen. Mein Herz rast.

»Bleib unten!«, zischt Henri.

Ich hebe den Kopf, damit ich über den Sofarücken schauen kann. *Das viele Blut*, denke ich. Bestimmt waren sie unterlegen. Aber sie haben gekämpft bis zuletzt, sind gestorben, um andere zu retten, gestorben für Lorien.

Henri, das Messer fest in der Hand, greift langsam nach dem Messingknopf. Zorn durchfährt mich. Hoffentlich ist es wirklich einer von ihnen! Soll doch ein Mogadori durch diese Tür kommen! Er wird auf einen ebenbürtigen Gegner stoßen.

Um nichts in der Welt kann ich hinter diesem Sofa hocken bleiben. Ich greife hinüber und fasse einen der Kessel, stecke die Hand hinein und hole ein brennendes, spitzes Stück Holz heraus. Das Feuer umlodert meine Hand. Ich halte das Holz wie einen Degen. *Lass sie nur kommen!*, denke ich. *Kein Flüchten mehr.* Henri sieht kurz zu mir herüber und holt tief Luft, dann reißt er die Tür auf.

9

Jeder Muskel in meinem Körper ist angespannt, alle Sinne sind geschärft. Henri springt nach draußen und ich bin bereit, ihm zu folgen. Ich spüre, wie mein Herz bis zum Hals klopft, meine Finger klammern sich mit weißen Knöcheln um das immer noch brennende Holzstück. Ein Windstoß bläst herein, das Feuer tanzt in meiner Hand und kriecht zum Handgelenk. Niemand ist da.

Plötzlich erkenne ich, wie die Anspannung von Henri abfällt; er lacht leise in sich hinein und schaut auf seine Füße. Da sitzt derselbe Beagle, den ich an meinem ersten Tag in der Schule getroffen habe, und blickt winselnd zu Henri hinauf. Dann wedelt er mit dem Schwanz und kratzt auf den Boden. Als Henri ihn streichelt, läuft der Hund mit heraushängender Zunge wie selbstverständlich ins Haus.

»Was macht er hier?«, frage ich erstaunt.

»Kennst du diesen Hund?«

»Aus der Schule. Er ist mir gefolgt, nachdem du mich gestern abgesetzt hast.«

Ich lege das Holzstück zurück und wische meine Hand an der Jeans ab, die jetzt mit einem langen schwarzen Aschefleck verziert ist. Der Hund sitzt zu meinen Füßen, sieht mich erwartungsvoll an und klopft mit dem Schwanz auf den Holzboden. Ich lasse mich seufzend aufs Sofa fallen und schaue in die beiden Feuer.

Jetzt, wo die Aufregung vorbei ist, muss ich wieder an das

denken, was ich in der Vision gesehen habe. Immer noch höre ich die Schreie, sehe das Blut im Gras unter dem Mondlicht schimmern, nehme die Leichen und gefallenen Bäume wahr, den roten Schein in den Augen der Bestien von Mogador und das Entsetzen in denen der Loriener.

Ich blicke Henri an. »Ich habe gesehen, was passiert ist. Wenigstens den Anfang davon.«

Er nickt. »Das dachte ich mir.«

»Ich habe deine Stimme gehört. Hast du zu mir gesprochen?«

»Ja.«

»Ich verstehe das nicht. Es war das reinste Blutbad. In ihnen war zuviel Hass, als dass man den Angriff nur mit Interesse an unseren Rohstoffen erklären könnte. Da ging es um mehr.«

Henri seufzt und setzt sich auf den Tisch mir gegenüber. Der Hund springt auf meinen Schoß und ich streichle ihn. Er ist schmutzig, sein Fell unter meiner Hand fühlt sich steif und ölig an. Eine Marke in Form eines Footballs ist an seinem Halsband befestigt. Sie ist alt, die braune Farbe ist fast komplett abgeblättert. Auf einer Seite trägt sie die Zahl neunzehn, auf der anderen den Namen BERNIE KOSAR.

»Bernie Kosar«, sage ich. Wie zur Bestätigung wedelt der Hund mit dem Schwanz. »Ich vermute, das ist sein Name – er heißt genauso wie der Footballspieler auf dem Poster in meinem Zimmer. Der Typ muss in der Gegend beliebt sein.« Ich kraule dem Hund den Rücken. »Dieser Bernie hier scheint kein Zuhause zu haben. Und er ist hungrig.« Irgendwie weiß ich das einfach.

Henri nickt und schaut hinunter auf Bernie Kosar. Der Hund streckt sich aus, legt das Kinn auf die Pfoten und schließt die Augen. Ich mache das Feuerzeug an und führe die Flamme über meine Finger, die Handfläche und die Unterseite meines

Arms. Erst als sie zwei oder drei Zentimeter von meinem Ellbogen entfernt ist, spüre ich ein Brennen. Was Henri auch getan haben mag, es wirkt, meine Unempfindlichkeit hat zugenommen. Ich wüsste ja zu gern, wann ich komplett immun gegen Feuer bin.

»Also, was ist geschehen?«, frage ich.

Henri holt tief Luft. »Ich hatte die gleichen Visionen. So real, als wäre man dort.«

»Ich habe nie ganz begriffen, wie schlimm das alles war. Klar, du hast es mir erzählt, aber ich habe es nicht wirklich verstanden – bis ich es mit eigenen Augen gesehen habe.«

»Die Mogadori sind anders als wir: verschlossen und intrigant, misstrauisch gegenüber fast allem. Sie haben bestimmte Kräfte, aber diese sind anderer Natur als unsere. Sie sind sehr gesellig und leben am liebsten in überfüllten Städten. Je dichter die Bevölkerung, desto besser. Deshalb bleiben du und ich außerhalb der Städte, selbst wenn man sich dem Leben dort leichter anpassen kann. Es wäre auch für sie verdammt viel leichter, dort nicht aufzufallen.«

»Vor etwa hundert Jahren«, fährt er fort, »begann der Untergang Mogadors, und er war dem Loriens fünfundzwanzigtausend Jahre davor gar nicht so unähnlich. Die Mogadori reagierten jedoch nicht wie wir – sie interpretierten das Dahinsiechen des Planeten nicht so wie jetzt allmählich die menschliche Bevölkerung das Kränkeln der Erde. Im Gegenteil, sie ignorierten es. Sie verschmutzten ihre Meere und überfüllten ihre Flüsse und Seen mit Abfall und Abwässern, damit sie ihre Städte vergrößern konnten. Die Vegetation verendete, dadurch starben die Pflanzenfresser, dann ging es den Fleischfressern bald nicht anders. Erst dann wurde den Mogadori klar, dass sie etwas Entscheidendes tun mussten.«

Henri schließt die Augen und schweigt eine ganze Minute

lang. »Weißt du, welcher Planet mit Leben Mogador am nächsten liegt?«, fragt er schließlich.

»Ja, das ist Lorien. Oder *war*, nehme ich an.«

Henri nickt. »Es ist Lorien. Und jetzt ist dir bestimmt auch klar, dass die Mogadori nur hinter unseren Ressourcen her waren.«

Jetzt bin ich derjenige, der nickt.

Bernie Kosar hebt den Kopf und gähnt herzhaft. Henri wärmt eine Hühnerbrust in der Mikrowelle auf, schneidet sie in Streifen und bringt dem Hund den Teller. Bernie Kosar frisst so gierig, als hätte er seit Tagen nichts bekommen.

»Es gibt viele Mogadori auf der Erde«, erzählt Henri nach dieser kurzen Unterbrechung weiter. »Ich weiß nicht genau, wie viele, aber ich kann sie spüren, wenn ich schlafe. Manchmal sehe ich sie in meinen Träumen. Ich weiß nie, wo sie sind oder was sie sagen. Aber ich sehe sie. Und ich glaube nicht, dass ihr sechs der einzige Grund dafür seid, dass eine derart große Anzahl sich hier aufhält.«

»Was willst du damit sagen? Warum könnten sie sonst hier sein?«

Henri blickt mir in die Augen. »Weißt du, welcher für Mogador der zweitnächste Planet, auf dem es Leben gibt, ist?«

Ich nicke. »Die Erde, nicht wahr?«

»Mogador ist doppelt so groß wie Lorien, und die Erde ist fünfmal so groß wie Mogador. Wegen ihrer Größe kann sich die Erde besser verteidigen, sie ist besser vorbereitet als Lorien. Die Mogadori müssen diesen Planeten verstehen lernen, bevor sie angreifen können. Ich kann dir nicht sagen, warum wir so leicht geschlagen wurden, weil ich so vieles davon immer noch nicht begreife. Aber ich kann mit Bestimmtheit behaupten, dass eine gewisse Kenntnis über unseren Planeten und seine Bewohner dazugehörte – plus die Tatsache, dass wir keine andere Vereidigung hatten als unsere Intelligenz und die Erbschaft der Garde. Man kann über die Mogadori sagen, was man will, aber in einem Krieg sind sie brillante Strategen.«

Wir schweigen wieder, draußen heult immer noch der Wind.

»Ich glaube nicht, dass sie die Rohstoffe der Erde wollen«, sagt Henri.

Ich seufze und sehe zu ihm auf. »Warum nicht?«

»Mogador stirbt immer noch. Auch wenn sie Notlösungen für die dringendsten Probleme gefunden haben, ist der Tod des Planeten unausweichlich, und sie wissen es. Ich glaube, sie planen, die Menschen auszulöschen. Ich denke, sie wollen die Erde zu ihrem dauerhaften Zuhause machen.«

◆◆◆

Nach dem Essen bade ich Bernie Kosar mit Shampoo – und Spülung. Danach bürste ich ihn mit einem alten Kamm, den der letzte Mieter wohl in einer Schublade vergessen hat. Schon sieht Bernie Kosar viel besser aus, er riecht sogar ganz gut bis auf sein stinkendes Halsband, das ich angeekelt wegwerfe. Bevor ich schlafen gehe, halte ich ihm die Haustür auf, aber er zeigt keinerlei Interesse daran, nach draußen zu gehen. Stattdessen legt er sich platt auf den Boden, den Kopf auf den Vorderpfoten. Offensichtlich ist es sein sehnlichster Wunsch, bei uns im Haus zu bleiben. Ob er spürt, dass ich mir dasselbe wünsche?

»Ich glaube, wir haben ein neues Haustier«, sagt Henri.

Ich grinse. Ich hatte von Anfang an gehofft, dass ich den Beagle behalten darf. »Sieht ganz so aus.«

Eine halbe Stunde später krieche ich ins Bett. Bernie Kosar springt mir nach und rollt sich an meinen Füßen zu einem Ball zusammen. Innerhalb von wenigen Minuten schnarcht er. Ich liege eine Weile auf dem Rücken und starre in die Finsternis,

Millionen verschiedene Gedanken geistern durch meinen Kopf. Bilder vom Krieg: das gierige, hungrige Aussehen der Mogadori, das zornige, harte Äußere der Bestien, die Toten, das Blut. Ich denke an die Schönheit, den Reichtum Loriens. Wird sich dort je wieder Leben entwickeln, oder werden Henri und ich für immer hier auf der Erde warten müssen?

Ich versuche die Gedanken und Bilder zu verscheuchen, aber sie kommen immer wieder zurück. Schließlich stehe ich auf und gehe eine Zeit lang im Zimmer auf und ab. Bernie Kosar hebt den Kopf, beobachtet mich kurz, schläft dann aber wieder ein. Seufzend nehme ich mein Handy von der Ladestation und kontrolliere es – vielleicht hat Mark James etwas durcheinandergebracht. Henris Nummer ist noch da, aber sie ist nicht mehr der einzige Eintrag. Darunter steht eine weitere unter dem Namen *Sarah Hart*. Nach dem letzten Läuten in der Schule, noch bevor Sarah zu meinem Spind gekommen ist, muss sie ihre Telefonnummer eingespeichert haben.

Ich lege das Handy zurück, aber nach zwei Minuten kontrolliere ich es wieder, vielleicht habe ich ja geträumt. Die Nummer ist noch da. Nach weiteren fünf Minuten nehme ich das Telefon wieder in die Hand – nur um ihre Nummer zu betrachten. Irgendwann schlafe ich ein.

Als ich am Morgen aufwache, halte ich das Handy immer noch fest an meine Brust gedrückt in der Hand.

10

Bernie Kosar kratzt an meiner Schlafzimmertür, als ich aufwache. Ich lasse ihn hinaus. Er patrouilliert mit der Nase am Boden durch den Hof. Sobald er alle Ecken überprüft hat, schießt er davon und verschwindet im Wald. Ich dusche, und zehn Minuten später ist er wieder im Haus und sitzt auf dem Sofa. Als er mich sieht, wedelt er aufgeregt mit dem Schwanz.

»Hast du ihn hereingelassen?«, frage ich Henri, der mit seinem Laptop am Küchentisch sitzt und vier Zeitungen vor sich liegen hat.

»Ja.«

Nach einem schnellen Frühstück gehen wir hinaus. Bernie Kosar überholt uns, setzt sich vor den Truck und schaut zum Beifahrersitz hinauf.

»Das ist ein bisschen unheimlich, findest du nicht?«

Henri zuckt die Schultern. »Offenbar sind ihm Ausflüge mit dem Auto nicht fremd. Lass ihn hinein.«

Zunächst setzt Bernie Kosar sich mit hängender Zunge auf den mittleren Platz, später springt er auf meinen Schoß und kratzt am Fenster. Ich lasse es herunter und er streckt mit geöffnetem Maul den halben Körper hinaus, seine Ohren flattern im Wind.

Nach drei Meilen erreichen wir die Schule. Bernie Kosar springt aufgeregt vor mir aus dem Wagen. Ich hebe ihn wieder hinein, aber er entwischt mir erneut. Das wiederholt sich, bis ich ihm den Weg versperre und schnell hinter ihm die Beifahrertür schließe. Er stellt sich auf seine Hinterbeine, die Vorderpfoten auf der Türkante, und streckt den Kopf zum Fenster raus. Ich tätschele ihn.

»Hast du deine Handschuhe?«, fragt Henri.

»Ja.«

»Handy?«

»Jep.«

»Wie fühlst du dich?«

»Alles gut.«

Als er losfährt, fetzt Bernie Kosar zum Rückfenster und sieht mir nach, bis der Wagen um die Biegung verschwindet.

Ich bin ähnlich nervös wie gestern, heute allerdings aus anderem Grund. Einerseits will ich Sarah am liebsten sofort sehen, zugleich hoffe ich, dass ich sie überhaupt nicht treffen werde. Ich weiß ja gar nicht, was ich zu ihr sagen soll! Vielleicht fällt mir nichts ein, dann stehe ich nur da und glotze sie blöd an. Vielleicht ist sie mit Mark zusammen. Soll ich sie dann ansprechen und eine neue Auseinandersetzung riskieren oder einfach vorbeigehen und tun, als bemerke ich sie nicht? Es hilft nichts, zumindest in der zweiten Stunde werde ich sie sehen – beide.

Aber zuerst mal muss ich zu meinem Spind. Meine Tasche ist voller Bücher, gestern Abend hätte ich damit arbeiten sollen, aber ich habe kein einziges auch nur aufgeschlagen. Zu viele Gedanken und Bilder gehen mir durch den Kopf. Ich kann mir nicht vorstellen, dass sie jemals wieder verschwinden. Alles war so anders, als ich erwartet hatte. Der Tod ist nicht das, was sie in den Filmen zeigen. Die Geräusche, die Bilder, die Gerüche – alles war ganz anders.

An meinem Spind ist der Metallgriff mit etwas verschmiert, das wie Schmutz aussieht. Ich hole tief Luft und öffne ihn.

Der Spind ist mit Mist gefüllt, viel davon fällt heraus auf meine Schuhe. Es stinkt entsetzlich. Ich knalle die Tür wieder zu. Sam Goode steht dahinter – sein plötzliches Auftauchen aus dem Nichts erschreckt mich. Er sieht merkwürdig verloren aus in seinem weißen NASA-T-Shirt, das sich nur wenig von dem vom Vortag unterscheidet.

»Hallo, Sam.«

Er schaut auf den Dunghaufen, dann zurück zu mir.

»Bei dir auch?«, frage ich.

Er nickt.

»Ich gehe zum Direktor. Kommst du mit?«

Er schüttelt nur den Kopf, dreht sich um und marschiert schweigend davon.

Bei Mr. Harris klopfe ich an die Tür und gehe hinein, ohne auf Antwort zu warten. Er sitzt hinter seinem Schreibtisch und trägt eine Krawatte, die von den Schulmaskottchen geziert wird, nicht weniger als zwanzig kleine Piratenköpfe sind darüber verstreut. Freudestrahlend empfängt er mich. »Heute ist ein großartiger Tag, John! Die Reporter von der *Gazette* sollten innerhalb der nächsten Stunde hier eintreffen. Ich sage nur: Titelseite!«

Jetzt fällt es mir wieder ein: Das große Interview mit Mark James für die Lokalzeitung. »Sie müssen sehr stolz sein«, bemerke ich.

»Ich bin stolz auf jeden einzelnen Schüler in Paradise.« Er strahlt immer noch über das gesamte Gesicht, lehnt sich in seinem Stuhl zurück, verschränkt die Finger und legt die Hände auf den Bauch. »Was kann ich für dich tun?«

»Ich wollte Sie nur informieren, dass mein Spind heute Morgen mit Dung gefüllt war.«

»Was soll das heißen, gefüllt?«

»Das ganze Ding war voller Mist.«

»Mist?«, fragt er verwirrt.

»Ja. Gülle. Viehfäkalien.«

Er lacht.

Dass er nicht das geringste Mitgefühl, geschweige denn Ärger zeigt, verblüfft mich. Mein Gesicht wird heiß. »Ich wollte Ihnen das mitteilen, damit sie den Spind säubern lassen. Sam Goodes Schließfach ist ebenfalls voll von diesem Dreck.«

Jetzt seufzt er und schüttelt den Kopf. »Ich schicke sofort Mr. Hobbs, den Hausmeister, hinunter, und wir werden die Sache gründlich untersuchen.«

»Wir wissen beide, wer es war, Mr. Harris.«

Er grinst mich herablassend an. »Ich werde mich um die Ermittlungen kümmern, Mr. Smith.«

Da es sowieso sinnlos ist, noch irgendetwas zu entgegnen, verlasse ich wortlos sein Büro Richtung Toilette, wo ich kaltes Wasser über Hände und Gesicht laufen lasse. Ich muss mich beruhigen. Ich will heute nicht wieder Handschuhe tragen. Vielleicht sollte ich gar nichts tun, einfach die Dinge schleifen lassen. Würde dieser Nervkram dann aufhören? Und außerdem, was kann ich sonst machen? Ich bin der Unterlegene, mein einziger Verbündeter ist ein Mitschüler von fünfzig Kilo mit einer Schwäche für Außerirdische. Na ja, vielleicht ist das nicht die ganze Wahrheit – vielleicht steht auch Sarah Hart auf meiner Seite.

Ich sehe mir meine Hände an. Sie leuchten nicht. Der Hausmeister steht schon vor meinem Spind und reinigt ihn, er fischt Bücher aus dem Misthaufen und legt sie zum Abfall. Ich gehe an ihm vorbei ins Klassenzimmer. Heute ist Grammatik dran; es geht vor allem darum zu verstehen, warum ein Gerundium kein Verb ist. Ich höre aufmerksamer zu als gestern, aber als sich die Stunde ihrem Ende nähert, werde ich doch nervös wegen des nächsten Kurses. Nicht wegen Mark … wegen Sarah. Wird sie mir heute wieder zulächeln? Ich glaube, ich sehe zu, dass ich vor ihr im Astronomieraum bin, damit ich sie beobachten kann, wenn sie hereinkommt. So kann ich feststellen, ob sie mich zuerst begrüßt.

Als es läutet, rase ich aus dem Klassenzimmer und durch die Aula. Dank meines Tempos komme ich als Erster im Klassenzimmer an, das sich schon kurz darauf füllt. Sam setzt sich wieder neben mich. Gerade bevor es klingelt, kommen Sarah und Mark zusammen herein. Sie trägt eine weiße Bluse zur schwarzen Hose und lächelt mir zu. Ich grinse zurück. Mark hingegen sieht überhaupt nicht in meine Richtung. Ich rieche immer noch den Mist an meinen Schuhen, vielleicht kommt der Gestank aber auch von Sam.

Dieser zieht eine Broschüre aus der Tasche mit dem Titel SIE SIND UNTER UNS. Sie sieht aus, als wäre sie in irgendeinem Keller gedruckt worden. Sam blättert zu einem Artikel in der Mitte und fängt sofort an zu lesen.

Sarah sitzt vier Schreibtische vor mir und hat das Haar zu einem Pferdeschwanz gebunden, unter dem ich ihren schmalen Nacken sehen kann. Sie schlägt die Beine übereinander und sitzt aufrecht da. Ach, wenn ich nur neben ihr sitzen würde, dann könnte ich nach ihrer Hand greifen! Wenn wir nur schon die achte Stunde hätten und ich wieder ihr Kochpartner in Hauswirtschaft wäre …

Mrs. Burton spricht immer noch über den Saturn, und Sam kritzelt wie wild auf ein Blatt Papier; von Zeit zu Zeit schaut er in die Broschüre, die aufgeschlagen neben ihm liegt. Ich sehe ihm über die Schulter und lese die Überschrift des Artikels: GESAMTE STADTBEVÖLKERUNG IN MONTANA VON ALIENS ENTFÜHRT.

Vor unserem Gespräch gestern Abend hätte ich eine solche Theorie verlacht. Doch Henri ist überzeugt, dass die Mogadori die Erde erobern wollen, und ich muss zugeben, Sams Artikel könnte einen wahren Kern haben, auch wenn vieles darum herum natürlich absurd ist. Ich weiß, dass die Loriener die Erde viele Male im Lauf der Planetenjahre besucht haben. Wir beobachteten die Entwicklung der Erde sowohl in Perioden des Wachstums und der Fülle, wenn alles im Fluss war, als auch in Zeiten von Schnee und Eis, wenn alles stillstand. Wir halfen den Menschen, lehrten sie Feuer zu machen, gaben ihnen Werkzeuge an die Hand, um Möglichkeiten der Kommunikation zu entwickeln – nur deshalb ist unsere Sprache den Erdensprachen so ähnlich. Und auch wenn Menschen nie von uns entführt oder verschleppt wurden, muss das ja nicht bedeuten, dass es nie durch andere Lebensformen geschehen ist. Nachdenklich betrachte ich Sam – noch nie habe ich jemanden getroffen, der von Aliens so fasziniert ist, dass er die verschiedenen Verschwörungstheorien recherchiert und sich Notizen macht.

Plötzlich wird die Tür des Klassenzimmers von außen geöffnet und Mr. Harris steckt sein grinsendes Gesicht herein. »Entschuldigen Sie die Störung, Mrs. Burton. Ich muss Ihnen Mark entführen. Die Redakteure von der *Gazette* sind hier und wollen ihn interviewen«, sagt er so laut, dass jeder im Klassenzimmer es hören kann. Mark steht auf, nimmt seine Tasche und geht lässig hinaus. An der Tür klopft ihm Mr. Harris auf den Rücken. Als ich zu Sarah sehe, wünsche ich mir, auf dem leeren Platz neben ihr zu sitzen.

◆◆◆

In der vierten Stunde haben wir Sport. Sam ist in meinem Kurs. Nach dem Umziehen sitzen wir nebeneinander auf dem Boden der Turnhalle. Er trägt Tennisschuhe, Shorts und ein T-Shirt, das zwei oder drei Nummern zu groß ist. So sieht er aus wie ein Storch, nichts als Knie und Ellbogen, und wirkt schlaksig, obwohl er klein ist.

Der Sportlehrer Mr. Wallace baut sich in einer seinem Beruf entsprechenden Haltung vor uns auf: Füße schulterbreit auseinander, die Hände zu Fäusten geballt an den Hüften. »Okay, Jungs, aufgepasst! Das ist wahrscheinlich unsere letzte Chance, im Freien zu arbeiten, deshalb strengt euch an. Ihr lauft eine Meile, so schnell ihr könnt. Eure Zeit wird notiert und im Frühling mit der verglichen, die ihr dann hinlegt. Also gebt Gas!«

Die Bahn draußen hat einen Boden aus synthetischem Gummi. Sie kreist um das Footballfeld, dahinter liegt ein Wald, der sich nach meiner Einschätzung bis zu unserem Haus hinziehen könnte, aber sicher bin ich nicht. Der Wind ist frisch; Sams Arme sind von Gänsehaut überzogen. Er versucht sie wegzurubbeln.

»Bist du die Strecke schon einmal gelaufen?«, frage ich.

Sam nickt. »In der zweiten Unterrichtswoche.«

»Was war deine Zeit?«

»Neun Minuten und vierundfünfzig Sekunden.«

Ich betrachte ihn. »Heißt es nicht, die mageren Kids seien schnell?«

»Halt die Klappe.«

Ich laufe neben Sam im letzten Drittel der Klasse. Vier Runden sind eine Meile. Nach einer halben lasse ich Sam hinter mir. Wie lange würde ich brauchen, wenn ich mich anstrengte? Zwei Minuten? Vielleicht eine? Weniger?

Die Bewegung tut gut, und ohne auf die anderen zu achten, übernehme ich die Führung. Dann werde ich langsamer, lasse mich zurückfallen und spiele den Erschöpften. Plötzlich rast etwas Braun-Weißes aus den Büschen beim Eingang der Tribüne auf mich zu. Habe ich Halluzinationen? Ich sehe weg und renne weiter, jetzt am Lehrer vorbei. Er hält eine Stoppuhr und schreit etwa Anfeuerndes, aber er schaut hinter mich, weg von der Bahn. Ich folge seinem Blick: Er starrt das Braun-Weiße an, das immer noch direkt auf mich zurast – und plötzlich dringen die Bilder von gestern auf mich ein. Die Mogadori-Bestien! Es gab auch kleine unter ihnen, mit Zähnen, die im Licht schimmerten wie Rasierklingen, schnelle Geschöpfe, aufs Töten versessen. Ich fange an zu spurten.

Eine halbe Bahn weit lege ich einen Sprint hin, wie es hier wohl noch keinen gegeben hat, dann drehe ich mich um. Hinter mir ist nichts. Ich bin ihm davongelaufen. Zwanzig Sekunden vergehen. Dann sehe ich wieder nach vorn und das Ding ist direkt vor mir. Es muss quer übers Feld gerannt sein. Ich bleibe auf der Stelle stehen und auf einmal sehe ich wieder klar: Mitten in der Bahn sitzt Bernie Kosar, lässt die Zunge heraushängen und wedelt mit dem Schwanz.

»Bernie Kosar!«, brülle ich. »Du hast mich verdammt noch mal erschreckt!«

Ich laufe in mäßigem Tempo weiter, Bernie Kosar trabt neben mir her. Hoffentlich hat niemand gemerkt, wie schnell ich geworden bin! Dann bleibe ich stehen und beuge mich vor, als hätte ich Krämpfe und wäre völlig außer Atem. Ich gehe ein paar Schritte, dann jogge ich ein bisschen. Bevor ich die zweite Runde hinter mir habe, laufen zwei Schüler an mir vorbei.

»Smith! Was war los? Du hattest alle abgehängt!«, schreit Mr. Wallace, als ich an ihm vorbeilaufe.

Ich ziehe eine kleine Show als Atemloser ab. »Ich – habe – Asthma.«

Er schüttelt missbilligend den Kopf. »Und ich hatte schon gehofft, der diesjährige Laufchampion von Ohio wäre in meiner Klasse.«

Ich zucke die Achseln und laufe weiter, immer wieder verfalle ich in Schritttempo. Bernie Kosar bleibt treu neben mir. Auf der letzten Runde holt Sam mich ein und wir laufen zusammen. Sein Gesicht ist knallrot.

»Was hast du denn heute in Astronomie gelesen?«, frage ich. »Eine ganze Stadt in Montana von Aliens entführt?«

Er grinst. »Klar, das ist die Theorie«, keucht er dann. Es klingt, als wäre es ihm ein wenig peinlich.

»Warum würde denn jemand eine ganze Stadt entführen?«

Sam zieht die Augenbrauen hoch, sagt aber nichts.

»Nein, ehrlich.«

»Willst du es wirklich wissen?«

»Natürlich.«

»Na ja, die Theorie ist, dass es ein Tauschgeschäft der Regierung ist: Entführungen gegen Technologie.«

»Echt? Was für eine Art Technologie?«, frage ich.

»Chips für Supercomputer, Formeln für weitere Bomben und grüne Technologien. Solche Sachen.«

»Grüne Technologien gegen lebende Exemplare? Irre. Was fangen Aliens mit entführten Menschen an?«

»Sie wollen uns studieren.«

»Aber warum?«

»Wenn die Katastrophe kommt, kennen sie unsere Schwächen und können uns dadurch leichter besiegen.«

Die Antwort verblüfft mich, aber nur, weil die Szenen der letzten Nacht noch so präsent sind, ich die Waffen der Mogadori, die großen Bestien förmlich vor mir sehe.

»Wäre das nicht sowieso ein Leichtes für sie, wenn ihre Waffen und Technologien unseren schon überlegen sind?«

»Nun, manche Leute vertreten die Theorie, dass die Aliens einfach warten, bis wir uns selbst vernichtet haben.«

Ich sehe Sam an. Er lächelt unsicher und scheint zu überlegen, ob ich das Gespräch ernst nehme.

»Warum sollten sie wollen, dass wir uns zuerst vernichten? Was treibt sie denn an?«

»Ihre Eifersucht.«

»Eifersüchtig auf uns? Warum, weil wir so unfassbar sexy sind?«

Sam lacht. »Ja, so in etwa.«

Ich nicke. Schweigend laufen wir eine Minute lang nebeneinander her und ich bemerke, dass Sam seine Schwierigkeiten hat – er atmet schwer. »Wieso interessiert dich das alles?«

Er zuckt die Achseln. »Es ist nur ein Hobby.«

Aber ich habe das eindeutige Gefühl, dass er mir etwas verschweigt.

Mit acht Minuten und neunundfünfzig Sekunden bringen wir die Meile hinter uns, Sam ist besser als bei seinem letzten Rennen. Bernie Kosar trottet hinter der Klasse her zurück zur Schule. Die anderen streicheln ihn. Als wir ins Gebäude gehen, versucht er mitzukommen. Keine Ahnung, woher er wusste, wo ich bin. Könnte er sich den Schulweg bei der Herfahrt eingeprägt haben? Der Gedanke kommt mir lächerlich vor.

Er bleibt an der Tür sitzen. Ich gehe mit Sam zu den Schließfächern, und sowie er wieder bei Atem ist, überschüttet er mich mit einer Tonne weiterer Verschwörungstheorien, von denen die meisten zum Totlachen sind. Ich mag ihn und finde ihn amüsant – nur könnte er manchmal einfach die Klappe halten.

◆◆◆

Hauswirtschaft. Keine Sarah weit und breit. Mrs. Benshoff gibt die ersten zehn Minuten Anweisungen, dann gehen wir in die Küche.

Gerade als ich mich damit abfinden will, heute allein kochen zu müssen, stürmt Sarah herein. »Habe ich etwas Gutes versäumt?«

»Etwa zehn Minuten Lebenszeit mit mir«, antworte ich grinsend.

Sie lacht. »Ich habe gehört, was heute Morgen mit deinem Spind passiert ist. Es tut mir leid.«

»Hast du den Mist hineingepackt?«

Sie lacht wieder. »Nein, natürlich nicht. Aber ich weiß, dass die Typen dich meinetwegen ärgern wollen.«

»Sie haben Glück, das ich sie nicht mit meinen Superkräften in die übernächste Kleinstadt schleudere.«

Spielerisch greift sie nach meinem Bizeps. »Stimmt, das sind gewaltige Muckis. Deine Superkräfte. Mannomann, da haben die anderen aber Glück gehabt!«

Heute ist es unsere Aufgabe, Heidelbeerküchlein zu backen. Während wir den Teig zusammenmischen, erzählt Sarah mir doch tatsächlich ihre Geschichte mit Mark.

Zwei Jahre lang sind sie miteinander gegangen. In dieser Zeit entfernte sie sich immer mehr von ihren Eltern und ihren bisherigen Freunden. Sie war Marks Freundin, nichts anderes zählte mehr. Sie merkte, dass sie sich veränderte, dass sie einige seiner Verhaltensweisen übernahm, andere vorschnell verurteilte und unfreundlich behandelte, sich für etwas Besseres hielt. Sie fing sogar an zu trinken und ihre Noten wurden schlechter. Nach dem vergangenen Schuljahr schickten ihre Eltern sie dann in den Sommerferien zu einer Tante nach Colorado. Dort machte sie lange Wanderungen in die Berge und fotografierte die Landschaft mit der Kamera ihrer Tante. In diesem wunderschönen Sommer entdeckte sie nicht nur ihre Leidenschaft für die Fotografie, sondern wurde sich auch bewusst, dass zum Leben viel mehr gehört als Cheerleader und die Freundin vom Quarterback des Footballteams zu sein. Zu Hause angekommen, beendete sie die Beziehung zu Mark und gab das Cheerleading auf. Sie schwor sich, wieder nett zu ihren Mitmenschen zu sein.

Mark hat das nicht überwunden. Sarah erklärt mir, dass er immer noch Besitzansprüche anmeldet und offenbar glaubt, dass sie zu ihm zurückkommt. Sie sagt, das Einzige, was sie vermisse, seien seine Hunde, mit denen sie immer zusammen war, wenn sie ihn besuchte. Da erzähle ich ihr von Bernie Kosar und wie er nach dem ersten Schultag unerwartet auf unserer Türschwelle auftauchte.

Beim Quatschen arbeiten wir. Einmal greife ich ohne Topfhandschuh in den Backofen und ziehe die Kuchenform heraus. Sarah beobachtet es und fragt erschrocken, ob ich Schmerzen habe. Schnell gebe ich vor, mich leicht verbrannt zu haben, obwohl ich jetzt tatsächlich gar nichts mehr spüre. Sarah lässt lauwarmes Wasser über die nicht vorhandene Verbrennung laufen – und ich genieße ihre Fürsorge. Als wir schließlich die Küchlein mit Zuckerguss verzieren, merkt sie an, festgestellt zu haben, dass auf meinem Handy nur eine Nummer gespeichert sei. Ich erkläre ihr, dass es Henris Nummer ist, und behaupte, mein altes Handy mit allen Kontakten verloren zu haben. Jetzt erkundigt sie sich interessiert, ob ich beim Umzug vielleicht eine Freundin zurückgelassen habe, und als ich verneine, lächelt sie so strahlend, dass es mich ehrlich gesagt fast umhaut. Kurz vor Ende der Stunde erzählt sie vom bevorstehenden Halloweenfest in der Stadt; sie hofft, mich dort zu treffen, wir könnten ja gemeinsam mal was unternehmen. Ich, ganz cool: »Ja, das wäre nett« – aber innerlich hebe ich ab und fliege gen Himmel.

11

Immer wieder tauchen Bilder vor meinem inneren Auge auf, meistens, wenn ich sie am wenigsten erwarte. Manchmal sind die Erscheinungen kurz und flüchtig: meine Großmutter mit einem Glas Wasser in der Hand, sie öffnet den Mund und will etwas sagen – aber ich weiß nie, was, weil das Bild so schnell wieder verschwindet, wie es erschienen ist. Ab und zu bleiben die Erinnerungen etwas länger, wie die von meinem Großvater, der mich auf einer Schaukel abstößt. Ich spüre dabei die Stärke seiner Arme, das Flattern in meinem Magen, wenn ich heruntersause, der Wind trägt mein Lachen davon. Dann ist das Bild weg. Manchmal erinnere ich mich exakt an Details aus meiner Vergangenheit und daran, dass ich ein Teil von ihnen war. Doch gelegentlich sind sie für mich so neu, als hätte sich das,was sie mir zeigen, nie ereignet.

Als Henri im Wohnzimmer mit dem lorienischen Kristall über meine Arme streicht, während meine Hände über Flammen hängen, sehe ich Folgendes: Ich bin noch klein – drei, vielleicht vier – und laufe durch das frisch gemähte Gras vor unserem Haus. Neben mir ist ein Tier mit einem Körper wie ein Hund, aber mit einem Tigerfell. Sein Kopf ist rund, der Brustkorb breit auf kurzen Beinen. Es gleicht keinem Tier, das ich kenne. Es duckt sich, bereit, auf mich zu springen. Ich kann gar nicht aufhören zu lachen. Dann springt es, ich will es fangen, bin aber zu klein, wir fallen beide ins Gras und ringen miteinander. Es ist stärker als ich. Dann springt es in die Luft, und statt zurückzufallen, verwandelt es sich in einen Vogel und umflattert mich so, dass ich es gerade nicht erreichen kann. Dann schießt es zwischen meinen Beinen hindurch und landet einen halben Meter entfernt auf dem Boden. Dort wird es zu einem Tier, das aussieht wie ein Affe ohne Schwanz. Es duckt sich, um zu mir zu springen.

Da kommt ein Mann den Weg herauf. Er ist jung und trägt einen engen, taucherähnlichen Gummianzug in Silber und Blau. Er spricht mit mir in einer Sprache, die ich nicht verstehe. Dann ruft er: »Hadley!«, und nickt dem Tier zu. Es läuft zu ihm, wird dabei größer und verwandelt sich in etwas Bärenähnliches mit einer Löwenmähne. Ihre Köpfe sind auf gleicher Höhe, und der Mann krault Hadley unterm Kinn. Mein Großvater kommt aus dem Haus. Trotz seiner mindestens fünfzig Jahre sieht sein Gesicht jugendlich aus.

Er schüttelt dem Mann die Hand, sie reden miteinander, doch ich verstehe immer noch nichts. Dann blickt mich der Mann an, lächelt, streckt die Hand nach mir aus – und plötzlich fliege ich durch die Luft. Hadley folgt, jetzt wieder als Vogel. Obwohl ich eigentlich die Kontrolle über all meine Körperfunktionen habe, entscheidet der Mann, wohin ich fliege, er weist mit der Hand nach links oder rechts. Hadley und ich spielen in der Luft, er kitzelt mich mit seinem Schnabel, ich versuche ihn zu packen.

Und dann öffne ich die Augen und die Bilder sind verschwunden.

»Dein Großvater konnte sich unsichtbar machen, wenn er wollte«, höre ich Henri sagen. Ich schließe die Augen wieder. Der Kristall fährt mir weiter über die Arme und verbreitet das Feuer, für das mein übriger Körper unempfindlich ist. »Ein sehr seltenes Erbe, es entwickelt sich nur bei einem Prozent unserer Leute, und er war einer von ihnen. Er konnte sich und das, was er berührte, völlig verschwinden lassen. Einmal wollte er mir einen Streich spielen, bevor ich wusste, was seine geerbten Gaben waren. Du warst etwa ein Jahr alt und ich hatte gerade begonnen, mit deiner Familie zu arbeiten. Am Vortag war ich zum ersten Mal bei euch gewesen, und als ich jetzt zum zweiten Mal den Hügel hinaufkam, war das Haus verschwunden. Ich sah die Auffahrt, einen Wagen und den Baum, aber kein Haus. Ich dachte, ich verliere den Verstand. Ich ging weiter. Dann, als ich wusste, dass ich zu weit gelaufen war, drehte ich mich um – und dort, in einiger Entfernung, stand das Haus. Also machte ich kehrt, aber sowie ich in die Nähe kam, verschwand das Gebäude wieder. Ich blieb wie angewurzelt stehen und starrte auf den Fleck, wo es sein musste, sah aber nur die Bäume dahinter. Also marschierte ich ziellos dort herum, wo ich das Haus vermutete. Erst beim dritten Mal ließ dein Großvater das Gebäude endgültig wieder erscheinen. Er konnte gar nicht mehr aufhören zu lachen. Ich stimmte ein. Über die Erinnerung an diesen Tag haben wir gemeinsam die nächsten vier Jahre gelacht – die ganze Zeit bis zum Ende.«

Als ich die Augen öffne, bin ich wieder auf dem Schlachtfeld. Explosionen, Feuer, Tod.

»Dein Großvater war ein guter Mann«, fährt Henri fort. »Er hat die Leute gern zum Lachen gebracht, hat oft Witze erzählt. Ich glaube, ich habe euer Haus nicht ein einziges Mal ohne Bauchweh vor Lachen verlassen.«

Der Himmel hat sich rot gefärbt. Ein Baum fliegt durch die Luft, ein Mann in silberblauer Kleidung hat ihn geworfen; es ist der gleiche Mann, den ich beim Haus gesehen habe. Er hat zwei Mogadori umgebracht und ich will schon in Siegesgeschrei ausbrechen – aber was soll der Jubel? Egal wie viele Mogadori ich sterben sehe, das Ergebnis des Kampfes lässt sich ja doch nicht ändern. Die Loriener werden besiegt, jeder Einzelne von ihnen getötet sein. Und ich werde zur Erde geschickt.

»Ich habe den Mann niemals wütend gesehen. Wenn alle anderen die Beherrschung verloren, wenn Stress und Angespanntheit um sich griffen, ist dein Großvater ruhig geblieben. Gewöhnlich erzählte er gerade dann seine besten Witze, und im Handumdrehen lachten alle wieder.«

Die kleinen Bestien greifen nun die unschuldigen Kinder an, die absolut hilflos sind; die Wunderkerzen von der Feier halten sie immer noch in den Händen. So verlieren wir – nur wenige Loriener bekämpfen die Biester, während die anderen versuchen, die Kinder zu retten.

»Deine Großmutter war anders. Sie war ruhig und zurückhaltend, sehr intelligent. So ergänzten sie sich, dein Großvater war der sorglose Alleinunterhalter und deine Großmutter wirkte hinter den Kulissen, sodass alles ablief wie geplant.«

Hoch oben am Himmel erkenne ich die blaue Rauchfahne des Raumschiffs, das uns zur Erde bringen wird, uns neun und unsere Cêpan. Offensichtlich beunruhigt es die Mogadori.

»Und dann war da noch Juliane, meine Frau.«

Weit in der Ferne ertönt eine Explosion, es klingt wie das Abheben einer Rakete. Ein anderes Raumschiff steigt mit einer Feuerfahne hinter sich in die Luft. Ich bin verwirrt. Unsere Raumschiffe benutzten kein Feuer zum Abheben, sie gebrauchten weder Öl noch Benzin. Ihre kleine blaue Rauchfahne kam immer von den Kristallen, von denen sie angetrieben wurden, nie von Feuern wie diese. Das zweite Raumschiff ist im Vergleich zum ersten langsam und schwerfällig, dennoch steigt es durch die Luft und gewinnt an Tempo. Nie hat Henri ein zweites Raumschiff erwähnt! Wer ist darin? Wohin fliegt es? Die Mogadori brüllen und deuten darauf. Wieder verursacht es Unruhe, und ganz kurz sind die Loriener im Vorteil.

»Sie hatte die grünsten Augen, die man sich vorstellen kann – so strahlend grün wie Smaragde, und ein Herz so groß wie der ganze Planet. Immer half sie anderen, ständig brachte sie Tiere ins Haus, behielt und pflegte sie. Nie werde ich wissen, was sie in mir sah.«

Die große Bestie mit den roten Augen und den riesigen Hörnern ist zurückgekommen. Speichel, mit Blut vermischt, läuft von den rasierklingenscharfen Zähnen, die wegen ihrer Größe aus dem Maul herausragen. Der silberblaue Mann steht direkt davor. Er wendet all seine Kräfte auf, um die Bestie zu heben, und bekommt sie ein wenig über den Boden, aber höher nicht. Das Ungeheuer brüllt, schüttelt sich und fällt zu Boden. Es stemmt sich gegen die Kräfte des Mannes, kann sie aber nicht brechen. Der Mann hebt das Untier wieder. Schweiß und Blut glitzern im Mondlicht auf seinem Gesicht. Dann biegt er die Hände stärker und die Bestie stürzt auf die Seite. Der Boden erzittert. Donner und Blitz erfüllen den Himmel, aber es fällt kein Regen.

»Sie war eine Langschläferin; ich bin immer vor ihr aufgewacht. Dann saß ich in der Essecke, las die Zeitung, machte Frühstück und ging spazieren. Manchmal schlief sie noch, wenn ich zurückkam. Ich war ungeduldig, wollte den Tag mit ihr beginnen. Es machte mich einfach glücklich, mit ihr zusammen zu sein. Ich versuchte dann meistens, sie zu wecken. Doch sie zog sich die Bettdecke über den Kopf und knurrte mich an. Fast jeden Morgen war es so.«

Die Bestie schlägt heftig um sich, doch der Mann ist ihr immer noch überlegen. Andere Gardisten eilen herbei, jeder erprobt seine Kraft an dem gewaltigen Untier, Feuer und Blitz regnen auf es hernieder, Laserstrahlen beschießen es von allen Seiten. Manche Gardisten greifen es mit nicht sichtbaren Mitteln an: Sie stehen entfernt und strecken konzentriert die Hände aus. Und hoch oben braut sich ein kollektiver Sturm zusammen, eine große Wolke wächst und wächst; sie leuchtet in einer sonst klaren Luft, eine Art von Energie sammelt sich darin.

Alle Gardisten tragen dazu bei, alle helfen, diesen verheerenden Nebel zu schaffen. Dann schießt ein letzter, großer Blitzstrahl herab – und trifft die Bestie dort, wo sie liegt. Sie stirbt an Ort und Stelle.

»Was hätte ich tun können? Was hätte *überhaupt* jemand tun können? Wir waren neunzehn auf diesem Schiff. Ihr neun Kinder und wir neun Cêpan, nur ausgewählt, weil wir zufällig in dieser Nacht am richtigen Ort waren, plus der Pilot, der uns hierherbrachte. Wir Cêpan konnten nicht kämpfen, und was hätte es schon genützt? Die Cêpan sind Bürokraten, sie sollen den Planeten verwalten, lehren, die neuen Gardisten darin unterweisen, ihre Kräfte zu verstehen und mit ihnen umgehen zu lernen. Wir waren nie als Kämpfer gedacht. Wir wären erfolglos gewesen, gestorben wie die anderen. Wir konnten nur mit euch wegziehen, damit ihr weiterlebt und eines Tages den schönsten Planeten im ganzen Universum wieder zum Blühen bringt.«

Ich schließe die Augen. Als ich sie wieder öffne, ist die Schlacht zu Ende. Rauch steigt vom Boden zwischen den Toten und Sterbenden auf. Bäume sind gefällt, Wälder verbrannt, nichts ist geblieben außer den wenigen Mogadori, die überlebten, um die Geschichte erzählen zu können.

Die Sonne steigt nach Süden und färbt alles über dem kargen Land in blasses, rotes Licht. Sie bescheint gnadenlos Berge von Leichen, Körperteile fehlen. Auf einem dieser Berge liegt der silberblaue Mann, tot wie die anderen. An seinem Körper sind keine erkennbaren Wunden, doch er ist tot.

Ich öffne die Augen. Ich kann nicht atmen, mein Mund ist trocken, ausgedörrt.

»Hier!« Henri hilft mir vom Tisch, führt mich in die Küche und zieht einen Stuhl für mich heran. Tränen steigen mir in die Augen. Henri bringt mir ein Glas Wasser, ich trinke es in einem Zug leer und ringe immer noch um Luft. Nach dem zweiten

Glas frage ich Henri: »Warum hast du mir nie von dem zweiten Raumschiff erzählt?«

»Wovon redest du?«

»Es gab ein zweites Raumschiff.«

»Wo?«

»Auf Lorien, an dem Tag, als wir flüchteten. Ein zweites Raumschiff, das nach unserem startete.«

»Unmöglich«, antwortet er. »Die anderen Raumschiffe waren zerstört. Das habe ich selbst gesehen. Als die Mogadori landeten, nahmen sie sich als Erstes unsere Häfen vor. Wir sind im einzigen Raumschiff geflogen, das ihren Angriff überstanden hat. Es war ein Wunder, dass wir abreisen konnten.«

»Ich habe ein weiteres Raumschiff gesehen. Es lief mit Treibstoff und zog einen Feuerball hinter sich her.«

»Ganz bestimmt, John?«

»Ganz bestimmt.«

Er lehnt sich nachdenklich in seinem Stuhl zurück und blickt aus dem Fenster. Bernie Kosar sitzt auf dem Boden und starrt zu uns beiden hoch.

»Es ist von Lorien weggeflogen; ich habe es beobachtet, bis es verschwunden ist«, ergänze ich.

»Das leuchtet mir nicht ein. Wie sollte das möglich sein? Es war nichts übrig.«

»Aber es gab ein zweites Raumschiff.«

Langes Schweigen.

»Henri?«

»Ja?«

»Was war auf diesem Schiff?«

Er sieht mich durchdringend an. »Ich weiß es nicht. Wirklich, ich weiß es nicht.«

◆◆◆

Wir sitzen im Wohnzimmer, ein Feuer prasselt im Kamin, Bernie Kosar liegt auf meinem Schoß. Nur das gelegentliche Knacken von brennendem Holz durchbricht die Stille.

»An!« Ich schnalze mit den Fingern – und meine rechte Hand leuchtet, zwar nicht so hell wie zuvor, aber fast. In der kurzen Zeit, in der Henri mich unterrichtet, habe ich gelernt, das Leuchten zu beherrschen. Ich kann es konzentrieren, den Radius vergrößern wie beim Licht in einem Haus, oder fokussieren wie bei einer Taschenlampe. Damit komme ich schneller zurecht als erwartet. Die linke Hand ist noch dunkler als die rechte, aber auch sie wird langsam heller. Das Fingerschnippen und »An«-Sagen ist natürlich nur Angeberei, beides ist nicht nötig, um das Licht zu kontrollieren oder herbeizurufen. Tatsächlich geschieht es mehr im Innern, so leicht wie ein Blinzeln.

»Wann wird sich mein übriges Erbe entwickeln, was glaubst du?«, frage ich neugierig.

Henri sieht von seiner Zeitung auf. »Bald. Das nächste sollte sich innerhalb dieses Monats zeigen. Du musst nur gut aufpassen. Nicht alle Kräfte werden so offensichtlich sein wie deine leuchtenden Hände.«

»Wie lange dauert es, bis ich alle empfangen habe?«

Er zuckt die Achseln. »Manchmal ist alles innerhalb von zwei Monaten da, manchmal dauert es bis zu einem Jahr. Bei jedem von der Garde ist es anders. Aber egal wie lange es braucht, dein wichtigstes Erbe wird sich als Letztes entwickeln.«

Ich schließe die Augen und lehne mich auf dem Sofa zurück. Mein wichtigstes Erbe wird mich befähigen zu kämpfen. Ich bin mir nicht sicher, was ich mir am meisten wünsche. Laserstrahlen? Gedankenkontrolle? Die Möglichkeit, das Wetter zu ändern, wie es der silberblaue Mann getan hat? Oder etwas Dunkleres, Unheimlicheres wie die Fähigkeit, ohne Berührung zu töten?

Ich streichle Bernie Kosar über den Rücken und schaue zu Henri hinüber. Er trägt eine Schlafmütze und eine Brille auf der Nasenspitze wie die Ratte aus einem Bilderbuch.

»Warum waren wir an dem Tag überhaupt auf dem Flugplatz?«, frage ich.

»Wir waren zu einer Flugschau gekommen. Danach haben wir ein paar Luftschiffe besichtigt.«

»War das wirklich der einzige Grund?«

Er sieht mich an und nickt. Dann schluckt er angestrengt. Irgendwie werde ich das Gefühl nicht los, dass er mir etwas verheimlicht.

»Und wie wurde entschieden, dass wir abreisen? Ich meine, ein solcher Plan braucht doch mehr Zeit als nur ein paar Minuten, oder?«

»Wir sind erst drei Stunden nach Beginn der Invasion abgeflogen. Erinnerst du dich an gar nichts, was damals geschah?«

»An sehr wenig.«

»Wir haben deinen Großvater an der Statue von Pittacus getroffen. Er hat mir dich übergeben und mir aufgetragen, ich solle dich zum Flugplatz bringen, das sei unsere einzige Chance. Unter dem Flugplatz befand sich ein unterirdisches Truppenlager. Er berichtete mir schnell, dass es immer einen Katastrophenplan gegeben habe für den Fall, dass etwas dieser Art geschähe, aber dieser wäre nie ernst genommen worden, weil ein Angriff völlig absurd erschien. Genau wie hier auf der Erde. Wenn du einem Menschen jetzt erzählst, dass ein Angriff von Aliens droht, lacht er dich aus. Auf Lorien war es nicht anders. Ich fragte ihn, woher er von dem Plan wüsste – er lächelte nur und verabschiedete sich. Es war sinnvoll, dass so gut wie keiner, also nur wenige Ausgewählte, Bescheid wussten.«

Ich nicke. »Und sofort, einfach so, hattet ihr Jungs die Idee, zur Erde zu fliegen?«

»Natürlich nicht. Einer der Ältesten des Planeten kam zum Flugplatz. Er sprach den lorienischen Zauber, der eure Fußknöchel zeichnet und euch alle miteinander verbindet, und er gab jedem von euch ein Amulett. Er nannte euch besondere, gesegnete Kinder, und ich nehme an, er meinte eure Fluchtchance. Wir hatten ursprünglich vor, mit dem Luftschiff abzuheben und in der Luft zu warten, bis alles unten vorbei war, bis unsere Leute die Angreifer geschlagen hatten. Was nie geschehen ist …« Er macht eine Pause, dann seufzt er. »Eine Woche lang blieben wir im Weltraum. So lange hat es gedauert, bis die Mogadori Lorien völlig zerstört hatten. Danach war klar, dass wir nicht zurückkonnten, und wir steuerten die Erde an.«

»Warum hat der Älteste mit seinem Zauber nicht dafür gesorgt, dass niemand von uns getötet werden kann, egal, welche Nummer er hat?«

»Nicht alles geht, John. Du sprichst von Unbesiegbarkeit. Das ist nicht möglich.«

Ich nicke. Der Zauber hat Grenzen. Wenn ein Mogadori uns außerhalb der Reihenfolge zu töten versucht, erleidet er selbst, was er einem von uns zufügen will. Hätte beispielsweise einer versucht, mir in den Kopf zu schießen, wäre die Kugel durch sein eigenes Haupt gedrungen. Doch nun ist es anders. Wenn sie mich jetzt fangen, sterbe ich.

Einen Augenblick überdenke ich das alles schweigend. Der Flughafen. Loriens einziger überlebender Ältester, der den Zauber über uns verhängt. Lorien, gestorben. Die Ältesten waren die ersten Bewohner von Lorien, die Geschöpfe, die den Planeten zu dem machten, was er war. Am Anfang gab es zehn von ihnen und sie trugen das gesamte Erbe in sich. So alt waren sie, so aus einer fernen Zeit, dass sie mehr wie ein Mythos wirkten, nicht aus der Realität geboren. Und jetzt weiß niemand, was mit ihnen geschah, ob sie alle tot sind.

Ich versuche mich daran zu erinnern, wie wir um den Planeten kreisten und warteten, ob wir zurückkehren könnten, aber es gelingt mir nicht. Ich habe nur noch Bilderfetzen, kurze Szenen von der Reise im Gedächtnis. Das Innere des Schiffs war rund und offen bis auf Waschräume mit Türen. Auf einer Seite standen Feldbetten, auf der anderen trieben wir Sport, so gut es ging, und machten Spiele, die uns beschäftigen sollten. Ich kann mich nicht erinnern, wie die anderen Loriener aussahen oder welche Spiele es waren. Ich weiß nur noch, dass ich es langweilig fand, ein ganzes Jahr mit siebzehn anderen Flüchtlingen in einem Raumschiff zu verbringen. Es gab ein ausgestopftes Tier, mit dem ich nachts im Bett lag – und obwohl diese Erinnerung bestimmt falsch ist, meine ich noch zu wissen, dass dieses Tier mit mir gespielt hat.

»Henri?«

»Ja?«

»Ich sehe immer wieder einen Mann in einem silberblauen Anzug vor mir. Er ist sowohl bei unserem Haus als auch auf dem Schlachtfeld. Er konnte das Wetter verändern. Und dann sehe ich ihn als Toten.«

Henri nickt. »Immer wenn du in Gedanken zurückreist, erscheinen nur die Szenen, die wichtig für dich sind.«

»Er war mein Vater, stimmt's?«

»Ja. Er sollte nicht oft zu uns kommen, tat es aber trotzdem. Er war häufig da.«

Ich seufze. Mein Vater hatte mutig gekämpft, hatte die Bestie und viele Soldaten getötet. Aber am Ende hatte das nicht gereicht.

»Haben wir wirklich eine Chance, zu gewinnen?«

»Was meinst du?«

»Wir wurden so leicht geschlagen. Welche Chance gibt es für ein anderes Ergebnis, wenn wir gefunden werden?! Selbst wenn wir alle, jeder Einzelne, unsere Kräfte entwickelt haben, zusammenkommen und zum Kampf bereit sind – welche Hoffnung haben wir bei solchen Gegnern?«

»Hoffnung?«, fragt Henri. »Hoffnung gibt es immer, John. Die neuen Entwicklungen müssen sich noch zeigen. Nicht alle Informationen liegen vor. Nein. Gib die Hoffnung noch nicht auf. Das ist das Letzte, was verschwindet. Wenn du die Hoffnung verloren hast, hast du alles verloren. Und wenn du glaubst, alles sei verloren, wenn alles entsetzlich und trostlos ist – gibt es immer noch Hoffnung.«

12

Am Samstag, knapp zwei Wochen nach unserer Ankunft in Paradise, gehen Henri und ich in die Stadt zum Halloweenumzug. Ich glaube, das abgeschiedene Leben macht uns beiden zu schaffen. Wir sind zwar grundsätzlich daran gewöhnt, aber die Abgeschiedenheit in Ohio ist anders. Sie birgt eine gewisse Stille in sich, eine gewisse Einsamkeit.

Es ist ein kalter Tag, die Sonne blinzelt nur gelegentlich zwischen dicken weißen Wolken hervor, die über den Himmel wandern. In der Stadt ist viel los. Alle Kids sind kostümiert. Wir haben eine Leine für Bernie Kosar gekauft und ihm außerdem ein Superman-Cape mit einem großen S auf der Brust angezogen. Es scheint ihn wenig zu beeindrucken. Er ist aber auch nicht der einzige vierbeinige Superman.

Henri und ich stehen auf dem Fußweg vor dem Imbisswagen Hungriger Bär gerade außerhalb des Kreisverkehrs in der Mitte der Stadt und warten auf den Umzug. Im Fenster hinter uns hängt der *Gazette*-Artikel über Mark James. Er ist an der Fünfzigmeterlinie auf dem Footballfeld abgebildet, in Lettermanjacket, die Arme verschränkt, den rechten Fuß lässig auf einen Football gestellt und ein ironisches, selbstsicheres Grinsen im Gesicht. Selbst ich muss zugeben, dass er Eindruck macht.

Henri bemerkt, dass ich auf den Zeitungsausschnitt starre. »Das ist dein Freund, richtig?« Henri kennt die ganze Geschichte vom Beinah-Kampf über den Kuhmist bis zu der Tatsache, dass ich in Marks Exfreundin verschossen bin. Seit er das alles weiß, hat er von Mark nur als meinem ›Freund‹ gesprochen.

»Mein *bester* Freund«, verbessere ich.

Die Kapelle beginnt zu spielen. Die Musiker führen den Umzug an, hinter ihnen folgen verschiedene Wagen, geschmückt mit zu Halloween passenden Themen, auf einem stehen Mark und ein paar Footballspieler. Manche kenne ich aus der Schule, andere nicht. Sie werfen Bonbons auf die Kinder. Dann erkennt Mark mich und macht den Typ neben sich darauf aufmerksam – Kevin, dem ich in der Cafeteria mein Knie in den Schritt gestoßen habe. Mark deutet auf mich und sagt etwas. Beide lachen.

»Ist es der?«, fragt Henri.

»Der ist es.«

»Sieht aus wie ein Schwachkopf.«

»Sag ich doch.«

Dann kommen die Cheerleader zu Fuß hinter den Wagen, alle in Uniform, das Haar zurückgebunden, lächelnd und winkend. Sarah läuft neben ihnen her und fotografiert sie, während sie ihre Choreographie performen. Obwohl Sarah Jeans trägt und kein Make-up, ist sie viel schöner als alle anderen.

Henri sieht, dass ich sie anstarre. Dann dreht er sich wieder der Parade zu. »Das ist sie, hm?«

»Das ist sie.«

Sie erkennt mich und winkt, dann deutet sie auf die Kamera zum Zeichen, dass sie eigentlich zu uns rüberkommen möchte, aber jetzt fotografiert. Ich nicke lächelnd.

»Also«, räuspert sich Henri, »ich kann auf jeden Fall, äh, die Anziehungskraft verstehen.«

Wir sehen uns den Umzug an. Der Bürgermeister von Paradise kommt vorbei, er sitzt hinten in einem roten Cabrio und wirft den Kindern ebenfalls Bonbons zu. Heute wird es ziemlich viele aufgedrehte Kids geben.

Jemand tippt mir auf die Schulter. Ich drehe mich um. »Sam Goode. Was gibt's Neues?«

Er zuckt die Achseln. »Nichts. Und was treibst du so?«

»Wir sehen uns die Parade an. Das ist mein Dad, Henri.«

Sie schütteln sich die Hand und Henri sagt: »John hat mir viel von dir erzählt.«

»Wirklich?«, fragt Sam mit schiefem Grinsen.

»Wirklich«, antwortet Henri. Nach einer kurzen Pause lächelt er. »Weißt du, ich habe recherchiert. Vielleicht hast du es schon mal gehört, aber wusstest du, dass Aliens hinter Gewittern stecken? Die Aliens verursachen Gewitter, damit sie unbemerkt auf unserem Planeten landen können. Der Sturm schafft Ablenkung, und der Blitz, den wir sehen, kommt in Wirklichkeit von dem Raumschiff, das in die Erdatmosphäre eindringt.«

Sam grinst und kratzt sich am Kopf. »Von wegen! Ein tolles Märchen.«

Henri zieht eine Augenbraue hoch. »Das habe ich gelesen.«

»Na schön.« Sam möchte Henri offenbar nicht widersprechen. »Haben Sie gewusst, dass die Dinosaurier in Wirklichkeit gar nicht ausgestorben sind? Aliens waren so fasziniert von ihnen, dass sie beschlossen, alle Dinos einzusammeln und auf ihre Planeten zu transferieren.«

Henri schüttelt den Kopf. »*Das* habe ich nicht gewusst. Aber hast du schon gehört, dass das Ungeheuer von Loch Ness in Wirklichkeit ein Tier vom Planeten Trafalgra war? Es sollte ein Experiment sein; sie wollten sehen, ob Nessie überleben kann, und das hat es ja geschafft. Doch als die Menschen es entdeckten, mussten die Aliens Nessie zurückholen – deshalb wurde es nie mehr gesehen.«

Ich lache, nicht über Henris Ausführungen, sondern über den Namen Trafalgra. Es gibt keinen Planeten mit diesem Namen, offenbar hat Henri ihn spontan erfunden.

»Wussten Sie schon, dass die ägyptischen Pyramiden von Aliens gebaut wurden?«

»Das habe ich schon mal gehört.« Henri lächelt. Das amüsiert ihn natürlich, denn obwohl die Pyramiden nicht von Aliens geschaffen wurden, entstanden sie doch mit lorienischen Kenntnissen und der Hilfe von Lorienern. »Wusstest du, dass die Welt angeblich am 21. Dezember 2012 untergeht?«

Sam nickt und grinst. »Ja, die Theorie kenne ich. Das angenommene Verfallsdatum der Erde, das Ende des Mayakalenders.«

»Verfallsdatum?«, frage ich. »Wie auf Wurstpackungen? Wird die Erde schimmlig?« Ich lache über meinen eigenen Witz, aber Sam und Henri beachten mich überhaupt nicht.

Sam macht weiter: »Haben Sie gewusst, dass Getreidekreise ursprünglich als Navigationshilfe für die Alienrasse der Agharier gebraucht wurden? Aber das war vor Tausenden von Jahren. Heute werden sie nur von gelangweilten Farmern angelegt.«

Ich lache wieder. Ich würde gern fragen, was das für Leute sind, die Verschwörungstheorien über Aliens erfinden, wenn gelangweilte Farmer Getreidekreise mähen, aber ich lasse es.

»Was ist mit den Centuri?«, fragt Henri. »Kennst du sie?«

Sam schüttelt den Kopf.

»Sie gehören zu einer Alienrasse, die im Erdkern lebt. Streitlustige Leute, ständig unzufrieden miteinander, und wenn sie Bürgerkriege führen, gerät die Oberfläche der Erde aus dem Gleichgewicht. Erdbeben und Vulkanausbrüche sind die Folge. Der Tsunami von 2004? Nur weil die Tochter des Centurikönigs vermisst wurde.«

»Wurde sie gefunden?«, frage ich.

Henri schüttelt den Kopf, sieht mich an, dann wieder Sam, den das Spiel immer noch amüsiert, und antwortet: »Nein, nie.

Es gibt Theorien, nach denen sie ihr Äußeres verändern kann und irgendwo in Südamerika lebt.«

Henris Theorie ist so gut, dass ich ihre spontane Erfindung für unmöglich halte. Ich stehe da und denke tatsächlich darüber nach, obwohl ich noch nie von Aliens namens Centuri gehört habe und weiß, dass nichts im Erdkern lebt.

»Haben Sie gewusst ...« Sam macht eine Pause. Henri scheint ihn verwirrt zu haben – im gleichen Moment, in dem mir dieser Gedanke durch den Kopf schießt, sagt Sam auf einmal etwas so Ungeheuerliches, dass eine Welle des Entsetzens mich durchflutet. »Haben Sie gewusst, dass die Mogadori die Weltherrschaft anstreben, dass sie bereits einen Planeten zerstört haben und planen, die Erde als Nächstes zu vernichten? Sie sind auf der Suche nach menschlichen Schwächen, die sie ausnutzen können, wenn der Krieg beginnt.«

Ich reiße den Mund auf. Henri starrt Sam verblüfft an, schnappt nach Luft und seine Hand klammert sich um den Kaffeebecher, dass ich fürchte, dass er den Becher gleich komplett zerknüllt hat.

Sam sieht erst Henri an, dann mich. »Ihr seht aus, als hättet ihr einen Geist gesehen. Heißt das, ich habe gewonnen?«

»Woher hast du das?«, würge ich hervor.

Henri schaut mich so wütend an, dass ich wünsche, ich hätte die Klappe gehalten.

»Aus SIE SIND UNTER UNS.«

Henri ist immer noch sprachlos. Er öffnet den Mund, aber nichts kommt.

Plötzlich durchbricht eine zierliche Frau, die hinter Sam auftaucht, die Stille. »Sam! Wo bist du gewesen?«

Sam hat sich nach ihr umgedreht, jetzt zuckt er die Achseln. »Ich habe exakt hier rumgestanden.«

Sie seufzt, dann begrüßt sie Henri: »Hi, ich bin Sams Mom!«

»Henri«, sagt er und schüttelt ihr die Hand. »Freut mich, Sie kennenzulernen.«

Sie macht große Augen vor Überraschung. Dann legt sie freudestrahlend los: »Ah bon! Vous parlez français? C'est super! J'ai personne avec qui je peux parler français depuis longtemps.«

Henri lächelt. »Tut mir leid, ich spreche kein Französisch. Aber ich weiß, mein Akzent scheint das anzudeuten.«

»Nein?« Sie ist enttäuscht. »Verdammt, und ich habe gedacht, mit Ihnen wäre in diese Stadt endlich mal ein wenig Stil eingezogen.«

Sam sieht mich an und verdreht die Augen.

»Also gut, Sam, wir gehen.«

Er zuckt die Achseln. »Kommt ihr in den Park zum Geisterumzug?«

Ich sehe Henri an, dann Sam. »Ja, klar. Und du?«

Er blickt mich unentschlossen an.

»Versuch doch zu kommen, dann treffen wir uns dort.«

Er grinst und nickt. »Okay, cool.«

»Es wird höchste Zeit, Sam. Und vielleicht kannst du nicht zum Geisterumzug. Ich brauche deine Hilfe zu Hause«, sagt seine Mutter. Er will etwas entgegnen, aber sie marschiert davon. Sam folgt ihr.

»Was für eine *nette* Frau.« Henris ironischer Unterton ist nicht zu überhören.

◆◆◆

»Wie hast du das alles so schnell erfunden?«, frage ich Henri.

Die Menschenmenge bewegt sich die Hauptstraße hinauf, weg vom Kreisverkehr. Wir folgen zum Park, wo Cider und Imbisse serviert werden.

»Wenn du lange genug lügst, gewöhnst du dich daran.«

Ich nicke. »Und was denkst du?«

Er atmet tief durch. Es ist so kalt, dass ich seinen Atem sehen kann. »Keine Ahnung. Bis jetzt weiß ich nicht, was ich davon halten soll. Er hat mich überrumpelt.«

»Er hat uns beide überrumpelt.«

»Wir müssen uns um diese Veröffentlichung kümmern, aus der er seine Information hat, feststellen, wer das schreibt und wo.« Er sieht mich erwartungsvoll an. »Du musst eine Ausgabe besorgen.«

»Mach ich«, antworte ich. »Aber es ist widersinnig. Wie könnte jemand *das* wissen?«

»Wer es schreibt, bezieht die Informationen von irgendwoher.«

»Glaubst du, er ist einer von uns?«

»Nein.«

»Einer von ihnen?«

»Könnte sein. Es ist mir noch nie in den Sinn gekommen, diese Schundhefte mit ihren Verschwörungstheorien zu lesen. Vielleicht glauben sie, wir lesen diesen Kram und sie können uns aufstöbern, wenn sie solche Informationen durchsickern lassen. Ich meine ...«, er unterbricht sich und denkt kurz nach. »Zum Teufel, John, ich weiß es nicht. Aber wir müssen uns darum kümmern. Es ist kein Zufall, bestimmt nicht.«

Schweigend und immer noch ein wenig verdutzt gehen wir weiter und beschäftigen uns in Gedanken mit möglichen Erklärungen. Bernie Kosar läuft mit heraushängender Zunge zwischen uns, sein Cape rutscht auf die Seite und schleift über den Fußweg. Er ist ein Star bei den Kindern; viele halten uns an, um ihn streicheln zu können.

Der Park liegt am südlichen Rand der Stadt. Dahinter werden zwei Seen durch einen schmalen Streifen Land getrennt, der in den Wald dahinter führt. Im Park gibt es drei Baseballfelder, einen Spielplatz und einen großen Pavillon, wo Freiwillige Cider und Kürbiskuchen verteilen. Drei Heuwagen stehen neben dem Kiesweg, auf einem großen Schild ist zu lesen:

Eine Gänsehaut jagt die nächste!
Halloween-Geisterfahrten
ab Sonnenuntergang
5 $ pro Person

Die Fahrt führt vom Kies über Lehm, bevor sie den Wald erreicht, der am Rand mit Geisterfiguren und Karikaturen von Kobolden geschmückt ist. Offenbar geht es dann weiter durch den Wald. Ich sehe mich nach Sarah um, aber vergeblich. Ob sie da mitfährt?

In den Ecken des Pavillons sind die Cheerleader beschäftigt: einige schminken Kinder zu Gespenstern, andere verkaufen Lose für die Tombola, deren Gewinne um sechs Uhr ausgelost werden.

»Hi John«, höre ich hinter mir. Ich drehe mich um und da ist sie – Sarah mit schussbereiter Kamera. »Wie hat dir der Umzug gefallen?«

Ich lächle sie an und vergrabe meine Hände vorsorglich in den Tiefen meiner Hosentaschen. Sie hat einen kleinen weißen Geist auf die Wange gemalt. »Hallo, du. Gut war es. Ich gewöhne mich richtig an diesen Ohio-Kleinstadtcharme.«

»Charme? Du meinst wohl Langeweile.«

»Ich weiß nicht, es ist nicht schlecht.«

»He, ist das der Kleine von der Schule? Wir kennen uns!« Sie bückt sich und tätschelt Bernie Kosar. Er wackelt wild mit dem

Schwanz, springt hoch und versucht ihr Gesicht abzulecken. Sarah lacht. Ich schaue über die Schulter. Henri steht einige Meter hinter uns und unterhält sich an einem der Picknicktische mit Sarahs Mutter. Ich wüsste zu gern, worüber sie reden!

»Ich glaube, er mag dich. Er heißt Bernie Kosar.«

»Bernie Kosar? Das ist kein Name für einen so entzückenden Hund. Sieh dir sein Cape an! Wahnsinnig süß.«

»Wenn du so weitermachst, werde ich noch eifersüchtig auf meinen eigenen Hund«, sage ich lakonisch.

Sie richtet sich lächelnd auf. »Kaufst du mir jetzt endlich ein Los ab? Der Erlös ist für den Wiederaufbau eines gemeinnützigen Tierheims in Colorado bestimmt, das letzten Monat abgebrannt ist.«

»Ehrlich? Woher erfährt ein Mädchen aus Paradise, Ohio, von einem Tierheim in Colorado?«

»Es gehört meiner Tante. Ich habe die Mädchen von der Cheerleadergruppe überzeugt, mitzumachen. Wir fahren hin und helfen beim Wiederaufbau. So tun wir was für die Tiere und drücken uns eine Woche lang vor der Schule und Ohio. Eine Win-win-Situation, sozusagen.«

Ich stelle mir Sarah mit einem Helm auf dem Kopf vor, wie sie einen Hammer schwingt. »Soll das heißen, ich habe eine ganze Woche lang allein die Küche zu versorgen?« Ich seufze übertrieben und schüttle den Kopf. »Da weiß ich nicht, ob ich ein solches Projekt unterstützen kann, selbst wenn es Tieren nützt.«

Sie lacht und boxt mich in den Arm. Ich gebe ihr fünf Dollar für sechs Lose.

»Diese sechs bringen Glück«, sagt sie zuversichtlich.

»Wirklich?«

»Klar. Du hast sie von mir gekauft, du Dummerchen.«

In dem Moment sehe ich über Sarahs Schulter Mark und die anderen Jungs vom Wagen in den Pavillon kommen.

»Machst du heute Abend bei der Geisterfahrt mit?«, fragt sie.

»Ja, ich habe darüber nachgedacht.«

»Das solltest du auf jeden Fall – es ist total witzig! Alle sind dabei. Und es ist echt ziemlich unheimlich.«

Mark sieht uns und verzieht das Gesicht zu einer Grimasse. Er kommt auf uns zu, gleiches Outfit wie immer – Lettermanjacket, Jeans, Haare voller Gel.

»Du kommst also auch?«, frage ich Sarah.

Bevor sie antworten kann, mischt sich Mark ein. »Wie hat dir der Umzug gefallen, Johnny?« Sarah dreht sich rasch um und funkelt ihn wütend an.

»Er hat mir sehr gut gefallen«, antworte ich.

»Kommst du heute Abend zur Geisterfahrt oder hast du zu viel Schiss in der Hose?««

Ich grinse ihn an. »Ich fahre mit.«

»Knallst du dann etwa wieder durch wie in der Schule und rennst weinend wie ein Baby aus dem Wald?«

»Lass den Scheiß, Mark!«, sagt Sarah.

Er starrt mich wütend an. Bei so vielen Leuten um uns herum kann er nichts tun, ohne dass es eine Szene gibt – und ich glaube sowieso nicht, dass er es vorhat.

»Alles zu seiner Zeit«, zischt Mark.

»Meinst du?«

»Deine kommt schon noch.«

»Das könnte stimmen«, sage ich. »Aber mit dir hat das nichts zu tun.«

»Hört auf!«, ruft Sarah. Sie tritt zwischen uns und stößt uns auseinander. Einige Leute sehen uns zu. Sie blickt sich um, als wäre sie verlegen wegen der Aufmerksamkeit, dann sieht sie wütend zuerst Mark an, dann mich. »Großartig. Schlagt euch doch einfach, wenn es das ist, was ihr tun wollt. Viel Spaß dabei.« Sie dreht sich um und läuft davon.

Ich sehe ihr nach, Mark nicht. »Sarah!«, rufe ich, doch sie verschwindet schließlich hinter dem Pavillon.

»Bald«, sagt Mark.

»Ich glaube kaum.«

Er zieht sich zu seinen Freunden zurück. Henri kommt zu mir rüber. »Er hat dich kaum nach der gestrigen Hausaufgabe in Mathe gefragt, oder?«

»Nicht ganz«, entgegne ich.

»Ich würde mir seinetwegen keine Sorgen machen. Er sieht aus, als würde er nur angeben.«

»Ich mach mir keine Sorgen. Aber Sarah – soll ich hinterher?« Ich blicke ihn an, bitte den Henri in ihm um Rat, der einst verliebt und verheiratet war, der immer noch jeden Tag seine Frau vermisst – und nicht den anderen Teil in ihm, der mich sicher und verborgen haben will.

Er nickt, dann seufzt er. »Ja. So ungern ich es zugebe, du solltest ihr wahrscheinlich nachgehen.«

13

Kinder rennen, schreien, tummeln sich auf Rutschen und Klettergerüsten. Jedes hat eine Tüte mit Bonbons in der Hand und den Mund voller Süßigkeiten. Kinder, maskiert als Comic-Helden, Ungeheuer, Geister und Kobolde. Im Augenblick muss so ungefähr jeder Bewohner von Paradise im Park sein. Und mitten in diesem Durcheinander sitzt Sarah allein auf einer Schaukel und stößt sich ab. Ich schlängle mich durch die Kreischenden und Schreienden.

»Soll ich dich anschubsen?«

Wortlos deutet sie auf die Schaukel neben sich und ich setze mich darauf.

»Alles okay?«

»Ja, mir geht's gut. Er nervt mich nur. Immer muss er den harten Typen spielen, und wenn er mit seinen Freunden zusammen ist, dann wird er richtig gemein.« Sie dreht sich auf der Schaukel, bis das Seil zusammengedreht ist, dann hebt sie die Füße. Die Schaukel wirbelt sie herum, erst langsam, dann immer schneller. Sie lacht die ganze Zeit, ihr blondes Haar weht hinter ihr. Ich mache das Gleiche. Als die Schaukel schließlich zum Halten kommt, dreht die Welt sich weiter.

»Wo ist Bernie Kosar?«

»Ich habe ihn bei Henri gelassen.«

»Dein Dad?«

»Ja, mein Dad.« Mist. Immer nenne ich Henri bei seinem Namen, wenn ich doch eigentlich ›Dad‹ sagen sollte.

Die Temperatur sinkt rasch und meine Hände, die mit weißen Knöcheln das Seil umfasst haben, werden kalt. Wir sehen den Kindern zu, die um uns herumrennen. Plötzlich blickt Sarah mich an, ihre Augen sind in der aufsteigenden Dämmerung blauer denn je. Die Kinder scheinen im Hintergrund zu verblassen. Dann lächelt sie schüchtern und sieht weg.

»Was willst du machen?«, frage ich.

»Weswegen?«

»Mark.«

Sie zieht die Augenbrauen hoch. »Was kann ich schon tun? Ich habe bereits Schluss mit ihm gemacht. Und immer wieder erkläre ich ihm, dass ich nicht zu ihm zurück will.«

Ich nicke, unsicher, was ich darauf antworten soll.

»Aber jetzt sollte ich versuchen, den Rest dieser Lose zu verkaufen. Nur noch eine Stunde bis zur Ziehung.«

»Brauchst du Hilfe?«

»Nein, du solltest dich amüsieren. Bernie Kosar vermisst dich vielleicht gerade jetzt. Aber bleib auf jeden Fall da für die Geisterfahrt. Vielleicht können wir die zusammen machen?«

»Klar, ich warte auf dich.« Krampfhaft versuche ich, die in mir aufsteigende Freude zu verheimlichen.

»Gut, dann bis später.«

»Viel Glück mit den Losen.«

Sie greift herüber, packt meine Hand und hält sie mindestens drei Sekunden fest. Dann springt sie von der Schaukel und läuft davon. Ich sitze da, schaukle langsam und genieße den frischen Wind, den ich sehr lange nicht gespürt habe – den letzten Winter haben wir in Florida verbracht, den davor im Süden von Texas.

Als ich zum Pavillon zurückkehre, sitzt Henri an einem Picknicktisch und isst ein Stück Kuchen, Bernie Kosar liegt zu seinen Füßen.

»Wie ist es gelaufen?«

»Gut«, antworte ich lächelnd.

Von irgendwoher schießen Raketen in die Luft und malen orangefarbene und blaue Explosionen an den Himmel. Das erinnert mich an Lorien, an das Feuerwerk am Tag der Invasion.

»Hast du noch mal über das zweite Raumschiff nachgedacht, das ich gesehen habe?«

Henri vergewissert sich, dass niemand in Hörweite ist. Wir haben den Picknicktisch für uns, er steht in der hintersten Ecke, abseits der Menge. »Ein wenig. Ich habe aber immer noch keine Ahnung, was es bedeutet.«

»Meinst du, es könnte hierhergeflogen sein?«

»Nein, unmöglich. Wenn es mit Treibstoff flog, wie du gesagt hast, dann wäre es nicht weit gekommen, ohne wieder tanken zu müssen.«

Ich überlege. »Ich wollte, es wäre möglich gewesen.«

»Was?«

»Dass es hergeflogen wäre, mit uns.«

»Ein schöner Gedanke.«

◆◆◆

Etwa eine Stunde vergeht, bis ich die Footballspieler übers Gras gehen sehe, Mark allen voraus. Alle fünfundzwanzig sind als Mumien, Zombies, Gespenster maskiert. Sie setzen sich auf die nicht überdachte Zuschauertribüne des nächsten Baseballfeldes und die Cheerleader, die zuvor die Kids geschminkt haben, nehmen sich ihrer an und vervollständigen die Masken von Mark und seinen Freunden mit Make-up. Erst jetzt wird mir klar, dass sie es sind, die bei den Geisterfahrten für die Gänsehaut sorgen: Sie werden im Wald auf uns warten.

»Siehst du das?«, frage ich Henri.

Er betrachtet sie alle, nickt und nimmt einen langen Schluck aus seinem Kaffeebecher. »Glaubst du immer noch, du solltest an der Geisterfahrt teilnehmen?«

»Nein. Aber ich gehe trotzdem.«

»Das habe ich mir gedacht.«

Mark ist als Zombie maskiert in dunklen, zerfetzten Klamotten, mit schwarzgrauem Make-up im Gesicht und roten Blutflecken an vielen Stellen. Als er fertig geschminkt ist, läuft Sarah hinüber und spricht mit ihm. Obwohl er seine Stimme hebt, kann ich ihn nicht verstehen. Seine Bewegungen sind hektisch und er redet so schnell, dass er über seine eigenen Worte stolpern muss. Sarah verschränkt die Arme und schüttelt immer wieder den Kopf. Seine Körperhaltung ist angespannt. Ich will aufstehen, aber Henri fasst mich am Arm.

Kurz darauf geht Mark mit hängendem Kopf und wütendem Gesicht zurück zu seinen Freunden. Ein paar von ihnen schauen in meine Richtung, manche grinsen spöttisch. Dann gehen sie in Richtung Wald – in einem langsamen, methodischen Marsch, fünfundzwanzig maskierte Jungen, die in der Ferne verschwinden.

◆◆◆

Damit die Zeit schneller vergeht, begleite ich Henri zurück in die Stadtmitte und wir essen im Hungrigen Bär. Auf dem Rückweg ist die Sonne bereits untergegangen und der erste Anhänger, mit Heu hoch beladen, wird von einem grünen Traktor zum Wald gefahren. Die Menge ist bemerkenswert geschrumpft, etwa hundert Menschen, vor allem Schüler der Highschool und abenteuerlustige Erwachsene, sind geblieben. Ich suche Sarah unter ihnen, sehe sie aber nicht. Der nächste Heuwagen startet in zehn Minuten. Dem Flugblatt nach dauert die ganze Fahrt eine halbe Stunde, wobei der Traktor langsam durch den Wald fährt, um die Spannung zu steigern, dann hält, und die Fahrgäste aussteigen und zu Fuß auf einem anderen Weg zurückgehen müssen. Beim Aussteigen fängt die Sache mit der Gänsehaut an.

Henri und ich stehen unter dem Pavillon und ich scanne wieder die Schlange von Geisterfahrern, die warten, bis sie an der Reihe sind. Da vibriert mein Handy in der Tasche. Es hat sich bisher nur gemeldet, wenn Henri angerufen hat. Jetzt zeigt das Display *Sarah Hart*. Sie muss meine Nummer in ihrem Handy gespeichert haben, als sie meins hatte.

»Hallo?«, frage ich

»John? Hier ist Sarah. Bist du noch im Park?« Sie klingt, als sei es ganz normal, dass sie mich anrufe, und als ob ich bloß nicht zweimal darüber nachdenken sollte, woher sie meine Nummer hat.

»Ja.«

»Super! Ich bin in fünf Minuten da. Haben die Fahrten schon angefangen?«

»Ja, vor ein paar Minuten.«

»Aber du sitzt noch nicht auf einem der Wagen, oder?«

»Nein.«

»Gut. Dann warte, damit wir zusammen fahren können.«

»Alles klar«, sage ich. »Der zweite Wagen startet jetzt gerade.«

»Perfekt. Ich werde rechtzeitig für den dritten da sein.«

»Bis dann.« Ich lege auf. Auf meinem Gesicht macht sich ein strahlendes Lächeln breit.

»Sei vorsichtig da draußen«, mahnt Henri.

»Bin ich.« Dann versuche ich einen leichten Ton anzuschlagen. »Du musst hier nicht warten. Irgendjemand bringt mich sicher nach Hause.«

»Ich will bleiben und in dieser Stadt leben, John. Selbst wenn es vermutlich klüger wäre, wir würden abreisen, wenn man bedenkt, was schon geschehen ist. Aber du musst mir auch bei manchem entgegenkommen. Zum Beispiel jetzt. Mir gefällt nicht, wie diese Typen dich vorhin angesehen haben.«

Ich nicke. »Ich werde das gut überstehen.«

»Bestimmt. Aber für alle Fälle warte ich hier auf dich.«

Ich seufze. »Fein.«

Fünf Minuten später taucht Sarah mit einer hübschen Freundin im Schlepptau auf, die ich schon flüchtig gesehen habe. Sarah hat Jeans angezogen, einen Wollpulli und eine schwarze Jacke, und sie hat den gemalten Geist von ihrer rechten Wange gewischt. Ihr jetzt offenes Haar fällt über die Schultern.

Zur Begrüßung legt sie den Arm um mich, es ist wie eine vorsichtige Umarmung. Der Duft ihres Parfüms steigt von ihrem Nacken auf. Dann tritt sie zurück.

»Hallo, Johns Vater«, sagt sie zu Henri. »Das ist meine Freundin Emily.«

»Freut mich, euch beide kennenzulernen«, antwortet Henri. »Ihr traut euch also ins unbekannte Grauen?«

»Worauf Sie sich verlassen können«, sagt Sarah. »Wird der hier das dort draußen überstehen? Ich möchte nicht, dass er sich zu sehr vor mir fürchtet.« Sarah deutet lächelnd auf mich.

An Henris Grinsen erkenne ich, dass er Sarah bereits mag. »Bleib besser in seiner Nähe, man kann nie wissen.«

Sie schaut über ihre Schulter. Der dritte Anhänger ist zu einem Viertel besetzt. »Ich werde auf ihn aufpassen«, sagt sie. »Wir müssen los.«

»Viel Spaß!«

Zu meiner Überraschung greift Sarah nach meiner Hand, und wir drei laufen zum Heuwagen. Vor uns ist eine Schlange von etwa dreißig Leuten. Wir stellen uns an und unterhalten uns, ich bin allerdings ein wenig verlegen und höre meistens den beiden zu. Dann sehe ich Sam, der sich in der Nähe herumdrückt und zu überlegen scheint, ob er rüberkommen soll.

»Sam!«, rufe ich mit mehr Begeisterung als geplant. Er stolpert herüber. »Fährst du mit uns?«

Er zuckt die Achseln. »Macht es euch etwas aus?«

»Komm schon«, ermuntert ihn Sarah. Er stellt sich neben Emily, die ihn anlächelt, und sofort errötet er. Ich bin froh, dass er dabei ist.

Ein Typ mit einem Walkie-Talkie kommt zu uns herüber, ich erkenne ihn als einen von der Footballmannschaft.

»Hi Tommy«, begrüßt ihn Sarah.

»Hey. Vier Plätze sind noch frei in diesem Wagen. Wollt ihr sie haben?«

»Wirklich?«

»Ja.«

Wir gehen an der Schlange vorbei und steigen auf den Wagen, wo wir vier zusammen auf einem Heuballen sitzen können. Ich bin argwöhnisch, weil Tom weder nach unseren Tickets fragt, noch die Reihenfolge in der Schlange beachtet. Ein paar der Wartenden sehen uns giftig an. Ich kann sie verstehen. »Viel Spaß«, sagt Tommy mit einem schiefen Grinsen und in einem, wie ich finde, ziemlich schadenfrohen Tonfall.

»Das war schräg«, bemerke ich.

Sarah zuckt mit den Schultern. »Er ist vielleicht in Emily verknallt.«

»Oh Gott, hoffentlich nicht«, ruft Emily mit Abscheu.

Unser Wagen ist nur halb besetzt; auch das finde ich merkwürdig, wenn so viele Leute warten. Der Traktor fährt los und holpert über den Pfad in den Wald, begleitet von geisterhaften Geräuschen aus versteckten Lautsprechern. Der Wald ist dicht und wird nur von den Scheinwerfern des Traktors erleuchtet. Wenn sie ausgeschaltet sind, herrscht sicher völlige Finsternis.

Sarah greift wieder nach meiner Hand. Ihre ist kalt, doch mir wird warm. Sie beugt sich zu mir und flüstert: »Ich habe ein bisschen Angst.«

Geisterfiguren hängen von den niedrigen Ästen über uns und am Wegrand grimassieren Zombies. Der Traktor hält, die Scheinwerfer werden gelöscht. Kurz unterbrochene Lichtstrahlen blitzen immer wieder für ungefähr zehn Sekunden auf. Daran ist nichts Furchterregendes. Erst als die Blitze aufhören, verstehe ich ihre Wirkung: Wir sehen nichts und unsere Augen brauchen einige Sekunden, bis sie sich an die Dunkelheit gewöhnt haben. Ein Schrei gellt durch die Nacht, und Sarah drängt sich an mich, während Gestalten um uns herumhuschen. Ich kneife die Augen zusammen und kann erkennen, dass Emily sich dicht an Sam hält – und wie er strahlt. Tatsächlich spüre ich selbst eine gewisse Angst und lege den Arm behutsam um Sarah. Da fährt uns eine Hand über den Rücken. Ein paar von den anderen schreien. Mit einem Ruck fährt der Traktor wieder an, nur die Umrisse der Bäume sind in seinem Licht zu sehen.

Wir fahren drei oder vier Minuten lang. Die Spannung wächst, auch die Angst davor, die gefahrene Strecke zurückwandern zu müssen.

Schließlich hält der Traktor auf einer runden Lichtung. »Alles aussteigen!«, ruft der Fahrer.

Als der Letzte abgestiegen ist, fährt der Traktor wieder los; seine Lichter verschwinden in der Ferne. Nichts bleibt uns als die Nacht, nichts ist zu hören als die Geräusche, die wir selbst verursachen.

»Scheiße«, sagt jemand, und alle lachen.

Wir sind elf. Ein Lichtstrahl weist uns kurz den Weg, dann verschwindet er. Ich schließe die Augen und konzentriere mich auf das Gefühl von Sarahs Fingern, die um meine geschlungen sind.

»Ich weiß wirklich nicht, warum ich das jedes Jahr mache«, sagt Emily nervös, sie hat die Arme um sich geschlungen.

Die anderen sind schon losgegangen, wir folgen ihnen. Manchmal flackert der Lichtschein auf, damit wir auf dem Weg bleiben. Die anderen sind so weit vor uns, dass wir sie nicht sehen können. Ich erkenne kaum den Boden zu meinen Füßen. Plötzlich wird vor uns geschrieen, drei oder vier Mal.

»Oh nein!« Sarah drückt meine Hand. »Das klingt nach Ärger.«

Da fällt etwas Schweres auf uns. Beide Mädchen schreien, Sam auch. Ich stolpere, falle, schürfe mein Knie auf und verwickle mich in dieses Ding. Es ist ein Netz!

»Was zum Teufel …?«, ruft Sam.

Ich zerreiße das gedrehte Seil, doch sowie ich frei bin, werde ich von hinten hart gestoßen. Jemand packt mich und schleppt mich weg von Sam und den Mädchen. Ich befreie mich, aber sofort werde ich wieder von hinten getroffen. Das kann nicht zu der Fahrt gehören.

»Lass mich los!«, schreit eins der Mädchen. Ein Kerl lacht hämisch als Antwort. Ich kann nichts erkennen. Die Stimmen der Mädchen bewegen sich fort von mir.

»John!«, ruft Sarah.

»Wo bist du, John?«, brüllt Sam.

Ich will ihnen nachlaufen, werde aber wieder getroffen. Nein, das ist nicht richtig! Ich werde angegriffen wie ein gepanzerter Footballspieler, in den Magen geboxt, sodass ich keine mehr Luft bekomme, zu Boden geschmissen. Ich komme hoch und versuche zu atmen, stütze mich an einen Baum, spucke Blätter und Dreck. So stehe ich ein paar Minuten und höre keinen Laut außer meinem eigenen angestrengten Atmen.

Gerade als ich glaube, allein zu sein, hebt mich jemand auf die Schultern und schleudert mich gegen einen nahen Baum.

Mein Kopf kracht an den Stamm, kurz sehe ich Sterne. Die Stärke des Angreifers überrascht mich. Ich greife an meine Stirn und spüre Blut an den Fingerspitzen. Als ich mich wieder umschaue, kann ich nichts erkennen außer den Umrissen der Bäume.

Dann höre ich eins der Mädchen erneut schreien, danach Kampfgeräusche. Ich knirsche mit den Zähnen, ich zittere. Sind diese Kerle Teil der Wand aus Bäumen um mich herum? Aber ich spüre Blicke auf mir, irgendwo.

»Lass mich los!«, brüllt Sarah. Sie wird fortgeschleppt, immerhin das kann ich erraten.

»Okay«, sage ich zu der Finsternis, zu den Bäumen. Zorn steigt in mir auf. »Lust auf ein Spielchen?«, rufe ich jetzt laut. Jemand lacht ganz in der Nähe. Ich mache einen Schritt auf ihn zu, werde wieder von hinten gestoßen, falle aber nicht. Ich boxe ins Leere und mein Handrücken schabt gegen Baumrinde. Ich kann nichts anderes tun. Was nützt das Erbe, wenn es in der Not nie angewandt werden kann? Selbst wenn Henri und ich heute Nacht den Truck beladen und wieder in eine andere Stadt fahren müssen, werde ich wenigstens getan haben, was ich tun musste.

»Ihr habt also Lust auf Spiele?«, brülle ich. »Davon verstehe ich auch etwas!«

Blut läuft mir übers Gesicht. *Okay*, denke ich, *los geht's!* Sie können mit mir machen, was sie wollen, aber Sarah werden sie kein Haar krümmen. Oder Sam. Oder Emily.

Ich hole tief Luft und Adrenalin schießt durch mich hindurch. Ich grinse, wahrscheinlich niederträchtig, und mein Körper fühlt sich an, als wäre er größer, stärker geworden. Meine Hände – sie leuchten, ihr Licht dringt durch die Nacht, die Welt ist plötzlich strahlend hell.

Ich blicke auf. Meine Hände schicken Blitzstrahlen über die Bäume und ich spurte los in die Nacht.

14

Kevin, als Mumie kostümiert, tritt zwischen den Bäumen hervor. Er war es, der mich angegriffen hat. Die Lichter überraschen ihn; verblüfft versucht er herauszufinden, woher sie kommen. Er trägt eine Nachtsichtbrille. Deshalb konnten sie uns also sehen! Woher sie die Dinger wohl haben?

Jetzt geht er auf mich los, im letzten Moment weiche ich zur Seite und stelle ihm ein Bein.

»Lass mich los!«, höre ich von weiter unten auf dem Pfad. Ich lasse meine Lichter über die Bäume streifen, aber nichts bewegt sich. War das Emilys oder Sarahs Stimme? Männliches Gelächter folgt.

Kevin versucht aufzustehen, aber ich trete ihm in die Seite, bevor er auf den Beinen ist. Mit einem »Ämmpf« fällt er zurück. Ich reiße ihm die Brille herunter und werfe sie, so weit ich kann – sie landet mindestens zwei oder drei Meilen entfernt, weil ich so wütend bin, dass ich meine Kraft nicht kontrolliere. Dann rase ich durch den Wald, bevor Kevin sich auch nur aufrichten kann. Der Pfad windet sich nach rechts, dann nach links. Meine Hände leuchten nur, wenn ich mehr sehen muss. Ich spüre, dass ich den Typen näher komme. Plötzlich erkenne ich Sam: ein Zombie hat die Arme um ihn geschlungen, drei andere sind nicht weit entfernt.

Der Zombie lässt ihn los. »Reg dich ab, wir albern doch bloß rum. Wenn du dich nicht wehrst, wirst du nicht verletzt. Setz dich, entspann dich.«

Ich lasse meine Hände leuchten und richte die Strahlen auf die Augen der Zombies, um sie zu blenden. Derjenige, der mir am nächsten ist, stolpert auf mich zu. Ich hole aus, schlage ihn ins Gesicht und er fällt reglos zu Boden. Seine Brille segelt in die überwachsenen Büsche und verschwindet. Der Zweite versucht mich von hinten zu umklammern, aber ich befreie mich und hebe ihn hoch.

»Was soll das, zum Teufel?!«, fragt er verwirrt.

Ich schleudere ihn weg, und er schlägt etwa fünfzig Meter entfernt auf einem Baumstamm auf. Der Dritte sieht das – und läuft davon.

Jetzt ist nur noch der vierte Zombie da, er war es, der Sam festgehalten hat. Er hält die Hände vor sich, als würde ich mit einer Pistole auf seine Brust zielen. »Ich hab mir das nicht ausgedacht«, stammelt er.

»Was hat er geplant?«

»Nichts, Mann. Wir wollten euch nur einen Streich spielen, euch ein bisschen Angst einjagen.«

»Wo sind sie?«

»Sie haben Emily gehen lassen. Sarah ist irgendwo dort vorn.«

»Gib mir deine Brille«, fordere ich.

»Geht nicht, Mann. Wir haben sie von der Polizei geliehen. Ohne die bin ich geliefert.«

Ich gehe drohend auf ihn zu.

»Na gut.« Er nimmt sie ab und reicht sie mir. Ich schleudere sie noch weiter weg als die zwei zuvor. Hoffentlich landen sie in der nächsten Stadt! Sollen die Jungs *das* doch mal der Polizei erklären. Mit der rechten Hand packe ich Sam am Kragen. Ohne mein Licht kann ich nichts sehen. Erst jetzt fällt mir auf, dass ich besser zwei Brillen für uns behalten hätte. Aber jetzt muss es eben ohne gehen. Also hole ich tief Luft, lasse meine Linke leuchten und führe uns den Pfad entlang. Wenn Sam das verdächtig findet, so spricht er zumindest nicht davon.

Ich bleibe stehen und horche. Nichts. Wir laufen weiter zwischen den Bäumen hindurch. Ich stelle das Leuchten ab.

»Sarah!«, brülle ich.

Der Wind bläst durch die Äste, Sam atmet schwer, sonst ist nichts zu hören.

»Wie viele sind bei Mark?«, frage ich.

»Fünf oder so.«

»Weißt du, in welche Richtung sie gegangen sind?«

»Keine Ahnung, ich habe nichts gesehen.«

Wir gehen weiter, ich weiß nicht, in welche Richtung. In der Ferne brummt ein Traktormotor. Die vierte Geisterfahrt beginnt. Ich bekomme Panik und will davonrasen, aber ich weiß, dass Sam nicht mithalten kann. Schon jetzt ist er außer Atem und selbst ich schwitze, obwohl es nur um die plus sieben Grad sind. Vielleicht verwechsle ich auch Schweiß mit Blut, keine Ahnung.

Wir kommen an einem dicken Baum mit knorrigem Stamm vorbei, als ich von hinten angegriffen werde. Sam schreit, als mich eine Faust am Hinterkopf trifft, und ich bin kurz betäubt, aber dann fahre ich herum, packe den Kerl an der Kehle und leuchte ihm ins Gesicht. Er versucht meine Finger wegzudrücken, doch das ist sinnlos.

»Was hat Mark vor?«

»Nichts«, würgt er hervor.

»Falsche Antwort.«

Ich schleudere ihn anderthalb Meter weit gegen den nächsten Baum, von dort hebe ich ihn auf und halte ihn mit der Hand um die Kehle dreißig Zentimeter über den Boden. Er tritt wild um sich und trifft mich ein paar Mal, aber ich spanne die Muskeln an, sodass die Tritte keinen Schaden anrichten.

»Was hat er vor?«

Ich senke ihn, bis seine Füße den Boden berühren, und lockere meinen Griff, damit er sprechen kann. Sam sieht zu und nimmt alles sehr genau auf, aber dagegen kann ich gerade nichts tun.

»Wir wollten euch bloß Angst einjagen«, keucht der Typ.

»Ich schwöre, dass ich dich entzweibreche, wenn du mir nicht die Wahrheit sagst.«

»Er glaubt, dass die anderen euch beide zu den Shepherd Falls schleppen. Dorthin hat er Sarah gebracht. Sie sollte zusehen, wie er die Scheiße aus euch rausprügelt, dann hätte er euch laufen lassen.«

»Führ mich hin!«

Er stolpert voran und ich gehe ohne Licht hinter ihm. Sam klammert sich an meinem Hemd fest und folgt uns. Auf einer kleinen Lichtung im Mondlicht sehe ich, dass er auf meine Hände starrt.

»Das sind Handschuhe«, erkläre ich. »Kevin Miller hat sie getragen. Ein Halloweenartikel.«

Er nickt, aber ich kann spüren, dass er verwirrt ist. Nach kaum einer Minute dann hören wir direkt vor uns Wasser plätschern.

»Gib mir deine Brille!«, fordere ich den Kerl auf, der uns führt.

Er zögert. Ich verdrehe ihm den Arm. Als er sich vor Schmerzen krümmt, reiße ich ihm die Brille ab.

»Nimm sie, nimm sie!«, schreit er.

Durch sie sieht die Welt grünlich aus. Ich gebe dem Typen einen Stoß und er fällt zu Boden.

»Komm«, sage ich zu Sam. Wir gehen weiter und lassen den Typen hinter uns liegen.

Vor uns steht die Gruppe: sieben Jungs und Sarah.

»Jetzt kann ich sie sehen. Willst du hier warten oder kommst du mit? Es könnte ziemlich hässlich werden.«

»Ich will mit«, antwortet Sam. Ich weiß, dass er Angst hat, bin aber nicht sicher, ob er die Footballspieler fürchtet oder das, was ich tun könnte.

Den Rest der Strecke gehe ich so leise ich kann, Sam hinter mir ist auf Zehenspitzen. Als wir nur noch ein paar Schritte entfernt sind, knackt ein Zweig unter seinem Fuß.

»John?«, fragt Sarah. Sie sitzt auf einem großen Stein, hat die Knie bis zur Brust gezogen und die Arme darum geschlungen. Sie trägt keine Nachtsichtbrille und sieht aus zusammengekniffenen Augen in unsere Richtung.

»Ja«, sage ich. »Und Sam.«

Sie lächelt. »Ich habe es dir gleich gesagt«, erklärt sie, vermutlich spricht sie mit Mark.

Das Wasser, das ich gehört habe, ist nur ein kleiner, murmelnder Bach.

Mark tritt vor. »So, so, so«, spöttelt er.

»Halt die Klappe, Mark!«, unterbreche ich ihn. »Mist im Spind war eine Sache, aber diesmal bist du wirklich zu weit gegangen.«

»Meinst du? Es steht acht gegen zwei.«

»Sam hat nichts damit zu tun. Hast du Angst, es mit mir allein aufzunehmen? Was erwartest du? Zwei Leute wolltest du entführen. Glaubst du wirklich, dass sie den Mund halten?«

»Klar. Wenn sie sehen, wie ich deinen Arsch durchpeitsche.«

»Du leidest an Wahnvorstellungen.«

Ich wende mich an die anderen. »Wer nicht ins Wasser will, sollte jetzt abhauen. Mark wird auf jeden Fall ein kleines Bad nehmen müssen. Für Kompromisse ist es zu spät.«

Alle lachen unterdrückt. Einer will wissen, was ›Kompromisse‹ bedeutet.

»Letzte Chance«, sage ich.

Alle bleiben.

»Dann soll es so sein.«

In meiner Brust hat sich nervöse Erregung angesammelt. Ich gehe einen Schritt vor, Mark tritt zurück, stolpert über die eigenen Füße und fällt. Zwei der Typen kommen auf mich zu, beide größer als ich. Einer holt aus, aber ich ducke mich rechtzeitig und boxe ihm in den Bauch. Er krümmt sich und hält sich den Magen. Ich stoße den anderen zurück, seine Füße heben vom Boden ab, er landet mit einem Plumps anderthalb Meter entfernt und der Schwung befördert ihn gleich auch noch ins Wasser. Platschend kommt er nach einem kurzen Augenblick wieder hoch. Die anderen stehen wie angewachsen da, erschrocken. Sam läuft zu Sarah hinüber. Ich packe den ersten Typen und schleife ihn über den Boden. Seine ungezielten Tritte sausen durch die Luft, treffen aber nichts. Am Bachufer hebe ich ihn am Bund seiner Jeans hoch und werfe ihn ins Wasser. Ein weiterer Footballspieler stürzt sich auf mich. Ich weiche nur zur Seite aus und er landet mit dem Gesicht voraus im Bach. Drei sind erledigt, jetzt noch vier. Ich wüsste nur zu gern, was Sarah und Sam ohne diese Brillen davon mitbekommen.

»Ihr macht es mir zu leicht«, rufe ich. »Wer ist der Nächste?«

Der Größte der Gruppe holt zu einem Schlag aus, der mich verfehlt, aber ich wehre so schnell ab, dass sein Ellbogen mein Gesicht streift und das Brillengummi reißt. Die Brille fällt zu Boden. Jetzt kann ich nur noch dünne Schatten erkennen. Trotzdem treffe ich den Typen am Kinn und er fällt um wie ein Kartoffelsack. Da er ziemlich leblos wirkt, fürchte ich, ich habe ihn zu fest getroffen. Ich reiße ihm die Brille vom Gesicht und setze sie selbst auf.

»Irgendwelche Freiwillige?«

Zwei von ihnen heben die Hände, sie geben auf, der dritte steht mit offenem Mund da wie ein Idiot.

»Da bleibst nur noch du, Mark.«

Mark dreht sich um, also wolle er wegrennen, aber ich springe zu ihm, packe ihn und ziehe seine Arme in einem *Full Nelson* hoch. Er krümmt sich vor Schmerz.

»Damit hört das jetzt auf, verstehst du mich?« Ich drücke fester, er stöhnt. »Was immer du auch gegen mich hast – hör jetzt auf damit! Das schließt Sam und Sarah ein. Verstanden?« Mein Griff wird fester. Ich fürchte, wenn ich noch mehr zudrücke, springt seine Schulter aus der Gelenkpfanne. »Ich habe gefragt, ob du mich verstanden hast?!«

»Ja!«

Ich schleppe ihn zu Sarah hinüber, Sam sitzt jetzt neben ihr auf dem Stein. »Entschuldige dich.«

»Mach mal halblang, Alter. Ich hab alles verstanden.«

Ich drücke zu.

»Tut mir leid!«, brüllt er.

»Mit mehr Überzeugung, bitte.«

Er holt tief Luft. »Es tut mir leid.«

»Du bist ein Arschloch, Mark!« Sarah schlägt ihm fest ins Gesicht. Er spannt alle Muskeln an, aber ich halte ihn fest und er kann nicht das Geringste tun.

Dann schleppe ich ihn zum Wasser. Die anderen Typen stehen da und schauen entsetzt zu. Der, den ich bewusstlos geschlagen habe, sitzt jetzt da und kratzt sich am Kopf, als wolle er herausfinden, was geschehen ist – erleichtert atme ich auf, er ist nicht schwer verletzt.

»Zu niemandem ein Wort darüber, was hier geschehen ist, hast du verstanden?«, sage ich so leise, dass nur Mark mich hören kann. »Alles, was heute Abend passiert ist, endet hier. Ich schwöre, wenn ich nächste Woche in der Schule auch nur ein Wort darüber höre, dann ist das hier nichts im Vergleich zu dem, was dann mit dir passieren wird. Hast du mich verstanden? Kein einziges Wort!«

»Glaubst du wirklich, ich würde etwas sagen?«, fragt er.

»Vergiss nicht, deinen Freunden das Gleiche einzuschärfen. Wenn sie auch nur einer Seele etwas erzählen, wirst du es sein, den ich mir dafür schnappe.«

»Wir sagen nichts!«

Ich lasse ihn los und stoße ihn mit meinem Fuß auf seinem Hinterteil mit dem Gesicht voran ins Wasser.

Sarah steht am Stein, Sam neben sich. Als ich bei ihr bin, schließt sie mich fest in die Arme. »Kannst du Kung Fu oder so etwas?«

Ich lache nervös. »Hast du viel gesehen?«

»Viel nicht, aber mir ist klar, was geschehen ist. Ich meine, hast du dein Leben lang in den Bergen trainiert, oder was? Ich verstehe nicht, wie du das geschafft hast.«

»Ich hatte einfach Angst, dass dir etwas angetan wird, das war's wohl. Und ja, in den letzten zwölf Jahren habe ich da oben im Himalaja die Kriegskünste studiert.«

»Du bist erstaunlich!« Sarah lacht. »Komm, nichts wie weg von hier.«

Keiner der Footballspieler sagt auch nur ein Wort zu uns.

Nach wenigen Schritten wird mir klar, dass ich keine Ahnung habe, in welche Richtung wir gehen müssen. Also reiche ich Sarah die Nachtsichtbrille, damit sie uns führen kann.

»Ich kann das verdammt noch mal nicht glauben«, sagt Sarah nach einer Weile. »Ich meine – was für ein Arschloch! Warte nur, bis sie das der Polizei erklären wollen. Ich lass ihn damit nicht durchkommen.«

»Willst du wirklich zur Polizei? Marks Dad ist schließlich der Sheriff«, werfe ich ein.

»Warum soll ich nicht nach all dem? Es war gequirlte Scheiße. Marks Dad muss durchsetzen, was Gesetz ist, auch wenn sein Sohn es gebrochen hat.«

»Ich finde, sie haben ihre Strafe bekommen.« Ich beiße mir auf die Lippe. Es wäre entsetzlich, wenn die Polizei einbezogen würde. Dann müsste ich sofort weg, keine Frage. Wir würden packen und innerhalb einer Stunde die Stadt verlassen, sobald Henri davon Wind bekäme. Ich seufze. »Meinst du nicht auch?«, frage ich Sarah. »Sie haben auch mehrere Nachtsichtbrillen verloren. Das werden sie erklären müssen. Ganz zu schweigen von dem eiskalten Wasser.«

Sarah antwortet nicht. Schweigend laufen wir weiter; hoffentlich kommt sie zu dem Schluss, dass es gut wäre, es dabei bewenden zu lassen.

Allmählich kommt das Ende des Waldes in Sicht und Licht vom Park scheint herüber. Als ich stehen bleibe, blicken Sarah und Sam mich erwartungsvoll an. Sam hat die ganze Zeit geschwiegen, hoffentlich, weil er nicht richtig erkennen konnte, was geschehen ist. Hier würde sich die Dunkelheit einmal als unerwarteter Verbündeter erweisen.

»Es liegt an euch«, beginne ich, »aber ich bin absolut dafür, die Sache auf sich beruhen zu lassen. Ich will wirklich nicht mit der Polizei reden müssen über das, was geschehen ist.«

Das Licht fällt auf Sarahs skeptisches Gesicht. Sie schüttelt den Kopf.

»Ich finde, John hat recht«, sagt Sam. »Ich will die nächste halbe Stunde nicht dahocken und eine blöde Aussage aufschreiben lassen müssen. Ich sitze sowieso in der Scheiße – meine Mom denkt, ich wäre seit einer Stunde im Bett.«

»Wohnst du in der Nähe?«, frage ich.

»Ja, und ich muss los, bevor sie in meinem Zimmer nach dem Rechten sieht. Bis bald, macht's gut.« Mit diesen Worten läuft Sam davon. Er ist total durch den Wind. Wahrscheinlich war er noch nie Zeuge einer solchen Auseinandersetzung – und schon gar nicht einer, in der er entführt und im Wald angegriffen wurde. Ich werde morgen mit ihm reden müssen. Wenn er mehr gesehen hat, als er sollte, werde ich ihm eintrichtern, dass ihm seine Augen einen Streich gespielt haben.

Sarah nimmt meinen Kopf in beide Hände und fährt mit dem Daumen behutsam meiner Wunde an der Stirn nach. Dann streicht sie über meine Brauen und blickt mir tief in die Augen. »Danke für heute Abend. Ich wusste, dass du kommen würdest.«

Ich zucke die Achseln. »Er sollte dir keine Angst einjagen.«

Sie lächelt, ich sehe im Mondlicht ihre Augen glitzern. Sie kommt näher, und als ich begreife, was gleich geschehen wird, bleibt mir die Luft weg. Noch dazu wird alles in mir zu Gummi, als sie ihre Lippen auf meine drückt. Es ist ein weicher, zögerlicher Kuss. Mein erster Kuss!

Dann löst sie sich von mir, blickt mich aber weiter an. Sagt man etwas in so einer Situation? Mir fällt viel zu viel ein, Millionen Gedanken jagen durch meinen Kopf, außerdem werden meine Beine so schwach, dass ich kaum aufrecht stehen kann.

»Schon als ich dich zum ersten Mal sah, wusste ich, dass du etwas Besonderes bist«, sagt sie.

»Mir ist es mit dir genauso gegangen.«

Noch ein Kuss, dann lächeln wir beide, schweigen und sehen einander einfach nur in die Augen. Ich kenne das aus dem Fernsehen – aber dass mir so was geschieht?!

»Ich finde, jetzt kümmern wir uns besser darum, ob Emily noch da ist«, bricht Sarah schließlich die Stille. »Sonst rühre ich mich nie mehr vom Fleck.«

»Bestimmt ist sie noch da.«

Hand in Hand gehen wir zum Pavillon. Der fünfte Traktor

hoppelt den Pfad entlang. Der Anhänger ist voll besetzt, und immer noch warten etwa zehn Leute in einer Schlange darauf, dass sie an die Reihe kommen. Und nach allem, was im Wald geschehen ist, mit Sarahs Hand in meiner, grinse ich unentwegt glücklich vor mich hin.

15

Zwei Wochen später fällt der erste Schnee. Eine dünne Decke überpudert unseren Truck. Gleich nach Halloween, sobald der lorienische Kristall das Lumen in meinem Körper ausbreitete, begann Henri mit meinem eigentlichen Training. Jeden Tag, ohne Ausnahme, haben wir gearbeitet, in Kälte, Regen und jetzt im Schnee. Obwohl er es nicht sagt, glaube ich, er wartet ungeduldig darauf, dass ich bereit bin. Angefangen hat das mit irritierten Blicken unter zusammengezogenen Brauen, während er auf der Unterlippe kaute, gefolgt von tiefen Seufzern und gelegentlichen schlaflosen Nächten, in denen die Bodendielen unter seinen Füßen knarrten und ich ebenfalls wach in meinem Zimmer lag. So ging das bis zum heutigen Tag. In Henris angespannter Stimme schwingt tiefe Verzweiflung mit.

Wir stehen uns im Hinterhof gegenüber, etwa drei Meter auseinander.

»Heute bin ich wirklich nicht in Stimmung«, sage ich.

»Das weiß ich, aber wir müssen trotzdem weitermachen.«

Ich seufze und schaue auf meine Armbanduhr. Es ist vier Uhr. »Sarah wird um sechs hier sein.«

»Ich weiß«, antwortet Henri. »Deshalb müssen wir uns beeilen.« Er hält einen Tennisball in jeder Hand. »Bist du bereit?«

»Bereiter kann ich kaum sein.«

Er wirft den ersten Ball hoch in die Luft, und als dieser seinen Scheitelpunkt erreicht, versuche ich tief in mir eine Kraft heraufzubeschwören, die ihn am Fallen hindert. Ich weiß nicht, wie genau ich das tun soll, nur dass ich laut Henri mit Geduld und Übung dazu fähig sein sollte. Jeder von der Garde entwickelt die Fähigkeit, Gegenstände nach Belieben zu bewegen. Telekinese. Und statt mich das selbst entdecken zu lassen – wie bei meinen Händen –, scheint Henri davon besessen zu sein, die Kraft aus ihrem Winterschlaf zu wecken.

Der Ball fällt, wie rund Tausend Bälle zuvor, ohne die geringste Unterbrechung, schlägt zweimal am Boden auf und bleibt dann reglos im schneebedeckten Gras liegen.

Ich stoße einen tiefen Seufzer aus. »Ich spüre heute gar nichts.«

»Noch mal«, ordnet Henri an.

Er wirft den zweiten Ball. Ich versuche ihn zu bewegen, ihn anzuhalten, alles in mir strengt sich an, um das verdammte Ding einen Zentimeter nach rechts oder links zu rücken – vergeblich. Er fällt ebenfalls zu Boden. Bernie Kosar, der uns zugeschaut hat, läuft zu ihm, hebt ihn auf und rennt damit davon.

»Irgendwann wird es von allein klappen.«

Henri schüttelt den Kopf. Sein Kiefer mahlt angespannt hin und her. Seine Launen, seine Ungeduld gehen auf mich über. Er beobachtet Bernie Kosar, dann seufzt er.

»Was?«, frage ich.

Er schüttelt wieder den Kopf. »Versuchen wir es weiter.«

Er hebt den anderen Ball auf. Dann schleudert er ihn hoch in die Luft. Ich versuche ihn anzuhalten, aber natürlich fällt er nur herunter.

»Vielleicht morgen«, sage ich.

Henri nickt und blickt zu Boden. »Vielleicht morgen.«

◆◆◆

Nach unserem Training bin ich mit Schweiß, Schmutz und geschmolzenem Schnee bedeckt. Henri hat mich heute mehr als sonst geschunden und mich eine Aggression spüren lassen, die nur noch von Panik übertroffen werden könnte. Außer der Telekineseübung ging es beim Training vor allem um den Drill in den Kampftechniken – Nahkampf, Ringkampf, gemischt mit verschiedenen Kampfsportarten, gefolgt von Elementen der Beherrschung – Druck würdevoll standhalten, Gehirnwäsche, die Angst in den Augen eines Gegners zu bemerken und dann zu wissen, wie man sie am besten aufdeckt. Nicht Henris hartes Training war es, das mich deprimiert hat, sondern sein Blick. Ein bedrückter Blick, vermischt mit Angst, Verzweiflung, Enttäuschung. Ich weiß nicht, ob er sich nur um den Fortschritt sorgt oder ob es etwas Tiefsitzenderes ist, aber diese Stunden werden immer zermürbender – emotional und körperlich.

◆◆◆

Sarah kommt pünktlich. Ich gehe hinaus, küsse sie zur Begrüßung, als sie die vordere Veranda betritt, nehme ihr den Mantel ab und hänge ihn auf. In einer Woche steht uns die Halbjahresprüfung in Hauswirtschaft bevor und Sarah hat vorgeschlagen, dass wir die Mahlzeit zur Übung kochen, bevor wir sie in der Schule zubereiten müssen. Sobald wir damit anfangen, greift Henri nach seiner Jacke und geht spazieren. Er nimmt Bernie Kosar mit und ich bin dankbar, dass wir ungestört sind. Wir kochen gebackene Hühnerbrust mit Kartoffeln und gedämpftem Gemüse, und die Mahlzeit wird viel besser, als ich gehofft habe. Als alles fertig ist, setzen wir drei uns und essen sie gemeinsam. Henri schweigt fast die gesamte Zeit. Sarah und ich unterbrechen die beklommene Stille durch Gerede über dies und das, auch darüber, dass wir am Samstag ins Kino gehen wollen. Henri sieht kaum von seinem Teller auf, doch er macht uns zumindest Komplimente über unsere Kochkünste.

Nachdem Sarah und ich gespült haben, sitzen wir auf dem Sofa und schauen uns in unserem kleinen Fernseher den Film an, den Sarah mitgebracht hat. Henri starrt meistens aus dem Fenster. Nach der Hälfte des Films steht er mit einem Seufzer auf und geht hinaus. Sarah und ich sehen ihm nach, dann halten wir uns an den Händen und sie lehnt ihren Kopf an meine Schulter. Bernie Kosar sitzt neben ihr, den Kopf in ihrem Schoß, eine Decke liegt über beiden. Draußen mag es kalt und stürmisch sein, doch in unserem Wohnzimmer ist es warm und gemütlich.

»Ist bei deinem Dad alles okay?«, fragt Sarah.

»Ich weiß nicht. Er verhält sich merkwürdig.«

»Er war so still beim Essen.«

»Ja, ich will mal nach ihm schauen. Bin gleich zurück.«

Ich finde Henri auf der Veranda, von der er in die Finsternis schaut.

»Was ist denn los?«, frage ich.

Er sieht nachdenklich hinauf zu den Sternen. »Etwas ist nicht in Ordnung.«

»Was meinst du?«

»Es wird dir nicht gefallen.«

»Okay. Raus damit.«

»Ich weiß nicht, ob wir noch länger hierbleiben sollten. Es kommt mir nicht sicher vor.«

Mir wird das Herz schwer, doch ich sage nichts.

»Sie sind verzweifelt, und ich glaube, sie kommen näher. Ich kann das spüren. Ich fürchte, dass wir hier nicht sicher sind.«

»Ich will nicht weg.«

»Das weiß ich.«

»Wir haben uns versteckt gehalten.«

Henri sieht mich mit hochgezogenen Augenbrauen an.

»Nimm es mir nicht übel, aber ich glaube kaum, dass du im Verborgenen geblieben bist.«

»Ich weiß, wo es darauf ankommt.«

Er nickt. »Wir werden sehen.« Er geht zum Rand der Veranda und legt die Hände aufs Geländer. Ich stehe neben ihm. Schneeflocken rieseln herunter, weiße Punkte, die in einer sonst finsteren Nacht schimmern.

»Das ist nicht alles.«

»Das habe ich mir gedacht.«

Er seufzt. »Du hättest schon längst die Telekinese entwickeln sollen. Sie geht fast immer mit dem ersten Erbe einher. Sehr selten ist dieses Bewegen von Gegenständen durch übersinnliche Kräfte zu einem späteren Zeitpunkt möglich, und wenn, dann nicht später als eine Woche.« Ich sehe ihn an. Seine Augen wirken besorgt, Kummerfalten ziehen sich über seine Stirn. »Dein Erbe kommt aus Lorien. Das war immer so.«

»Was willst du mir damit sagen?«

»Ich habe keine Ahnung, wie viel wir von hier aus erwarten können.« Nach einer kleinen Pause fährt er fort: »Da wir nicht mehr auf dem Planeten sind, weiß ich nicht, ob dein restliches Erbe dich überhaupt erreichen wird. Und wenn es nicht zu dir kommt, können wir die Hoffnung, erfolgreich gegen die Mogadori zu kämpfen und sie zu besiegen, wohl begraben. Und wenn wir sie nicht besiegen, können wir niemals zurück.«

Ich betrachte den Schneefall und kann nicht entscheiden, ob ich besorgt sein sollte – oder erleichtert, weil dann Schluss mit dem Umziehen wäre und wir endlich sesshaft werden könnten.

Henri zeigt auf die Sterne. »Genau dort«, sagt er. »Genau dort ist Lorien.«

Natürlich weiß ich sehr gut, wo Lorien ist, man muss es mir nicht mehr zeigen. Da ist ein gewisser Sog, eine Sicherheit, dass meine Blicke immer von der Stelle angezogen werden, wo Billionen von Meilen entfernt Lorien liegt. Ich versuche, eine Schneeflocke auf meiner Zungenspitze zu fangen, dann schließe ich die Augen und atme die klirrende Luft ein. Als ich die Augen wieder öffne, drehe ich mich um und betrachte Sarah durchs Fenster. Sie hat die Beine untergeschlagen, Bernie Kosars Kopf liegt immer noch auf ihrem Schoß, sein Körper ist unter der Decke.

»Hast du je daran gedacht, einfach hierzubleiben, dir zu sagen: ›Zum Teufel mit Lorien!‹, und ein neues Leben auf der Erde anzufangen?«, frage ich Henri.

»Wir sind weggegangen, als du noch klein warst. Ich kann mir nicht denken, dass du dich an viel erinnerst, oder?«

»Eigentlich nicht«, antworte ich. »Von Zeit zu Zeit kommen Erinnerungsfetzen. Aber ich weiß nicht, ob sie mir zeigen, woran ich mich erinnere, oder ob es Dinge sind, die ich bei unserem Training gesehen habe.«

»Das wäre vermutlich nicht so, wenn du dich wirklich erinnern würdest.«

»Aber ich erinnere mich an nichts. Geht es nicht gerade darum?«

»Vielleicht«, sagt er. »Aber ob du zurückwillst oder nicht, hat keinen Einfluss darauf, dass die Mogadori dich suchen. Und wenn wir unvorsichtig werden und uns richtig niederlassen, kannst du darauf wetten, dass sie uns finden. Und dann töten sie uns beide. Das lässt sich nicht ändern. Auf keinen Fall.«

Ich weiß, dass er recht hat. Irgendwie kann ich wie Henri dieses Nahen der Mogadori ahnen, kann es spüren mitten in der Nacht, wenn sich die Haare auf meinen Armen aufrichten, wenn ein leichter Schauder meine Wirbelsäule heraufkrabbelt, obwohl mir nicht kalt ist.

»Bedauerst du, dass du es so lange mit mir aushalten musst?«, frage ich.

»Bedauern? Warum, glaubst du, ich könnte es bedauern?«

»Weil es nichts gibt, zu dem wir zurückkehren könnten. Deine Familie ist tot. Meine auch. Auf Lorien gibt es nur ein Leben des Wiederaufbaus. Wenn ich nicht wäre, könntest du dir hier leicht eine Identität schaffen und den Rest deines Lebens damit verbringen, ein Teil von irgendwas zu werden. Du könntest Freunde haben, dich vielleicht sogar wieder verlieben.«

Henri lacht. »Ich bin schon verliebt. Und ich werde es bleiben bis zu meinem Tod. Ich erwarte nicht, dass du das verstehst. Lorien ist anders als die Erde.«

Ich seufze verzweifelt. »Aber trotzdem, du könntest ein Teil von irgendwas, von irgendwo werden.«

»Ich bin ein Teil von irgendwo. Ich bin im Moment mit dir ein Teil von Paradise, Ohio.«

Ich schüttle den Kopf. »Du weißt, was ich meine, Henri.«

»Was fehlt mir denn deiner Meinung nach?«

»Ein Leben.«

»Du bist mein Leben, Kleiner. Du und meine Erinnerung, ihr seid meine einzige Verbindung zur Vergangenheit. Ohne dich habe ich nichts. Das ist die Wahrheit.«

In diesem Moment öffnet sich die Tür hinter uns. Bernie Kosar kommt heraus, Sarah steht im Türrahmen, halb drinnen, halb draußen.

»Zwingt ihr beide mich wirklich, diesen Film ganz einsam und allein zu Ende anzusehen?«, fragt sie.

Henri lächelt ihr zu. »Nicht im Traum!«

◆◆◆

Nach dem Film fahren Henri und ich Sarah nach Hause. Bei ihr zu Hause angekommen, stehen wir an der Eingangstür und lächeln einander zu. Dann küsse ich sie innig zum Abschied, ihre Hände in den meinen.

»Bis morgen.« Sie drückt meine Hand.

»Träum was Schönes!«

Ich gehe zurück zum Wagen und Henri rollt die Auffahrt hinunter. Auf dem Weg zurück zu uns überkommt mich ein mulmiges Gefühl, als ich mich an Henris Worte nach dem ersten Tag in der neuen Schule erinnere: *Bitte denk dran, dass wir unter Umständen sofort abreisen müssen.*

Er hat recht und ich weiß es – aber ich habe noch nie zuvor so für jemanden empfunden. Als würde ich in der Luft schweben, wenn wir zusammen sind. Alle Zeit, die wir nicht zusammen sind, ist entsetzlich, so wie jetzt gerade, obwohl wir die letzten Stunden miteinander verbracht haben. Sarah gibt unserem Davonlaufen und Verstecken einen Sinn, einen Grund, der wichtiger ist als das reine Überleben. Einen Grund, schließlich zu siegen. Und ich weiß, dass ich vielleicht ihr Leben gefährde, wenn ich mit ihr zusammen bin – und das ängstigt mich.

Als wir zurück sind, marschiert Henri in sein Schlafzimmer und kommt mit dem Kasten wieder hinaus. Er stellt ihn auf den Küchentisch.

»Wirklich?«, frage ich.

Er nickt. »Hier drin ist etwas, was ich dir seit Jahren zeigen wollte.«

Wir öffnen zusammen das Schloss und er hebt den Deckel nur so weit an, dass ich nicht hineinspähen kann. Einen Samtbeutel holt er heraus, dann schließt er den Kasten und verriegelt ihn wieder.

»Das hier gehört nicht zu deinem Erbe, aber als wir letztes Mal den Kasten öffneten, habe ich es hineingelegt, weil ich schon da diese üble Ahnung hatte. Auch wenn die Mogadori uns gefangen nehmen – diesen Kasten werden sie niemals öffnen können.«

»Und was ist in dem Beutel?«

»Das Sonnensystem.«

»Warum hast du mir das noch nie gezeigt, wenn es nicht Teil meines Erbes ist?«

»Weil du dein Erbe entwickeln musstest, um diese Dinge aktivieren zu können.«

Er räumt den Küchentisch ab und setzt sich dann mir mit gegenüber, den Beutel im Schoß. Als er meine Neugier spürt, muss er grinsen. Er holt sieben Glaskugeln verschiedener Größe aus dem Beutel, hält sie sich ans Gesicht und bläst darauf. Sie sondern winzige Lichtfunken ab, und als Henri sie in die Luft wirft, werden sie plötzlich lebendig und schweben über dem Küchentisch. Jetzt erkenne ich, dass die Glasbälle Modelle unseres Sonnensystems sind. Der Größte, so groß wie eine Orange – Loriens Sonne – hängt in der Mitte und sieht aus wie eine Lavakugel, während er so viel Licht wie eine Glühbirne ausstrahlt. Die anderen Bälle kreisen um ihn, die Nächsten schneller, während die am weitesten Entfernten nur langsam kriechen. Alle drehen sich auch um sich selbst, ihre Tage beginnen und enden im Schnelldurchlauf. Die vierte Kugel vor der Sonne ist Lorien. Wir beobachten, wie sie sich bewegt, wie die Oberfläche sich allmählich bildet. Sie ist etwa so groß wie ein Squashball. Die Modelle sind nicht maßstabgerecht, denn in Wirklichkeit ist Lorien viel kleiner als unsere Sonne.

»Was geschieht jetzt?«, frage ich neugierig.

»Der Ball nimmt die exakte Form vom heutigen Lorien an.«

»Wie ist das möglich?«

»Es ist ein besonderer Planet, John. In seinem Kern existiert eine alte Magie. Daher kommt euer Erbe. Diese Magie verleiht den Objekten innerhalb unseres Vermächtnisses Leben.«

»Aber gerade hast du gesagt, dass dieses hier nicht Teil meines Erbes ist.«

»Nein, aber es kommt vom selben Planeten.«

Täler bilden sich, Berge entstehen, tiefe Falten durchschneiden die Oberfläche, dort strömten einst Flüsse. Und dann hört es auf. Ich warte auf irgendeine Farbe oder Bewegung, einen Wind, der übers Land blasen könnte. Aber da ist nichts. Die gesamte Landschaft ist ein einfarbiger grauschwarzer Fleck. Ich weiß nicht, was ich zu sehen gehofft, erwartet habe – sicher Bewegung irgendeiner Art, eine Andeutung von Fruchtbarkeit. Plötzlich verblasst die Oberfläche, sodass wir hindurchsehen können, und genau im Innersten der Kugel bildet sich ein schwaches Licht. Es leuchtet, dann schwindet es, dann leuchtet es wieder, als entspräche es den Herzschlägen eines schlafenden Tiers.

»Was ist das?«, frage ich.

»Noch lebt und atmet der Planet. Er hat sich tief in sich selbst zurückgezogen, er wartet seine Zeit ab. Winterschaf, wenn du so willst. Aber irgendwann wird er erwachen.«

»Was macht dich so sicher?«

»Dieses kleine Licht dort. Das ist die Hoffnung, John.«

Beim Betrachten verspüre ich eine seltsame Freude an diesem Leuchten. Sie haben versucht, unsere Zivilisation zu zerstören, auch den Planeten, und doch atmet er immer noch. *Ja*, denke ich, *es gibt immer Hoffnung, genau wie Henri ständig herunterbetet.*

»Das ist nicht alles.«

Henri steht auf, schnalzt mit den Fingern, und die Planeten stehen still. Er nähert sein Gesicht bis auf wenige Zentimeter Lorien, dann legt er die Hände trichterförmig um den Mund und atmet auf den Planeten. Ein Hauch von Grün und Blau fegt darüber und verblasst fast sofort, wie die Feuchtigkeit von Henris Atem verfliegt.

»Was hast du gemacht?«

»Beleuchte die Kugel mit deinen Händen!«

Ich bringe meine Hände zum Strahlen, und als ich sie über die Kugel halte, kommen Grün und Blau wieder, und diesmal bleiben sie, während meine Hände die Farben beleuchten.

»So hat Lorien am Tag vor der Invasion ausgesehen. Siehst du, wie schön alles ist? Manchmal vergesse selbst ich es.«

Es *ist* schön. Alles ist grün und blau, üppig und fruchtbar. Die Vegetation scheint zu wogen unter Windstößen, die ich irgendwie zu spüren meine. Leichte Kräusel bilden sich auf dem Wasser. Der Planet ist wirklich lebendig, blühend. Doch dann lösche ich mein Licht, und alles verblasst wieder zu grauen Schatten.

Henri deutet auf einen Fleck an der Kugeloberfläche. »Genau von hier sind wir am Tag der Invasion abgereist.« Er bewegt den Finger einen halben Zentimeter weiter. »Und hier war das lorienische Forschungsmuseum.«

Ich nicke und betrachte diesen Punkt. Noch mehr Grau. »Was haben Museen mit all dem zu tun?«, frage ich und lehne mich zurück. Ich kann das nicht länger anschauen, ohne traurig zu werden.

Henri sieht mich an. »Ich habe viel über das nachgedacht, was du gesehen hast. Es war ein sehr großes Museum, ganz der Evolution der Raumfahrt gewidmet. In einem Flügel waren Raketen gesammelt, die Jahrtausende alt waren. Raketen, die mit einem Kraftstoff betrieben wurden, den man nur auf Lorien kannte.« Er unterbricht sich und schaut zurück zu dem kleinen Glasball über dem Küchentisch. »Wenn tatsächlich geschehen ist, was du gesehen hast, wenn ein zweites Raumschiff auf dem Höhepunkt des Kampfs von Lorien abgehoben und geflüchtet ist – muss es aus dem Raumfahrtmuseum gekommen sein. Eine andere Erklärung gibt es nicht. Es fällt mir immer noch schwer, zu glauben, dass es funktioniert haben könnte, und selbst wenn, dass dieses Raumschiff sehr weit gekommen wäre.«

»Warum denkst du dann noch darüber nach?«

Henri schüttelt den Kopf. »Weißt du, ich bin mir gar nicht sicher. Vielleicht weil ich mich zuvor getäuscht habe. Vielleicht weil ich hoffe, dass ich mich jetzt täusche. Nun, wenn das Raumschiff weit gekommen wäre, dann hierher, zum nächsten belebten Planeten außer Mogador. Und das wiederum würde bedeuten, dass darauf Lebewesen waren, nicht nur tote Gegenstände, oder dass es gar leer war, zum Zweck, die Mogadori zu verwirren. Ich meine, mindestens mit einem Loriener müsste das Raumschiff bemannt gewesen sein, weil … nun, weil keins dieser Art sich selbst steuern konnte.«

◆◆◆

Wieder eine schlaflose Nacht. Ich stehe ohne Hemd vor dem Spiegel und schaue im Licht meiner Hände hinein. »Ich weiß nicht, wie viel wir von jetzt an erwarten können«, hat Henri heute gesagt. Das Licht im Kern von Lorien leuchtet noch, und die Gegenstände, die wir von dort mitgebracht haben, funktionieren nach wie vor, also warum sollte diese Magie dort erloschen sein? Und was ist mit den anderen, stoßen sie jetzt auf die gleichen Probleme? Sind sie ohne ihr Erbe?

Ich spanne meine Muskeln vor dem Spiegel an, dann boxe ich in die Luft und hoffe, dass der Spiegel zerbricht oder zumindest ein Schlag an der Tür zu hören ist. Aber alles bleibt ruhig. Nur ich sehe aus wie ein Idiot, wie ich da ohne Hemd beim Schattenboxen stehe, während Bernie Kosar vom Bett aus zuschaut. Es ist fast Mitternacht und ich bin kein bisschen müde. Nun springt Bernie Kosar vom Bett, setzt sich neben mich und beobachtet mein Spiegelbild. Ich lächle ihm zu und er wedelt mit dem Schwanz.

Ich hebe ihn hoch, halte ihn über meinen Kopf und lasse ihn durchs Zimmer schweben. »Seht alle her! Das ist Bernie

Kosar, der atemberaubende Superhund!« Er krümmt sich unter meinem Griff, und ich lasse ihn wieder herunter. Er fällt auf die Seite und sein Schwanz stößt an die Matratze. »Also, Freundchen, einer von uns sollte schon Superkräfte haben. Und es sieht nicht so aus, als wäre ich das. Es sei denn, wir beamen uns ins Mittelalter, wo ich die Welt mit Licht versorgen kann. Sonst, fürchte ich, bin ich nutzlos.«

Bernie Kosar rollt auf den Rücken, blickt mich mit großen Augen an und will offenbar einfach nur, dass ich ihm den Bauch kraule.

16

Sam geht mir aus dem Weg. In der Schule scheint er zu verschwinden, sobald er mich sieht, oder er vergewissert sich, dass Leute um uns rum sind. Weil Henri darauf drängt – der unbedingt Sams Zeitschrift in die Finger kriegen möchte, nachdem er sie im gesamten Web nicht ausfindig hat machen können –, mache ich mich einfach unangekündigt auf den Weg zu Sam nach Hause. Henri bringt mich hin, nachdem wir unser Training hinter uns haben. Sam wohnt am Rand von Paradise in einem kleinen, bescheidenen Haus. Als ich klopfe, kommt keine Antwort, aber die Tür ist nicht verschlossen, also gehe ich hinein.

Brauner Veloursteppich bedeckt den Boden und Familienfotos, auf denen Sam noch klein ist, hängen an den holzgetäfelten Wänden – er, seine Mutter und ein Mann, der vermutlich sein Vater ist und auf den Bildern eine Brille trägt, deren Gläser so dick sind wie die von Sam. Die Brillen gleichen sich aufs Haar, stelle ich bei genauerer Betrachtung fest.

Ich gehe durch den Gang bis zu der Tür, die vermutlich in Sams Zimmer führt, denn an einem Reißnagel hängt ein Schild: BETRETEN AUF EIGENE GEFAHR! Die Tür ist einen Spalt breit geöffnet. Auf dem Bett liegt eine schwarze Überdecke mit dem Planeten Saturn, der auch das Kopfkissen ziert. Die Wände sind mit Postern bedeckt: zwei von der NASA, das Filmplakat von KRIEG DER STERNE und ein dunkles Plakat mit einem grünen Alienkopf, von schwarzem Filz umgeben. In der Mitte des Raums hängt an einem durchsichtigen Faden das Sonnensystem, alle neun Planeten und die Sonne. Ich erinnere mich daran, was Henri mir Anfang der Woche gezeigt hat. Sam würde wahrscheinlich den Verstand verlieren, wenn er das Gleiche sehen könnte. Und dann erblicke ich Sam, über einen kleinen Schreibtisch aus Eiche gebeugt, mit Kopfhörern. Ich drücke die Tür auf und er sieht über die Schulter. Jetzt trägt er keine Brille, und ohne sie hat er sehr kleine Knopfaugen, fast wie in einem Comic.

»Was geht?«, frage ich lässig, als würde ich jeden Tag in seinem Haus einfach so herumspazieren.

Er sieht erschrocken und ängstlich aus, nimmt hektisch den Kopfhörer ab und greift in eine der Schubladen. Auf dem Schreibtisch liegt ein Exemplar von SIE SIND UNTER UNS. Als ich wieder aufschaue, zielt er mit einer Pistole auf mich.

»Mann!« Instinktiv hebe ich die Hände. »Was ist los mit dir?!«

Er steht auf. Seine Hände zittern. Die Pistole zielt auf meine Brust. Ich glaube, er ist verrückt geworden!

»Sag mir, wer du bist«, verlangt er.

»Wovon redest du?«

»Ich habe gesehen, was du im Wald gemacht hast. Du bist kein Mensch.«

Ich habe befürchtet, dass er mehr gesehen hat, als ich dachte.

»Totaler Blödsinn, Sam! Ich war in einen Fight verwickelt. Seit Jahren trainiere ich Kampftechniken.«

»Deine Hände haben geleuchtet wie Taschenlampen. Du hast Typen herumgeschleudert wie nichts. Das ist nicht normal.«

»Sei nicht albern.« Ich halte die Hände immer noch hoch. »Schau sie dir an. Siehst du irgendein Licht? Ich habe dir doch gesagt, es waren Handschuhe, die Kevin vorher getragen hat.«

»Ich habe Kevin gefragt! Er wusste nichts von Handschuhen!«

»Glaubst du wirklich, dass er nach allem, was geschehen ist, die Wahrheit sagt? Und jetzt leg die Pistole weg.«

»Sag es mir! Was bist du?«

Ich verdrehe die Augen. »Ja, ich bin ein Alien, Sam. Ich komme von einem Planeten, Hunderte von Meilen entfernt. Ich habe Superkräfte. Ist es das, was du hören willst?«

Er starrt mich an, seine Hände zittern immer noch.

»Merkst du nicht, wie bescheuert das klingt? Hör auf mit dem Quatsch und leg die Pistole weg.«

»Hast du gerade die Wahrheit gesagt?«

»Dass du Quatsch erzählst? Ja, das ist wahr. Du bist von diesem Zeug besessen. Du siehst Aliens und Verschwörungen von Außerirdischen in jedem Teil deines Lebens, sogar in deinem einzigen Freund. Hör jetzt auf, mit dieser verdammten Pistole auf mich zu zielen.«

Er starrt mich an; bestimmt denkt er über meine Worte nach. Ich lasse die Hände sinken. Dann seufzt er und nimmt die Pistole herunter. »Tut mir leid.«

Ich hole tief und nervös Luft. »Das sollte es. Was zum Teufel hast du dir dabei gedacht?«

»Sie ist nicht geladen.«

»Das hättest du mir früher sagen sollen. Warum willst du so unbedingt diesen Kram glauben?«

Er schüttelt den Kopf und legt die Pistole in die Schublade zurück. Ich brauche eine Minute, bis ich mich selbst beruhigt habe, dann versuche ich locker zu sein, als wäre gerade nichts Besonderes gewesen. »Was liest du?«

Er zuckt die Achseln. »Nur noch mehr Aliengeschichten. Vielleicht sollte ich es eine Zeit lang bleiben lassen.«

»Oder es als Fiktion lesen statt als Fakten. Das Zeug muss aber ziemlich überzeugend sein. Darf ich mal sehen?«

Er reicht mir die letzte Ausgabe von SIE SIND UNTER UNS

und ich setze mich zögernd auf die Kante seines Betts. Wahrscheinlich hat er sich jetzt wenigstens ausreichend beruhigt, um nicht noch einmal die Pistole herauszuholen. Wieder ist das Heft eine schlechte Fotokopie, das Papier ist für die Schrift nicht ganz geeignet. Es ist nicht sehr dick – acht Seiten, höchstens zwölf, auf DIN-A5-Blätter gedruckt. Das Datum Dezember deutet auf die aktuellste Ausgabe hin.

»Das ist sonderbares Zeug, Sam Goode«, sage ich.

Er grinst. »Sonderbare Leute mögen sonderbares Zeug.«

»Woher bekommst du das?«

»Ich habe es abonniert.«

»Schon klar, aber wie?«

Sam sieht mich ratlos an. »Ich weiß nicht. Es lag eines Tages einfach im Briefkasten.«

»Hast du eine andere Zeitschrift abonniert? Vielleicht haben sie von dort deine Kontaktdaten bekommen?«

»Ich war einmal bei einer Tagung. Ich meine, dort habe ich mich zu irgendeinem Wettbewerb oder so angemeldet. Ich weiß das nicht mehr genau. Jedenfalls habe ich immer angenommen, dass sie da meine Adresse herhaben.«

Ich überfliege die Titelseite. Eine Website ist nirgendwo angegeben, das habe ich auch nicht erwartet, schließlich hat Henri das Internet schon gründlich durchsucht. Die Titelgeschichte trägt die Überschrift:

IST DEIN NACHBAR EIN ALIEN?

ZEHN TODSICHERE HINWEISE, DAS ZU ERKENNEN!

In der Mitte des Artikels ist ein Mann abgebildet, der in einer Hand eine Abfalltüte und in der anderen den Abfalleimer hält. Er steht am Ende der Auffahrt und man sollte annehmen, dass er gleich die Tüte in den Eimer wirft. Obwohl das ganze Heft schwarzweiß ist, haben die Augen des Mannes ein gewisses Glühen. Es ist ein schreckliches Bild – als hätte jemand einen arglosen Nachbarn fotografiert und dann seine Augen mit einem Buntstift ummalt. Es bringt mich zum Lachen.

»Was?«, fragt Sam.

»Das ist ein gruseliges Bild. Es sieht aus wie aus GODZILLA.«

Sam betrachtet es. Dann zuckt er mit den Schultern. »Ich weiß nicht. Es könnte echt sein. Wie du richtig erkannt hast: Ich sehe Außerirdische überall und in allem.«

»Aber ich dachte, Aliens sehen so aus?!« Ich deute auf das Poster an der Wand.

»Ich glaube, nicht alle. Wie du ja gesagt hast, bist du ein Alien mit Superkräften, und du siehst nicht so aus.«

Wir lachen beide. Wie komme ich bloß aus der Nummer raus? Hoffentlich erfährt Sam niemals, dass ich ihm die Wahrheit gesagt habe. Ein Teil von mir will sie ihm allerdings auch irgendwie mitteilen – die Wahrheit über mich, über Henri, über Lorien – um zu sehen, wie er darauf reagiert. Ob er mir glauben würde?

Ich schlage die Seite um und suche das Impressum, das alle Zeitungen und Zeitschriften haben müssen. Aber ich finde keins, nur weitere Geschichten und Theorien.

»Hier fehlt das Impressum.«

»Was meinst du?«

»Dieses Verzeichnis von Verleger, Herausgeber, Mitarbeitern, wo das Heft gedruckt wurde und so weiter. Du weißt schon, für Anfragen, Kontakte und dergleichen. Alle Publikationen haben das. Die hier nicht.«

»Sie müssen ihre Anonymität schützen«, meint Sam.

»Wovor?«

»Aliens«, sagt er und grinst, als wisse er, wie absurd das ist.

»Hast du noch das Heft vom letzten Monat?«

Er holt es aus dem Schrank. Ich blättere es rasch durch, hoffentlich ist der Artikel über die Mogadori in diesem zu finden und nicht in einem früheren. Und dann entdecke ich ihn auf Seite vier.

RASSE DER MOGADORI WILL ERDE EROBERN

Die Alienrasse der Mogadori vom Planeten Mogador in der neunten Galaxie ist jetzt seit mehr als zehn Jahren auf der Erde vertreten – eine heimtückische Rasse, die Weltherrschaft anstrebt. Gerüchten zufolge hat sie bereits einen anderen Planeten, der Erde nicht unähnlich, zerstört und plant, die Schwachpunkte der Erde aufzudecken in dem Bemühen, in einem nächsten Schritt unseren Planeten zu bewohnen.

(Mehr dazu in der nächsten Ausgabe)

Dreimal lese ich es. Ich hatte gehofft, mehr darin zu finden als das, was Sam uns schon beschrieben hat, aber nein. Und, übrigens, es gibt keine neunte Galaxie. Woher sie das wohl haben? Ich durchblättere zweimal die nächste Ausgabe. Darin werden die Mogadori nicht erwähnt. Vielleicht gab es nichts zu berichten, keine nennenswerten Neuigkeiten. Aber das glaube ich nicht. Wahrscheinlicher ist, dass die Mogadori den Artikel gelesen und dann das Problem auf ihre Art gelöst haben – was es auch gewesen sein mag.

»Leihst du mir das?« Ich halte die Ausgabe vom letzten Monat hoch.

Er nickt. »Aber sei vorsichtig damit.«

◆◆◆

Drei Stunden später, um acht, ist Sams Mutter immer noch nicht zu Hause. Ich frage Sam, wo sie bleibt, er aber zuckt nur die Achseln, als wisse er es nicht, als sei ihre Abwesenheit nichts Neues. Wir spielen hauptsächlich Videospiele und sehen fern; zum Abendessen schieben wir uns Fertigmahlzeiten in die Mikrowelle. Während der gesamten Zeit trägt Sam seine Brille nicht. Das finde ich seltsam, denn ich habe ihn bisher noch nie ohne gesehen. Selbst beim Einmeilenlauf im Sport hat er sie aufbehalten. Ich nehme sie von seinem Schreibtisch und setze sie selbst auf. Sofort verschwimmt die Welt, und ich bekomme fast ebenso schnell Kopfweh.

Ich schaue Sam an, der im Schneidersitz auf dem Boden hockt, ans Bett gelehnt, und ein Buch über Außerirdische auf dem Schoß hat.

»Großer Gott, siehst du so schlecht?!«

Er blickt auf. »Sie hat meinem Dad gehört.«

Ich setze sie schnell ab. »Brauchst du überhaupt eine Brille, Sam?«

Schulterzucken. »Nicht wirklich.«

»Warum trägst du sie dann?«

»Sie hat meinem Dad gehört.«

Ich setzte sie wieder auf. »Wahnsinn, ich verstehe nicht, wie du damit auch nur geradeaus gehen kannst.«

»Meine Augen sind an sie gewöhnt.«

»Du weißt schon, dass sie dein Sehvermögen verändern wird, oder?!«

»Dann werde ich sehen können, was mein Dad gesehen hat.«

Ich nehme die Brille ab und lege sie zurück. Ich verstehe nicht, warum Sam sie trägt. Aus sentimentalen Gründen? Glaubt er wirklich, das sei es wert?

»Wo ist dein Dad, Sam?«

Er blickt mich an. »Ich weiß es nicht.«

»Was soll das heißen?«

»Er ist verschwunden, als ich sieben war.«

»Und du hast keine Ahnung, wohin er gegangen ist?«

Er seufzt, lässt den Kopf hängen und steckt die Nase wieder ins Buch. Offenbar will er nicht darüber reden. »Glaubst du an dieses Zeug?«, fragt er nach ein paar Minuten Stille.

»Aliens?«

»Ja.«

»Ja. Ich glaube an Aliens.«

»Glaubst du auch, dass sie wirklich Menschen entführen?«

»Ich habe keine Ahnung. Ich meine, das kann man nicht ausschließen. Glaubst du es?«

Er nickt. »Meistens. Aber manchmal kommt mir der Gedanke ziemlich bescheuert vor.«

»Das kann ich verstehen.«

Er sieht zu mir hoch. »Ich glaube, dass mein Dad entführt worden ist.« Sowie die Worte heraus sind, verspannt er sich und wirkt plötzlich sehr verletzlich. Vermutlich hat er seine Theorie schon einmal jemandem erzählt, der nicht besonders freundlich reagiert hat.

»Warum denkst du das?«

»Weil er einfach verschwunden ist. Er ging zum Laden und wollte Milch und Brot kaufen – und er ist nie wieder zurückgekommen. Sein Wagen stand vor dem Supermarkt und seine Brille lag daneben auf dem Gehweg.« Er überlegt einen Moment. »Vorhin hatte ich kurz Angst, dass du mich entführen willst.«

Das ist schwer zu glauben. Jemand müsste doch gesehen haben, wie sein Vater entführt wurde, wenn der Vorfall mitten in der Stadt geschah. Vielleicht hatte sein Dad Gründe zu gehen und plante sein eigenes Verschwinden – es ist nicht schwer, sich in diesem Land verschwinden zu lassen. Henri und ich praktizieren das seit zehn Jahren. Aber plötzlich erscheint Sams Interesse an Aliens in einem völlig anderen Licht. Eventuell will Sam die Welt einfach so wahrnehmen wie sein Dad, aber vielleicht glaubt er zugleich, dass der letzte Blick, den sein Dad durch die Brille warf, irgendwie in den Gläsern gefangen ist. Vielleicht denkt er, dass er durch seine Hartnäckigkeit eines Tages das Gleiche sehen wird und dass dieser letzte Blick ihm bestätigt, was bereits lange in seinem Kopf ist. Vielleicht glaubt er auch, wenn er lange genug sucht, stößt er schließlich auf einen Artikel, der beweist, dass sein Vater entführt wurde und noch gerettet werden kann.

Und wer bin ich, dass ich mir anmaße zu behaupten, dass er diesen Beweis nicht finden wird?

»Ich glaube dir«, sage ich. »Ich denke, Entführungen durch Außerirdische sind sogar sehr wahrscheinlich.«

17

Am nächsten Tag wache ich früher auf als sonst und finde Henri bereits am Tisch über Zeitungen gebeugt vor, sein Laptop ist geöffnet. Die Sonne versteckt sich noch und das Haus ist dunkel, das einzige Licht kommt von seinem Bildschirm.

»Was Neues?«

»Nein, nicht wirklich.«

Ich schalte das Küchenlicht an. Bernie Kosar kratzt an der Haustür. Ich öffne sie und er schießt hinaus in den Hof wie jeden Tag, trabt mit erhobenem Kopf herum und sucht nach etwas Verdächtigem. Dabei schnüffelt er mal hier, mal da. Wenn alles ist, wie es sein soll, saust er in den Wald und verschwindet.

Zwei Ausgaben von SIE SIND UNTER UNS liegen auf dem Küchentisch, das Original und eine Kopie, die Henri für sich gemacht hat, dazwischen eine Lupe.

»Gibt es etwas Besonderes im Original?«

»Nein.«

»Und jetzt?«

»Nun, ich bin ein bisschen fündig geworden. Ich bin Querverweisen in ein paar anderen Artikeln nachgegangen und habe ein paar Treffer gelandet, einer davon hat mich zur Website eines Mannes geführt, dem ich eine E-Mail geschickt habe.«

Ich starre ihn an.

»Kein Grund zur Sorge«, sagt er. »E-Mails können sie nicht zurückverfolgen. Jedenfalls nicht solche, die ich schicke.«

»Und wie schickst du sie?«

»Ich leite sie durch verschiedene Server in Städte überall auf der Welt um, sodass der Absendeort unterwegs verloren geht.«

»Beeindruckend.«

Bernie Kosar macht sich vor der Tür bemerkbar und ich lasse ihn herein. Die Uhr auf der Mikrowelle zeigt fünf Uhr neunundfünfzig, ich habe also noch zwei Stunden, bevor ich in der Schule sein muss. »Glaubst du wirklich, wir sollten uns damit beschäftigen?«, frage ich. »Und wenn das alles eine Falle ist, wenn sie uns einfach aus dem Versteck locken wollen?«

Henri nickt. »Weißt du, wenn in dem Artikel irgendwas über uns erwähnt worden wäre, hätte mir das zu denken gegeben. Aber da war nichts. Es ging um ihre Eroberung der Erde, es gab den Vergleich mit Lorien. Daran ist so vieles, was wir nicht verstehen. Du hattest recht, als du vor ein paar Wochen sagtest, wir seien so leicht besiegt worden. Das stimmt. Und es ergibt keinen Sinn, genauso wenig wie die ganze Sache mit dem Verschwinden der Ältesten. Sogar dich und die anderen Kinder von Lorien wegzubringen, was mir bisher nie fragwürdig erschien, kommt mir auf einmal seltsam vor. Und obwohl du gesehen hast, was geschah – und ich hatte die gleichen Visionen –, fehlt immer noch etwas an der Gleichung. Wenn wir eines Tages zurückkommen, müssen wir unbedingt verstehen, was geschehen ist, damit es nicht wieder geschehen kann. Du kennst die Redensart: Wer die Geschichte nicht versteht, ist dazu verdammt, sie zu wiederholen. Und wenn sie sich wiederholt, werden die Einsätze verdoppelt.«

»Okay«, sage ich. »Aber nach dem, was du Samstagabend erklärt hast, scheint die Chance unserer Rückkehr täglich kleiner zu werden. Und du glaubst trotzdem, es lohnt sich?«

Henri zuckt die Achseln. »Es sind immer noch fünf andere dort draußen. Vielleicht haben sie ihr ganzes Erbe erhalten. Vielleicht bist du nur spät dran. Ich glaube, es ist am besten, für alle Eventualitäten zu planen.«

»Okay, und was planst du?«

»Nur einen Anruf. Ich bin neugierig, was diese Person weiß. Ich frage mich, warum er nicht weitergemacht hat. Eine von zwei Möglichkeiten: Entweder er hat keine andere Information gefunden und hat sich nicht mehr für die Geschichte interessiert – oder jemand hat ihn sich nach der Veröffentlichung geschnappt.«

Ich seufze. »Sei bloß vorsichtig!«

◆◆◆

Ich ziehe eine Trainingshose und ein Sweatshirt über zwei T-Shirts, binde meine Tennisschuhe zu und strecke mich. In meinen Rucksack stecke ich die Sachen, die ich in der Schule tragen will, dazu ein Handtuch, Seife und Shampoo, damit ich duschen kann, wenn ich dort bin. Von jetzt an laufe ich jeden Morgen in die Schule. Henri glaubt angeblich, dass der zusätzliche Sport meinem Training guttut, doch in Wahrheit hofft er, dass das Joggen die fehlenden Teile meines Erbes aus ihrem Schlummer weckt – falls sie denn schlafen sollten.

Ich sehe zu Bernie Kosar hinunter. »Bist du zu einem Sprint bereit, Junge? Hm? Hast du Lust?«

Er wedelt mit dem Schwanz, gibt leise Töne von sich und läuft im Kreis, offensichtlich ist er aufgeregt.

»Bis später!«

»Hab einen guten Lauf«, sagt Henri. »Und sei vorsichtig auf der Straße.«

Vor der Tür empfängt uns kalte, frische Luft. Bernie Kosar bellt ein paar Mal ungeduldig. Ich jogge die Auffahrt hinunter, auf die Kiesstraße, der Hund trabt neben mir wie erwartet. Nach einer Viertelmeile sind wir aufgewärmt.

»Bereit, einen Gang zuzulegen, Bernie?«

Er achtet nicht auf mich, läuft nur mit heraushängender Zunge weiter und sieht absolut glücklich aus.

»Na schön, los geht's!«

Ich erhöhe das Tempo, spurte und renne dann, so schnell ich kann. Bernie Kosar lasse ich mit einer Staubwolke hinter mir. Ich drehe mich nach ihm um, er läuft so schnell er kann, doch ich bin schneller. Der Wind bläst mir durchs Haar, die Bäume ziehen verschwommen vorbei. Das alles ist großartig! Plötzlich schießt Bernie Kosar in den Wald und ist nicht mehr zu sehen. Ich weiß nicht, ob ich halten und auf ihn warten sollte. Doch da springt er drei Meter vor mir aus dem Gebüsch heraus, schaut zu mir auf, die Zunge auf einer Seite, in den Augen, meine ich, eine gewisse Schadenfreude.

»Du bist ein komischer Hund, weißt du das?«

Nach fünf Minuten kommt die Schule in Sicht. Ich sprinte die letzte halbe Meile, strenge mich an, laufe, so schnell ich kann, weil es so früh ist, dass niemand hier draußen ist und mich sehen kann. Schließlich bleibe ich stehen, verschränke die Finger hinter dem Kopf und hole tief Luft. Bernie Kosar kommt dreißig Sekunden später, setzt sich neben mich und sieht mir zu. Ich knie mich hinunter und streichle ihn.

»Gut gemacht, Junge, ich gehe jetzt rein. Lauf heim. Henri wartet auf dich.«

Er beobachtet mich noch einen Augenblick, dann trabt er zurück. Dass er alles versteht … Verblüfft mache ich mich auf den Weg zu den Waschräumen.

◆◆◆

Ich komme als Zweiter in die Astronomieklasse: Sam sitzt wie immer schon hinten im Klassenzimmer.

»Hey«, sage ich. »Keine Brille? Was ist los?«

Er zieht die Augenbrauen hoch. »Ich habe nachgedacht über das, was du gesagt hast. Wahrscheinlich ist es dumm von mir, sie zu tragen.«

Ich setze mich neben ihn. An seine glänzenden Kopfaugen muss man sich erst mal gewöhnen. Ich gebe ihm sein Heft von SIE SIND UNTER UNS zurück und er steckt es sorgsam in seine Mappe. Danach halte ich die Finger hoch wie eine Pistole und gebe ihm einen Rippenstoß. »Peng!«

Er fängt an zu lachen, ich stimme ein. Keiner von uns kann aufhören. Immer wenn einer kurz davor ist, fängt der andere wieder an und das Ganze geht von vorn los. Wer hereinkommt, starrt uns an. Dann kommt Sarah, allein, schlendert leicht verwirrt zu uns und setzt sich neben mich. »Worüber lacht ihr zwei?«

»Ich weiß es nicht so genau«, sage ich und gluckse wieder ein bisschen.

Mark kommt als Letzter. Er sitzt auf seinem üblichen Platz, doch statt Sarah hat er jetzt ein anderes Mädchen neben sich. Ich glaube, sie ist ein Senior.

Sarah greift unter dem Tisch nach meiner Hand. »Ich muss mit dir über etwas reden.«

»Worüber?«

»Ich weiß, es ist ein bisschen kurzfristig, aber meine Eltern laden dich und deinen Dad zum Thanksgiving-Dinner morgen ein.«

»Oh Mann! Wahnsinn! Ich muss ihn fragen, aber ich weiß, dass wir keine Pläne haben, also nehme ich an, die Antwort ist Ja. Danke!«

Sie lächelt. »Großartig.«

»Weil wir nur zu zweit sind, feiern wir Thanksgiving meistens gar nicht.«

»Oh, bei uns ist das immer eine große Sache. Und meine Brüder werden vom College zu Hause sein. Sie wollen dich kennenlernen.«

»Woher wissen sie, dass es mich gibt?«

»Rate mal …«

Die Lehrerin kommt herein und Sarah zwinkert mir zu, dann beugen wir uns beide über unsere Notizen.

◆◆◆

Henri wartet wie gewöhnlich vor der Schule auf mich. Bernie Kosar sitzt auf dem Beifahrerplatz und wedelt, sobald er mich sieht, mit dem Schwanz, der laut gegen die Tür schlägt. Ich rutsche zu ihm.

»Athens«, sagt Henri.

»Athens?«

»Athens, Ohio.«

»Warum?«

»Dort werden die Hefte von SIE SIND UNTER UNS geschrieben und gedruckt. Von dort werden sie verschickt.«

»Wie hast du das herausbekommen?«

»Ich habe meine Quellen.«

Ich sehe ihn an.

»Okay, okay. Drei E-Mails und fünf Telefonanrufe waren nötig, aber jetzt habe ich die Nummer. Das soll heißen, es hat ein bisschen Mühe gekostet, aber es war nicht zu schwierig, das festzustellen.«

Ich nicke und weiß, was er mir sagen will. Die Mogadori hätten es genauso leicht herausfinden können wie er. Und das bedeutet natürlich wiederum, dass alles für Henris zweite Möglichkeit spricht – dass jemand den Verleger erwischt hat, bevor die Geschichte sich weiterentwickelte.

»Wie weit ist es von hier nach Athens?«

»Zwei Stunden mit dem Auto.«

»Fährst du hin?«

»Ich hoffe nicht. Ich rufe zuerst an.«

Zu Hause greift Henri sofort nach dem Telefon und setzt sich damit an den Küchentisch. Ich setze mich ihm gegenüber und höre zu.

»Ja, ich rufe an, um mich nach einem Artikel in SIE SIND UNTER UNS vom letzen Monat zu erkundigen.«

Eine tiefe Stimme antwortet, aber ich kann nicht verstehen, was sie sagt.

Henri lächelt. »Ja«, sagt er, und nach einer Pause: »Nein, ich bin kein Abonnent. Ein Freund von mir hat es abonniert.« Wieder eine Pause. »Nein, danke.« Er nickt. »Nun, ich interessiere mich für den Artikel über die Mogadori. In der neuen Ausgabe habe ich die angekündigte Fortsetzung nicht gefunden.«

Ich beuge mich vor und bemühe mich, etwas zu verstehen, mein Körper ist angespannt und steif. Als die Antwort kommt, klingt die Stimme aufgewühlt, verwirrt. Dann ist die Verbindung unterbrochen.

»Hallo?« Henri hält das Telefon weg vom Ohr, betrachtet es, dann versucht er es noch einmal. »Hallo?« Dann legt er es auf den Tisch und blickt mich an. »Er hat gesagt: ›Rufen Sie hier nicht mehr an.‹ Dann hat er aufgelegt.«

18

Nachdem er mehrere Stunden lang darüber nachgedacht hat, druckt Henri heute Morgen gleich nach dem Aufwachen die Autoroute von hier nach Athens, Ohio, aus. Er reicht mir ein Blatt Papier mit Adresse und Telefonnummer seines Ziels – um vier sei er bestimmt wieder zu Hause, dann könnten wir zum Thanksgiving Dinner bei Sarahs Eltern gehen.

»Und du meinst, dass sich das lohnt?«, frage ich.

»Wir müssen herausfinden, was da geschieht.«

Ich seufze. »Ich glaube, das wissen wir beide.«

»Vielleicht«, sagt er streng und ohne die Unsicherheit, die meistens dieses Wort begleitet.

»Du weißt, was du mir sagen würdest, wenn unsere Rollen umgekehrt verteilt wären, oder?«

Henri grinst. »Ja, John. Ich weiß, was ich sagen würde. Aber ich glaube, das hier wird uns helfen. Ich will herausfinden, wodurch sie diesen Mann so sehr verängstigt haben. Ich will wissen, ob sie uns erwähnt haben, ob sie uns auf eine Art suchen, die wir noch nicht in Erwägung gezogen haben. Es wir uns helfen, verborgen zu bleiben, ihnen voraus zu sein. Und wenn dieser Mann sie gesehen hat, dann erfahren wir, wie sie aussehen.«

»Wir wissen bereits, wie sie aussehen.«

»Ja – wie sie aussahen, als sie uns vor mehr als zehn Jahren angegriffen haben, aber sie könnten sich verändert haben. Sie sind jetzt schon lange auf der Erde. Ich will wissen, wie sie sich anpassen.«

»Selbst wenn wir etwas über ihr aktuelles Aussehen erfahren – in dem Moment, in dem wir ihnen auf der Straße begegnen, ist es vielleicht zu spät.«

»Vielleicht, vielleicht auch nicht. Wenn ich einen sehe, versuche ich ihn zu töten. Es gibt keine Garantie dafür, dass er *mich* töten kann.« Diesmal überwiegt die Unsicherheit in seiner Stimme.

Ich gebe auf. Es gefällt mir überhaupt nicht, dass er nach Athens fährt, während ich zu Hause rumhocke. Aber ich weiß, dass meine Einwände auch weiterhin nur auf taube Ohren stoßen werden. »Kommst du auch bestimmt pünktlich zurück?«

»Ich fahre jetzt los, also bin ich etwa um neun dort. Ich bleibe kaum mehr als eine Stunde, höchstens zwei. Um eins sollte ich zurück sein.«

»Und warum habe ich dann das?« Ich halte das Blatt mit Adresse und Telefonnummer hoch.

Er zuckt die Achseln. »Man kann nie wissen.«

»Genau deshalb finde ich, du sollst nicht fahren.«

»Touché«, sagt er und beendet damit die Diskussion. Er nimmt seine Papiere und steht auf. »Bis heute Nachmittag.«

»Okay.« Ich umarme ihn, dann geht er hinaus zum Truck und steigt ein. Bernie Kosar und ich sehen ihm von der Veranda aus nach.

Ich weiß nicht, warum, aber ich habe ein schlechtes Gefühl. Ich hoffe, er kommt zurück.

◆◆◆

Es ist ein langer Tag. Einer der Tage, an denen die Zeit langsamer vergeht und jede Minute wie zehn erscheint, jede Stunde wie zwanzig. Ich spiele Videogames und surfe im Internet, um vielleicht Neuigkeiten aufzustöbern, die einen anderen von der

Garde betreffen könnten. Ich finde nichts, und das heitert mich auf. Es bedeutet: Wir sind unsichtbar. Gehen unseren Feinden aus dem Weg.

Immer wieder sehe ich auf mein Handy. Am Mittag schicke ich Henri eine Nachricht. Er antwortet nicht. Ich esse etwas und füttere Bernie, dann schicke ich ihm die nächste SMS. Keine Antwort. Das macht mich nervös, unruhig. Henri hat es noch nie versäumt, sofort zu antworten. Vielleicht hat er sein Handy ausgeschaltet. Vielleicht ist sein Akku erschöpft. Ich versuche, mich von diesen Möglichkeiten zu überzeugen, aber ich weiß, dass beides nicht wahr ist. Um zwei fange ich an, mir Sorgen zu machen. Große Sorgen. In einer Stunde sollen wir bei den Harts sein. Henri weiß, dass mir dieses Dinner wichtig ist. Und er würde es nie sausen lassen. Ich gehe unter die Dusche und hoffe, dass Henri am Küchentisch sitzt und eine Tasse Kaffee trinkt, wenn ich herauskomme. Ich drehe das heiße Wasser komplett auf und verzichte ganz auf das kalte. Ich spüre nichts. Mein ganzer Körper ist jetzt unempfindlich für Hitze. Es fühlt sich an, als ob lauwarmes Wasser über meine Haut strömt, das Gefühl der Hitze fehlt. Ich habe schon immer heiße Duschen geliebt und stand in der Regel so lange wie möglich darunter; mit geschlossen Augen genoss ich das Wasser, das auf meinen Kopf regnete und an mir herunterfloss. Das entfernte mich von meinem Leben. Es ließ mich kurze Zeit vergessen, wer und was ich bin.

Nach der Dusche suche ich in meinem Schrank nach meinen schönsten Klamotten, die aber nichts Besonderes sind: Khakihose, ein Hemd, darüber ein Pulli. Weil wir ein Leben lang auf der Flucht sind, habe ich nur Laufschuhe – als mir das klar wird, erscheint es mir so absurd, dass ich lachen muss, das erste Mal an diesem Tag. Ich gehe in Henris Zimmer und schaue in seinen Schrank. Da sind ein paar Halbschuhe, die mir passen. Der Anblick seiner Sachen macht mich noch unglücklicher, verstört mich noch mehr. Ich will glauben, dass er einfach länger braucht als vorgesehen, aber er hätte mir eine SMS geschickt. Etwas muss schiefgelaufen sein.

Neben der Haustür sitzt Bernie und sieht aus dem Fenster. Als ich komme, schaut er zu mir auf und jault. Ich tätschle ihm den Kopf und gehe zurück in mein Zimmer. Es ist kurz nach drei. Auf meinem Handy ist keine Nachricht, keine SMS. Ich werde zu Sarah gehen, und wenn ich um fünf noch nichts von Henri gehört habe, muss ich mir etwas ausdenken. Vielleicht sage ich ihnen, dass er krank ist und ich mich auch nicht besonders fühle. Oder vielleicht erkläre ich, dass sein Wagen liegen geblieben ist und ich los muss, um ihm zu helfen. Wenn alles gut geht, kommt er, und wir können ein schönes Abendessen genießen. Es wäre sogar das erste unseres Lebens. Wenn nicht, werde ich ihnen irgendwas Glaubwürdiges erzählen.

Da der Wagen nicht da ist, werde ich hinlaufen – wahrscheinlich werde ich noch nicht einmal schwitzen und schneller da sein als mit dem Auto. Weil Ferien sind, sollten die Straßen auch relativ leer sein. Ich verabschiede mich von Bernie, sage ihm, dass ich später wieder da sein werde, und renne los, an den Feldern entlang, durch den Wald. Es tut gut, Energie zu verbrennen. Meine Ängste werden etwas besänftigt. Zweimal laufe ich, so schnell ich kann, also vielleicht um die hundert Kilometer per Stunde. Die kalte Luft auf meinem Gesicht fühlt sich großartig an, es klingt auch gut, wenn sie über mich hinwegfegt – wie das Geräusch, das ich höre, wenn wir über einen Highway fahren und ich den Kopf aus dem Fenster des Trucks strecke. Wie schnell werde ich wohl laufen können, wenn ich zwanzig oder fünfundzwanzig bin?

Etwa hundert Meter vor Sarahs Haus höre ich auf zu laufen. Ich bin kein bisschen außer Atem. Als ich die Auffahrt hinaufgehe, erblicke ich Sarah bereits am Fenster. Sie lächelt, winkt und öffnet mir dann die Haustür. »Hallo, mein Hübscher!« Ich blicke im Spaß hinter mich, um zu sehen, ob sie jemand anderen meinen könnte. Dann drehe ich mich wieder zu ihr und frage sie, ob sie mit mir spricht. Sie lacht. »Du bist so doof!« Sie boxt mir auf den Arm, bevor sie mich zu sich ranzieht und mir einen leidenschaftlichen Kuss gibt.

Ich atme tief ein und kann das Essen riechen: Truthahn und Füllung, Süßkartoffeln, Rosenkohl, Kürbiskuchen. »Riecht super.«

»Meine Mom hat den ganzen Tag gekocht. Aber wo ist dein Dad?«

»Er ist aufgehalten worden und kommt bestimmt bald nach.«

»Geht es ihm gut?«

»Ja, mach dir keine Sorgen.«

Drinnen führt sie mich durchs Haus – ein schönes, klassisches Einfamilienhaus mit Schlafzimmern im zweiten Stock, einem Dachgeschoss, in dem einer der Brüder sein Zimmer hat, und im ersten Stock alle Wohn- und Gemeinschaftsräume sowie die Küche.

In ihrem Zimmer schließt Sarah die Tür hinter sich und küsst mich. Ich bin überrascht, aber höchst erfreut.

»Den ganzen Tag habe ich mich darauf gefreut«, sagt sie hinterher leise, und als sie zur Tür geht, bin ich es, der sie zurückzieht und erneut küsst.

Unten sitzen ihre beiden älteren Brüder, übers Wochenende vom College zu Hause, mit ihrem Vater vorm Fernseher und sehen sich ein Footballspiel an. Ich setze mich zu ihnen, während Sarah in die Küche geht und ihrer Mutter und der jüngeren Schwester bei den letzten Vorbereitungen hilft. Ich habe mich nie sonderlich für Football interessiert. Wenn man ehrlich ist, gibt es eigentlich gar nichts, für das ich mich je sonderlich interessiert hätte – wahrscheinlich wegen unseres Lebensstils. Überall habe ich versucht, mich anzupassen, um dann bereit für den nächsten Umzug zu sein. Sarahs Brüder und ihr Vater haben natürlich alle in der Highschool Football gespielt. Sie *lieben* diesen Sport. Und beim heutigen Spiel sind Vater und ein Bruder Fans der einen Mannschaft, während der andere Bruder die Daumen für die Gegner drückt. Sie streiten, ziehen sich auf, jubeln und stöhnen je nach Spielstand. Offensichtlich machen sie das seit Jahren und noch offensichtlicher haben sie einen Heidenspaß dabei. Wenn ich mir das so ansehe, wünsche ich mir, Henri und ich hätten außer meinem Training und unserem endlosen Fliehen und Verstecken etwas, das uns beide begeistern würde und das wir gemeinsam genießen könnten. Ich wünsche mir einen richtigen Vater und Brüder, mit denen ich zusammensein könnte.

In der Halbzeit ruft Sarahs Mutter uns zum Dinner. Ich schaue verstohlen auf mein Handy – nichts. Auf der Toilette versuche ich noch schnell Henri anzurufen, sofort habe ich seine Mailbox dran. Es ist fast fünf Uhr und ich bekomme allmählich Panik. Der Tisch, an dem schon alle sitzen, sieht großartig festlich aus mit den Blumen in der Mitte, feiner Tischwäsche und den Gedecken genau vor den Stühlen. Die Schüsseln sind über den Tisch verteilt, der Truthahn liegt vor Mr. Hart.

Kaum sitze ich, kommt Mrs. Hart herein, jetzt ohne Schürze, dafür mit schönem Rock und Pulli. »Hast du was von deinem Dad gehört?«, fragt sie.

»Gerade habe ich ihn angerufen. Er ist aufgehalten worden und bittet Sie, nicht auf ihn zu warten. Es tut ihm sehr leid, dass er unpünktlich sein muss.«

Mr. Hart tranchiert den Truthahn. Sarah lächelt mir über den Tisch hinweg zu, was mich kurz ablenkt. Ich nehme mir nur wenig von allem, vermutlich kann ich eh nicht viel essen. Das

Handy liegt auf meinem Schoß und soll vibrieren, wenn ich einen Anruf oder eine Mitteilung bekomme. Doch daran glaube ich jetzt nicht mehr, wahrscheinlich werde ich Henri nie wieder sehen. Der Gedanke, allein zu leben – mit dem Erbe, das sich entwickelt, während niemand es mir erklären oder mit mir üben kann, mit Davonlaufen, Verstecken, Kämpfen gegen die Mogadori, Sieg oder Niederlage und Tod – entsetzt mich.

Dieses Dinner dauert ewig! Die Zeit vergeht unfassbar langsam, während alle Harts mich mit Fragen bombardieren über meine Vergangenheit, die Wohnorte, über Henri, meine Mutter, die, wie ich immer sage, gestorben ist, als ich noch sehr klein war. Ich habe keine Ahnung, ob meine Antworten einen Sinn ergeben. Das Handy auf meinem Schoß fühlt sich an, als würde es tausend Pfund wiegen. Es vibriert nicht. Es liegt einfach nur da.

Nach dem Hauptgang und vor dem Dessert bittet Sarah alle in den Hinterhof, um Fotos zu machen. Draußen fragt sie mich, ob etwas nicht in Ordnung sei. Ich erkläre ihr, dass ich mir Sorgen um Henri mache. Sie versucht natürlich mich zu beruhigen, aber es hilft nichts. Im Gegenteil, ich werde nur noch beunruhigter. Wo steckt er nur? Was macht er? Das einzige Bild, das sich nicht aus meinem Kopf verscheuchen lässt, ist eines, auf dem er in Todesangst vor einem Mogadori steht und weiß, dass er gleich sterben wird. Während wir uns für die Fotos hinstellen, gerate ich in Panik. Wie kann ich nach Athens kommen? Laufen – aber abseits der Hauptstraßen wäre es schwierig, hinzufinden. Mit dem Bus würde es zu lange dauern. Und Sarah zu bitten, mich hinzufahren, würde einen Haufen Erklärungen bedeuten – unter anderem, dass ich ein Außerirdischer bin und glaube, dass Henri entweder entführt oder gar gekillt wurde von einem feindlichen Alien, der nun nach mir sucht, um auch mich zu töten. Keine gute Idee.

Während wir posieren, wird mir immer klarer, dass ich hier

weg muss. Aber wie? Und wie vor allem so, dass Sarahs Familie mich nicht für immer hasst?! Ich starre in die Kamera, während ich versuche, mir eine Entschuldigung auszudenken, die nicht zu viele Fragen nach sich zieht. Ich bin so sehr mit mir selbst beschäftigt, dass ich kaum bemerke, wie meine Hände zittern und heiß werden. Dennoch bekomme ich es wenigstens hin, auf sie herabzusehen, um mich zu vergewissern, dass sie nicht leuchten. Tun sie nicht. Aber als ich wieder aufblicke, sehe ich plötzlich, wie die Kamera in Sarahs Händen zittert. Ich weiß, dass ich das auf irgendeine Art und Weise auslösen muss, aber ich habe nicht die geringste Ahnung, wie oder was es stoppen kann. Ein Schauer läuft mir über den Rücken. Der Atem bleibt mir im Hals stecken und im gleichen Augenblick zerspringt die Linse der Kamera und fällt in Scherben zu Boden. Sarah schreit erschrocken auf, dann schaut sie verwirrt die Kamera an und Tränen sammeln sich in ihren Augen.

Ihre Eltern laufen zu ihr, um zu sehen, ob sie okay ist. Ich weiß nicht so recht, was ich tun soll. Ich schäme mich wegen der Kamera und deshalb, weil Sarah so geschockt ist, aber zugleich freue ich mich, dass meine Telekinese zweifellos funktioniert hat. Werde ich sie je beherrschen können? Henri wird begeistert sein! Henri. Meine Panik kommt zurück. Ich balle meine Fäuste. Ich muss hier weg. Ich muss ihn suchen. Und wenn die Mogadori ihn haben, was ich nicht hoffe, dann werde ich jeden verdammten Einzelnen von ihnen umbringen, damit ich Henri zurückbekomme.

Schnell denke ich nach, gehe zu Sarah und ziehe sie weg von ihren Eltern, die jetzt die Kamera untersuchen. »Ich habe gerade eine Nachricht von Henri bekommen. Tut mir wirklich sehr leid, aber ich muss gehen.«

Sie schaut von mir zu ihren Eltern und ist sichtlich abgelenkt. »Ist bei ihm alles in Ordnung?«

»Ja, aber ich muss zu ihm – er braucht mich.«

Sie nickt und küsst mich zärtlich. Hoffentlich nicht zum letzten Mal.

Schnell danke ich ihren Eltern und Geschwistern und gehe, bevor sie mir zu viele Fragen stellen können. Ich gehe durch das Haus zur Eingangstür und sobald ich draußen bin, beginne ich zu laufen, den gleichen Weg wie zuvor, keine Hauptstraßen, durch den Wald. In ein paar Minuten bin ich zu Hause. Ich höre Bernie Kosar schon an der Tür kratzen, als ich die Auffahrt hinaufstürme. Er ist ganz klar aufgeregt, als ob auch er spüre, dass etwas fehlt.

Ich laufe direkt in mein Zimmer, hole das Papier mit der Telefonnummer und Adresse heraus, das Henri mir gegeben hat, und wähle die Nummer. Eine Bandansage antwortet: »Die von Ihnen gewählte Rufnummer ist nicht vergeben.« Ich versuche es noch einmal – die gleiche Antwort.

»Scheiße!«, brülle ich und trete nach einem Stuhl, der durch die Küche ins Wohnzimmer segelt.

Ich gehe in mein Zimmer. Ich gehe hinaus. Ich gehe wieder hinein. Ich starre in den Spiegel. Meine Augen sind rot, Tränen stehen darin, fallen aber nicht heraus. Die Hände zittern. Wut, Zorn und eine schreckliche Angst, Henri könne tot sein, verstören mich. Ich drücke die Augen zu und presse allen Zorn in meine Magengrube. In einem jähen Ausbruch schreie ich, öffne die Augen wieder und halte meine Hände in Richtung Spiegel. Das Glas zerbricht, obwohl ich drei Meter entfernt bin. Ich starre darauf. Der größte Teil des Spiegels klebt noch an der Wand. Was mit Sarahs Kamera geschehen ist, war also kein Zufall.

Ich strecke eine Hand vor und konzentriere mich auf eine der Scherben auf dem Boden, die ich zu bewegen versuche. Ich atme beherrscht, doch all die Angst und Wut bleiben in mir.

Wobei – Angst ist ein zu schwaches Wort. Entsetzen, das ist es, was ich spüre.

Nach etwa fünfzehn Sekunden beginnt die Scherbe zu zittern. Zuerst langsam, dann immer schneller. Henri sagte, meistens seien es extreme Gefühle, die ererbte Fähigkeiten auslösen. Das scheint jetzt zu geschehen. Ich versuche die Scherbe zu heben, spüre die Schweißtropfen auf meiner Stirn, konzentriere mich mit allem, was ich habe, und allem, was ich bin, trotz dem, was gerade geschieht. Ich ringe um Luft. Ganz langsam hebt sich die Scherbe. Einen Zentimeter, zwei, fünfzig, einen Meter über der Erde, weiter steigt das Stück Glas, mein ausgestreckter rechter Arm bewegt sich mit, bis es in Augenhöhe ist. Dort halte ich es. *Wenn nur Henri das sehen könnte!* Und wie ein Blitz fährt die Panik von zuvor durch mein neu entdecktes Glück. Die Scherbe spiegelt die holzgetäfelte Wand und lässt sie alt und morsch aussehen. Holz. Alt und morsch. Und dann reiße ich meine Augen weiter auf als je zuvor.

Der Kasten!

Nur wir beide zusammen können ihn öffnen. Außer ich sollte sterben – dann schaffst du es allein.

Ich lasse augenblicklich die Scherbe fallen, rase in Henris Zimmer und nehme den Kasten vom Boden neben seinem Bett. In der Küche werfe ich ihn unsanft auf den Tisch. Das Schloss in Gestalt des lorienischen Emblems starrt mich an.

Ich setze mich an den Tisch und starre zurück, versuche ruhig zu atmen, fürchte, ein Klicken unter meinem Griff zu spüren. »Bitte geh nicht auf …« Ich greife das Schloss und drücke es mit angehaltenem Atem, schmerzenden Armmuskeln und verschwommener Sicht, so fest ich kann. Warte auf das Klicken.

Kein Klicken.

Ich lasse das Schloss los, falle auf dem Stuhl zurück und halte mir den Kopf. Ein kleiner Hoffnungsschimmer. Auf der Platte zwei Meter entfernt liegt ein schmutziger Löffel. Ich konzentriere mich darauf, fahre mit der Hand über meinen Körper – und der Löffel fliegt. Henri wäre glücklich. *Henri, wo bist du*? *Irgendwo und noch am Leben. Und ich werde kommen und dich holen!*

Ich wähle die Nummer von Sam – dem einzigen Freund, neben Sarah, den ich in Paradise gefunden habe, dem einzigen Freund, den ich je hatte.

Er antwortet nach dem zweiten Läuten. »Hallo?«

Ich schließe die Augen, drücke meinen Nasenrücken und hole tief Luft. Das Zittern ist zurück, falls es überhaupt je weg war.

»Hallo?«

»Sam!«

»Hey«, sagt er dann. »Du klingst beschissen. Alles okay?«

»Nein. Du musst mir helfen.«

»Hm? Was ist passiert?«

»Kann deine Mom dich herbringen?«

»Sie ist nicht da. Sie macht Schichtdienst im Krankenhaus, weil sie an Feiertagen doppelt bezahlt wird. Was ist los?«

»Schlimmes. Ich brauche Hilfe.«

Stille. Dann: »Ich komme, so schnell ich kann.«

»Bestimmt?«

»Bis gleich.«

Ich klappe mein Handy zu und lege den Kopf auf die Tischplatte. Athens, Ohio. Dort ist Henri. Irgendwie muss ich dorthin.

Und ich muss schnell hin.

19

Während ich auf Sam warte, laufe ich durchs Haus und hebe Gegenstände in die Luft, ohne sie zu berühren: einen Apfel von der Platte in der Küche, eine Gabel aus der Spüle, eine kleine Topfpflanze neben dem Fenster. Es funktioniert nur mit kleinen Dingen, und sie steigen zitternd, fast schüchtern in die Luft. Wenn ich es an Schwererem versuche – ein Stuhl, ein Tisch –, geschieht nichts.

Die drei Tennisbälle, die Henri und ich beim Training benutzen, liegen in einem Korb auf der anderen Seite im Wohnzimmer. Ich hole einen zu mir, und als er in Bernie Kosars Gesichtsfeld auftaucht, steht der Hund sofort wachsam auf. Ich werfe den Ball, ohne ihn zu berühren, und Bernie läuft ihm nach. Und dann, jedes Mal, kurz bevor er ihn hat, hole ich den Ball zurück oder schnappe ihn vom Hundemaul weg, wenn Bernie Kosar ihn dann doch erwischt. Dabei sitze ich im Wohnzimmer auf einem Stuhl und bin dankbar für die Ablenkung von Henri, von dem Bösen, das ihm vielleicht widerfahren ist, von den Lügen, die ich – voller Schuldbewusstsein – Sam erzählen muss.

Er braucht fünfundzwanzig Minuten mit dem Fahrrad für die vier Meilen zu uns. Dann springt er ab, wirft das Rad auf den Boden und rennt atemlos durch die Haustür, ohne sich mit langem Anklopfen aufzuhalten. Schweiß rinnt ihm übers Gesicht.

»Was ist passiert?«, fragt er.

»Es wird dir absurd vorkommen«, sage ich, »aber du musst versprechen, mich ernst zu nehmen.«

»Wovon redest du?«

Ja, wovon rede ich? Von Henri. Er ist verschwunden, weil er leichtsinnig war. Ständig hat er gegen Leichtsinn gewettert. Ich habe die Wahrheit gesagt, als du mit dieser Pistole auf mich gezielt hast. Ich bin ein Außerirdischer. Henri und ich sind vor zehn Jahren auf die Erde gekommen, und wir werden von einer niederträchtigen Alienrasse verfolgt. Henri glaubt, er könne ihnen entgehen, wenn er sie nur ein wenig besser verstehen würde. Und jetzt ist er weg. Davon rede ich, Sam. Verstehst du?

Aber nein, nichts davon kann ich ihm sagen.

»Mein Dad wurde gekidnappt, Sam. Ich weiß nicht genau, von wem, oder was mit ihm geschieht. Aber etwas ist geschehen, und ich glaube, er wird gefangen gehalten. Oder schlimmer.«

Er grinst. »Mann, hör auf mit dem Mist!«

Ich schüttle den Kopf und schließe die Augen. Der Ernst der Situation nimmt mir erneut die Luft zum Atmen. Ich drehe mich um und blicke Sam flehend an. Tränen steigen mir in die Augen. »Ich mache keine Witze.«

Erschrocken fragt Sam: »Was meinst du damit? Wer hat ihn gefangen genommen? Wo ist er?«

»Er hat den Autor der Artikel in deiner Zeitschrift in Athens aufgespürt und ist heute hingefahren. Und nicht zurückgekommen. Sein Handy ist abgeschaltet. Etwas ist ihm zugestoßen. Etwas Schlimmes.«

Sam wirkt immer verwirrter. »Was? Warum sollte er sich dafür interessieren? Ich hab da irgendwas nicht mitbekommen … Es ist doch nur irgendein blödes Blatt.«

»Ich weiß nicht, Sam. Er ist wie du – er hat viel übrig für Aliens, Verschwörungstheorien und all das«, sage ich und überlege schnell. »Es war schon immer ein bescheuertes Hobby von ihm. Ein Artikel hat ihn besonders interessiert, und ich nehme an, er wollte mehr darüber wissen, deshalb ist er hingefahren.«

»War es der Artikel über die Mogadori?«

Ich nicke. »Wie kommt du drauf?«

»Weil er aussah, als hätte er ein Gespenst gesehen, als ich an Halloween davon gesprochen habe.« Er schüttelt den Kopf. »Aber warum sollte es irgendjemanden interessieren, wenn er Fragen zu einem dummen Artikel stellt?«

»Ich weiß nicht. Ich kann mir vorstellen, dass diese Leute nicht gerade normal drauf sind. Vielleicht sind sie paranoid und haben Wahnvorstellungen. Vielleicht halten sie ihn für einen Außerirdischen aus dem gleichen Grund, aus dem du mit einer Pistole auf mich gezielt hast. Ich habe wirklich keine Ahnung. Er sollte um eins zu Hause sein und sein Handy ist abgeschaltet. Das ist alles, was ich sagen kann.«

Ich gehe in die Küche und hole das Blatt mit Adresse und Telefonnummer. »Dahin ist er gefahren. Hast du eine Vorstellung, wo das sein könnte?«

Sam betrachtet das Blatt, dann mich. »Dahin willst du auch?«

»Ich weiß nicht, was ich sonst tun soll.«

»Warum rufst du nicht einfach die Polizei und erzählst, was passiert ist?«

Ich setze mich aufs Sofa und überlege. Wenn ich ihm nur die Wahrheit sagen könnte, dass bei Beteiligung der Polizei im besten Fall Henri und ich nur umziehen würden?! Wenn es schlecht liefe, würde Henri verhört, vielleicht müsste er Fingerabdrücke liefern, er würde durch die schwerfällige Bürokratie geschleust und die Mogadori bekämen ihre Chance. Und sobald sie uns gefunden haben, ist der Tod unausweichlich.

»Welche Polizei? Die in Paradise? Was würden die tun, wenn ich ihnen die Wahrheit sage? Ich würde Tage brauchen, bis sie mich ernst nehmen – und ich habe keine Tage.«

Sam zuckt mit den Achseln. »Vielleicht nehmen sie dich ja doch für voll. Außerdem, was ist, wenn er einfach aufgehalten wurde oder sein Handy kaputtgegangen ist? Er könnte gerade jetzt auf dem Heimweg sein.«

»Vielleicht, aber das glaube ich nicht. Etwas fühlt sich falsch an, und ich muss so schnell wie möglich dorthin. Er sollte ja schon vor Stunden zu Hause sein.«

»Vielleicht ist er in einen Unfall geraten?«

Ich schüttle den Kopf. »Vielleicht hast du recht, aber ich glaube das alles nicht. Und wenn er in Schwierigkeiten ist, dann verlieren wir jetzt nur Zeit.«

Sam betrachtet das Blatt, beißt sich auf die Lippen und schweigt ein paar Sekunden. »Also, ich weiß ungefähr, wie man nach Athens kommt. Aber keine Ahnung, wie wir dort diese Adresse finden sollen.«

»Ich kann die Route aus dem Internet ausdrucken, kein Problem. Aber was mir fehlt, ist die Fahrgelegenheit. Ich habe hundertzwanzig Dollar hier. Ich kann jemanden dafür bezahlen, dass er uns hinfährt. Ich weiß nur nicht, wen ich darum bitten kann.«

»Wir können unseren Truck nehmen.«

»Welchen Truck?«

»Ich meine den von meinem Vater. Wir haben ihn immer noch in der Garage. Seit Dad verschwunden ist, hat ihn niemand angerührt.«

Ich sehe ihn an. »Meinst du das ernst?«

Er nickt.

»Wie lang ist das her? Fährt der Truck noch?«

»Acht Jahre. Warum sollte er nicht fahren? Er war fast neu, als Dad ihn gekauft hat.«

»Also du schlägst vor, dass *wir selbst* nach Athens fahren?«

Sam grinst diebisch. »Exakt.«

Ich beuge mich vor und muss auch lachen. »Du weißt, dass wir in der allertiefsten Scheiße sitzen, wenn wir geschnappt werden, oder? Wir haben beide keinen Führerschein.«

Sam nickt. »Meine Mom bringt mich um, und dich vielleicht auch. Außerdem machen wir uns strafbar. Aber was bleibt uns übrig, wenn du wirklich glaubst, dass dein Dad in Schwierigkeiten ist?! Wir haben gar keine Wahl. Wenn es umgekehrt wäre und es um meinen Dad ginge, wäre ich schon unterwegs.«

Ich sehe Sam an, dass er es ernst meint. In seinem Gesicht gibt es nicht den Hauch eines Zweifels, auch wenn das bedeutet, dass wir illegal in eine Stadt fahren, die mindestens zwei Autostunden entfernt liegt, ganz zu schweigen davon, dass keiner von uns beiden auch nur die geringste Ahnung hat, wie man fährt, und wir außerdem absolut nicht wissen, was uns dort erwartet. Und doch ist Sam dabei. Es war sogar seine Idee. Alles ist gesagt.

»Also los.«

◆◆◆

Ich werfe mein Handy in die Tasche, laufe noch einmal durchs Haus und sauge alles in mir auf, als würde ich es zum letzten Mal sehen. Das ist natürlich Quatsch und ich merke, dass ich einfach nur sentimental bin, aber irgendwie beruhigt es mich ein wenig. Ich nehme Dinge, lege sie wieder zurück. Nach fünf Minuten bin ich fertig.

»Willst du dich auf den Gepäckträger setzen?«

»Fahr du. Ich laufe neben dir her.«

»Und dein Asthma?«

»Ich glaube, das schaffe ich.«

Er steigt aufs Rad und fährt, so schnell er kann, aber er ist nicht besonders fit. Ich laufe ein paar Meter hinter ihm und tue, als wäre ich atemlos. Bernie folgt uns.

Als wir bei seinem Haus ankommen, ist Sam schweißüberströmt. Er läuft in sein Zimmer und kommt mit einem Rucksack zurück, den er in der Küche abstellt, um sich kurz umzuziehen. Ich schaue in den Rucksack: ein Kruzifix, ein paar Knoblauchzehen, ein kleiner Holzpfahl, ein wenig Slimy und ein Taschenmesser.

»Dir ist schon klar, dass diese Leute keine Vampire sind, oder?«, frage ich, als Sam wieder hereinkommt.

»Ja, aber man kann nie wissen. Sie sind wahrscheinlich verrückt, wie du gesagt hast.«

»Und selbst wenn du Vampire jagst – wofür ist das Slimy?«

»Ich will nur vorbereitet sein.«

Ich stelle Bernie Kosar eine Schüssel Wasser hin und er trinkt sie sofort leer. Dann ziehe ich mich im Bad um und hole die Fahrtbeschreibung aus meiner Tasche.

In der dunklen Garage riecht es nach Benzin und Heu. Sam schaltet das Licht an. Werkzeug aller Art, rostig, weil es nicht benutzt wurde, hängt an der Wand. Der Truck steht mitten in der Garage unter einer blauen Abdeckplane, auf der eine dicke Staubschicht liegt.

»Wie lange ist diese Plane drauf?«

»Seit Dad vermisst wird.«

Wir ziehen sie ab und ich lege sie in die Ecke. Sam betrachtet lächelnd und mit großen Augen den Truck, der klein und blau ist, mit Platz für zwei Leute, vielleicht auch einen dritten, der es nicht übel nimmt, unbequem in der Mitte sitzen zu müssen – perfekt für Bernie Kosar. Kein einziges Staubkorn hat es in den letzten acht Jahren bis zum Truck geschafft, er glänzt, als hätte man ihn vor Kurzem eingewachst. Ich werfe meine Tasche nach hinten.

»Der Truck meines Dads«, sagt Sam stolz. »All die Jahre. Er sieht noch genauso aus.«

»Und unsere goldene Kutsche. Hast du die Schlüssel?«

Er nimmt einen Schlüsselbund von einem Haken an der Wand. Ich öffne das Garagentor. »Schere-Stein-Papier, wer fährt?«

»Nein.« Sam schließt die Fahrertür auf und setzt sich hinters Steuer. Der Motor hustet ein wenig, dann springt er an. Sam lässt das Fenster herunter. »Ich glaube, mein Dad wäre stolz, wenn er sähe, dass ich fahre.«

Ich grinse. »Das glaube ich auch. Fahr hinaus, ich mache das Tor zu.«

Er holt tief Luft, tritt aufs Gaspedal und rollt langsam, schüchtern aus der Garage, bremst zu stark, kriecht wieder los. Dann tritt er die Bremse zu fest und der Truck hält mit einem Ruck. Ich schließe die Garage hinter ihm. Bernie Kosar springt aus dem Wagen und wieder hinein, und ich rutsche neben ihn. Die Knöchel von Sams Händen auf dem Steuerrad sind weiß.

»Nervös?«

»Panisch.«

»Du wirst das großartig machen«, beruhige ich ihn. »Wir haben es beide Tausende Male beobachtet.«

Er nickt. »Okay. Biege ich nach der Auffahrt nach links oder nach rechts?«

»Wir ziehen das wirklich durch?«

»Ja«, sagt er.

»Dann nach rechts und aus der Stadt raus.«

Wir schnallen uns an. Ich öffne das Fenster so weit, dass Bernie den Kopf hinausstrecken kann – was er auch sofort tut, die Hinterbeine auf meinem Schoß.

»Ich mache mir gleich vor Angst in die Hose«, meint Sam.

»Ich auch.«

»Al – so – los.« Er nimmt den Fuß von der Bremse und lässt den Truck über die Ausfahrt hoppeln. Einmal tritt er reflexartig wieder auf die Bremse und wir rutschen zu einem Halt. Dann startet er erneut und fährt, diesmal langsamer, bis zur Straße, dort hält er, schaut er in beide Richtungen und fährt nach rechts, wieder zuerst langsam, dann schneller. Angespannt beugt er sich vor. Aber schon nach einer Meile grinst er und richtet sich auf. »Das ist gar nicht so schlimm.«

»Du bist ein Naturtalent.«

Er bleibt nahe an der rechten Linie auf der Straße, wird nervös, wenn uns ein Auto entgegenkommt, entspannt sich aber nach einer Weile und achtet nicht mehr als nötig auf die anderen. Er biegt einmal ab, dann noch einmal, und nach fünfundzwanzig Minuten sind wir auf der Schnellstraße.

»Ich kann nicht glauben, dass wir das hier tun«, sagt er schließlich. »So etwas Verrücktes habe ich noch nie gemacht.«

»Ich auch nicht.«

»Hast du einen Plan, wie es weitergeht, wenn wir ankommen?«

»Keine Ahnung. Ich hoffe, wir können die Lage checken und dann weitersehen. Ich weiß nicht, ob das ein Wohnhaus oder ein Bürogebäude ist, ich weiß noch nicht einmal, ob er dort ist.«

Sam nickt. »Glaubst du, er ist okay?«

»Keine Ahnung.«

Ich atme tief ein. Wir haben noch eine Fahrt von anderthalb Stunden bis Athens vor uns.

Und dann finden wir Henri.

20

Wir fahren nach Süden, bis Athens in Sicht kommt: eine kleine Stadt, ins Vorgebirge der Appalachen gebettet, blitzt zwischen den Bäumen hindurch. Ein Fluss windet sich sachte als Rahmen um sie herum und begrenzt sie im Osten, Süden und Westen, während im Norden Hügel und Wälder sind. Für November ist es relativ warm.

Wir kommen am College-Footballstadion vorbei; eine weiß überwölbte Arena befindet sich ein wenig außerhalb davon.

»Nimm diese Ausfahrt«, sage ich.

Sam lenkt den Truck über die Ausfahrt und biegt in die Richland Avenue. Wir sind beide begeistert, weil wir die Strecke in einem Rutsch und ohne kontrolliert zu werden bewältigt haben.

»So sieht also eine Universitätsstadt aus, hm?«

»Scheint so.«

Auf jeder Seite der Straße stehen Institute und Wohnheime, das Gras ist grün und peinlich genau getrimmt, obwohl es November ist. Wir fahren einen steilen Hang hinauf.

»Oben ist die Court Street. Wir biegen nach links.«

»Wie weit sind wir davon entfernt?«, fragt Sam.

»Weniger als eine Meile. Ich finde, wir sollten bei der ersten Gelegenheit parken und dann laufen.«

Wir fahren durch die Court Street, die Hauptstraße im Stadtzentrum. Alles ist wegen der Semesterferien geschlossen – Buchhandlungen, Cafés, Bars. Plötzlich sehe ich ihn, strahlend auffällig wie ein Juwel. »Stopp!«, rufe ich.

Sam tritt abrupt auf die Bremse. »Was?!«

Hinter uns wird gehupt.

»Nichts, nichts. Fahr weiter, bis wir parken können.«

Das gelingt uns einen Block weiter. Ich schätze, wir sind höchstens fünf Minuten Fußweg von der Adresse entfernt.

»Was war das eben? Du hast mich zu Tode erschreckt!«

»Dort steht Henris Truck«, sage ich tonlos.

»Warum nennst du ihn eigentlich manchmal Henri?«

»Weiß nicht, mach ich eben. Es ist ein Witz zwischen uns.« Ich sehe Bernie Kosar an. »Meinst du, wir sollten ihn mitnehmen?«

»Lieber nicht, er könnte uns im Weg sein.«

Ich gebe Bernie Kosar ein paar Leckerlis und lasse ihn im Wagen zurück, das Fenster einen Spaltbreit geöffnet. Er jault und kratzt am Fenster, aber ich denke, wir werden nicht lange weg sein. Sam und ich laufen auf der Court Street zurück, ich trage meine Tasche am Riemen über der Schulter, Sam hält seine in der Hand. Das Slimy hat er herausgenommen; er drückt es wie andere diese Schaumstoffbälle, wenn sie im Stress sind.

An Henris Truck sind die Türen verschlossen. Auf den Sitzen und dem Armaturenbrett sehe ich nichts Besonderes.

»Also, das bedeutet zweierlei«, kombiniere ich. »Henri ist noch hier, und wer auch immer ihn festhält, hat den Wagen noch nicht entdeckt, er hat also nicht geredet. Nicht, dass er das je täte …«

»Was hätte er denn gesagt, wenn er geredet *hätte*?«

Ich habe kurz vergessen, dass Sam ja nicht weiß, warum Henri hier ist. Dass ich ihn beim Vornamen genannt habe, war schon ein Ausrutscher – ich muss besser aufpassen, was ich sage.

»Keine Ahnung. Wer weiß schon, welche Fragen diese durchgeknallten Typen stellen.«

»Okay, was jetzt?«

Ich ziehe die Adresse heraus. »Wir gehen zu Fuß weiter.«

Wir laufen den Weg zurück, den wir gefahren sind, an hässlichen, teils verfallenen Häusern vorbei. Kurz darauf erreichen wir die Adresse, die Henri notiert hat.

Ich sehe auf den Zettel, dann auf das Gebäude und atme tief durch. »Da wären wir.«

Das zweistöckige Haus mit grauer Vinylverkleidung und einer Veranda, auf der eine zerbrochene Schaukel hängt, sieht unbewohnt aus. Das Gras ist lang und ungemäht. Doch auf der Zufahrt dahinter steht ein Wagen. Jetzt ist es elf Uhr zwölf. Ich rufe noch mal bei Henri an. Es ist ein hilfloser Versuch, den Kopf klar zu bekommen, irgendeine Art von Plan zu entwickeln. Ich habe bisher einfach nicht soweit gedacht und jetzt, da wir hier stehen, habe ich nicht die leiseste Ahnung, wie es weitergehen soll. Wie erwartet antwortet nur die Mailbox.

»Ich klopfe einfach an die Tür«, sagt Sam.

»Und sagst dann was?«

»Keine Ahnung. Was mir grad einfällt.«

Aber es kommt nicht dazu, denn in dem Moment tritt ein Mann aus der Haustür hinaus. Er ist sehr groß und wiegt nach meiner Schätzung mindestens hundertzwanzig Kilo. Er hat einen Ziegenbart, sein Kopf ist rasiert und er trägt schwere Arbeitsschuhe, Jeans und ein schwarzes Sweatshirt, das er bis zu den Ellbogen hochgekrempelt hat. Auf dem rechten Unterarm hat er ein Tattoo, aber aus der Ferne kann ich nicht erkennen, was es ist. Er spuckt in den Hof, dann dreht er sich um, schließt die Haustür ab und kommt über die Veranda auf uns zu. Ich erstarre, als er näher kommt: Das Tattoo zeigt einen Alien mit einem Tulpenstrauß in der Hand, den er offenbar einem nicht sichtbaren Wesen anbietet. Der Mann geht wortlos an uns vorbei.

»Hast du sein Tattoo gesehen?«, frage ich Sam.

»Ja. Und so viel zu dem Vorurteil, dass nur schmächtige Spinner von Aliens fasziniert sind. Dieser Typ ist riesig und sieht fies aus.«

»Nimm mein Handy, Sam.«

»Was? Wieso?«

»Du musst ihm folgen. Ich gehe ins Haus. Offenbar ist niemand da, sonst hätte er nicht abgeschlossen. Henri könnte da drin sein. Ich rufe dich an, so bald ich kann.«

»Wie willst du mich anrufen?«

»Keine Ahnung, aber mir fällt schon was ein. Hier.« Widerstrebend nimmt er das Handy.

»Was, wenn Henri nicht da drin ist?«

»Deswegen möchte ich, dass du dem Kerl folgst. Vielleicht ist Henri woanders, und dieser Typ geht zu ihm.«

»Was, wenn er zurückkommt?«

»Das sehen wir dann. Aber jetzt musst du gehen. Ich rufe dich an, sobald ich kann, versprochen.«

»Okay, mach ich. Aber pass echt auf da drin.«

»Sei du auch vorsichtig. Verlier ihn nicht, aber er darf dich nicht bemerken.«

»Alles klar.« Sam läuft dem Mann nach. Als beide nicht mehr zu sehen sind, gehe ich zum Haus. Durch die Fenster mit den weißen Rolläden ist nichts zu sehen. Ich gehe hinters Haus, auch dort ist die Tür abgeschlossen. Ebenso sind alle Fenster verriegelt. Soll ich eins einschlagen? Ich suche nach Steinen unter den verwilderten Büschen – da kommt mir eine Idee, so verrückt, dass sie funktionieren könnte.

Ich gehe zur Hintertür. Sie hat nur ein einfaches Schloss, keine Verriegelung. Ich hole tief Luft, schließe konzentriert die Augen und packe den Türgriff, schüttle ihn, drücke ihn fester und versuche mir vorzustellen, wie das Schloss innen beschaffen ist. Dann spüre und höre ich einen Klick im Griff. Ein Lächeln macht sich auf meinem Gesicht breit. Ich drehe den Griff und die Tür schwingt auf. Ich kann es nicht glauben: Ich kann also verschlossene Türen öffnen, indem ich mir ein Bild vom Inneren ihres Schlosses mache!

Die Küche ist überraschend sauber, der Fußboden gewischt, die Spüle frei von dreckigem Geschirr. Ein frisches Brot liegt auf der Anrichte. Durch einen engen Gang komme ich ins Wohnzimmer mit Sportpostern und Bannern an den Wänden und einem riesigen Flatscreen in einer Ecke. Links liegt ein Schlafzimmer. Ich stecke meine Nase hinein – hier herrscht Durcheinander, das Bett ist zerwühlt, Klamottenhaufen türmen sich auf einer Kommode. Es riecht nach dreckiger, feuchter Wäsche voller Schweiß.

Neben der Tür führt eine Treppe ins Obergeschoss. Als ich hinaufgehen will, knarrt die dritte Stufe unter meinem Fuß.

»Hallo?«, ruft jemand von oben.

Ich erstarre und halte den Atem an.

»Frank, bist du das?«

Ich bleibe still. Jemand steht lautstark von einem Stuhl auf, Schritte auf Holzboden nähern sich, ein Mann erscheint oben an der Treppe. Dunkles, zotteliges Haar, Koteletten, ein unrasiertes Gesicht, nicht so groß wie der Typ vorhin, aber auch nicht gerade klein.

»Wer zum Teufel bist du?«, fragt er.

»Ich suche einen Freund.«

Er zieht eine Grimasse, verschwindet kurz und kommt augenblicklich mit einem hölzernen Baseballschläger zurück.

»Wie bist du hier hereingekommen?«

»Ich würde den Schläger weglegen, wenn ich Sie wäre.«

»Wie bist du hier hereingekommen?«

»Ich bin schneller als Sie und viel stärker.«

»Von wegen, zur Hölle!«

»Ich suche einen Freund. Er ist heute Morgen hergekommen. Ich will wissen, wo er ist.«

»Du bist einer von ihnen, stimmt's?«

»Keine Ahnung, wovon Sie reden.«

»Klar bist du einer von ihnen!«, schreit er, hält den Schläger wie ein Baseballspieler in beiden Händen schlagbereit und schiebt das Kinn vor, doch in seinen Augen steht die Angst. Seine Zähne sind fest zusammengebissen. »Du bist einer von ihnen! Warum lasst ihr uns nicht einfach in Ruhe?!«

»Ich bin keiner von ihnen. Ich bin nur hier, weil ich meinen Freund suche. Sagen Sie mir, wo er ist.«

»Dein Freund ist einer von ihnen!«

»Nein, ist er nicht.«

»Du weißt also, von wem ich spreche?«

»Ja.«

Zögernd geht er eine Stufe hinunter.

»Ich warne Sie«, sage ich. »Lassen Sie den Schläger fallen und sagen Sie mir, wo er ist.«

Meine Hände zittern, die Situation verunsichert mich, er hat einen Schläger, ich nichts als meine eigenen Kräfte.

Er kommt noch eine Stufe herunter. Zwischen uns sind nur sechs insgesamt.

»Ich schlage dir den Kopf ab. Als Botschaft an deine Freunde!«

»Sie sind nicht meine Freunde. Und ich versichere Ihnen, Sie tun ihnen einen Gefallen, wenn sie mich verletzen.«

»Das wollen wir mal sehen.« Er rennt die Treppe herunter und schwingt den Schläger. Ich ducke mich, das Holz trifft mit einem Knall die Wand und reißt ein großes Loch in die Holztäfelung. Ich komme hinter ihm hoch, hebe ihn in die Luft, mit einer Hand an seiner Kehle, die andere in der Achselhöhle, und trage ihn die Treppe hinauf. Er schlägt und tritt um sich und trifft mich an Beinen und Leiste. Der Schläger fällt ihm aus der Hand, rattert die Treppe hinunter und ich höre, wie ein Fenster hinter mir zersplittert.

Das Obergeschoss ist ein weiter, dunkler Dachboden mit Ausgaben von SIE SIND UNTER UNS und anderen Alien-Devotionalien an den Wänden. Aber anders als bei Sam sind diese Poster hier echte Fotos, vor Jahren aufgenommen, vergrößert und körnig, sodass es schwer ist, genau zu erkennen, was auf ihnen abgebildet ist. Ein Alien aus Gummi mit einer Schlinge um den Hals und einem Sombrero auf dem Kopf sitzt in einer Ecke, und an der Decke kleben Sterne, die im Dunkeln leuchten und eigentlich ins Zimmer eines zehnjährigen Mädchens gehören.

Ich schleudere den Mann zu Boden. Er rutscht von mir weg, steht aber wieder auf. Jetzt sammle ich alle meine Kraft in der Magengrube und richte sie mit einem harten Stoß auf ihn. Er fliegt rückwärts und knallt an die Wand.

»Wo ist mein Freund?«

»Das verrate ich dir niemals! Er ist einer von euch.«

»Ich bin nicht der, für den du mich hältst.«

»Ihr Monster werdet nie siegen! Lasst einfach die Erde in Ruhe!«

Ich hebe die Hand und würge ihn, ohne ihn zu berühren. Er kann nicht atmen, sein Gesicht wird rot. Ich lasse ihn los. »Ich frage dich noch mal.«

»Nein.«

Ich würge ihn wieder und drücke, immer noch durch Telekinese, fester zu. Als ich loslasse, fängt er an zu heulen, sodass ich fast Mitleid bekomme. Aber er weiß, wo Henri ist, hat ihm etwas angetan – und mein Mitgefühl verschwindet ebenso schnell, wie es aufgetaucht ist.

Als er wieder richtig atmen kann, würgt er hervor: »Er ist unten.«

»Wo? Ich habe ihn nicht gesehen.«

»Im Keller. Die Tür ist hinter dem Banner der Pittsburgh Steelers im Wohnzimmer.«

Ich wähle mit dem Telefon im Mittelgeschoss meine eigene Handynummer. Sam geht nicht dran. Wütend reiße ich das Telefon aus der Wand und zertrümmere es.

»Gib mir dein Handy!«

»Ich habe keins.«

Ich marschiere zu dem Gummialien und reiße ihm die Nase ab.

»Komm schon, Junge, ich habe wirklich keins!«, fleht der Typ.

»Halt die Klappe! Du hast meinen Freund entführt. Du hältst ihn gegen seinen Willen fest. Du hast Glück, dass ich dich nur fesseln werde.«

Ich fessle mit der Schlinge des Dummys seine Arme hinter dem Rücken und binde ihn an einem der Stühle fest. Ich fürchte, das wird nicht allzu lange halten. Dann klebe ich ihm den Mund mit Isolierband zu, das hier herumliegt, und rase die Treppe hinunter. Ich reiße das Banner von der Wand und dahinter kommt eine schwarze, abgeschlossene Tür zum Vorschein. Ich öffne sie wie zuvor die Hintertür. Eine Holztreppe führt hinunter in die absolute Finsternis.

Modergeruch steigt mir in die Nase. Ich finde den Lichtschalter und steige hinab, vorsichtig, langsam, voller Angst vor dem, was ich vorfinden könnte. Überall hängen dicke Spinnweben. Ich erreiche den Boden und spüre augenblicklich die Gegenwart einer weiteren Person. Ich erstarre, atme tief ein, dann drehe ich mich um.

Da, in einer Ecke des Kellers, sitzt Henri.

◆◆◆

»Henri!«

Er blinzelt ins Licht – die einzige Reaktion, die er zeigen kann, denn man hat ihn an den Stuhl gefesselt, auf dem er sitzt, und seinen Mund verklebt. Seine Haare sind struppig, auf der rechten Seite seines Gesichts verläuft eine fast schwarze Linie aus getrocknetem Blut. Allein der Anblick erfüllt mich mit unbändigem Zorn.

Als ich ihm das Klebeband vom Mund gerissen habe, holt er tief Luft. »Gott sei Dank.« Seine Stimme ist schwach. »Du hattest recht, John. Es war dumm von mir, hierherzukommen. Es tut mir leid. Ich hätte diesmal auf dich hören müssen.«

»Psst!« Ich bücke mich und beginne, seine Beine vom Stuhl loszubinden. Er riecht nach Urin.

»Sie haben mich aus dem Hinterhalt überfallen.«

»Wie viele?«

»Drei.«

»Einen habe ich oben gefesselt.« Ich befreie seine Knöchel. Er streckt die Beine aus und seufzt erleichtert. »Ich war den ganzen Tag an diesen verdammten Stuhl gebunden.«

Ich beginne seine Hände loszubinden.

»Aber wie zum Teufel bist du hergekommen?«

»Mit Sam. Wir sind gefahren.«

»Du machst Witze.«

»Es gab keine andere Möglichkeit.«

»Womit seid ihr gefahren?«

»Mit dem alten Truck seines Vaters.«

Henri sieht mich stirnrunzelnd an.

»Ich habe ihm nichts verraten, nur behauptet, dass Außerirdische dein fanatisches Hobby sind, mehr nicht.«

Henri überlegt. Dann nickt er. »Ich bin heilfroh, dass ihr es geschafft habt. Wo ist er jetzt?«

»Er verfolgt einen von ihnen. Ich weiß nicht, wohin. Ich

muss ihn anrufen.« Da knarren Bodenbretter über uns. Wir halten beide den Atem an. Henris Hände sind erst halb losgebunden. Jemand kommt die Treppe herunter – es ist der große Dicke, hinter dem Sam her war. »Die Party ist vorbei, Leute.« Er zielt mit einer Pistole auf mein Gesicht. »Los, weg da!«

Ich hebe die Hände hoch und mache einen Schritt zurück. Mit meiner neu entdeckten Kraft könnte ich ihm die Pistole entziehen, aber was wäre, wenn sie durch Zufall dann losginge? Ich habe noch nicht genug Vertrauen in meine Fähigkeiten. Es ist zu riskant.

»Sie haben uns gesagt, dass ihr kommt. Dass ihr ausseht wie Menschen. Dass ihr die wahren Feinde seid«, sagt der Mann.

»Wovon reden Sie?«, frage ich.

»Sie haben Wahnvorstellungen«, sagt Henri. »Sie glauben, wir sind der Feind.«

»Halt die Klappe!«, brüllt der Mann. Er macht drei Schritte auf mich zu, dann richtet er die Pistole auf Henri. »Eine falsche Bewegung, und er ist tot. Kapiert?«

»Ja.«

»Fang das.« Er nimmt eine Rolle Isolierband vom Regal neben sich und wirft sie mir zu. Ich halte den Flug der Rolle zwischen uns an und lasse sie schnell herumwirbeln. Der Mann starrt sie verirrt an. »Was zum …« Während er abgelenkt ist, mache ich mit meinem Arm eine Wurfbewegung. Die Rolle fliegt zu ihm zurück und knallt ihm auf die Nase. Ein Blutstrom schießt heraus, der Mann greift in die Luft, die Pistole fällt auf den Boden und geht los. Rechtzeitig deute ich mit der Hand auf die Kugel und halte sie an. Ich höre Henri hinter mir lachen. Dann lasse ich die Kugel vor dem Gesicht des Mannes hängen und rufe ihm zu: »Hey, Fettsack!«

Mit aufgerissenen Augen starrt er auf die Kugel vor seinem Gesicht.

»Sie müssen schon ein bisschen mehr bringen!«

Ich lasse die Kugel vor seine Füße fallen. Er dreht sich um und will davonlaufen, aber ich hole ihn zurück und schicke ihn – ganz ohne Berührung – durch den gesamten Kellerraum, bis er auf einen dicken Balken prallt und ohnmächtig zusammenbricht. Jetzt bücke ich mich nach dem Isolierband und fessle ihn damit an den Balken. Als ich sicher sein kann, dass er erledigt ist, binde ich Henri ganz los.

»John, ich glaube, eine bessere Überraschung habe ich in meinem ganzen Leben nicht erlebt«, flüstert er mir so erleichtert zu, dass ich fürchte, er könne jeden Moment in Tränen ausbrechen.

Ich grinse stolz. »Danke. Ist plötzlich beim Dinner aufgetreten.«

»Tut mir leid, dass ich nicht kommen konnte.«

»Ich habe ihnen gesagt, dass du irgendwo gefesselt bist.«

Er lächelt. »Wie schön, dass du dein Erbe empfangen hast!«

Erst jetzt wird mir klar, dass die Entstehung meines Erbes – oder die Angst, dass es sich nicht entwickelt – von Henri weitaus mehr gefordert hat, als ich mir vorstellen konnte.

»Also, was ist passiert?«

»Ich habe an die Tür geklopft«, erzählt Henri. »Alle drei waren zu Hause. Als ich eintrat, schlug mir einer auf den Hinterkopf. In diesem Stuhl kam ich wieder zu mir.« Er schüttelt den Kopf und gibt eine ganze Menge lorienischer Worte von sich, die ich als Flüche erkenne. Dann steht er auf und streckt die Beine. »Wir müssen hier raus!«

»Wir müssen Sam finden.«

Und dann hören wir ihn.

»John? Bist du da unten?«

21

Alles verlangsamt sich. Ich erkenne eine zweite Person oben an der Treppe. Sam schreit überrascht auf; ich drehe mich zu ihm, in meinen Ohren nur rauschende Stille und das misstönende Summen der Zeitlupe. Der Mann hinter Sam stößt ihn so fest, dass Sams Füße sich vom Boden heben und er unten an der Treppe auf den Betonboden knallen wird. Ich sehe, wie er durch die Luft segelt, mit den Armen wedelt und entsetzt die Augen aufreißt. Ohne nachzudenken strecke ich in allerletzter Sekunde die Hände aus und fange ihn auf – sein Kopf war höchstens fünf Zentimeter vom Boden entfernt. Sanft lege ich ihn ab.

»Scheiße!«, sagt Henri.

Sam setzt sich auf und krabbelt rückwärts wie ein Krebs, bis er an der Wand ist. Er starrt mit großen Augen auf die Treppe und bewegt den Mund, aber kein Wort kommt heraus. Der Mann, der ihn gestoßen hat, steht oben und versucht offenbar wie Sam herauszubekommen, was gerade passiert sein könnte. Er muss der Dritte sein.

»Sam, ich habe versucht …«, fange ich an.

Der Mann oben dreht sich um und will davonrennen, aber ich zwinge ihn zwei Stufen herunter. Sam schaut auf den Mann, der von einer unsichtbaren Kraft festgehalten wird, dann auf meinen ausgestreckten Arm. Er ist schockiert und sprachlos.

Ich schnappe mir das Isolierband, hebe den Mann in die Luft und trage ihn ins Obergeschoss. Während ich ihn an den Stuhl fessele, brüllt er Obszönitäten heraus, von denen ich nicht viel mitbekomme, weil ich angestrengt überlege, wie wir Sam diese merkwürdigen Ereignisse erklären sollen.

»Halt die Klappe«, sage ich.

Er brüllt neue Flüche. Jetzt habe ich genug davon, klebe ihm einfach den Mund zu und laufe dann wieder in den Keller. Henri steht neben Sam, der immer noch dasitzt und verständnislos vor sich hinstarrt.

»Ich begreife das nicht«, murmelt er. »Was war das gerade?«

Henri und ich blicken einander an. Ich zucke die Achseln.

»Sagt mir, was geschehen ist.« Sams Stimme klingt flehend, zugleich hört man heraus, dass er verzweifelt die Wahrheit hören will, dass er nicht verrückt ist und halluziniert hat, was er gerade gesehen hat.

Henri seufzt und schüttelt den Kopf. »Was soll's, verdammt noch mal!«

»Was soll was, verdammt noch mal?«, frage ich.

Doch Henri ignoriert mich, presst die Lippen zusammen, schaut zu dem Mann im Stuhl hinüber, um sich zu überzeugen, dass dieser noch bewusstlos ist, dann sagt er zu Sam: »Wir sind nicht das, wofür du uns hältst.« Er blickt mich an, ich nicke zustimmend.

»Wir sind vor zehn Jahren von einem Planeten namens Lorien auf die Erde gekommen, weil unsere Heimat von den Bewohnern eines anderen Planeten zerstört worden war, von den Mogadori. Sie überfielen Lorien wegen seiner Ressourcen, denn sie hatten ihren eigenen Planeten in einen Abfallsumpf verwandelt. Wir wollten hier versteckt leben, bis wir nach Lorien zurückkehren können, und eines Tages wird es so weit sein. Aber die Mogadori sind uns nachgereist und verfolgen uns seitdem. Und ich glaube, sie wollen die Erde einnehmen. Deshalb bin ich gestern hergekommen, um mehr über sie herauszufinden.«

Sam sagt nichts. Wenn ich ihm das erzählt hätte, dann hätte er mir bestimmt nicht geglaubt. Aber Henri hat eine Integrität, die Sam, genau wie ich, sicher immer gespürt hat.

Jetzt schaut er mich an. »Ich hatte also recht, du bist ein Außerirdischer. Es war kein Witz, als du es zugegeben hast.«

»Ja, das stimmt.«

Er wendet sich an Henri. »Und diese Geschichten, die Sie mir an Halloween erzählt haben?!«

»Ach, das waren nur lächerliche Erfindungen, über die ich im Internet gestolpert bin. Aber was ich dir gerade erzählt habe, ist die Wahrheit.«

»Und ...« Sam sucht nach Worten. »Was ist vorhin passiert?«

Henri nickt mir zu. »John entwickelt gerade gewisse Kräfte. Telekinese gehört dazu. Als du gestoßen worden bist, hat John dich gerettet.«

Sam lächelt mir zu und studiert mich aufmerksam. Als ich ihm in die Augen sehe, nickt er. »Ich wusste, dass du anders bist.«

»Ich brauche das sicher nicht zu betonen«, sagt Henri zu Sam, »aber du musst über all das absolutes Stillschweigen bewahren.« Dann sieht er mich an. »Wir brauchen Informationen, und wir müssen weg von hier. Sie sind wahrscheinlich in der Nähe.«

»Die Männer oben sind vielleicht noch bewusstlos.«

Henri prüft die Pistole, die auf dem Boden liegt – sie ist geladen. Er entfernt alle Kugeln und legt sie auf das Regal, dann steckt er sich die Waffe oben in die Jeans. Ich helfe Sam auf, und wir gehen alle ins Obergeschoss. Der Mann, den ich telekinetisch heraufgebraucht habe, kämpft immer noch gegen seine Fesseln. Der andere sitzt still da.

Henri geht zu ihm. »Sie sind gewarnt worden.«

Der Mann nickt.

»Jetzt werden *Sie* reden.« Henri zieht ihm das Isolierband vom Mund. »Und wenn nicht …« Er greift nach der Pistole. »Wer hat Sie aufgesucht?«

»Sie waren zu dritt«, antwortet der Typ.

»Schön für Sie, wir sind auch zu dritt. Wen interessiert das? Reden Sie weiter!«

»Sie haben gesagt, wenn Sie kämen und ich etwas verriete, brächten sie mich um. Mehr werde ich Ihnen nicht sagen.«

Henri drückt ihm die Pistolenmündung an die Stirn. Das bereitet mir Unbehagen. Ich drehe die Pistole so, dass sie zum Boden zeigt. Henri sieht mich überrascht an.

»Es geht auch anders«, sage ich.

Er zuckt die Achseln und legt die Pistole auf den Boden. »Bitte – dein Auftritt.«

Ich stehe anderthalb Meter von dem Mann entfernt. Er blickt mich ängstlich an. Er ist ein schweres Kaliber, aber nachdem ich Sam bei seinem Flug durch die Luft leicht fassen konnte, weiß ich, dass ich auch ihn hier hochheben kann. Ich strecke die Arme aus und konzentriere mich. Zögerlich, sehr langsam hebt er sich vom Boden. Aus den Augenwinkeln sehe ich Henri und Sam stolz lächelnd. Gestern konnte ich nicht einmal einen Tennisball heben, heute stemme ich telekinetisch einen Stuhl mit einem einhundert Kilo schweren Mann darauf. Das Erbe hat sich so schnell entwickelt!

Als ich ihn auf der Höhe meines Gesichts habe, drehe ich den Stuhl um – jetzt hängt der Kerl mit dem Kopf nach unten da. »Aufhören!«, brüllt er.

»Reden Sie.«

»Nein! Die haben gesagt, sie bringen mich um.«

Ich lasse den Stuhl los und er fällt. Der Mann schreit auf, aber ich fange ihn, bevor er auf den Boden kracht, und hebe ihn wieder hoch.

»Sie waren zu dritt«, ruft er. »Sie sind an dem Tag gekommen, an dem wir die Zeitschrift ausgesandt haben. In der Nacht waren sie da.«

»Wie sahen sie aus?«, fragt Henri.

»Wie Gespenster. Blass, fast wie Albinos. Mit Sonnenbrillen. Als wir nicht reden wollten, nahm einer die Sonnenbrille ab. Er hatte schwarzglänzende Augen und spitze Zähne, als wären sie abgebrochen und dann gefeilt worden. Alle hatten lange Mäntel an und Hüte auf wie Typen aus alten Spionagefilmen. Was zum Teufel wollen Sie noch?«

»Warum kamen sie?«

»Sie wollten die Quelle unseres Artikels erfahren. Wir haben es ihnen erzählt: Ein Typ hatte uns angerufen und uns eine exklusive Geschichte angeboten. Er schimpfte auf eine Gruppe von Aliens, die unsere Zivilisation zerstören wollten. Aber er rief erst an dem Tag an, an dem wir drucken mussten, deshalb haben wir nicht die ganze Geschichte gebracht, sondern nur eine kleine Meldung und die Ankündigung, dass die Fortsetzung im nächsten Monat folgt. Der Anrufer hat so schnell geredet, dass wir kaum mitgekommen sind. Wir wollten ihn am nächsten Abend zurückrufen – aber daraus wurde nichts, weil die Mogadori kamen …«

»Woher wussten Sie, dass es Mogadori waren?«

»Was denn sonst, verdammt noch mal?! Wir bringen *eine* Story über die Mogadori, und siehe da, am gleichen Tag tauchen Aliens bei uns auf und wollen wissen, woher wir die Geschichte haben. Das war ziemlich leicht zu kombinieren.«

Der Mann ist schwer und ich habe Mühe, ihn zu halten. Schweiß rinnt mir in die Augen, ich bekomme kaum Luft. Also drehe ich ihn um und senke ihn. Knapp vorm Boden lasse ich los, und er landet mit einem: »Uuumpff.« Ich stütze die Hände auf die Knie und verschnaufe.

»Was soll das, zum Teufel? Ich beantworte doch eure Fragen!«

»Tut mir leid. Sie sind zu schwer.«

»Und sie kamen nur dieses eine Mal?«, fragt Henri weiter.

Der Mann schüttelt den Kopf. »Sie kamen zurück.«

»Warum?«

»Um sicherzugehen, dass wir nichts anderes drucken. Ich glaube, sie haben uns nicht vertraut, aber der Typ, der angerufen hatte, war nicht mehr zu erreichen, also hatten wir sowieso nichts zu drucken.«

»Was ist mit ihm geschehen?«

»Was glauben Sie denn?! Die hatten seine Telefonnummer, auf der wir ihn zurückrufen sollten, da konnten sie seine Adresse ja leicht herausfinden.«

»Wurden Sie bedroht?«

»Verdammt, ja! Sie haben unser Büro auseinandergenommen. Sie haben mein Hirn verdreht, ich bin seitdem nicht mehr der, der ich war.«

»Was haben sie mit Ihrem Hirn gemacht?«

Er schließt die Augen und holt tief Luft. »Die sahen ja aus wie die Reste von einer Halloween-Party. Zuerst habe ich über sie gelacht … Aber das war ein Fehler, das wurde mir schlagartig klar. Zwei Mogadori nahmen die Sonnenbrillen ab und kamen auf mich zu. Ich konnte nicht wegschauen. Diese Augen! Als würde ich meinen eigenen und den Tod aller sehen, die ich liebe. Auf einmal war nichts mehr komisch. Ich habe den Tod richtiggehend gespürt! Die Unsicherheit. Den Schmerz. Das totale Entsetzen. Ich war nicht mehr in dem gleichen Raum. Und dann … tauchten alle Geschöpfe auf, die ich schon als Kind gefürchtet habe – lebendig gewordene Bestien mit scharfen Zähnen und Rasierklingen statt Krallen. Werwölfe. Dämonische Clowns. Riesenspinnen. Ich habe sie alle mit den Augen eines

Kindes gesehen, und sie haben mich absolut entsetzt. Und jedes Mal, wenn eins davon mich gebissen hat, konnte ich fühlen, wie es mir das Fleisch von den Knochen reißt, wie das Blut aus meinen Wunden strömt. Ich konnte nicht aufhören zu schreien.«

»Haben Sie überhaupt versucht sich zu wehren?«

»Und dann hatten sie noch zwei wieselähnliche, fette kleine Tiere mit Schaum vorm Maul. Obwohl einer der Typen sie an einer Leine hielt, konnte man spüren, dass sie hungrig nach uns lechzten. Die wollten sie auf uns hetzen, wenn wir nicht taten, was sie verlangten. Ich sage Ihnen, Mann, die waren nicht von dieser Welt. Wenn es Hunde gewesen wären, hey, kein Ding, die hätten wir fertig gemacht. Aber ich glaube, die Biester hätten uns im Ganzen verspeist, trotz unserer Größe. Immer wieder zerrten sie an den Leinen, um uns packen zu können.«

»Also haben Sie geredet?«

»Ja.«

»Wann kamen sie wieder?«

»Vor über einer Woche, am Abend, bevor die nächste Ausgabe ausgeliefert wurde.«

Henri sieht mich besorgt an. Erst vor einer Woche waren Mogadori innerhalb hundert Meilen von unserem Wohnort. Sie könnten immer noch hier irgendwo sein; vielleicht überwachen sie diese Sache hier. Vielleicht hat Henri deshalb ihre Anwesenheit gespürt. Sam steht neben mir und saugt alles in sich auf.

»Warum töteten sie Sie nicht einfach, so wie sie es mit Ihrem Informanten getan haben?«

»Zur Hölle, woher soll ich das wissen?! Vielleicht weil wir ein respektables Magazin veröffentlichen.«

»Wie hat Ihr Anrufer von den Mogadori erfahren?«

»Er sagte, er habe einen von ihnen gefangen und gefoltert.«

»Wo?«

»Weiß nicht. Nach seiner Telefonnummer muss er in der

Nähe von Columbus wohnen, sechzig, vielleicht achtzig Meilen nördlich von hier.«

»Haben Sie mit ihm gesprochen?«

»Klar. Und ich war mir nicht sicher, ob er spinnt oder nicht – aber wir hatten von ähnlichen Gerüchten bereits gehört. Er hat damit angefangen, dass sie unsere Zivilisation zerstören wollen, und manchmal hat er so schnell geredet, dass es schwierig war, ihn richtig zu verstehen. Eins hat er immer wiederholt: dass sie hinter etwas oder jemand her seien. Denn hat er Zahlen genannt.«

Ich reiße die Augen auf. »Welche Zahlen? Was haben sie bedeutet?«

»Keine Ahnung. Wie gesagt, er hat so schnell gesprochen, dass wir nichts tun konnten, als möglichst fix mitzuschreiben.«

»Sie haben während des Telefonats mitgeschrieben?«, fragt Henri.

»Natürlich. Wir sind Journalisten. Meinen Sie vielleicht, wir erfinden unsere Artikel?«

»Jep, meine ich.«

»Haben Sie noch Ihre Notizen?«, unterbreche ich.

Er nickt. »Ich sage Ihnen, sie sind nutzlos. Fast nur schnelles Gekritzel über ihren Plan, die menschliche Rasse auszurotten.«

»Ich muss sie sehen!«, belle ich. »Wo sind sie?«

Er zeigt auf einen Schreibtisch an der Wand. »Dort, auf den Post-its.«

Der Schreibtisch ist von Papieren übersät. Auf den Haftnotizen finde ich ein paar sehr vage Sätze über die Hoffnung der Mogadori, die Erde zu erobern. Nichts Konkretes, keine Pläne oder Details, nur ein paar hingekritzelte Schlagworte:

Überpopulation.

Erdressourcen.

Biologische Kriegsführung?

Der Planet Mogadori.

Dann entdecke ich die Notiz, die ich suche. Aufmerksam studiere ich sie drei oder vier Mal.

Planet Lorien? Die Loriener?
1 – 3 tot
4?
7 in Spanien aufgespürt
9 auf der Flucht in SA

(was meint er? Was haben diese Zahlen mit der Eroberung der Erde zu tun?)

»Warum ist ein Fragezeichen hinter der Vier?«

»Weil er etwas dazu gesagt hat, aber so schnell, dass ich nicht mitgekommen bin.«

»Verarschen Sie mich?!«

Er schüttelt vehement den Kopf. Ich seufze. Das Einzige, das Wenige, was über mich gesprochen wurde – ist nicht notiert.

»Was bedeutet SA?«

»Südamerika.«

»Hat er gesagt, wo in Südamerika?«

»Nein.«

Ich nicke und starre auf die Zettel. Ich wünschte, ich hätte das Gespräch gehört, hätte selbst Fragen stellen können. Wissen die Mogadori wirklich, wo sich Sieben befindet? Sind Sie wirklich auf den Fährten von ihm oder ihr? Wenn ja, dann wirkt der lorienische Zauber zumindest immer noch. Ich falte die Notizen und stecke sie ein.

»Weißt du, was die Zahlen bedeuten?«, fragt der Typ.

Ich schüttle den Kopf. »Keine Ahnung.«

»Ich glaube dir nicht.«

»Halten Sie die Klappe!«, sagt Sam und stößt ihm mit dem schweren Ende des Holzes in die Magengegend.

Können Sie uns noch irgendetwas sagen?«, frage ich.

Er überlegt einen Moment. »Ich glaube, helles Licht stört sie. Es schien sie zu schmerzen, als sie die Sonnenbrillen abgenommen haben.«

Da hören wir von unten ein Geräusch, als würde jemand langsam versuchen, die Tür zu öffnen. Wir blicken einander an, dann den Mann im Stuhl. »Wer ist das?«, frage ich leise.

»Sie.«

»Was?«

»Sie haben gesagt, dass sie uns beobachten würden. Sie wüssten, dass jemand kommen könnte.«

Henri und Sam sehen sich mit schreckgeweiteten Augen an.

»Warum haben Sie uns das nicht eher gesagt?!«

»Sie haben gedroht, mich zu töten. Und meine Familie.«

Ich rase zum Fenster und sehe in den Hinterhof hinunter. Wir sind im Obergeschoss, etwa sieben Meter hoch. Der Hof ist mit drei Meter hohen Holzlatten eingezäunt. Schnell laufe ich zur Treppe zurück und spähe hinunter: Drei riesige Gestalten in langen schwarzen Trenchcoats, schwarze Hüte, Sonnenbrillen. Sie tragen lange, glänzende Schwerter. Keine Chance für uns, dass wir es nach unten schaffen werden. Auch wenn meine ererbten Fähigkeiten stärker werden – mit drei Mogadori kann ich es nicht aufnehmen. Hinaus geht es für uns nur durch eins der Fenster oder über eine kleine Veranda vorn am Zimmer. Die Fenster sind zwar kleiner, aber der Hinterhof ermöglicht eine heimliche Flucht, vorn kann man uns eher sehen …

Aus dem Keller dringt Lärm nach oben; die Mogadori sprechen miteinander in einer hässlichen, kehligen Sprache. Zwei laufen in den Keller, der Dritte will die Treppe hinauf, zu uns.

Mir bleiben nur ein paar Sekunden. Schon höre ich schwere

Schritte auf der Treppe. Die Fenster werden zerbrechen, wenn wir durch sie fliehen. Also müssen wir durch die Türen zur Veranda. Mit Telekinese öffne ich diese Türen. Draußen herrscht finstere Nacht. Ich höre Schritte die Treppe hinaufkommen. Schnell ziehe ich Sam und Henri zu mir und werfe sie mir wie Kartoffelsäcke über die Schultern.

»Was soll das?«, flüstert Henri.

»Keine Ahnung. Aber hoffentlich klappt es.«

Gerade als der Hut des ersten Mogadori auf der Treppe in Sicht kommt, laufe ich zu den Türen, und direkt vor dem Verandarand springe ich. Wir fliegen in den Nachthimmel. In den Sekunden des Schwebens sehe ich Autos auf der Straße unter uns fahren, erkenne Leute auf den Gehwegen. Ich weiß nicht, wo wir landen werden, und ob dann mein Körper das ganze Gewicht darauf tragen kann. Als wir auf dem Dach eines Hauses gegenüber aufschlagen, breche ich zusammen, Sam und Henri liegen auf mir. Ich bekomme keine Luft und meine Beine fühlen sich an, als seien sie gebrochen. Sam will aufstehen, doch Henri drückt ihn wieder runter. Er schleift mich zum anderen Ende des Daches und fragt, ob ich ihn und Sam mit Telekinese hinunter auf die Erde befördern kann. Es gelingt mir. Henri ruft mir zu, dass ich nun springen muss. Ich stehe auf wackligen, schmerzenden Beinen, und just bevor ich springe, drehe ich mich noch einmal um – die drei Mogadori stehen auf der Veranda gegenüber, blicken sich verwirrt um. Ihre Schwerter glänzen.

In letzter Sekunde verschwinden wir, ohne dass sie uns gesehen haben.

◆◆◆

Mit Sams und Henris Hilfe schaffe ich es zu Sams Truck. Dort wartet Bernie auf uns. Wir beschließen, Henris Wagen zurückzulassen – höchstwahrscheinlich wissen die Mogadori, wie er aussieht, und könnten ihn und damit uns aufspüren. Wir verlassen Athens und Henri lenkt den Truck Richtung Paradise, das uns nach diesen Ereignissen sicher im wahrsten Sinne des Wortes paradiesisch vorkommen wird.

Henri erzählt Sam alles von Beginn an und hört nicht auf, bis wir in unsere Auffahrt einbiegen. Es ist immer noch dunkel.

Sam schaut zu mir herüber und lächelt. »Unglaublich. Es ist die coolste Sache, die ich je gehört habe.«

Offensichtlich hat er schon immer nach dieser Bestätigung gesucht. So lange und so oft hat er seine Nase in die Verschwörungstheorien über Außerirdische gesteckt und Hinweise auf das Verschwinden seines Vaters gesucht – jetzt weiß er, dass es nicht vergeblich war.

»Bist du wirklich feuerfest?«, fragt er mich.

»Ja.«

»Wahnsinn!«

»Danke.«

»Kannst du fliegen?«

Zuerst halte ich die Frage für einen Witz, aber Sam meint es ernst. »Ich kann nicht fliegen. Ich bin immun gegen Feuer und kann meine Hände leuchten lassen. Erst gestern habe ich gelernt, Telekinese einzusetzen. Weitere ererbte Fähigkeiten oder Kräfte sollten sich bald zeigen, jedenfalls hoffen wir das. Aber ich habe keine Ahnung, was sie sein werden. Zuerst müssen sie sich tatsächlich entwickeln.«

»Ich hoffe, du lernst, dich unsichtbar zu machen«, meint Sam.

»Mein Großvater konnte das. Und alles, was er berührte, wurde auch unsichtbar.«

»Ehrlich?«

»Ja.«

Sam beginnt zu lachen.

»Ich kann immer noch nicht glauben, dass ihr beide allein

nach Athens gefahren seid«, sagt Henri. »Ihr seid wirklich unfassbar. Beim Tanken habe ich gesehen, dass die Nummernschilder seit vier Jahren abgelaufen sind … Ich weiß wirklich nicht, wie ihr ohne Kontrolle durchgekommen seid.«

»Also, von jetzt ab können Sie auf mich zählen«, versichert ihm Sam. »Ich werde tun, was nötig ist, um Sie gegen die Mogadori zu unterstützen. Besonders weil ich wetten möchte, dass sie es waren, die meinen Dad entführt haben.«

»Danke, Sam«, sagt Henri. »Das Wichtigste, was du tun kannst, ist, unser Geheimnis nicht zu verraten. Wenn jemand anders davon erfährt, könnte es unseren Tod bedeuten.«

»Keine Angst, ich werde niemals darüber reden – ich möchte nicht, dass John seine Kräfte an *mir* ausprobiert.«

Wir alle lachen.

Als Sam gefahren ist, gehen Henri und ich hinein. Obwohl ich auf der Heimfahrt geschlafen habe, bin ich immer noch erschöpft. Ich lege mich aufs Sofa. Henri sitzt mir gegenüber in einem Sessel.

»Sam wird nichts verraten«, sage ich.

Er reagiert nicht, starrt nur auf den Boden.

»Sie wissen nicht, dass wir hier sind.«

Er sieht zu mir auf.

»Bestimmt nicht. Wenn sie es wüssten, hätten sie uns jetzt verfolgt.«

Er schweigt weiter.

Ich kann es nicht länger ertragen. »Ich verlasse Ohio nicht wegen wilder Spekulationen.«

Henri steht auf. »Ich bin froh, dass du einen Freund gefunden hast. Und ich finde Sarah großartig. Aber wir können hier nicht bleiben. Ich fange an zu packen.«

»Nein.«

»Wenn wir gepackt haben, gehe ich in die Stadt und kaufe einen neuen Wagen. Wir müssen hier weg. Sie haben uns vielleicht nicht verfolgt, aber sie wissen, wie kurz davor sie waren, uns zu fangen, und dass wir immer noch in der Nähe sein könnten. Ich glaube, dieser Anrufer der Zeitschrift hat tatsächlich einen von ihnen geschnappt. Das war ja auch seine Geschichte, dass er einen gefangen und gefoltert hat, bis er redete – und dann hat er ihn getötet. Wir kennen ihre Verfolgungstechniken nicht, aber sie brauchen bestimmt nicht lange, bis sie uns gefunden haben. Und dann werden wir sterben. Dein Erbe entwickelt sich und deine Kraft nimmt zu, aber du bist noch lange nicht so weit, um gegen sie zu kämpfen.«

Er geht hinaus. Ich setze mich auf. Ich will hier nicht weg! Zum ersten Mal im Leben habe ich einen richtigen Freund, der weiß, was ich bin, und keine Angst hat, mich nicht für einen Freak hält. Ein Freund, der bereit ist, mit mir zu kämpfen und sich mit mir Gefahren auszusetzen. Und ich habe eine Freundin, die mit mir zusammen sein will – sogar ohne zu wissen, wer ich bin –, die mich glücklich macht, für die ich kämpfen und die ich beschützen würde, auch wenn es gefährlich für mich wäre. Meine Erbe hat sich zwar noch nicht ganz entwickelt, aber immerhin doch so weit, dass ich es mit drei erwachsenen Männern aufnehmen konnte. Sie hatten keine Chance! Es war, als würde ich mit kleinen Kindern kämpfen. Ich konnte alles mit ihnen machen, was ich wollte. Wir wissen auch, dass Menschen ebenfalls kämpfen und Mogadori fangen, verletzen und töten können. Wenn sie das können, dann kann ich es definitiv auch.

Ich werde nicht gehen.

Henri kommt aus seinem Zimmer mit dem lorienischen Kasten, unserem kostbarsten Besitz.

»Henri«, sage ich.

»Ja?«

»Wir gehen nicht weg.«

»Oh doch.«

»Du kannst, wenn du willst, aber dann werde ich bei Sam bleiben. Ich gehe nicht.«

»Du hast das nicht zu entscheiden.«

»Ach nein?! Ich dachte, ich sei der Verfolgte. Ich dachte, ich sei in Gefahr. Du könntest jetzt fortgehen, und die Mogadori würden nie nach dir suchen. Du könntest ein schönes, langes, normales Leben genießen. Du könntest tun, was du willst. Ich nicht. Immer werden sie hinter mir her sein. Immer werden sie versuchen, mich zu finden und zu töten. Ich bin fünfzehn Jahre alt, ich bin kein Kind mehr. Ich habe das sehr wohl zu entscheiden.«

Er starrt mich eine Minute lang an. »Gute Rede. Aber sie ändert nichts. Pack deinen Kram zusammen. Wir müssen los.«

Ich hebe die Hand, deute auf ihn und hebe ihn vom Boden. Er ist so geschockt, dass er stumm bleibt. Ich stehe auf und schiebe ihn in die Ecke, hoch bis zur Decke. »Wir bleiben!«

»Lass mich hinunter, John.«

»Nur, wenn du zustimmst, dass wir bleiben.«

»Es ist zu gefährlich.«

»Das wissen wir nicht. Sie sind nicht in Paradise. Sie haben vielleicht keine Ahnung, wo wir sind.«

»Lass mich runter.«

»Erst wenn du sagst, wir bleiben!

»LASS MICH RUNTER!«

Ich entgegne nichts mehr, halte ihn nur dort oben. Er versucht sich mit Händen und Füßen zu wehren, sich von Wand und Decke abzustoßen, aber er kann sich nicht bewegen. Meine Kraft hält ihn fest. Und ich fühle mich dabei stärker denn je. Ich gehe nicht. Ich renne nicht davon. Ich liebe mein Leben in Paradise. Ich liebe meine Freundin und bin froh, einen richtigen Freund zu haben. Ich bin bereit zu kämpfen für das, was ich liebe, ob es gegen die Mogadori ist oder, wenn's sein muss, gegen Henri.

»Du weißt, dass du nicht herunterkommst, bis ich dafür sorge.«

»Du benimmst dich wie ein Kind.«

»Nein. Ich verhalte mich wie jemand, der allmählich erkennt, wer er ist und was er kann.«

»Und du willst mich wirklich hier oben festhalten?«

»Bis ich einschlafe oder müde werde, aber ich mache es wieder, sobald ich ausgeruht bin.«

»Gut. Wir können bleiben. Unter gewissen Bedingungen.«

»Welchen?«

»Lass mich runter, und wir reden darüber.«

Ich senke ihn auf den Boden ab. Er umarmt mich. Das überrascht mich – ich hatte erwartet, zusammengestaucht zu werden. Wir setzen uns aufs Sofa.

»Ich bin stolz, wie weit du gekommen bist. Viele Jahre habe ich auf so etwas gewartet und vorbereitet, dass deine Erbschaft ankommt. Du weißt, dass mein ganzes Leben dazu bestimmt ist, für deine Sicherheit zu sorgen und dich zu stärken. Ich würde es mir nie verzeihen, wenn dir etwas zustoßen sollte. Ich weiß nicht, wie ich weiterleben könnte, wenn du unter meiner Fürsorge sterben würdest. Irgendwann werden die Mogadori uns fangen. Ich möchte für sie bereit sein. Im Gegensatz zu dir glaube ich nicht, dass du das schon bist. Du hast noch einen langen Weg vor dir. Wir können fürs Erste hierbleiben, wenn du zustimmst, dass dein Training an erster Stelle steht. Vor Sarah, vor Sam, vor allem. Und beim ersten Anzeichen, dass die Mogadori in der Nähe oder auch nur auf unserer Spur sind, gehen wir. Ohne Fragen, ohne Diskussionen, ohne dass du mich an die Decke beförderst und dort gefangen hältst.«

»Abgemacht«, sage ich und lächle.

22

Der Winter kommt früh und gewaltig nach Paradise, Ohio. Zuerst der Wind, dann Kälte, darauf Schnee. Zuerst pulvrig, dann bläst ein Sturm durch und begräbt das Land unter den weißen Massen; das schabende Geräusch der Schneepflüge ist genauso unentwegt zu hören wie der Wind. Eine Decke aus Streusalz liegt über allem. Die Schule bleibt zwei Tage geschlossen. Der Schnee auf den Straßen färbt sich von Weiß zu einem trüben Schwarz und schmilzt allmählich zu Matschpfützen, die nicht verschwinden wollen.

Henri und ich trainieren im Haus und draußen. Ich kann jetzt mit drei Bällen jonglieren, ohne sie zu berühren. Das bedeutet auch, dass ich mehr als eine Sache heben kann. Die schwereren und größeren Gegenstände sind jetzt an der Reihe: der Küchentisch, die Schneefräse, die Henri vor einer Woche gekauft hat, unser neuer Truck, der genauso wie der alte und wie Millionen andere Pick-up-Trucks in Amerika aussieht. Wenn ich ihn physisch, mit meinen Körper, heben kann, dann kann ich ihn auch mit meinen Gedanken heben. Henri glaubt, dass die Stärke meiner Gedanken allmählich die meines Körpers übertreffen wird.

Im Hinterhof stehen die Bäume um uns herum Wache mit ihren gefrorenen Ästen wie Figurinen aus hohlem Glas, auf jedem zwei Zentimeter feiner weißer Puder. Der Schnee reicht uns bis zu den Knien. Henri hat nur eine kleine Stelle freigemacht. Bernie Kosar sitzt auf der Hinterveranda und sieht zu. Selbst er will nichts mit dem Schnee zu tun haben.

»Willst du das wirklich?«, frage ich.

»Du musst lernen, es zu umarmen«, sagt Henri. Hinter ihm steht Sam, der mit morbider Neugier zusieht. Es ist das erste Mal, dass er beim Training dabei ist.

»Wie lange wird das brennen?«, frage ich.

»Ich weiß es nicht.«

Ich trage einen leicht entzündlichen Anzug aus vorwiegend natürlichen Fasern, mit Ölen getränkt, von denen manche langsam brennen, andere nicht. Ich möchte ihn schleunigst anzünden – schon wegen der Gerüche, die mir in den Augen brennen. Ich hole tief Luft.

»Bist du bereit?«, fragt Henri.

»Bereit wie eh und je.«

»Atme nicht. Gegen Rauch oder Dämpfe bist du nicht immun, und deine inneren Organe werden brennen.«

»Das kommt mir idiotisch vor!«, sage ich.

»Es gehört zu deinem Training. Haltung unter Druck. Du musst lernen, gleichzeitig mehrere Aufgaben zu erfüllen, während du in Flammen stehst.«

»Aber warum?«

»Wenn der Kampf kommt, sind uns die anderen zahlenmäßig weit überlegen. Dann ist Feuer einer deiner mächtigsten Verbündeten. Du muss lernen zu kämpfen, während du brennst.«

»Uff!«

»Wenn du Schwierigkeiten bekommst, spring in den Schnee und wälze dich herum.«

Sam grinst breit. Er hält einen roten Feuerlöscher in der Hand, für alle Fälle.

»Ich weiß«, sage ich.

Alle schweigen, während Henri mit den Streichhölzern herumfummelt.

Sam frotzelt: »In diesem Anzug siehst du aus wie Big Foot.«

»Du mich auch, Sam.«

»Also los«, sagt Henri.

Ich hole tief Luft, gerade in dem Moment, in dem er ein Streichholz an den Anzug hält. Feuer fegt über meinen Körper. Es kommt mir unnatürlich vor, die Augen offen zu halten, aber ich widerstehe dem Drang, sie zu schließen. Das Feuer steigt zwei Meter über mich. Die ganze Welt ist in Nuancen von Orange, Rot und Gelb gehüllt, die vor meinem Blickfeld tanzen. Ich spüre die Hitze so leicht wie wärmende Sonnenstrahlen an einem Sommertag. Mehr nicht.

»Lauf los!«, schreit Henri.

Ich strecke die Arme seitlich aus, mache die Augen weit auf und halte den Atem an. Es kommt mir vor, als würde ich schweben. Ich komme in den tiefen Schnee, er zischt und schmilzt unter meinen Füßen, ein leichter Dampf begleitet mich. Mit der Rechten hebe ich einen Schlackenstein, er kommt mir schwerer als normal vor. Weil ich nicht atme? Weil das Feuer mich stresst?

»Vergeude keine Zeit!«, ruft Henri.

Ich schleudere den Stein mit aller Kraft über fünfzehn Meter weit auf einen dürren Baum, die Schlacke zerspringt in eine Million Splitter und hinterlässt eine Vertiefung im Holz. Dann hebe ich drei Tennisbälle auf, die in Benzin eingeweicht waren. Ich jongliere mit ihnen, einer fliegt über den anderen, ich komme ihnen mit meinem Körper näher, sie fangen Feuer, und immer noch jongliere ich mit ihnen – und dabei hebe ich einen langen, dünnen Besenstiel. Ich schließe die Augen. Mein Körper ist warm, schwitze ich? Wenn ja, muss der Schweiß verdunsten, sobald er an die Oberfläche der Haut kommt.

Ich knirsche mit den Zähnen, öffne die Augen, werfe mich vor und richte meine ganze Kraft auf den Kern des Stiels. Er zerspringt in kleine Stücke. Ich lasse sie nicht auf den Boden fallen, sondern halte sie in der Luft, wo sie wie eine schwebende Staubwolke aussehen. Dann ziehe ich sie an mich und lasse sie brennen. Das Holz knallt durch das Flackern und Summen der Flammen. Ich zwinge sie zusammen zu einem festen, kompakten Feuerspeer, der aussieht, als wäre er direkt aus den Tiefen der Hölle gestiegen.

»Perfekt!«, brüllt Henri.

Eine Minute ist vergangen. Meine Lungen fangen an zu schmerzen vom Feuer, vom immer noch angehaltenen Atem. Ich zwinge meine ganze Kraft in den Speer und schleudere ihn so fest, dass er wie eine Kugel durch die Luft saust und den Baum trifft. Hunderte winziger Feuer verteilen sich in der Umgebung und erlöschen fast sofort. Ich hatte gehofft, das dürre Holz würde Feuer fangen, aber das geschieht nicht. Ich habe auch die drei Tennisbälle fallen lassen. Sie zischen anderthalb Meter entfernt im Schnee vor sich hin.

»Vergiss die Bälle!«, ruft Henri. »Der Baum. Nimm dir den Baum vor.«

Das dürre Holz mit seinen arthritischen Ästen sieht vor der Welt in Weiß scheußlich aus. Ich schließe die Augen. Viel länger kann ich den Atem nicht anhalten. Frustration und Wut steigen in mir hoch, vom Feuer, dem unbequemen Anzug und den noch unerfüllten Aufgaben geschürt. Ich konzentriere mich auf den großen Ast, der aus dem Baumstamm ragt, und versuche ihn abzubrechen, aber es gelingt nicht. Ich knirsche mit den Zähnen und runzle die Stirn – endlich knallt ein lauter Knacks wie eine Schrotsalve durch die Luft und der Ast segelt auf mich zu. Ich fange ihn und halte ihn direkt über mir. *Er soll brennen!* Er muss mindestens sechs Meter lang sein. Endlich fängt er Feuer und ich halte ihn fast zwanzig Meter hoch in die Luft, ohne ihn zu berühren, dann stoße ich ihn in den Boden, als würde ich mein Land abstecken wie ein alter Schwertkämpfer, nachdem er den Krieg gewonnen hat. Der Ast pendelt rauchend hin und her, Flammen tanzen auf seiner oberen Hälfte. Instinktiv öffne ich den Mund und hole Luft – und die Flammen schießen hinein, ein jähes Brennen breitet sich in meinem Körper aus. Ich bin geschockt. Es schmerzt so sehr, dass ich nicht weiß, was ich tun soll.

»Der Schnee! Der Schnee!«, schreit Henri.

Ich springe kopfüber hinein und wälze mich darin. Das Feuer erlischt fast augenblicklich, doch ich rolle weiter und höre nichts als das Zischen des Schnees an dem zerfetzten Anzug, während Dampf und Rauch von mir aufsteigen. Und dann zieht Sam auch noch den Verschluss vom Löscher … Ein dickes Pulver quillt heraus und macht das Atmen noch schwieriger. »Nein!«, brülle ich.

Sam hört auf. Ich liege da und versuche Luft zu bekommen, aber bei jedem Einatmen stößt ein Schmerz in meine Lungen, der in den ganzen Körper ausstrahlt.

»Verdammt, John! Du solltest doch nicht atmen!« Henri beugt sich über mich.

»Ich konnte nicht anders.«

»Bist du okay?«, fragt Sam.

»Meine Lungen brennen.«

Alles ist verschwommen, aber langsam sehe ich wieder klar. Ich liege da und blicke hinauf in den grauen Himmel zu den Schneeflocken, die träge auf uns herunterfallen.

»Wie war ich?«

»Nicht schlecht für den ersten Versuch.«

»Wir machen das noch mal, oder?«

»Irgendwann ja.«

»Das war verdammt cool«, meint Sam.

Ich seufze, dann mache ich einen tiefen, anstrengenden Atemzug. »Das hat mich fertig gemacht.«

»Du warst gut fürs erste Mal«, lobt Henri. »Du kannst nicht erwarten, dass dir alles sofort leichtfällt.«

Ich nicke und bleibe noch ein oder zwei Minuten auf dem Boden, dann gibt Henri mir die Hand und zieht mich hoch. Für heute ist das Training zu Ende.

◆◆◆

Zwei Tage später wache ich mitten in der Nacht auf. Auf dem Wecker ist es zwei Uhr siebenundfünfzig. Ich höre, wie Henri am Küchentisch arbeitet. Ich krieche aus dem Bett und sehe nach. Ich finde ihn mit einer Bifokalbrille auf der Nase über ein Dokument gebeugt, in einer Pinzette hält er eine Art Briefmarke.

»Was machst du da?«

»Dokumente für dich.«

»Wozu?«

»Ich habe über eure Fahrt nach Athens nachgedacht. Es ist dumm von uns, dein richtiges Alter anzugeben, wenn wir es genauso leicht nach unseren Bedürfnissen ändern können.«

Ich greife nach einer Geburtsurkunde, die er schon fertig hat. Sie ist für James Hughes ausgestellt, das Geburtsdatum würde mich ein Jahr älter machen, sechzehn, alt genug, um Auto zu fahren. Momentan arbeitet Henri an einer Urkunde für Jobie Frey, achtzehn Jahre alt, ein offiziell Erwachsener.

»Warum ist uns das nicht früher eingefallen?«, frage ich.

»Wir hatten keinen Grund dazu.«

Papiere in verschiedenen Größen und Dichten sind über den Tisch verteilt, ein großer Drucker steht auf der Seite. Tintenflaschen, Gummistempel, Notarmarken, verschiedene Werkzeuge, die an Zahnarztpraxen erinnern – das Schaffen von Dokumenten war mir immer fremd.

»Ändern wir mein Alter jetzt?«

Henri schüttelt den Kopf. »Für Paradise ist es zu spät. Diese Papiere sind fast alle für später. Wer weiß, was geschieht und uns Grund gibt, sie zu gebrauchen.«

Der Gedanke an Umzüge in der Zukunft verursacht Übelkeit bei mir. Lieber bleibe ich für immer fünfzehn und ohne Fahrerlaubnis, als an einen neuen Ort zu ziehen.

◆◆◆

Eine Woche vor Weihnachten kommt Sarah aus Colorado zurück. Acht Tage lang habe ich sie nicht gesehen – mir kommt es vor wie ein ganzer Monat. Der Van bringt alle Mädchen zur Schule und eine ihrer Freundinnen fährt sie von dort direkt zu mir statt nach Hause. Als ich den Wagen in der Auffahrt höre, renne ich hinaus, nehme sie mit einer Umarmung und einem Kuss in Empfang, hebe sie hoch und wirble sie durch die Luft. Sie war gerade zehn Stunden lang in Flugzeug und Auto, trägt eine Trainingshose und kein Make-up, hat die Haare zu einem Pferdeschwanz gebunden – und ist das schönste Mädchen, das ich je gesehen habe, das ich nie mehr loslassen will. Wir blicken uns im Mondlicht lächelnd tief in die Augen.

»Hast du mich vermisst?«, fragt sie.

»Jede Sekunde an jedem Tag.«

Sie küsst mich auf die Nasenspitze. »Ich dich auch.«

»Haben die Tiere jetzt wieder ein Zuhause?«

»Oh, John, es war unglaublich! Ich wollte, du hättest es gesehen. Etwa dreißig Leute haben abwechselnd rund um die Uhr geholfen. Das Gebäude entstand blitzschnell und ist viel schöner als vorher. Wir haben einen Katzenbaum in eine Ecke gestellt, und ich schwöre, die ganze Zeit, in der wir dort waren, haben Katzen darauf gespielt.«

»Das klingt toll. Ich wollte, ich wäre auch dort gewesen.« Ich nehme ihre Tasche und wir gehen ins Haus.

»Wo ist Henri?«

»Einkaufen. Vor zehn Minuten ist er los.«

Sie geht durchs Wohnzimmer und wirft ihre Jacke auf einen Stuhl auf dem Weg in mein Zimmer. Dort setzt sie sich auf die Bettkante und schleudert ihre Schuhe weg. »Was machen wir jetzt?«

Ich stehe da und sehe sie an in ihrem roten Sweatshirt mit der Kapuze, den Reißverschluss vorn hat sie nur halb zugemacht.

Sie lächelt. »Komm her.« Sie greift nach meiner Hand, schaut zu mir hoch und blinzelt, weil das Deckenlicht sie blendet. Ich schnipse mit den Fingern meiner freien Hand und das Licht geht aus.

»Wie hast du das gemacht?«

»Magie«, sage ich geheimnisvoll und setze mich neben sie.

Nachdem sie ein paar lose Strähnen hinter ihr Ohr gestrichen hat, lehnt sie sich an mich und küsst mich auf die Wange. Dann legt sie mein Kinn in ihre Hand, zieht meinen Kopf an sich und küsst mich wieder, zart, sanft. Mein ganzer Körper vibriert. Sie rückt weg, ihre Hand ist immer noch an meiner Wange und mit dem Daumen fährt sie meine Augenbraue nach. »Du hast mir wirklich gefehlt.«

»Du mir auch.«

»Ich konnte es gar nicht abwarten, hierherzukommen. Die ganze Zeit in Colorado habe ich nur an dich gedacht. Selbst wenn ich mit den Tieren gespielt habe, wünschte ich mir, du könntest dabei sein. Und als wir heute Morgen endlich abgereist sind, war die ganze Fahrt die Hölle, obwohl jeder Kilometer mich näher zu dir gebracht hat.«

Sie lächelt, vor allem mit den Augen, und küsst mich wieder. Wir sitzen nebeneinander auf der Bettkante, ihre Hand an meinem Gesicht, meine unten an ihrem Rücken. Ich spüre die festen Konturen unter meinen Fingerspitzen, schmecke den Beerenglanz auf ihren Lippen. Ich ziehe sie an mich, ich bekomme sie gar nicht nahe genug, obwohl unsere Körper sich aneinanderklammern. Meine Hand streichelt ihren Rücken, ihre Hand fährt durch mein Haar, wir atmen beide schwer, fallen mit geschlossenen Augen auf das Bett. Dann öffne ich meine, um sie anzuschauen. Bis auf den Mondschein am Fenster ist das Zimmer dunkel. Sie ertappt mich dabei, wie ich sie ansehe, und wir hören auf zu küssen. Sie legt ihre Stirn an meine und starrt zurück. Dann legt sie ihre Hand auf meinen Nacken und zieht mich an sich, plötzlich küssen wir uns wieder. Ineinander verfangen, verflochten, umschlungen. Aus meinen Gedanken ist jede der üblichen Sorgen verschwunden, andere Planeten, die Verfolgung durch die Mogadori, alles unwichtig. Sarah und ich auf dem Bett, wie wir einander küssen und ineinandersinken – nichts anderes auf der Welt ist von Bedeutung.

Und dann wird eine Tür geöffnet. Wir springen beide auf.

»Henri ist gekommen.«

Lächelnd streichen wir die Falten aus unseren Sachen; ein Geheimnis, das wir teilen, lässt uns kichernd Hand in Hand aus dem Zimmer gehen.

Henri stellt gerade die Einkäufe auf den Küchentisch.

»Hallo, Henri«, begrüßt Sarah ihn. Er lächelt ihr zu, sie umarmt ihn und erzählt von ihrer Reise nach Colorado, während ich die restlichen Einkäufe hereinhole.

In der kalten Luft atme ich tief durch und versuche die Spannung des Geschehenen aus meinen Gliedern zu schütteln, auch die Enttäuschung über Henris Heimkehr zu diesem ungünstigen Zeitpunkt. Als ich mit den Tüten ins Haus komme, erzählt Sarah gerade von den Katzen im Tierheim.

»Und du hast uns keine mitgebracht?«

»Mann, Henri, du weißt doch genau, dass ich euch sofort liebend gern eine mitgebracht hätte, wenn du mich darum gebeten hättest.« Sie hat die Arme über der Brust verschränkt und die Hüfte zur Seite geschoben.

Er grinst ihr zu. »Das weiß ich.«

Während er die letzten Einkäufe ausräumt, gehen wir mit Bernie Kosar hinaus zu einem kleinen Spaziergang, bevor ihre Mom sie abholt. Bernie Kosar läuft voraus. Die Temperatur ist knapp über dem Gefrierpunkt; der Schnee schmilzt und der Boden ist nass und schlammig. Bernie Kosar verschwindet eine Zeit lang im Unterholz; als er zurückkommt, ist der untere Teil seines Körpers komplett verschmutzt.

»Wann kommt deine Mom?«

Sarah sieht auf die Uhr. »In zwanzig Minuten.«

Ich nicke. »Ich bin so froh, dass du wieder da bist.«

»Ich auch.«

Wir gehen zum Waldrand, aber zwischen den Bäumen ist es uns zu dunkel. Lieber umrunden wir Hand in Hand den Hof, bleiben manchmal stehen, um uns zu küssen. Nur Mond und Sterne sind unsere Zeugen. Wir schweigen beide; es ist offensichtlich, dass jeder von uns darüber nachdenkt, was gerade geschehen ist.

Nach der ersten Umrundung fährt auch schon Sarahs Mutter die Auffahrt hinauf. Sarah läuft zu ihr und umarmt sie. Ich hole ihr Gepäck aus dem Haus. Nach dem Abschied sehe ich dem Wagen lange nach. Im Haus hat Henri das Abendessen zur Hälfte fertig. Ich bade den Hund, dann geht's zu Tisch.

Schweigend essen wir. Ich kann nicht aufhören, an Sarah zu denken, und starre ausdruckslos auf meinen Teller. Ich habe keinen Hunger, zwinge mich aber trotzdem, ein wenig zu essen. Doch nach ein paar Bissen schiebe ich den Teller weg und sitze wortlos da.

»Also, was willst du mir sagen?«, fragt Henri.

»Was soll ich dir sagen?«

»Was dich beschäftigt.«

Ich zucke die Achseln. »Ich weiß nicht.«

Er nickt und isst weiter. Ich schließe die Augen und rieche immer noch Sarah, ihren Kopf an meinem Hemdkragen, spüre immer noch ihre Hand an meiner Wange, ihre Lippen auf meinen, ihr Haar unter meiner Hand. Ich kann über nichts anderes nachdenken als darüber, was sie jetzt gerade macht und wie sehr ich wünsche, sie wäre noch da.

»Glaubst du, dass wir geliebt werden können?«, frage ich.

»Was meinst du?«

»Von Menschen. Glaubst du, wir können wirklich, ehrlich von ihnen geliebt werden?«

»Ich denke, sie können uns lieben, wie sie einander lieben, besonders wenn sie nicht wissen, was wir sind. Aber ich glaube nicht, dass *wir* einen Menschen so lieben können wie einen Loriener«, antwortet er.

»Warum?«

»Weil wir tief in unserem Innern anders sind als sie. Und anders lieben. Eines der Geschenke unseres Planeten ist die vollkommene Liebe. Ohne Eifersucht, Unsicherheit oder Angst. Ohne Kleinlichkeit. Ohne Wut. Du hast vielleicht starke Gefühle für Sarah, aber sie gleichen nicht dem, was du für ein lorienisches Mädchen empfinden würdest.«

»Sind leider grad nicht viele lorienische Mädchen da.«

»Ein Grund mehr, vorsichtig mit Sarah zu sein. Wenn wir lange genug leben, werden wir an einem Punkt ankommen, an dem wir unsere Rasse fortpflanzen und unseren Planeten wieder bevölkern müssen. Darüber musst du dir offensichtlich noch lange keine Sorgen machen, aber ich würde nicht damit rechnen, dass Sarah dann deine Partnerin ist.«

»Was geschieht, wenn wir versuchen, Kinder mit Menschen zu haben?«

»Oh, das ist schon häufig vorgekommen. Meistens ist das Ergebnis ein ungewöhnlicher, ein begabter Mensch. Einige der größten Gestalten in der Geschichte der Erde waren in Wirklichkeit Nachkommen von Menschen und Lorienern, zum Beispiel Buddha, Aristoteles, Julius Cäsar, Alexander der Große, Dschingis Khan, Leonardo da Vinci, Isaac Newton, Thomas Jefferson und Albert Einstein. Viele alte griechische Götter, die von den meisten für Mythen gehalten werden, waren in Wirklichkeit Kinder von Menschen und Lorienern, vor allem weil es damals viel üblicher für uns war, auf diesen Planeten zu kommen. Wir halfen den Menschen, Zivilisationen zu entwickeln. Aphrodite, Apollo, Hermes und Zeus waren alle wirklich und hatten einen lorienischen Elternteil.«

»Es ist also möglich.«

»Es *war* möglich. In unserer gegenwärtigen Situation ist es leichtsinnig und unpraktisch. Tatsächlich war eins der Kinder, die mit uns auf die Erde kamen, die Tochter der besten Freunde deiner Eltern. Ich kenne aber weder ihre Nummer noch weiß ich, wo sie ist. Eure Eltern haben oft darüber gescherzt, dass es euer Schicksal sei, am Ende zusammenzukommen. Sie könnten recht gehabt haben.«

»Was soll ich also machen?«

»Genieße deine Zeit mit Sarah, aber versteife dich nicht zu sehr auf sie und lasse nicht zu, dass sie zu sehr an dir hängt.«

»Ach, wirklich?!«

»Vertrau mir, John. Wenn du mir auch künftig kein Wort mehr glaubst, dann glaube auf jeden Fall das!«

»Ich glaube alle deine Worte, selbst wenn ich es nicht will.«

Henri zwinkert mir zu. »Gut.«

Später gehe ich in mein Zimmer und rufe Sarah an. Zuvor

denke ich darüber nach, was Henri gesagt hat – aber ich kann mir nicht helfen, *natürlich* versteife ich mich auf sie. Ich glaube, ich liebe sie. Wir telefonieren zwei Stunden lang. Um Mitternacht ist das Gespräch zu Ende.

Dann liege ich im Bett und lächle in die Finsternis.

23

Es ist dunkel geworden. Ein leichter Wind bläst in der warmen Nacht, über den Himmel verstreut blitzen Lichter auf, Wolken leuchten blau, rot und grün. Zuerst ein Feuerwerk, das lauter, drohender wird, die »Ooohs« und »Aaahs« verwandeln sich in Schreien und Heulen. Chaos bricht aus. Menschen rennen, Kinder weinen. Ich stehe mitten drin und sehe zu, ohne dass ich helfen kann. Soldaten und Bestien strömen aus allen Richtungen herbei, das ständige Bombardieren ist so laut, dass es in den Ohren schmerzt, so betäubend, dass die Zähne davon wehtun, die Erschütterungen sind in der Magengrube zu spüren. Und dann schlagen die Loriener mit einer Intensität, einer Kühnheit zurück, dass ich stolz bin, zu ihnen zu gehören.

Und schon bin ich fort, fege so schnell durch die Luft, dass die Welt unten verschwimmt und ich keine Einzelheit mehr erkennen kann. Ein silberfarbenes Luftschiff ist fünf Meter entfernt, etwa vierzig Leute warten an der Rampe zu seinem Eingang. Zwei sind bereits oben, sie stehen unter der Tür und blicken zum Himmel: ein sehr junges Mädchen und eine Frau in Henris Alter. Und dann sehe ich mich selbst, einen weinenden Vierjährigen, hinter mir einen jüngeren Henri. Auch er sieht nach oben. Vor mir kniet meine Großmutter, sie hat mich an den Schultern gefasst. Mein Großvater steht hinter ihr, in seinen Brillengläsern spiegelt sich das Licht vom Himmel.

»Komm zurück, hast du gehört? Komm zurück zu uns!«, fleht meine Großmutter abschließend. Wenn ich doch nur gehört hätte, was sie zuvor gesagt hat! Bis jetzt habe ich mich nie an etwas erinnert, das in jener Nacht zu mir gesprochen worden ist. Mein vierjähriges Ich antwortet nicht, es ist zu verängstigt. Der Kleine versteht nicht, was geschieht, warum die Umstehenden voller Furcht so sehr drängen. Meine Großmutter zieht mich an sich, dann steht sie auf und dreht mir den Rücken zu, damit ich nicht sehe, dass ihr Tränen das Gesicht hinablaufen. Der Vierjährige weiß, dass sie weint, aber nicht, warum.

Der Nächste ist mein Großvater, verschwitzt, schmutzig, mit Blutspuren. Er hat offenbar gekämpft und sieht aus, als wolle er sich gleich wieder in die Schlacht stürzen, um erneut für das Überleben des Planeten und seiner Bewohner zu kämpfen. Auch er beugt sich auf ein Knie. Zum ersten Mal sehe ich um mich: verdrehte Metallhaufen, Betonbrocken, große Bombenlöcher, Glasscherben, Schmutz, zersplitterte Bäume, hier und da Feuer. Und mittendrin ein einziges Luftschiff, unversehrt, in das wir steigen wollen.

»Wir müssen los!«, schreit ein Mann mit dunklen Haaren und Augen. Henri blickt ihn an und nickt. Kinder laufen die Rampe hinauf. Mein Großvater schaut mir tief in die Augen; er will etwas sagen, aber wieder werde ich weggerissen, durch die Luft geschleudert, wieder verschwimmt, was unten liegt. Nur Bomben sind zu erkennen, die ständig fallen, und die großen Feuer in allen Farben, die über den Nachthimmel sausen.

Dann verharre ich wieder – ich bin in einem großen, offenen Raum, den ich noch nie zuvor gesehen habe. Es ist still, die Decke ist gewölbt, der Boden eine Betonplatte von der Größe eines Footballfeldes. Es gibt keine Fenster, doch die Bombeneinschläge dringen auch hier herein und hallen von den Wänden wider. Mitten im Raum steht groß und stolz eine weiße Rakete, die bis zum höchsten Punkt des Gewölbes reicht.

Dann wird lautstark in der hintersten Ecke eine Tür geöffnet. Zwei Männer kommen herein, vertieft in lautem, hektischem Gespräch, gefolgt von etwa fünfzehn Tieren, die ständig ihre Gestalt wechseln. Manche fliegen, andere laufen auf zwei, dann auf vier Beinen. Ein dritter Mann hinter ihnen schließt die Tür. Der erste erreicht das Raumfahrzeug, öffnet eine Art Luke von unten und scheucht die Tiere hinein. »Los! Los! Hinauf und hinein, hinauf und hinein!«

Alle Tiere gehorchen, einer der Männer folgt ihnen. Die beiden anderen werfen ihm Taschen und Kisten zu, und nachdem sie etwa zehn Minuten lang das Raumschiff beladen haben, machen sie es zu dritt startbereit. Sie schwitzen bei der hektischen Arbeit, und gerade in dem Augenblick, in dem sie selbst in die Rakete klettern wollen, läuft jemand mit einem Bündel herbei. Darin scheint ein Baby zu liegen.

Als alle im Raumschiff sind, fällt die Tür hinter ihnen zu und wird versiegelt. Minuten vergehen. Draußen müssten jetzt gerade weiterhin die Bomben fallen. Und dann explodiert etwas in dem Raum selbst; ein Feuer schießt unten aus der Rakete und wird rasch größer, es verzehrt alles, auch mich.

Ich schlage die Augen auf. Ich bin zu Hause, in Ohio, in meinem Bett. Es ist dunkel, aber ich spüre, dass ich nicht allein bin: Eine Gestalt bewegt sich und wirft einen Schatten auf mein Bett. Ich spanne mich an, bereit, meine Hände leuchten zu lassen und den Eindringling gegen die Wand schleudern.

»Du hast gesprochen«, sagt Henri. »Im Schlaf.«

Im Licht meiner Hände steht er in Pyjamahose und weißem T-Shirt neben meinem Bett. Seine Haare sind zerzaust, die Augen rot und müde.

»Was habe ich gesagt?«

»›Hinauf und hinein, hinauf und hinein.‹ Was war los?«

»Ich war soeben in Lorien.«

»In einem Traum?«

»Ich glaube nicht. Ich war da, genau wie zuvor.«

»Was hast du gesehen?«

Ich setze mich auf und lehne den Rücken an die Wand. »Die Tiere.«

»Welche Tiere?«

»In dem Raumschiff, das ich sah. Das alte aus dem Museum. In der Rakete, die nach unserer gestartet ist. Ich habe gesehen, wie Tiere hineingeladen wurden. Es waren nicht viele, vielleicht fünfzehn. Mit drei Lorienern, von denen ich nicht glaube, dass sie zur Garde gehörten. Und noch etwas. Ein Bündel. Es sah aus wie ein Baby, aber genau weiß ich es nicht.«

»Warum meinst du, die Männer gehörten nicht zur Garde?«

»Sie haben die Rakete mit Vorräten beladen, etwa fünfzig Kisten und Taschen. Sie haben keine Telekinese angewandt.«

»In die Rakete im Museum?«

»Ich nehme an, dass es im Museum war. Ich konnte nur einen großen, gewölbten Raum erkennen, in dem nichts als die Rakete war.«

Henri nickt. »Wenn sie im Museum arbeiteten, müssen sie Cêpan gewesen sein.«

»Sie haben Tiere verladen, die ihre Gestalt verändern konnten.«

»Schimären«, sagt Henri. »Tiere auf Lorien, die ihre Gestalt verändern konnten, wurden Schimären genannt.«

»War Hadley eine Schimäre?« Ich erinnere mich an die Vision vor ein paar Wochen, in der ich im Hof meiner Großeltern mit einem sich immerzu verwandelnden Tier spielte und von dem Mann im silbrigblauen Anzug in die Luft gehoben wurde.

Henri lächelt. »Du erinnerst dich an Hadley?«

Ich nicke. »Ja, so wie an die anderen Dinge, die ich gesehen habe.«

»Hast du die Visionen auch, wenn wir nicht trainieren?«

»Manchmal.«

»Wie oft?«

»Henri, wen interessieren die Visionen?! Warum haben sie Tiere in eine Rakete geladen? Was hatte ein Baby dort zu suchen, oder war es überhaupt ein Baby? Wohin wollten sie? Mit welcher Absicht?«

Henri überlegt einen Moment. Er verlagert sein Körpergewicht auf die rechte Seite. »Wahrscheinlich mit der gleichen Absicht wie wir. Denk nach, John! Wie könnten Tiere sonst Lorien wieder bevölkern? Auch sie brauchten eine Art Zuflucht. Alles wurde ausgelöscht, Loriener, Flora und Fauna. Vielleicht war in dem Bündel einfach ein anderes Tier, ein besonders empfindliches oder sehr junges.«

»Und wohin wollten sie? Welche Zuflucht gibt es außer der Erde?«

»Ich nehme an, zu einer der Raumstationen. Eine Rakete mit lorienischem Treibstoff wäre so weit gekommen. Vielleicht glaubten sie, die Invasion sei von kurzer Dauer und sie könnten ihre Rückkehr abwarten. Sie hätten in der Raumstation leben können, so lange ihre Vorräte reichten.«

»Es gibt Raumstationen in der Nähe von Lorien?«

»Ja, zwei. Ich weiß, dass die größere während der Invasion zerstört wurde. Keine zwei Minuten nach dem ersten Bombenabwurf brach der Kontakt ab.«

»Warum hast du das nicht erwähnt, als ich zum ersten Mal von der Rakete erzählte?«

»Ich hatte angenommen, dass sie leer war und nur als Lockvogel diente. Und ich glaube, wenn eine Raumstation zerstört wurde, dann geschah das auch mit der anderen. Die Reise jenes Raumschiffs war leider vermutlich umsonst, was immer das Ziel gewesen sein mag.«

»Aber falls sie zurückkamen, als sie keine Vorräte mehr hatten? Glaubst du, sie konnten auf Lorien überleben?« Ich kenne die Antwort schon, frage aber trotzdem, weil ich an der Hoffnung festhalten will, dass wir nicht ganz allein in dieser Situation sind. Dass vielleicht irgendwo weit entfernt andere wie wir warten, den Planeten auf dem Bildschirm beobachten, damit auch sie eines Tages zurückkehren können. Dass wir nach unserer Rückkehr dort nicht allein sind.

»Nein. Es gibt dort gerade kein Wasser. Das hast du selbst gesehen. Nichts als unfruchtbares Ödland. Und ohne Wasser kann nichts überleben.«

Ich seufze, rutsche zurück unter die Decke und lasse den Kopf aufs Kissen fallen. Wozu streiten? Henri hat recht, und ich weiß es. Ich habe es selbst gesehen in den Kugeln, die er aus dem Kasten geholt hat. Der Planet existiert noch, aber an der Oberfläche befinden sich nichts als Schmutz, Steine und der Müll der Zivilisation von einst.

»Hast du noch etwas gesehen?«, fragt Henri.

»Uns am Tag unserer Abreise. Alle von uns beim Raumschiff, vor dem Start.«

»Das war ein trauriger Tag.«

Ich nicke. Henri verschränkt die Arme und blickt gedankenverloren aus dem Fenster. Ich hole tief Luft. »Wo war damals *deine* Familie?«

Mein Licht ist schon seit zwei oder drei Minuten erloschen, dennoch kann ich das Weiß in Henris Augen gut erkennen.

»Nicht bei mir, nicht an diesem Tag.«

Wir schweigen beide eine Weile, dann bewegt Henri sich im Dunkeln. »Also, ich gehe besser wieder ins Bett. Schlaf noch gut.«

Als Henri aus dem Zimmer gegangen ist, liege ich da und denke an die Tiere, die Rakete, Henris Familie, von der er sich bestimmt nie hat verabschieden können.

Ich weiß, dass ich nicht mehr werde schlafen können. Das kann ich nie, wenn diese Bilder mich besuchen, wenn ich Henris Trauer spüre. Er muss bestimmt dauernd daran denken wie jeder, der unter diesen Umständen weggehen, die einzige Heimat verlassen musste, die er je kannte, in dem Wissen, dass er die Menschen, die er liebte, nie wiedersehen würde.

Ich greife nach meinem Handy und schreibe eine SMS an Sarah. Das mache wir immer, wenn wir nicht schlafen können. Dann reden wir, bis wir müde sind.

Ich schicke meine Nachricht ab. Zwanzig Sekunden später ruft sie an. »Hallo, du«, antworte ich.

»Kannst du nicht schlafen?«

»Nein.«

»Was ist los?« Ich kann sie gähnen hören.

»Du fehlst mir einfach, das ist alles. Seit einer Stunde liege ich jetzt im Bett und starre die Decke an.«

»Du spinnst! Du hast mich doch vor sechs Stunden oder so noch gesehen.«

»Ich wünschte, du wärst noch da.«

Ich kann ihr Lächeln durch die Dunkelheit hören, rolle auf die Seite und halte das Handy zwischen Ohr und Kissen.

»Na ja, ich wünsche mir das auch.«

Und so reden wir zwanzig Minuten. Die zweite Hälfte unseres Telefonats besteht daraus, dass wir beide nur daliegen und dem Atmen des anderen lauschen. Danach fühle ich mich besser, finde es aber noch schwieriger, wieder einzuschlafen.

24

Zum ersten Mal, seit wir in Ohio sind, nehmen die Dinge einen etwas geruhsameren Lauf. Die Schule geht ruhig zu Ende, und die Winterferien bescheren uns elf freie Tage. Sam und seine Mutter nutzen die meisten davon für einen Besuch bei seiner Tante in Illinois. Sarah bleibt zu Hause. Weihnachten verbringen wir zusammen. Das neue Jahr begrüßen wir um Mitternacht an Silvester mit einem innigen Kuss.

Trotz Schnee und Kälte – oder vielleicht um dem Wetter zu trotzen – unternehmen wir Hand in Hand lange Spaziergänge im Wald hinterm Haus, auf denen wir uns in der kalten Luft unter dem grauen Winterhimmel immer wieder küssen.

Sarah hat die Kamera dabei und macht gelegentlich unter dem weißen Schirm aus Schnee auf den Ästen über uns Aufnahmen. Das Weiß auf dem Boden ist fast unberührt bis auf unsere Spaziergangspuren. Denen folgen wir nun zurück, von Bernie Kosar angeführt. Er rast immer wieder ins Gebüsch, jagt Kaninchen in kleine Höhlen und Eichhörnchen die Bäume hinauf. Sarahs Wangen und die Nasenspitze sind rot vor Kälte und lassen ihre Augen noch blauer leuchten. Ich starre sie an.

»Was ist?«, fragt sie lächelnd.

»Ich bewundere nur die Aussicht.«

Sie verdreht die Augen. Der Wald ist dicht bis auf ein paar Lichtungen, in die wir ständig stolpern. Ich weiß nicht, wie weit er sich in eine Richtung erstreckt, aber bei allen unseren Spaziergängen haben wir noch nie seinen Rand erreicht.

»Bestimmt ist es im Sommer wunderschön hier«, meint Sarah. »Wahrscheinlich sind die Lichtungen ein herrlicher Platz für Picknicks.«

Ich spüre einen Schmerz in der Brust. Der Sommer ist noch fünf Monate entfernt. Wenn Henri und ich im Mai noch hier sein sollten, sind wir sieben Monate in Ohio. Fast unser längster Aufenthalt an einem Ort.

»Jep«, entgegne ich.

»Sarah scheint verwirrt. »Waaas?«

»Ich blicke sie verständnislos an. »Was meinst du mit ›waaas‹?!«

»Ähm ... ein ›Jep‹ ist nicht besonders überzeugend.« Ein Schwarm Krähen fliegt mit lautem Gekrächze über uns her.

»Ach, wenn nur jetzt schon Sommer wäre!«, sage ich.

»Das wünsche ich mir auch. Ich kann gar nicht glauben, dass wir morgen wieder in die Schule müssen.«

»Argh, erinnere mich bloß nicht dran!«

Wir gelangen auf eine weitere Lichtung, größer als die anderen, ein fast perfekter Kreis von ungefähr dreißig Metern Durchmesser. Sarah läuft in die Mitte und lässt sich lachend in den Schnee fallen. Sie rollt auf den Rücken und macht mit den ausgestreckten Armen einen Schneeengel. Ich lasse mich neben sie fallen und tue es ihr gleich. Unsere Fingerspitzen berühren sich leicht, als wir die Flügel machen.

»Es ist, als hielten wir Flügel«, sagt sie.

»Ist das möglich? Ich meine, wie können wir fliegen, wenn wir unsere Flügel halten?«

»Natürlich ist es möglich. Engel können alles.« Sie dreht sich um und kuschelt sich an mich. Ihr kaltes Gesicht an meinem Nacken lässt mich zurückschrecken. »Brrr, dein Gesicht ist wie Eis!«

Sie lacht. »Komm und wärme mich!«

Ich nehme sie in die Arme und küsse sie inmitten der Bäume unter freiem Himmel. Die einzigen Geräusche kommen von den Vögeln und dem gelegentlichen Abrutschen des Schnees von den schwer behangenen Ästen. Zwei kalte Gesichter pressen sich eng aneinander. Bernie Kosar kommt atemlos herbeigetrabt, seine Zunge hängt heraus, er wedelt mit dem Schwanz. Er bellt, setzt sich in den Schnee und betrachtet uns mit schief gelegtem Kopf.

»Bernie Korsar! Hast du Kaninchen gejagt?«, fragt Sarah.

Er bellt zweimal, läuft herüber und springt an ihr hoch. Er bellt erneut, läuft weg und blickt dann erwartungsvoll auf. Sarah wirft einen Stock in die Bäume. Bernie läuft ihm nach und ist nicht mehr zu sehen. Nach zehn Sekunden kommt er aus der entgegengesetzten Richtung zurück.

»Wie hat er denn das gemacht?«, wundert sich Sarah.

»Keine Ahnung. Er ist ein sonderbarer Hund.«

»Hast du das gehört, Bernie Kosar? Er hat dich sonderbar genannt!«

Er lässt den Stock vor ihre Füße fallen. Auf dem Rückweg, während die Dämmerung über uns hereinbricht, läuft er die gesamte Zeit neben uns und dreht unablässig den Kopf – als würde er uns nach Hause führen und uns beschützen vor allem, was im Dunkel lauert.

◆◆◆

Fünf Zeitungen stapeln sich auf dem Küchentisch. Henri hat das Deckenlicht eingeschaltet und sitzt am Computer.

»Was Neues?«, frage ich nur aus Gewohnheit. Seit Monaten hat es keine vielversprechenden Artikel gegeben. Eigentlich ist das ja gut, aber ich hoffe dennoch immer auf irgendetwas, wenn ich frage.

»Ja, in der Tat, ich glaube schon.«

Neugierig laufe ich um den Tisch herum, um über seine Schulter auf den Bildschirm zu schauen. »Was denn?«

»In Argentinien gab es gestern Abend ein Erdbeben. Ein sechzehnjähriges Mädchen hat in einer kleinen Stadt in der Nähe der Küste einen ältere Mann aus einem Schutthaufen gezogen.«

»Nummer Neun?«

»Nun, in jedem Fall ist sie eine von uns. Ob sie Nummer Neun ist oder nicht, bleibt abzuwarten.«

»Warum? Es ist doch nichts Außergewöhnliches, einen Mann aus dem Schutt zu ziehen.«

»Schau mal.« Henri scrollt zum Anfang des Artikels. Hier ist ein Bild von einer großen Zementplatte zu sehen, mindestens dreißig Zentimeter dick, zweieinhalb Meter lang und breit. »Das Teil hat sie gehoben, um ihn zu retten. Es muss mindestens fünf Tonnen wiegen. Und sieh dir das an«, er scrollt zum Ende der Seite und deutet auf den allerletzten Satz: »Sofia García konnte für eine Stellungnahme nicht gefunden werden.«

Ich lese den Satz dreimal. »Sie konnte nicht gefunden werden.«

»Genau. Normalerweise schreibt man: ›stand für eine Stellungnahme nicht zur Verfügung‹, wenn jemand ablehnt. Aber sie konnte einfach nicht gefunden werden.«

»Woher kannten sie ihren Namen?«

»Es ist eine kleine Stadt, kaum ein Drittel der Größe von Paradise. Fast jeder wird dort ihren Namen kennen.«

»Sie ist fort, nicht wahr?«

Henri nickt. »Ich glaube schon. Wahrscheinlich noch bevor die Zeitung veröffentlicht wurde. Das ist der Nachteil von kleinen Städten: Man kann unmöglich unbemerkt bleiben.«

Ich seufze. »Auch für die Mogadori ist es schwer, unbemerkt zu bleiben.«

»Stimmt.«

»Ziemlich beschissen für sie – wer weiß, was sie zurücklassen musste.«

Henri blickt mich skeptisch an, öffnet den Mund, um etwas zu sagen, überlegt es sich anders und wendet sich wieder dem Computer zu. Ich gehe in mein Zimmer und packe frische Sachen zum Anziehen und die nötigen Bücher in die Tasche. Zeit für die Schule. Ich freue mich nicht besonders darauf, obwohl es nett sein wird, Sam nach knapp zwei Wochen wiederzusehen.

»Okay, ich bin dann mal weg.«

»Hab einen schönen Tag. Und sei vorsichtig dort draußen.«

»Tschüss, bis heute Nachmittag.«

Bernie Kosar läuft mit geballter Energie vor mir aus dem Haus. Ich glaube, er freut sich auf unseren morgendlichen Lauf, und da wir ihn anderthalb Wochen ausfallen ließen, kann er es kaum erwarten. Er hält fast die ganze Zeit neben mir das Tempo. Sobald wir angekommen sind, streichle ich ihn ausgiebig und kraule ihn hinter den Ohren. »Okay, Junge, ab nach Hause mit dir!« Er dreht sich um und macht sich auf den Heimweg.

In der Dusche lass ich mir Zeit. Als ich fertig bin, kommen schon die ersten Schüler. Im Gang mache ich an meinem Spind Halt, dann gehe ich zu dem von Sam. Ich schlage ihm auf den Rücken, er schreckt auf, aber dann grinst er übers ganze Gesicht. »Im ersten Moment habe ich gefürchtet, dass irgend so ein Penner unbedingt eine Minute lang von mir durchgepeitscht werden will!«, sagt er.

»Nur ich bin's, mein Freund. Wie war's in Illinois?«

»Uff!«, macht er und rollt die Augen. »Meine Tante hat mich gezwungen, Tee zu trinken und mir fast jeden Tag Wiederholungen von *Unsere kleine Farm* anzuschauen.«

Ich lache. »Das klingt grauenhaft.«

»Das war es, glaub mir.« Er greift in seine Tasche. »Und das hat in der Post auf mich gewartet.«

Es ist die aktuelle Ausgabe von SIE SIND UNTER UNS. Schnell blättere ich sie durch.

»Es ist nichts über uns oder die Mogadori drin«, kommt er mir zuvor.

»Gut. Seit deinem Besuch müssen sie uns fürchten.«

»Ja, Mann!«

Über Sams Schulter sehe ich Sarah kommen. Mark James hält sie allerdings mitten im Gang auf und gibt ihr ein paar orangefarbene Blätter. Dann kommt sie zu uns rüber.

»Hallo, meine Schöne«, begrüße ich sie, als sie bei uns ist. Sie stellt sich auf die Zehenspitzen und gibt mir einen Kuss. Ihre Lippen schmecken nach Lippgloss mit Erdbeergeschmack.

»Hallo, Sam. Wie geht's?«

»Gut. Und dir?« Er scheint ihr gegenüber jetzt nicht mehr so gehemmt zu sein. Vor dem Zwischenfall mit Henri, also vor anderthalb Monaten, wirkte er in Sarahs Gegenwart verlegen, konnte anscheinend ihren Blick nicht erwidern und wusste nicht, wohin mit seinen Händen. Doch jetzt blickt er sie an und lächelt unbefangen.

»Gut. Ich soll euch beiden so etwas geben.« Wir bekommen eins der orangefarbenen Blätter von Mark: eine Einladung zu einer Party am kommenden Samstag bei ihm zu Hause.

»*Ich* bin ich eingeladen?«, fragt Sam ungläubig.

Sarah nickt. »Wir drei.«

»Willst du hin?«, frage ich.

»Vielleicht sollten wir's versuchen.«

Ich nicke. »Und du, Sam?«

Er erblickt hinter Sarah und mir Emily, das Mädchen, das mit uns auf der Geisterfahrt war. Jetzt geht sie an uns vorbei, bemerkt, dass Sam sie beobachtet und lächelt höflich.

»Emily?!«, frage ich Sam.

»Emily was?«

Ich schaue Sarah an. »Ich glaube, Sam steht auf Emily Knapp.«

»Stimmt doch gar nicht«, protestiert er.

»Ich könnte sie bitten, mit uns zu der Party zu gehen.«

»Glaubst du, sie würde kommen?«, fragt Sam aufgeregt.

Sarah sagt zu mir: »Aber vielleicht sollte ich sie doch nicht einladen, wenn Sam sie nicht leiden kann.«

Sam lächelt. »Okay. Fein. Ich, äh … ich weiß nicht.«

»Sie hat mich ständig gefragt, warum du sie nach der Geisterfahrt nie angerufen hast. Sie mag dich irgendwie.«

»Das stimmt«, ergänze ich. »Ich habe sie auch so was sagen hören.«

»Warum hast du mir nie was davon gesagt?!«, entrüstet sich Sam.

»Du hast mich nie danach gefragt.«

Sam betrachtet die Einladung. »Also an diesem Samstag?«

»Ja.«

Er schaut zu mir hoch. »Ich sage: Wir gehen.«

Ich zucke mit den Achseln. »Ich bin dabei.«

◆◆◆

Nach dem letzten Klingeln wartet Henri schon auf mich. Bernie Kosar sitzt auf dem Beifahrerplatz, und als er mich erkennt, wedelt er wie besessen mit dem Schwanz. Ich springe in den Truck und Henri fährt augenblicklich los.

»Über das Mädchen in Argentinien gab es eine weitere Meldung«, sagt er.

»Und?«

»Nur eine kurze Bestätigung, dass sie verschwunden ist. Der

Bürgermeister hat eine bescheidene Belohnung für Informationen über ihren Aufenthaltsort ausgesetzt. Es klingt, als glaubten sie an eine Entführung.«

»Fürchtest du, dass die Mogadori sie geschnappt haben?«

»Wenn sie Neun ist, wie die Notiz erkennen lässt, die wir gefunden haben, und die Mogadori hinter ihr her waren, ist es gut, dass sie verschwunden ist. Und wenn die Mogadori sie gefangen haben sollten, können sie das Mädchen nicht töten – noch nicht einmal verletzen. Das lässt uns hoffen. Der hervorragende Nebeneffekt an dieser Meldung ist, dass nun wohl jeder Mogadori auf der Erde nach Argentinien reisen dürfte.«

»Übrigens, wo wir davon sprechen – Sam hatte heute die neueste Ausgabe von SIE SIND UNTER UNS. Und es war nichts über die Mogadori darin.«

»Das habe ich nicht anders erwartet. Unser Schwebetrick hat offenbar ziemlich Eindruck gemacht.«

Zu Hause ziehe ich mich fürs Training um und gehe mit Henri in den Hof. Mittlerweile fällt es mir leichter, zu arbeiten, während ich brenne. Ich bin nicht mehr so aufgeregt wie an jenem ersten Tag. Ich kann länger den Atem anhalten, fast vier Minuten. Ich habe mehr Kontrolle über die Gegenstände, die ich hochhebe, und ich kann mehr als bisher auf einmal stemmen. Langsam verschwindet die Besorgnis, die ich in den ersten Tagen in Henris Gesicht gelesen habe. Er nickt mehr, lächelt häufiger. Wenn etwas wirklich gut gelingt, bekommt er einen verzückten Blick, reißt die Arme hoch und schreit: »Ja!«, so laut er kann. So bekomme auch ich mehr Vertrauen in meine ererbten Fähigkeiten. Die übrigen müssen noch kommen, aber ich glaube, sie sind nicht mehr weit. Auch das wichtigste Erbe, was immer es sein mag. Die aufgeregte Erwartung hält mich die meisten Nächte wach. Ich will kämpfen, mich rächen. Ich giere nach einem Mogadori, auf den ich mich hier im Hof stürzen kann.

Heute fällt mir das Training leicht. Kein Feuer. Meistens muss ich nur Dinge anheben und sie in der Luft manipulieren. In den letzten zwanzig Minuten wirft Henri mir Gegenstände zu – manchmal lässt er sie einfach zu Boden fallen, dann wieder fälscht er den Wurf so ab, dass die Geschosse sich wie Bumerangs in der Luft drehen und zu ihm zurücksausen. Einmal fliegt ein Fleischhammer so schnell zurück, dass Henri kopfüber in den Schnee abtaucht, um nicht getroffen zu werden. Ich lache. Henri nicht. Bernie Kosar liegt die ganze Zeit auf dem Boden und beobachtet uns interessiert. Nach dem Training dusche ich, mache meine Hausaufgaben und decke den Küchentisch.

»Am Samstag gehe ich übrigens zu einer Party.«

Henri hört auf zu kauen. »Bei wem?«

»Mark James.« Und als er überrascht aufschaut, erkläre ich schnell, bevor seine Einwände kommen: »Das ist jetzt alles vorbei.«

»Nun, du musst es wissen. Vergiss nur nicht, was du riskierst.«

25

Und dann schlägt das Wetter um. Auf frische, eisige Winde und ständige Schneeschauer folgen blauer Himmel und acht, neun Grad über null. Die weiße Decke schmilzt. Zuerst stehen Pfützen in der Auffahrt und im Hof, die Straße ist nass, man hört neben Autogeräuschen Wasserspritzer – doch schon nach einem Tag ist all das Wasser abgeflossen und verdunstet. Eine kurze Pause, eine Schonfrist, bevor der alte Gevatter Winter wieder die Herrschaft übernehmen wird.

Ich sitze auf der Veranda, warte auf Sarah und betrachte den Nachthimmel mit seinen blitzenden Sternen und dem Vollmond. Eine dünne Wolke schneidet den Mond kurz in zwei Hälften, dann verschwindet sie wieder. Ich höre knirschenden Kies, dann erkenne ich Scheinwerferlicht. Der Wagen hält und Sarah steigt aus. Sie trägt eine dunkelgraue Schlaghose und eine marineblaue Strickjacke unter einer beigen Jacke. Das blonde Haar fällt ihr über die Schultern. Sie lächelt mit übertriebenem Augenaufschlag, als sie näher kommt – und ich habe nach fast drei Monaten Zusammensein immer noch Schmetterlinge im Bauch, wenn ich sie sehe. Schwer, sich vorzustellen, dass diese Nervosität irgendwann nachlassen könnte.

»Du siehst wunderschön aus«, begrüße ich sie.

»Ähm, danke.« Sie deutet einen Knicks an. »Du siehst aber auch nicht so übel aus.«

Ich küsse sie auf die Wange. Dann kommt Henri aus dem Haus und winkt Sarahs Mom zu, die im Wagen wartet.

»Du wirst mich also anrufen, wenn es Zeit zum Abholen ist?«, fragt er mich.

»Klar.«

Sarah setzt sich ans Steuer, ich steige hinten ein. Seit ein paar Monaten hat sie ihre *Learner's Permit*, kann also fahren, wenn jemand mit Führerschein neben ihr sitzt. Am Montag, in zwei Tagen, wird sie ihre Fahrprüfung ablegen. Jetzt fährt sie rückwärts aus der Auffahrt und dann weiter über die Straße, klappt die Sonnenblende herunter und lächelt mir im Spiegel zu. Ich lächle zurück.

Ihre Mutter dreht sich zu mir um. »Also, wie war dein Tag, John?« Wir smalltalken. Sie erzählt mir vom Ausflug ins Einkaufszentrum, den sie mit ihrer Tochter am Nachmittag unternommen hat, und wie Sarah gefahren ist. Ich berichte ihr vom Spielen mit dem Hund und dass wir danach Joggen gewesen sind. Ich erzähle ihr *nicht* von meinem Training, das nach dem Joggen drei Stunden gedauert hat, berichte *nicht*, wie ich mit Telekinese einen dürren Baumstamm gespaltet habe und Henri mich mit Messern beworfen hat, die ich in einen zwanzig Meter entfernten Sandsack umleitete. Ich verschweige, wie ich angezündet wurde, welche Gegenstände ich gehoben und zerschmettert habe. Noch ein Geheimnis. Noch eine Halbwahrheit, die mir wie eine Lüge vorkommt. Sarah würde ich es gern erzählen. Ich habe das Gefühl, sie zu betrügen, wenn ich mich weiter vor ihr verstecke – und in den letzten Wochen belastet mich das wirklich. Aber ich weiß auch, dass ich keine Wahl habe. Wenigstens jetzt gerade nicht.

»Ist es hier?«, fragt Sarah.

»Ja.«

Sie fährt in Sams Auffahrt. Er wartet schon in Jeans und Wollpulli und starrt uns entgegen mit einem Reh-das-vom-Scheinwerferlicht-geblendet-wird-Blick. Er hat Gel im Haar.

Ich habe noch *nie* Gel in seinem Haar gesehen! Er setzt sich neben mich, und Sarah stellt ihn vor, dann fährt sie weiter. Sams Hände liegen nervös in seinem Schoß. Sarah biegt in eine Straße, die ich noch nie gesehen habe. Etwa dreißig Wagen parken am Rand. Am Ende der Auffahrt steht, von Bäumen umgeben, ein großes zweistöckiges Haus. Wir hören deutlich die Musik, bevor wir dort sind.

»Oh Mann, nettes Häuschen!«, meint Sam.

»Benehmt euch dort drin«, sagt Sarahs Mom. »Und passt auf euch auf. Ruft an, wenn ihr etwas braucht – oder wenn du deinen Vater nicht erreichst«, fügt sie mit einem Blick auf mich hinzu.

»Machen wir, Mrs. Hart.«

Zwei Hunde laufen uns entgegen, ein Golden Retriever und eine Bulldogge. Sie wedeln mit den Schwänzen und schnüffeln aufgeregt an meiner Hose; bestimmt riechen sie Bernie Kosar. Die Bulldogge trägt einen Stock im Maul, den ich ihr herauszerre und über den Hof schleudere. Beide Hunde rennen sofort hinterher.

»Dozer und Abby«, sagt Sarah.

»Ich vermute, Dozer ist die Bulldogge?!«, frage ich.

Sie lächelt mir entschuldigend zu. Ich denke daran, wie gut sie dieses Haus kennen muss. Wie sich das wohl anfühlt, mit mir zurückzukommen?

»Es war eine grauenhafte Idee«, sagt Sam und blickt mich an. »Das wird mir jetzt schlagartig klar.«

»Warum?«

»Erst vor drei Monaten hat der Typ, der hier wohnt, Kuhmist in unsere Spinde gefüllt und mir beim Essen einen Fleischkloß an den Kopf geschmissen. Und jetzt sind wir hier.«

»Bestimmt ist Emily schon da«, sage ich und versetze ihm einen Rippenstoß.

Hinter der Haustür liegt ein Foyer; die Hunde laufen nach uns hinein und verschwinden in der Küche vor uns. Zu der lauten Musik, die wir überschreien müssen, um einander verstehen zu können, tanzen Leute im Wohnzimmer, die meisten haben Bierdosen in den Händen, wenige trinken Mineralwasser. Offenbar sind Marks Eltern verreist. Das ganze Footballteam ist in der Küche, mindestens die Hälfte in ihren geliebten Collegejacken. Mark kommt auf uns zu und umarmt Sarah. Dann schüttelt er mir die Hand, hält meinen Blick für eine Sekunde und sieht dann wieder weg. Sam würdigt er hingegen keines Blickes. Vielleicht hat Sam recht – wir hier, das könnte ein Fehler sein.

»Freut mich, dass ihr da seid. Bier ist in der Küche.«

Emily steht bei einer Gruppe in der Ecke. Sam sieht sie, dann fragt er Mark nach der Toilette. »Bin gleich zurück«, sagt er zu mir.

Die meisten Jungs stehen um den Tisch mitten in der Küche herum. Sie sehen mich an, als Sarah und ich hereinkommen, ich fasse einen nach dem anderen kurz ins Auge und nehme mir dann eine Wasserflasche aus dem Eiseimer. Mark reicht Sarah ein Bier und öffnet es ihr zuvor. Wie er sie ansieht, macht mir wieder klar, wie wenig ich ihm traue. Und ich erkenne, wie bizarr diese ganze Situation ist: Ich in seinem Haus mit Sarah, seiner Exfreundin. Ein Glück, dass Sam dabei ist.

Bis er aus der Toilette kommt, spiele ich mit den Hunden. Inzwischen hat es Sarah bis zu Emily geschafft und quatscht mit ihr. Sam neben mir wird nervös, als ihm aufgeht, dass uns nichts anderes übrig bleibt, als zu ihnen zu gehen und Emily zu begrüßen. In der Küche haben gerade zwei Jungs eine Zeitungsecke angezündet, nur um sie brennen zu sehen.

»Vergiss nicht, Emily Komplimente zu machen«, sage ich zu Sam, als wir näher kommen. Er nickt.

»Da seid ihr ja«, ruft Sarah. »Ich habe schon Angst gehabt, ihr lasst mich einsam und allein zurück.«

»Niemals!«, protestiere ich. »Hi Emily. Wie geht's?«

»Gut natürlich.« Sie wendet sich an Sam: »Dein Haar gefällt mir.«

Sam starrt sie verzückt an. Nach einem Rippenstoß von mir lächelt er. »Danke. Du siehst sehr hübsch aus.«

Sarah blinzelt mir zu, ich zucke die Achseln und küsse sie auf die Wange. Die Musik ist lauter geworden. Sam redet mit Emily, ein bisschen nervös, aber sie lacht, und nach kurzer Zeit entspannt er sich.

»Ist alles okay?«, fragt mich Sarah.

»Natürlich. Ich bin mit dem hübschesten Mädchen der Party zusammen, besser kann es einem nicht gehen.« Sie kneift mich, und dann tanzen wir vier etwa eine Stunde lang. Die Footballspieler trinken weiter. Jemand kommt mit einer Flasche Wodka, und nicht lange danach übergibt sich ein Partygast auf der Toilette so heftig, dass es im ganzen unteren Stockwerk nach Kotze stinkt. Ein anderer ist umgekippt, liegt auf dem Wohnzimmersofa und wird von ein paar Jungs mit Filzstift im Gesicht angemalt. Immer wieder gehen welche durch die Kellertür hinunter oder kommen herauf. Ich habe keine Ahnung, was dort unten los ist. Sarah ist seit zehn Minuten verschwunden. Ohne Sam gehe ich durch Wohnzimmer und Küche, dann die mit weißem, dickem Teppich belegte Treppe hinauf, an den Wänden hängen Familienfotos. Einige Schlafzimmertüren sind offen. Sarah entdecke ich nirgends.

Unten steht Sam mürrisch allein in der Ecke.

»Warum machst du so ein Gesicht?«, frage ich.

Er schüttelt den Kopf.

»Hallo?! Du willst doch nicht, dass ich dich durch die Luft wirble wie diesen Typ in Athens!« Ich grinse.

Sam nicht. »Ich wurde soeben von Alex Davis ausgestochen!«

Alex Davis gehört zu den Kumpels von Mark und zum Footballteam. Er ist ein Junior, groß und dünn. Ich habe noch nie mit ihm gesprochen, mehr weiß ich also nicht von ihm. »Was meinst du mit ausgestochen?«

»Wir haben bloß gequatscht. Er hat gesehen, dass ich mit Emily geredet habe. Wahrscheinlich sind sie im Sommer miteinander gegangen.«

»Na und? Was stört dich daran?«

»Es nervt mich einfach total, kapiert?«

»Sam, weißt du, wie lange Sarah und Mark zusammen waren?«

»Lange.«

»Zwei Jahre. Und das nervt mich kein bisschen. Was geht uns die Vergangenheit an? Außerdem: sieh dir Alex doch mal genauer an.« Er hängt in der Küche über der Arbeitsplatte, seine Augen flattern und auf seiner Stirn glänzt Schweiß. »Glaubst du wirklich, dass ihr das da fehlt? Du bist ein guter Typ, Sam Goode. Mach dich nicht selbst klein.«

»Tu ich nicht.«

»Bestens, also verschwende keine weiteren Gedanken an Emilys Vergangenheit. Was wir getan oder nicht getan haben, bestimmt nicht, wer wir sind. Manche Leute lassen sich von Reue, von Bedauern beherrschen. Vielleicht ist es Bedauern, vielleicht auch nicht. Tatsache ist: Es betrifft einfach etwas Vergangenes. Vergiss es.«

Sam seufzt. Er hat immer noch damit zu kämpfen.

»Sam, sie mag dich. Du hast nichts zu befürchten.«

»Ich habe trotzdem Angst.«

»Der beste Weg mit Angst umzugehen ist, sich ihr zu stellen. Also, geh einfach zu Emily und küsse sie. Ich wette, sie erwidert den Kuss.«

Sam nickt langsam, dann macht er sich auf den Weg in den Keller, wo Emily sein muss. Die beiden Hunde kommen mit heraushängenden Zungen und wedelnden Schwänzen kämpfend ins Wohnzimmer. Dozer drückt die Brust auf den Boden und wartet darauf, dass Abby in die Nähe kommt, dann stürzt er sich auf sie und Abby springt weg. Ich schaue ihnen zu, bis sie die Treppe hinauf verschwinden, sie haben ein Gummispielzeug zum Tauziehen gefunden. Es ist kurz vor Mitternacht. Ein Pärchen knutscht auf der Couch, die Footballspieler trinken immer noch in der Küche. Ich werde so langsam schläfrig und kann Sarah immer noch nicht finden.

Gerade poltert ein Footballspieler die Kellertreppe herauf, sein Blick hat etwas Irres, Panisches. Er rennt in die Küche, dreht den Wasserhahn voll auf und reißt die Schubladen und Schränke auf. »Unten brennt's!«, ruft er den Jungs neben sich zu.

Sie fangen an, Töpfe und Schüsseln mit Wasser zu füllen und rennen damit hintereinander die Treppe hinunter.

Emily und Sam kommen herauf. Sam sieht entsetzt aus.

»Was ist los?«

»Das Haus brennt.«

»Wie schlimm?«

»Kann ein Brand *nicht* schlimm sein? Und ich glaube, wir sind schuld. Wir, äh, haben eine Kerze umgestoßen, sie ist auf einen Vorhang gefallen.«

Sam und Emily sind zerzaust und zerknittert, bestimmt vom Knutschen. Ich mache mir im Geist eine Notiz, dass ich Sam später gratulieren muss.

»Habt ihr Sarah gesehen?«

Emily schüttelt den Kopf. Noch mehr Jungs rennen die Treppe herauf, auch Mark ist dabei. In seinen Augen steht die Angst. Zum ersten Mal rieche ich Rauch.

»Raus mit euch«, sage ich zu Sam. Er nimmt Emily an der Hand, und sie laufen hinaus. Einige folgen, andere bleiben, wo sie sind, und schauen mit der Neugier Betrunkener einfach tatenlos zu. Ein paar Leute stehen blöd herum, klopfen den Footballspielern auf die Schulter und jubeln, als wäre das alles ein Witz, wenn die Jungs von der Mannschaft die Kellertreppe hinunter- und wieder heraufrennen.

Ich laufe in die Küche, fülle den größten Behälter, der noch da ist, einen mittelgroßen Metalltopf, mit Wasser und renne hinunter. Hier sind alle geflohen bis auf uns, die den Brand löschen wollen. Er ist viel heftiger als erwartet, der halbe Keller steht in Flammen. Das bisschen Wasser in meinem Topf daraufzuschütten, ist völlig sinnlos. Ich versuche es gar nicht erst, werfe den Topf zur Seite und laufe wieder hinauf. Mark rennt mir entgegen. Ich halte ihn mitten auf der Treppe an, seine Augen schwimmen vom Alkohol, aber ich kann erkennen, dass er verstört und verzweifelt ist.

»Lass es!«, rufe ich. »Das Feuer ist zu heftig. Alle müssen aus dem Haus raus!«

Er blickt die Treppe hinunter auf den Brand und weiß, dass ich recht habe. Die sorgfältig aufgebaute Fassade des toughen Typs bröckelt, keine Heuchelei mehr in seinem Gesicht.

»Mark!«, brülle ich.

Er nickt, lässt seinen Topf fallen und läuft mit mir hinauf.

»Alle raus! Sofort!«, schreie ich, als wir oben sind.

Ein paar Betrunkene rühren sich nicht, andere lachen. Einer sagt: »Wo sind denn die Marshmallows?«

Mark gibt ihm eine Ohrfeige. »Raus!«, ruft er.

Ich reiße das schnurlose Telefon von seiner Station und drücke es ihm in die Hand. »Wähle 911!«, brülle ich über die lauten Stimmen und die Musik, die immer noch wie ein Soundtrack zum entstehenden Chaos von irgendwoher wummert. Der Boden wird warm. Rauch steigt auf. Erst jetzt nehmen die anderen das ernst. Ich dränge sie zur Tür.

Ich laufe an Mark vorbei, als er gerade wählt, und rase durchs Haus, nehme drei Treppenstufen auf einmal und renne durch die offenen Türen. Ein Paar knutscht auf einem Bett. Ich schreie die beiden an, dass sie so schnell wie möglich hier raus müssen. Dann laufe ich wieder hinunter und hinaus in die dunkle, kalte Nacht. Jungs und Mädchen stehen herum und glotzen. Einige finden die Aussicht auf das brennende Haus bestimmt toll, manche lachen. Mich packt die Panik. Wo ist Sarah?

Sam steht im Hintergrund der Menge von insgesamt etwa hundert Leuten. Ich laufe zu ihm. »Hast du Sarah gesehen?«

»Nein.«

Aus dem Haus kommen immer noch Gäste. Die Kellerfenster leuchten rot, Flammen schlagen an die Glasscheiben. Ein Fenster ist geöffnet. Schwarzer Rauch dringt heraus und steigt hoch in die Luft. Ich schlängle mich durch die Menge. Da erschüttert eine Explosion das Haus. Alle Kellerfenster zerspringen. Ein paar Jungs jubeln. Die Flammen haben das Erdgeschoss erreicht und verbreiten sich schnell. Mark James steht vorn in der Menge und kann den Blick nicht vom Haus wenden. Sein Gesicht ist von dem orangefarbenen Schein erleuchtet. Tränen stehen in seinen Augen; sein verzweifelter Blick erinnert mich an die Loriener am Tag der Invasion. Es muss grausam sein zu sehen, wie alles, was man schon immer kannte, zerstört wird. Das Feuer breitet sich gefräßig und gleichgültig aus. Mark kann nichts tun als zuzusehen. Flammen steigen nun ins Obergeschoss. Wir spüren die Hitze auf unseren Gesichtern.

»Wo ist Sarah?«, frage ich Mark.

Er hört mich nicht. Ich packe ihn an den Schultern und schüttle ihn. Er dreht sich um und blickt mich so ausdruckslos an, als könne er immer noch nicht glauben, was seine Augen ihm sagen.

»Wo ist Sarah?«, frage ich wieder.

»Ich weiß es nicht«, antwortet er tonlos.

Ich schlängle mich wieder durch die Menge und suche fieberhaft weiter nach ihr, werde immer hektischer. Alle betrachten den Brand. Die Vinylverkleidung schlägt Blasen und schmilzt. Alle Vorhänge an den Fenstern sind schon verbrannt. Aus dem oberen Teil der offenen Haustür dringt Rauch wie ein umgekehrter Wasserfall. Wir können bis in die Küche sehen – ein Inferno! Links hat das Feuer das Obergeschoss erreicht.

Und da hören wir alle es.

Einen langen, entsetzlichen Schrei. Und Hundegebell. Mein Herz rast. Jeder hier lauscht angestrengt und hofft inständig, dass wir nicht gehört haben, was doch in unser aller Ohren drang.

Und dann wieder. Unverwechselbar. Und diesmal hört es nicht auf. Ein Stöhnen geht durch die Menge.

»Oh nein!«, ruft Emily. »Oh Gott, nein, bitte nein!«

26

Niemand spricht. Alle Augenpaare starren geschockt nach oben. Sarah und die Hunde müssen irgendwo hinten im Haus sein. Ich schließe die Augen und senke den Kopf. Ich rieche nur Rauch. »Vergiss nur nicht, was du riskierst«, hatte Henri gewarnt. Ich weiß verdammt gut, was ich riskiere, aber immer noch höre ich das Echo seiner Stimme. Mein Leben. Und jetzt Sarahs Leben. Wieder ein Schrei. Entsetzt. Dringlich.

Ich spüre Sams bohrenden Blick auf mir. Er hat aus nächster Nähe meine Unempfindlichkeit gegen Feuer gesehen. Aber er weiß auch, dass ich verfolgt werde. Ich schaue mich um. Mark sitzt auf den Knien und wiegt sich vor und zurück. Er will, dass es vorbei ist. Er will, dass die Hunde nicht mehr bellen. Aber sie hören nicht auf, und bei jedem Bellen zuckt er zusammen, als würde ihm ein Messer in den Bauch gestoßen.

»Sam«, sage ich leise. »Ich gehe hinein.«

Er schließt die Augen, holt tief Luft, starrt mich an. »Geh, hole sie.«

Ich reiche ihm mein Handy und bitte ihn, Henri anzurufen, wenn ich aus irgendeinem Grund nicht mehr herauskomme. Er nickt. Ich schiebe mich durch die Menschen in den Hintergrund der Menge, niemand achtet auf mich. Schließlich bin ich ganz hinten, rase in den Hof und dann zur Rückseite des Hauses, damit ich ungesehen hineinkomme. Die Küche steht komplett in Flammen. Ich beobachte es kurz, konzentriert; ich kann Sarah und die Hunde jetzt näher hören. Ich hole tief Luft, und mit dem Atemzug kommen Zorn, Entschiedenheit, Hoffnung und Angst. Ich sauge sie ein, ich fühle sie alle. Und dann stürze ich vor, ins Haus, wo mich das Flammenmeer augenblicklich schluckt, höre nichts als das Knacken und Fauchen der Flammen. Meine Kleidung fängt Feuer. Ich dringe bis zur Vorderseite des Hauses durch, die Treppe ist halb verbrannt, der Rest sieht brüchig aus, doch zum Testen bleibt keine Zeit. Ich renne hinauf, aber die Stufen brechen unter meinem Gewicht und ich falle mit ihnen hinunter. Etwas sticht mich in den Rücken. Ich knirsche mit den Zähnen und halte immer noch den Atem an, stehe wieder auf und höre Sarah schreien – sie hat Angst, sie wird sterben, einen grässlichen, ekligen Tod, wenn ich nicht rechtzeitig zu ihr komme. Keine Zeit. Ich muss ins Obergeschoss!

Ich springe, bekomme den Rand des oberen Bodens zu fassen und ziehe mich hoch. Das Feuer hat sich zur anderen Seite des Hauses ausgebreitet. Sie und die Hunde sind irgendwo zu meiner Rechten. Ich laufe den Gang entlang und werfe einen Blick in jedes Zimmer. Die Bilder an den Wänden sind in ihren Rahmen verbrannt, geschwärzte Silhouetten in die Wände eingebrannt. Dann tritt mein Fuß durch den Boden ins Leere, überrascht atme ich ein – nur Rauch und Flammen. Ich fange an zu husten, lege den Arm über den Mund, aber es hilft wenig. Rauch und Feuer brennen in meiner Lunge. Hustend und keuchend falle ich auf ein Knie. Dann steigt Wut in mir hoch, ich stehe wieder auf und laufe weiter, gebückt, mit den Zähnen knirschend, entschlossen.Und dann finde ich sie im letzten Raum auf der linken Seite. Sarah schreit. »HILFE!« Die Hunde wimmern und jaulen. Die Tür ist geschlossen, ich trete sie auf, dass sie von den Scharnieren fliegt. Alle drei sind in der Ecke so eng wie möglich aneinandergekuschelt. Sarah erkennt mich, ruft meinen Namen und versucht aufzustehen. Ich winke sie zurück, und als ich näher komme, fällt ein großer, brennender Stützpfeiler zwischen uns. Ich hebe die Hand und schicke ihn hoch, wo er durch die Reste des Dachs kracht. Sarah schaut verwirrt hinauf. Ich springe mit einem ungeheuren Satz durch die Flammen direkt auf sie zu. Die Bulldogge stoße ich ihr in die Arme, den Golden Retriever hebe ich vom Boden auf. Mit meinem anderen Arm helfe ich Sarah beim Aufstehen.

»Du bist gekommen!«

»Niemand und nichts wird dir je etwas antun, so lange ich lebe.«

Ein weiterer großer Pfeiler fällt und reißt einen Teil des Bodens ab, der in der Küche unter uns landet. Wir müssen auf der Rückseite des Hauses hinaus, damit mich niemand sieht und beobachtet, was ich vermutlich tun muss. Ich drücke Sarah an meine Seite und den Hund an die Brust. Nach ein, zwei Schritten springen wir über die brennende Kluft, die der fallende Pfeiler bewirkt hat. Als wir den Gang entlanglaufen, zerstört eine gewaltige Explosion unter uns den größten Teil davon. Wo er einmal war, gibt es nur noch eine Wand und ein Fenster, beide sind rasch Opfer der Flammen. Unsere einzige Chance ist die Fensteröffnung. Sarah schreit wieder und klammert sich an meinen Arm, der Hund krallt sich an meine Brust. Ich hebe die Hand zum Fenster, sehe konzentriert darauf – und das Glas fliegt aus dem Rahmen und überlässt uns die Öffnung, die wir brauchen.

Ich blicke Sarah an und ziehe sie näher ran. »Halte dich an mir fest!«

Dann mache ich drei Schritte und stürze vorwärts. Die Flammen schlucken uns, doch wir fliegen durch die Luft wie eine Kugel, direkt auf die Öffnung zu. Einen kurzen Moment habe ich Angst, dass wir es nicht schaffen, aber wir kommen gerade noch durch, der zersplitterte Rahmen schrammt an meine Arme und Beine. Sarah und den Hund halte ich so fest ich kann und verdrehe meinen Körper, damit ich auf dem Rücken lande und die beiden auf mir. Mit einem dumpfen Schlag stürzen wir auf den Boden. Dozer rollt davon. Abby jault auf. Sarah atmet laut aus. Wir liegen etwa zehn Meter hinter dem Haus. Ich spüre auf dem Kopf einen Schnitt vom zerbrochenen Fensterglas.

Dozer ist als Erster auf den Beinen. Es scheint ihm gut zu gehen. Abby ist ein bisschen langsamer, sie hinkt auf der Vorderpfote, aber ich glaube nicht, dass es etwas Ernstes ist. Ich liege auf dem Rücken und halte Sarah fest an mich geklammert. Sie beginnt zu weinen. Ich kann ihr versengtes Haar riechen. Blut läuft mir seitlich am Gesicht herunter und sammelt sich in meinem Ohr.

Ich sitze im Gras und atme tief durch. Sarah liegt in meinen Armen. Meine Schuhsohlen sind geschmolzen, mein Hemd ist komplett verbrannt, meine Jeans zum größten Teil ebenfalls. Kleine Schnitte verlaufen der Länge nach über beide Arme. Aber ich habe keine einzige Brandverletzung. Dozer kommt herüber und schleckt mir die Hand. Ich streichle ihn.

»Du bist ein guter Junge«, sage ich zwischen Sarahs Schluchzern. »Lauf. Schnapp dir deine Freundin und lauf mit ihr vors Haus.«

Aus der Ferne sind Sirenen zu hören, die in den nächsten Minuten hier sein sollten. Der Wald beginnt etwa dreißig Meter hinter dem Haus. Beide Hunde sitzen da und schauen mich fragend an, ich nicke, zeige nach vorn, und sie laufen in die gezeigte Richtung. Mit Sarah in den Armen stehe ich auf und laufe auf den Wald zu, während sie an meiner Schulter weint. Gerade als ich an den Bäumen ankomme, höre ich, wie die Leute in Jubel ausbrechen. Dozer und Abby müssen der Auslöser sein.

Der Wald ist dicht. Der Vollmond steht noch am Himmel,

aber sein Licht scheint nicht hell. Ich leuchte mit den Händen und schaudere. Panik ergreift mich. Wie soll ich Henri das erklären? Ich trage etwas, das nach angesengten Jeansshorts aussieht, blute am Kopf, am Rücken und aus Schnitten an Armen und Beinen. Meine Lungen fühlen sich bei jedem Atemzug an, als würden sie brennen. Und in meinen Armen liegt Sarah. Sie muss jetzt wissen, wozu ich fähig bin, ich werde es ihr erklären müssen. Und ich werde Henri sagen müssen, dass sie Bescheid weiß. Ich habe schon zu viele Mitwisser. Er wird sagen, dass es bei einem irgendwann zu einem Versprecher, einem Ausrutscher kommen wird. Er wird darauf bestehen, dass wir weiterziehen. Es gibt keinen Ausweg.

Ich setze Sarah ab. Sie hat aufgehört zu weinen und schaut mich verwirrt, verängstigt an. Ich weiß, dass ich mir etwas zum Anziehen besorgen und zu der Party zurückkehren sollte, damit die Leute keinen Verdacht schöpfen. Und ich muss Sarah zurückbringen, damit sie nicht für tot gehalten wird.

»Kannst du gehen?«, frage ich sie.

»Ich glaube schon.«

»Komm mit. Ich muss ein paar Klamotten haben. Vielleicht hat ein Footballspieler etwas zum Umziehen nach dem Training in seinem Wagen.«

Wir gehen durch den Wald. Ich muss einen kreisförmigen Umweg machen, um zu den parkenden Autos zu kommen.

»Was ist denn gerade geschehen, John? Und was passiert jetzt?«

»Du stecktest in einem Brand und ich habe dich herausgeholt.«

»Was du gemacht hast, ist nicht möglich.«

»Für mich schon.«

»Was soll das heißen?«

Ich sehe sie an. Ich hatte gehofft, ihr nie sagen zu müssen, was jetzt kommen wird. Ich hatte gehofft, in Paradise im Verborgenen leben zu können. Henri hat immer gesagt, dass du niemandem zu nah kommen darfst. Denn wenn du das tust, werden sie an einem bestimmten Punkt feststellen, dass du anders bist. Und das verlangt nach einer Erklärung. Das wiederum bedeutet, dass wir weiterziehen müssen. Mein Herz schlägt bis zum Hals, meine Hände zittern, allerdings nicht vor Kälte. Wenn es auch nur den kleinsten Funken Hoffnung gibt, dass wir bleiben, dass ich damit davonkomme, was ich heute Nacht getan habe – muss ich es ihr sagen.

»Ich bin nicht der, für den du mich hältst.«

»Wer bist du?«

»Ich bin Nummer Vier.«

»Was soll das bitte bedeuten?«

»Sarah, es wird verrückt und dumm klingen, aber was ich dir jetzt sage, ist die Wahrheit. Du musst mir glauben.«

Sie legt ihre Hand an meine Wange. »Wenn du sagst, dass es die Wahrheit ist, werde ich dir glauben.«

»Ist es.«

»Dann erzähl es mir.«

»Ich bin ein Außerirdischer. Ich bin das vierte von neun Kindern, die auf die Erde geschickt wurden, nachdem unser Planet zerstört worden ist. Ich habe Fähigkeiten jenseits der menschlichen Vorstellungskraft, Kräfte, die mir erlauben, zu tun, was ich in dem Haus getan habe. Und es gibt andere Außerirdische hier auf der Erde, die mich verfolgen, die meinen Planeten angegriffen haben, und wenn sie mich finden, werden sie mich töten.«

Ich erwarte, dass sie mich schlägt, auslacht oder schreit, sich umdreht, davonläuft. Nichts von alldem geschieht. Sie bleibt stehen und sieht mich an. Direkt in meine Augen. »Du sagst mir die Wahrheit.«

»Ja, Sarah.« Ich erwidere ihren Blick, der lang und fragend ist, dann nickt sie.

»Danke, dass du mir das Leben gerettet hast. Es ist mir nicht wichtig, wer du bist oder woher du kommst. Für mich bist du John, der Junge, den ich liebe.«

»Wie bitte?«

»Ich liebe dich, John, und du hast mir das Leben gerettet. Das ist alles, was zählt.«

»Ich liebe dich auch. Für immer.«

Ich schlinge die Arme um sie und küsse sie. Nach einer kleinen Ewigkeit löst sie sich von mir. »Los, wir finden ein paar Klamotten für dich und gehen zurück, damit die Leute wissen, dass wir okay sind.«

◆◆◆

Im vierten Wagen, den wir überprüfen, findet Sarah ein paar Anziehsachen, die meinen gewohnten ähnlich sind: Jeans und ein Hemd, niemand wird den Unterschied bemerken. Am Haus bleiben wir so weit wie möglich entfernt stehen, sodass wir gesehen, aber nicht genau in Augenschein genommen werden können. Das Gebäude ist zusammengebrochen, es ist nur noch ein von Wasser durchtränkter Schutthaufen. Hier und da steigen kleine Rauchfahnen hoch und heben sich gespenstisch vom Nachthimmel ab. Drei Feuerwehrautos und sechs Polizeiwagen stehen davor. Nur wenige Gäste sind gegangen. Die Brandstätte ist mit gelbem Band abgesperrt. Die Polizisten befragen einige Umstehende, fünf Feuerwehrleute durchsuchen den Schutt.

Dann höre ich, wie hinter mir: »Da sind sie!«, gerufen wird. Alle drehen sich uns zu. Vier Polizisten kommen herbeigeeilt, hinter ihnen ein Mann mit Notizbuch und Tonbandgerät. Während wir die Klamotten gesucht haben, haben Sarah und ich uns auf eine Geschichte geeinigt: Ich bin hinters Haus gelaufen, wo sie den Brand beobachtet hat. Sie ist mit den Hunden aus dem Fenster im zweiten Stock gesprungen, die Hunde sind weggelaufen. Wir hatten ein Stück entfernt von den andern zugesehen, sind aber dann hergekommen. Wir haben auch abgemacht, dass ich die Fragen beantworte und sie mir bei allem zustimmt.

»Bist du John Smith?«, fragt mich ein Polizist. Er ist mittelgroß und steht gebückt da; nicht dick, aber sichtlich nicht fit mit diesem kleinen Bauch und einem sehr weichen Aussehen. »Zwei Leute haben ausgesagt, du wärest ins Haus gerannt und dann herausflogen wie Superman, mit den Hunden und dem Mädchen in den Armen.«

»Ehrlich?«, frage ich ungläubig. Sarah steht neben mir.

»Das haben sie gesagt.«

Ich würge ein Lachen hervor. »Das Haus hat gebrannt. Sehe ich aus, als wäre ich in einem brennenden Haus gewesen?«

Er zieht die Brauen zusammen und stemmt die Hände in die Hüften. »Du willst mir also erzählen, dass du nicht hineingegangen bist?«

»Ich war hinterm Haus, weil ich Sarah gesucht habe«, erkläre ich. »Sie hat es mit den Hunden hinaus geschafft. Wir sind dort geblieben und haben das Feuer beobachtet, dann sind wir hierhergekommen.«

Der Polizist blickt Sarah an. »Stimmt das?«

»Ja.«

»Wer ist denn dann ins Haus gelaufen?«, fragt der Reporter neben ihm, der bisher geschwiegen hat. Er betrachtet mich mit scharfen, abwägenden Blicken, und ich weiß schon jetzt, dass er meine Story nicht glaubt.

»Woher soll ich das wissen?«, frage ich.

Er nickt und kritzelt etwas in sein Notizbuch, was ich nicht entziffern kann.

»Du behauptest also, diese beiden Zeugen lügen?«, hakt der Reporter nach.

»Baines!«, mahnt ihn der Polizist und schüttelt den Kopf.

Ich nicke. »Ich bin nicht ins Haus und habe sie oder die Hunde gerettet. Sie waren draußen.«

»Wer hat denn was von Rettung gesagt?«, fragt Baines.

Ich zucke die Achseln. »Ich dachte, das hätten Sie angedeutet.«

»Ich habe gar nichts angedeutet.«

Sam kommt mit meinem Handy auf mich zu. Ich versuche ihm mit Blicken zu verstehen zu geben, dass jetzt ein schlechter Moment dafür ist, aber er kapiert es nicht und reicht mir mein Handy.

»Danke.«

»Ich bin froh, dass du okay bist«, sagt er. Der Polizist funkelt ihn wütend an und Sam schleicht davon.

Baines sieht mit zusammengekniffenen Augen zu. Er kaut auf den Informationen herum, dann nickt er. »Du hast also dein Handy einem Freund gegeben, bevor du zu deinem Spaziergang aufgebrochen bist?«

»Ich habe es ihm auf der Party gegeben. Es war mir lästig in der Hosentasche.«

»Ne, ist klar«, meint Baines. »Und wohin bist du gegangen?«

»Also, Baines, das reicht«, unterbricht ihn der Officer.

»Kann ich jetzt gehen?«, frage ich ihn. Er nickt. Ich marschiere mit dem Handy davon und wähle Henris Nummer, Sarah neben mir.

Henri antwortet sofort.

»Ich wäre dann soweit. Holst du mich ab?«, frage ich. »Hier hat es schrecklich gebrannt.«

»Was?!«

»Kannst du uns bitte einfach abholen?«

»Ja. Ich bin sofort da.«

»Und wie erklärst du die Schnittwunde auf deinem Kopf?«, fragt Baines hinter mir. Er ist uns gefolgt und hat meinem Anruf bei Henri gelauscht.

»Ich habe mich im Wald an einem Ast verletzt.«

»Wie praktisch!« Wieder schreibt er etwas auf. »Du weißt doch, dass man mich nicht anlügen kann, oder?«

Ich antworte nicht, gehe Hand in Hand mit Sarah weiter, hinüber zu Sam.

»Ich werde schon die Wahrheit herausbekommen, Mr. Smith. Das gelingt mir immer!«, ruft Baines hinter uns her.

»Henri ist auf dem Weg«, sage ich zu Sam und Sarah.

»Was zum Teufel war das denn?«, fragt Sam.

»Keine Ahnung. Jemand meint, er hätte mich ins Haus laufen sehen, wahrscheinlich einer, der zu viel getrunken hat«, sage ich mehr zu Baines als zu Sam.

Wir warten am Ende der Auffahrt, bis Henri kommt. Er springt aus dem Truck und schaut auf das rauchende Haus in der Ferne. »Oh zur Hölle! Schwör mir, dass du an dieser Geschichte nicht beteiligt warst«, sagt er zu mir.

»War ich nicht.«

Wir steigen ein und er fährt los, wobei er nachdenklich den rauchenden Schutt betrachtet. »Ihr riecht nach Rauch.«

Niemand von uns antwortet. Sarah sitzt auf meinem Schoß. Sam wird zuerst abgesetzt, dann fährt Henri weiter zu Sarah.

»Ich würde heute so gern bei dir bleiben«, sagt Sarah zu mir.

»Ich wäre auch lieber mit dir zusammen.«

Ich begleite sie zur Haustür, und sie will mich nicht gehen lassen, als ich sie zum Abschied umarme. »Rufst du mich an, wenn du zu Hause bist?«

»Natürlich.«

»Ich liebe dich.«

»Ich liebe dich auch.«

Ich gehe zu Henri und dem Truck zurück in dem Wissen, mir jetzt ausdenken zu müssen, wie ich ihm die Wahrheit über das, was war, verheimliche. Wie ich verhindere, dass wir Paradise verlassen müssen.

»Was ist mit deiner Jacke passiert?«, fragt Henri auf der Heimfahrt.

»Sie war bei Mark im Schrank.«

»Und dein Kopf?«

»Ich habe ihn angeschlagen, als ich hinauswollte, sowie das Feuer ausgebrochen ist.«

Er sieht mich zweifelnd an. »Du bist es, der nach Rauch stinkt.«

»Kann schon sein. Da war viel Rauch.«

»Und was war der Grund für den Brand?«

»Alkohol, nehme ich an.«

Henri nickt und fährt unsere Straße hinunter. »Nun denn, da bin ich ja mal gespannt, was am Montag in den Zeitungen steht.« Er sieht mich prüfend an.

Ich schweige. *Ja*, denke ich. *Das bin ich auch. Und wie.*

27

Ich kann nicht schlafen. Stattdessen liege ich im Bett und starre durch die Finsternis die Decke an. Schließlich rufe ich Sarah an und wir quatschen bis um drei. Danach liege ich wieder mit weit geöffneten Augen da. Um vier stehe ich seufzend auf und gehe hinaus.

Henri sitzt am Küchentisch und trinkt Kaffee. Er blickt auf und ich erkenne, dass er Ringe unter den Augen hat, die Haare sind zerzaust.

»Was machst du?«, frage ich.

»Ich habe auch nicht schlafen können. Jetzt überprüfe ich die Nachrichten.«

»Hast du was gefunden?«

»Ja, aber ich weiß noch nicht genau, was es für uns bedeutet. Die Männer, die SIE SIND UNTER UNS schrieben und veröffentlichten, die Männer, die wir getroffen haben – sie sind gefoltert und getötet worden.«

Ich lasse mich auf den Stuhl ihm gegenüber fallen. »Was?!«

»Nachbarn haben die Polizei gerufen, weil sie Schreie aus dem Haus gehört haben. Und die Cops haben die Typen dann gefunden.«

»Sie wussten nicht, wo wir wohnen.«

»Nein, das nicht. Zum Glück. Aber es bedeutet, dass sie unverfrorener, mutiger werden. Und dass sie in der Nähe sind. Wenn wir etwas Ungewöhnliches sehen oder hören, müssen wir sofort weg. Ohne Fragen, ohne Diskussion.«

»Okay.«

»Was macht dein Kopf?«

»Tut weh.« Sieben Stiche waren nötig, um die Wunde zu schließen. Henri hat das erledigt. Jetzt trage ich ein weites Sweatshirt. Bestimmt müsste einer der Schnitte auf meinem Rücken auch genäht werden, aber wie soll ich Henri die anderen Schnitte und Abschürfungen erklären? Er würde sofort wissen, was geschehen ist. Meine Lungen schmerzen immer noch, sogar mehr als zuvor.

»Das Feuer ist also im Keller ausgebrochen?«

»Ja.«

»Und du warst im Wohnzimmer?«

»Ja.«

»Woher hast du gewusst, dass es im Keller brannte?«

»Alle sind heraufgerannt.«

»Und als du hinausgegangen bist, hast du gewusst, dass alle aus dem Haus raus sind?«

»Ja.«

»Wieso?«

Er will mich dazu bringen, dass ich mir widerspreche, er glaubt mir bestimmt nicht, dass ich einfach draußen stand und zugesehen habe wie alle anderen.

»Ich bin nicht hineingegangen.« Es tut weh, aber ich blicke ihm in die Augen und lüge.

»Ich glaube dir«, sagt Henri.

◆◆◆

Es ist fast Mittag, als ich aufwache. Vögel zwitschern vor dem Fenster und die Sonne scheint herein. Ich seufze vor Erleichterung.

Wenn ich so lange schlafen darf, gibt es keine Neuigkeiten,

die mich belasten könnten. Sonst hätte Henri mich aus dem Bett geholt und angeordnet, dass ich packe.

Ich stehe auf – und da schlägt der Schmerz zu. Meine Brust fühlt sich an, als würde jemand sie zusammenpressen. Ich kann nicht durchatmen. Es tut zu weh. Das macht mir Angst.

Bernie Kosar hat zusammengerollt neben mir geschlafen. Ich wecke ihn und ärgere ihn ein wenig. Zuerst schnaubt er, dann wehrt er sich. So fängt unser Tag an: Ich wecke den schnarchenden Hund neben mir, und wenn ich seinen wedelnden Schwanz, seine pendelnde Zunge sehe, geht es mir sofort besser. Der Schmerz in meiner Brust ist nicht wichtig. Und was der Tag bringen mag, spielt auch keine Rolle.

Henris Truck ist weg. Auf dem Tisch liegt ein Zettel: *Bin einkaufen. Zurück um eins.* Ich gehe nach draußen. Ich habe Kopfweh, meine Arme sind rot und fleckig, die Schnitte leicht geschwollen, als hätte mich eine Katze überall gekratzt. Das alles, auch das Brennen in meiner Brust, ist mir dennoch egal. Wichtig ist, dass ich noch hier bin, in Ohio, dass ich morgen wieder in dieselbe Schule gehe, in der ich jetzt seit drei Monaten bin. Und dass ich heute Abend Sarah sehen werde.

◆◆◆

Henri kommt wirklich um Punkt eins zurück. An seiner Erschöpfung erkenne ich, dass er immer noch nicht geschlafen hat. Nachdem er die Lebensmittel ausgeladen hat, geht er direkt in sein Zimmer und schließt die Tür hinter sich. Bernie Kosar und ich machen einen Waldspaziergang. Ich versuche zu laufen; es gelingt mir kurz, aber nach etwa einer halben Meile ist der Schmerz zu groß. Wir gehen gemütlich ungefähr fünf Meilen. Der Wald endet an einer anderen Landstraße, die unserer gleicht. Ich kehre um. Henri ist immer noch in seinem Zimmer, die Tür weiterhin geschlossen. Ich setze mich auf die Veranda und werde nervös, sobald ein Wagen vorbeifährt. Einer könnte anhalten – aber keiner tut es.

Die Zuversicht vom Aufwachen schwindet, während der Tag vergeht. Die *Paradise Gazette* erscheint sonntags nicht. Wird sie morgen einen Artikel über den Brand bringen? Vielleicht erwarte ich, dass ein Anruf kommt, dass der Reporter von gestern auf der Schwelle steht oder ein Polizist weitere Fragen stellt. Ich weiß nicht, warum ich mir solche Sorgen wegen eines mickrigen Journalisten mache, aber er war hartnäckig – zu hartnäckig. Und ich weiß, dass er meine Geschichte nicht geglaubt hat.

Aber niemand kommt. Niemand ruft an. Als entgegen meiner Erwartungen rein gar nichts geschieht, wächst die Angst nur noch mehr, dass ich enttarnt werde. »Ich bekomme die Wahrheit heraus, Mr. Smith. Das gelingt mir immer«, hat Baines gesagt. Ich könnte in die Stadt laufen, ihn suchen, ihn von einer solchen Wahrheit abbringen, aber ich verwerfe diese Gedanken sofort wieder, das würde den Verdacht nur erhärten. Ich kann nichts tun als den Atem anhalten und das Beste hoffen.

Ich war nicht in diesem brennenden Haus.

Ich habe nichts zu verbergen.

◆◆◆

Sarah kommt am Abend herüber. Wir gehen in mein Zimmer. Ich liege auf dem Rücken und halte sie in meinen Armen. Ihr Kopf ruht an meiner Brust und ihr Bein auf mir. Sie stellt mir Fragen über mich, meine Vergangenheit, Lorien, die Mogadori. Es erstaunt mich immer noch, wie schnell und leicht Sarah alles geglaubt hat, wie sie es akzeptiert. Ich antworte ehrlich, das tut gut nach all den Lügen der letzten Tage. Aber beim Gespräch über die Mogadori bekomme ich Angst. Ich fürchte, dass sie uns finden werden. Dass meine Rolle beim Brand uns ausliefern wird. Ich würde es wieder machen, denn sonst wäre Sarah nun tot, aber ich habe Angst. Ich fürchte auch, was Henri tun wird, wenn er es herausfindet. Nicht biologisch, aber in all seinen Absichten und Zielen ist er mein Vater. Ich liebe ihn und er liebt mich und ich will ihn nicht enttäuschen.

Und während wir daliegen, erreicht meine Angst eine neue Ebene. Ich kann es nicht ertragen, dass ich nicht weiß, was der nächste Tag bringen wird, die Ungewissheit reißt mich entzwei. Es ist dunkel im Zimmer. Eine flackernde Kerze steht ein paar Meter entfernt auf dem Fenstersims. Ich hole tief Luft – das heißt, so tief, wie ich bei meinen angegriffenen Lungen kann.

»Ist alles in Ordnung?«, fragt Sarah.

Ich schlinge meine Arme um sie. »Du fehlst mir.«

»Aber ich bin doch da.«

»Das ist das Schlimmste: Wenn dir jemand fehlt, der direkt neben dir liegt.«

»Du redest Quatsch.« Sie greift hoch, zieht meinen Kopf herunter und küsst mich, ihre zarten Lippen liegen auf meinen. Ich will nicht, dass sie aufhört. Solange sie mich küsst, ist alles gut. Ich würde ewig in diesem Zimmer bleiben, wenn ich könnte, für immer in ihren Armen.

»Morgen«, sage ich.

Sie schaut auf. »Was morgen?«

»Keine Ahnung. Ich glaube, ich habe einfach Angst.«

»Wovor?«

»Ich weiß es nicht. Einfach Angst.«

◆◆◆

Nachdem Henri und ich Sarah nach Hause gebracht haben, gehe ich in mein Zimmer und lege mich da hin, wo sie zuvor gelegen hat. Die Laken riechen noch nach ihr. Heute Nacht werde ich nicht schlafen, es noch nicht einmal versuchen. Ich tigere durchs Zimmer. Als Henri zu Bett gegangen ist, laufe ich hinaus, setze mich an den Küchentisch und schreibe bei Kerzenlicht: über Lorien, über Florida, über das, was ich gesehen habe, als wir mit dem Training begannen – den Krieg, die Tiere, Kindheitsbilder. Ich hoffe auf eine Art Erleichterung, aber Fehlanzeige. Es macht mich nur noch trauriger.

Als meine Hand sich vom Schreiben verkrampft, gehe ich auf die Veranda. Die kalte Luft erleichtert das Atmen. Der Mond ist fast voll, auf einer Seite hat er allerdings unmerklich abgenommen. In zwei Stunden geht die Sonne auf, dann beginnt ein neuer Tag mit Nachrichten vom Wochenende. Um sechs, manchmal um sechs Uhr dreißig fällt die Zeitung auf unsere Schwelle. Da werde ich schon unterwegs zur Schule sein, und wenn ich in den News sein sollte, werde ich mich weigern wegzuziehen, ohne Sarah noch einmal zu sehen, ohne Abschied von Sam.

Ich gehe ins Haus, ziehe mich um und packe meine Tasche. Auf Zehenspitzen gehe ich hinaus, leise schließe ich die Tür hinter mir. Nach drei Schritten auf der Veranda höre ich ein Kratzen an der Tür. Ich öffne und Bernie Kosar kommt heraus. Gut, dann gehen wir zusammen.

Wir laufen los, halten häufig an und horchen in die Stille. Die Nacht ist dunkel, aber nach einer Weile wächst ein blasser Schein am östlichen Himmel, da sind wir auch schon auf dem Gelände der Schule. Der Parkplatz ist leer, drinnen brennt kein Licht. Vor der Schule, vor dem Wandbild mit den Piraten, steht ein großer Stein, der von früheren Abschlussklassen bemalt worden ist. Darauf setze ich mich. Bernie Korsar liegt nicht weit entfernt im Gras. Ich hocke eine Stunde da, bevor der erste Wagen ankommt: ein Van, und ich rechne mit Hobbs, dem Hausmeister, der früh nach dem Rechten sieht, aber ich irre mich. Der Van fährt zum Eingang, der Fahrer steigt aus und lässt den Motor laufen. Er trägt einen Stapel Zeitungen, mit Schnüren zusammengebunden. Wir nicken einander zu, er wirft den Stapel vor den Eingang und fährt davon. Ich bleibe auf dem Stein sitzen und starre von Weitem verstohlen auf die Zeitungen. In Gedanken verfluche ich sie und drohe ihnen, falls sie die schlechten Nachrichten verbreiten, vor denen ich mich so fürchte.

»Ich war am Samstag nicht in diesem Haus!«, behaupte ich laut – und komme mir sofort bescheuert vor. Seufzend springe ich vom Stein. »Also«, sage ich zu Bernie Kosar. »Das ist es, gut oder schlecht.«

Er macht kurz die Augen auf und sofort wieder zu, dann schläft er auf dem kalten Boden weiter.

Ich reiße die Verschnürung weg und nehme die oberste Zeitung. Der Brand steht auf der ersten Seite. Oben ist ein Foto von den verkohlten Überresten, es wurde im Morgengrauen aufgenommen und wirkt gespenstisch, Unheil verkündend – schwarze Asche vor nackten Bäumen und Gras, auf dem der Reif liegt. Und dann die Überschrift:

JAMES' HAUS GEHT IN RAUCH AUF

Ich überfliege den Artikel, scanne ihn nach meinem Namen. Am Ende blinzle ich und schüttle den Kopf, um die Angst loszuwerden. Dann überfliege ich ihn noch mal, dieses Mal etwas aufmerksamer. »Nein«, beschließe ich. »Bernie Kosar, mein Name steht nicht da.«

Er achtet überhaupt nicht auf mich.

Ich laufe durchs Gras und springe zurück auf den Stein.

»Mein Name steht nicht da!«, schreie ich, diesmal so laut wie möglich.

Dann setze ich mich wieder und lese den Artikel. Die Polizei vermutet als Brandursache einen Joint, der im Keller geraucht wurde. Wie es zu dieser Information gekommen sein könnte, weiß ich nicht, sie ist jedenfalls komplett falsch. Der Artikel ist herzlos und feindselig, fast ein Angriff auf die Familie James. Ich mochte den Reporter nicht, offenbar mag *er* den Sheriff und seine Familie nicht. Wer weiß, warum.

Ich sitze auf dem Stein und lese den Artikel dreimal, bevor die erste Person kommt und die Türen aufschließt. Ich lächle in einem fort. Ich bleibe in Ohio, Paradise! Und dennoch ist mir, als hätte ich etwas übersehen, eine Art Schlüssel vergessen.

Aber ich bin so glücklich, dass es mir egal ist.

◆◆◆

»Worüber freust du dich denn so?«, fragt Sam in der Astronomiestunde.

»Hast du heute Morgen die Zeitung gelesen?«

Er nickt.

»Sam, ich stehe nicht drin! Ich muss nicht fort.«

»Warum sollten sie dich in der Zeitung erwähnen?«, fragt er stirnrunzelnd.

Ich bin verblüfft. Gerade setze ich zu einer Erklärung an, als Sarah hereinkommt und durch den Gang auf uns zuschwebt.

»Hallo, meine Süße!«

Sie beugt sich herab und küsst mich auf die Wange, etwas, das ich nie für selbstverständlich halten werde. »Oha, da ist jemand heute aber bester Stimmung.«

»Ich bin so froh, dich zu sehen«, entgegne ich. »Bist du nervös wegen deiner Fahrprüfung?«

»Vielleicht ein bisschen. Ich kann kaum erwarten, dass sie vorbei ist.«

Sie setzt sich neben mich. Das ist für mich Glück! Hier will ich sein und hier bin ich. Sarah auf der einen Seite, Sam auf der anderen.

Ich verbringe den Schultag wie all die anderen zuvor. Beim Lunch sitze ich neben Sam, aber wir reden nicht über das Feuer. Offenbar sind wir die Einzigen in der ganzen Schule, die *nicht* darüber sprechen. Die gleiche Geschichte, immer und immer wieder. Nicht einmal höre ich meinen Namen. Wie erwartet ist Mark nicht da. Ein Gerücht verbreitet sich, dass er und einige andere zeitweilig vom Unterricht ausgeschlossen wurden wegen der Theorie, die in der Zeitung erwähnt ist.

Als Sarah und ich zum Hauswirtschaftsunterricht in der achten Stunde in die Küche kommen, bin ich ganz sicher, dass ich nicht in Gefahr bin. Ich habe doch nichts übersehen! Der Zweifel hat sich zwar immer wieder gemeldet, aber ich habe ihn ebenso rasch wieder verdrängt.

Heute machen wir Tapiokapudding. Das ist einfach. Mitten in den Unterricht platzt der Pausenordner. Ich sehe ihn an und weiß sofort, was das bedeutet: der Bote schlechter Nachrichten. Er geht direkt auf mich zu und reicht mir einen Zettel. »Du sollst zu Mr. Harris kommen.«

»Jetzt?«

Er nickt.

Ich sehe Sarah an, zucke die Achseln, lächle und laufe zur Tür. Bevor ich hinausgehe, drehe ich mich um und schaue sie noch mal an. Sie mischt unsere Zutaten und trägt dabei die gleiche grüne Schürze, die ich ihr an meinem ersten Tag zugebunden habe – an dem Tag, an dem wir Pfannkuchen machten und sie vom selben Teller aßen. Sie hat die Haare zu einem Pferdeschwanz zusammengebunden, lose Strähnen fallen ihr ins Gesicht. Sie streicht sie hinter die Ohren und sieht dabei zur Tür, wo ich stehe und sie beobachte. Ich blicke sie immer noch an und versuche, auch die winzigste Einzelheit dieses Moments in mich aufzusaugen, ihre Art, den Holzlöffel zu fassen, das Elfenbein ihrer Haut im Licht durch das Fenster hinter ihr, die sanften Augen, auch den losen Knopf an ihrem Kragen. Ob sie davon weiß? Dann sagt der Pausenordner hinter mir etwas, ich winke Sarah zu, schließe die Tür und gehe langsam den Gang entlang, wobei ich mir einzureden versuche, dass es sich nur um eine Formsache handeln wird, eine vergessene Unterschrift, Protokollfragen.

Mr. Harris sitzt an seinem Schreibtisch und grinst auf eine Art, die mich entsetzt. So stolz hat er das letzte Mal gelächelt, als er Mark für das Interview aus dem Unterricht holte.

»Setz dich«, fordert er mich auf. Dann: »Ist das wahr?« Er schaut auf den Bildschirm seines PCs, dann wieder zu mir.

»Ist was wahr?«

Auf seinem Schreibtisch liegt ein Umschlag, mein Name steht in schwarzer Tinte drauf.

»Ach ja, das wurde vor einer halben Stunde für dich gefaxt.«

»Was ist es?«

»Keine Ahnung. Meine Sekretärin hat es in den Umschlag gesteckt, sobald es ankam.«

Ich öffne den Umschlag und hole zwei Blatt Papier heraus. Auf dem oberen steht mein Name und in großen schwarzen Buchstaben **VERTRAULICH**. Auf dem zweiten Blatt steht ein einziger Satz in Großbuchstaben. Kein Name. Nur vier schwarze Wörter auf weißem Papier.

»Also, stimmt es nun oder nicht?«, fragt Mr. Harris ungeduldig. »Bist du in dieses brennende Haus gerannt und hast Sarah Hart und diese Hunde gerettet?«

Blut steigt mir in den Kopf. Er dreht mir seinen Bildschirm zu, damit ich lesen kann: Es ist der Blog der *Paradise Gazette*. Ich brauche gar nicht nach dem Namen des Autors zu suchen, ich weiß, wer das geschrieben hat, die Überschrift ist mehr als genug.

DER BRAND VON JAMES' HAUS
– DIE WAHRE GESCHICHTE –

Mir bleibt die Luft weg. Mein Herz rast. Die Welt steht still. Ich schaue zurück auf das Papier in meiner Hand. Weißes Papier, glatt in meinen Fingern.

BIST DU NUMMER 4?

Beide Blätter fallen langsam zu Boden.

Ich verstehe das alles nicht. Wie kann das sein?

»Hallo, John, aufwachen! Stimmt es oder nicht?«, fragt Mr. Harris erneut mit stolzgeschwellter Brust.

Aber ich sehe nicht ihn, sondern das, was hinter ihm und den Fenstern seines Büros passiert. Etwas Verschwommenes, Rotes rast um die Ecke, schneller als normal, schneller als sicher. Das Quietschen von Reifen, als es auf den Parkplatz fährt. Der Truck, der beim zweiten Einbiegen Kies aufschleudert. Henri am Steuer wie ein aufgebrachter Irrer. Er tritt so heftig auf die Bremse, dass sein ganzer Körper zuckt und der Truck quietschend zum Stehen kommt.

Ich schließe die Augen.

Ich lege den Kopf in die Hände.

Durchs Fenster kann ich hören, wie die Autotür aufgerissen und dann wieder zugeknallt wird.

Henri wird noch in dieser Minute im Büro sein.

28

»Ist alles okay?«, fragt der Direktor. Ich blicke zu ihm hoch. Er strengt sich an, besorgt auszusehen, aber das gelingt ihm nur kurz, dann grinst er wieder.

»Nein, Mr. Harris«, antworte ich. »Mir ist nicht gut.«

Dann hebe ich das Blatt auf und starre es noch mal an. Woher ist es gekommen? Wollen sie uns jetzt nur quälen? Auf dem Papier steht keine Telefonnummer, kein Absender, kein Name. Nichts als vier Wörter und ein Fragezeichen. Ich sehe auf und aus dem Fenster. Henris Truck ist geparkt, aus dem Auspuff kommen komische Dämpfe. Ich schaue zurück auf den Bildschirm. Der Artikel wurde um elf Uhr neunundfünfzig eingegeben, vor fast zwei Stunden. Erstaunlich, dass Henri so lange gebraucht hat. Ein Schwindelgefühl überkommt mich; ich spüre, wie ich davongleite.

»Soll ich die Krankenschwester rufen?«, höre ich Mr. Harris durch einen Nebel fragen.

Nein, die Krankenschwester brauche ich nicht. Ihr Zimmer liegt neben der Küche. Was ich brauche, ist die Rückkehr dorthin und in die Vergangenheit, nur fünfzehn Minuten zurück, bevor der Pausenordner kam. Inzwischen muss Sarah den Pudding auf dem Herd haben, vielleicht kocht die Milch schon. Sieht sie ungeduldig zur Tür und wartet auf meine Rückkehr?

Das schwache Geräusch von zugeknallten Türen erreicht das Direktorenzimmer. Fünfzehn Sekunden, und Henri ist hier. Dann in den Truck. Dann nach Hause. Dann wohin? Nach

Maine? Missouri? Kanada? Eine andere Schule, ein anderer Anfang, ein anderer Name.

Ich habe fast dreißig Stunden nicht geschlafen und spüre erst jetzt die Erschöpfung. Aber dazu kommt noch etwas anderes: der Schock der Realität. Dass ich für immer fortgehen könnte ohne die Möglichkeit, mich zu verabschieden, ist plötzlich unerträglich. Ich kneife die Augen zusammen, mein Gesicht verzerrt sich vor Schmerz, und ohne zu denken, ohne zu wissen, was ich tue, springe ich über den Schreibtisch des Direktors und krache durch das dicke Fensterglas, das hinter mir in unzählige kleine Stücke zerspringt. Ein Schrei folgt.

Auf den Füßen lande ich im Gras, laufe über den Schulhof, das Grundstück und in den Wald, der hinter dem Baseballplatz liegt. Auf der Stirn und dem linken Ellbogen habe ich Schnitte vom Glas. Meine Lungen brennen. Zum Teufel mit dem Schmerz! Ich renne weiter, das Blatt Papier immer noch in der Hand. Ich schiebe es im Lauf in die Tasche. Warum sollten sie ein Fax schicken? Würden sie nicht einfach kommen? Das ist ihr größter Vorteil, unerwartet, ohne Warnung aufzutauchen. Das Plus der Überraschung.

Mitten im Wald biege ich nach links und laufe zwischen den dicht stehenden Bäumen hindurch, bis ein Feld vor mir auftaucht. Wiederkäuende Kühe beobachten mit leeren Augen, wie ich vorbeirase.

Ich bin vor Henri zu Hause. Bernie Kosar ist nirgends zu sehen. Ich laufe durch die Räume und bleibe plötzlich stehen, halte die Luft an. Am Küchentisch vor Henris geöffnetem Laptop sitzt jemand. Sofort vermute ich, dass es einer von ihnen ist. Sie sind schneller als ich hier angekommen und haben es so eingerichtet, dass ich allein bin, ohne Henri.

Die Person dreht sich um und ich balle die Fäuste – ich bin kampfbreit.

Aber es ist Mark James.

»Was machst *du* denn hier?«

»Ich will herausfinden, was los ist«, antwortet er. Ich sehe die Angst in seinen Augen. »Wer zum Teufel bist du?«

»Wovon redest du?«

»Hier.« Er deutet auf den Bildschirm.

Ich komme näher, schaue aber auf das weiße Blatt Papier neben dem PC. Es ist, bis auf das Papier, das dicker als das Fax ist, die exakte Kopie des Blatts in meiner Tasche. Außerdem steht unten handschriftlich und klein eine Telefonnummer. Was denken sie sich, dass wir sie anrufen?! ›Ja, klar, ich bin Nummer Vier und warte schon sehnsüchtig auf euch. Zehn Jahre lang sind wir euch davongelaufen, aber jetzt kommt bitte und tötet uns endlich. Wir werden uns auch nicht wehren, versprochen.‹ Das ist doch totaler Blödsinn!

»Gehört das dir?«, frage ich.

»Nein, aber gerade als ich hier angekommen bin, hat UPS es gebracht. Dein Dad hat es gelesen, während ich ihm das Video gezeigt habe, und dann ist er davongestürmt.«

»Welches Video?«

Ich schaue auf den Bildschirm und sehe, dass er YouTube eingestellt hat. Er klickt auf die Maus. Es ist ein körniges Video, schlechte Qualität, als hätte es jemand mit einem Handy aufgenommen. Ich erkenne sofort Marks Haus, es brennt. Ich kann die Hunde bellen und die Menge stöhnen hören. Jemand läuft neben das Gebäude, dann nach hinten. Die Kamera zoomt auf das Fenster, aus dem das Bellen kommt. Dann hört es auf und ich schließe die Augen. Ich weiß, was kommt. Etwa zwanzig Sekunden vergehen, und in dem Moment, in dem ich mit Sarah in einem Arm und dem Hund im anderen durch das Fenster fliege, drückt Mark den Pausenknopf. Unsere Gesichter sind deutlich zu erkennen.

»Wer bist du?«, fragt Mark erneut.

»Wer hat das aufgenommen?«, frage ich zurück.

»Keine Ahnung.«

Draußen knirscht der Kies unter den Truckrädern, als Henri ankommt. Ich richte mich auf und möchte am liebsten davonlaufen, aus dem Haus, zurück zur Schule, wo Sarah noch Fotos entwickeln wird – bis zu ihrer Fahrprüfung um vier Uhr dreißig. Ihr Gesicht in dem Video ist so deutlich wie meins, und das bringt sie in Gefahr. Aber etwas hält mich zurück, ich gehe um den Tisch und warte.

»Du hast mich angelogen«, sagt Henri noch an der Tür, sein Gesicht ist angespannt, sein Ausdruck streng.

»Ich habe *alle* angelogen«, antworte ich. »Das habe ich von dir gelernt.«

»Wir belügen uns nicht!«, brüllt er. Er hält meinen Blick.

»Was ist hier los?«, fragt Mark dazwischen.

»Ich gehe nicht weg, ohne Sarah zu sehen«, rufe ich. »Sie ist in Gefahr, Henri!«

Er schüttelt den Kopf. »Jetzt ist nicht der Moment für Sentimentalitäten, John. Hast du das denn nicht gesehen?« Er nimmt das Blatt und hebt es hoch. »Woher, zur Hölle, glaubst du, dass es kommt?«

»Oh Scheiße, Mann, was ist denn los?« Mark brüllt fast genauso wie wir.

Ich achte weder auf ihn noch auf das Blatt, sondern blicke weiter unverwandt Henri an. »Ja, ich habe es gesehen, und deshalb muss ich zurück in die Schule. Sie werden sie erkennen und verfolgen.«

Henri will auf mich zukommen. Nach seinem ersten Schritt hebe ich die Hand und halte ihn auf. Er versucht zu laufen, aber ich halte ihn fest. »Wir müssen hier weg, John.« Es klingt gekränkt und fast flehend.

Ich gehe rückwärts in mein Zimmer. Er beobachtet mich mit einem derart traurigen Blick, dass ich mich elender fühle als je zuvor. »Es tut mir leid«, murmele ich, drehe mich um, laufe durchs Zimmer, ziehe aus einer Schublade das Messer, mit dem ich in Florida die Fische abgeschuppt habe, springe aus dem Fenster und sause in den Wald. Bernie Kosars Gebell folgt mir, sonst nichts.

Ich laufe eine Meile und halte an der großen Lichtung an, die Sarah *unsere* Lichtung genannt hatte, dem Schauplatz vergangener Schneeengel und künftig erhoffter Picknicks. Der Schmerz in meiner Brust ist so stark, dass ich mich vornüberbeuge und mit den Zähnen knirsche. Wenn ich Sarah nur anrufen und warnen könnte, die Schule zu verlassen! Aber mein Handy und alle Schulsachen liegen friedlich in meinem Spind. Ich werde Sarah in Sicherheit bringen, dann zu Henri zurücklaufen und mit ihm wegfahren. Ja, so werde ich es machen.

Als ich die Schule erreiche, sind die Busse gerade vom Parkplatz gefahren. Hausmeister Hobbs steht vor dem Fenster und misst eine große Sperrholztafel ab, mit der provisorisch die Scheibe ersetzt werden soll, die ich zerbrochen habe.

Als er schließlich in der Schule verschwindet, wird es bereits dunkel, obwohl meine Uhr erst halb vier zeigt. Die Eingangstür ist abgeschlossen. Ich konzentriere mich auf das Schloss, bis es klickt, dann kann ich hinein und laufe direkt zur Dunkelkammer der Fotografen, wo Sarah Bilder entwickeln wollte. Auch diese Tür ist abgeschlossen, und als niemand auf mein leises Klopfen reagiert, öffne ich sie, erleuchte den dunklen Raum mit meinen Händen und entdecke unter der Arbeitsplatte … Sarah.

Sie umarmt mich, als wolle sie mich nie mehr loslassen. »Sie sind hier, nicht wahr?«

»Wenn sie noch nicht hier sind, kommen sie zumindest sicher bald.«

»Ich bin gleich nach der achten Stunde hierhergegangen, aber nach Schulschluss wurde es dunkel, und ich hörte so gespenstische Geräusche, dass ich mich eingeschlossen und versteckt habe.«

»Kluges Mädchen. Aber jetzt müssen wir hier raus, und zwar schnell.«

Hand in Hand laufen wir durch den Gang, die Lichter gehen hier und da an und wieder aus, und wir hören das monotone Summen der Maschine, die den Boden poliert. Vermutlich ist Hobbs jetzt irgendwo am Werk. Aber als die Lichter dunkel bleiben und wir dem Summen immer näher kommen, stellen wir im Schein meiner Hände fest, dass die Maschine herrenlos an der Wand steht. Ich ziehe die Schnur aus der Steckdose, das Summen hört auf. Aber nun hören wir etwas ganz anderes: Eine Tür quietscht, Glas zerbricht, eine andere Tür wird zugeworfen.

Etwas fegt hautnah an uns vorbei. Sarah schreit auf. Ich laufe mit ihr an der Hand durch den Gang, reiße die Tür auf, wir rennen hinaus auf den Parkplatz. Dort bleiben wir jäh wie angewurzelt stehen – unter dem nächstliegenden schwachen Licht einer Laterne steht ein großer Mann in einem Trenchcoat, den Hut hat er tief ins Gesicht gezogen. Doch jetzt hebt er den Kopf und grinst mich an.

Wir weichen zurück, stolpern, fallen – und kriechen im Krebsgang bis zur Tür.

Sie ist wieder verschlossen. Aus den Augenwinkeln sehe ich einen weiteren Mogadori, zuerst steht auch er nur reglos da, doch dann macht er einen Schritt auf uns zu. Hinter ihm folgt noch einer. Ich versuche mich auf das Schloss zu konzentrieren, aber es gelingt mir nicht – bis Sarah meinen Namen so ängstlich flüstert, dass ich voller Entschlossenheit die Augen konzentriert aufreiße. Das Schloss klickt.

Wir laufen hinein, ich knalle die Tür zu. Und schon wird

dagegen getreten. Aber sie hält stand. Wir rennen wieder den Gang entlang, hören Geräusche von zerbrechendem Glas, finden alle Türen verschlossen und laufen weiter, bis endlich eine Tür sich öffnen lässt. Wir stürzen in den Raum für Geschichtsunterricht.

Dieses Zimmer liegt am Rand einer Senke, und weil es unter den Fenstern sechs Meter in die Tiefe geht, sind die Glasscheiben mit Eisenstangen gesichert. Kein Licht fällt herein. Ich leuchte kurz mit meinen Händen durch den Raum: Wir sind allein und verstecken uns unter dem Lehrerpult. In der finsteren Stille überlege ich: Wie viele mögen da sein? Drei habe ich gesehen, bestimmt sind es mehr. Haben sie die Bestien mitgebracht? Wo ist Henri jetzt? Ich wollte, er wäre hier, oder wenigstens Bernie Kosar.

Jemand öffnet langsam die Tür. Sarah und ich, eng umschlungen, halten den Atem an. Sehr leise wird die Tür wieder geschlossen. Schritte sind nicht zu hören.

Nach einer Weile fragt Sarah leise: »Was sollen wir bloß tun?«

»Ich weiß nicht«, flüstere ich zurück.

Es bleibt weiter ruhig. Trotzdem, je länger wir hier sitzen, desto mehr von ihnen kommen an.

»Wir müssen weg«, murmele ich. »Jetzt sind wir noch im Vorteil der Überraschung. Und wenn wir draußen sind, kann ich bestimmt einen Wagen starten.«

Sie drückt meine Hand. Wir stehen leise auf, schleichen ruhig und behutsam durch den Raum, und an der Tür greife ich langsam, vorsichtig nach der Klinke. Fast habe ich sie zwischen den Fingern – da werden wir beide von hinten gepackt und zu Boden gezogen.

Ich will schreien, aber eine Hand liegt auf meinem Mund. Wir wehren uns beide gegen den Angreifer, vergeblich.

Jetzt gibt es wohl keine Hoffnung mehr!

Ich habe versagt …

»Pst, so hör doch auf zu treten!«, flüstert eine Stimme eindringlich in mein Ohr. »Sie warten dort draußen. Ihr müsst beide ganz leise sein.«

Als der Griff etwas nachlässt, drehe ich mich zu dem Angreifer um und lasse meine Hände schwach leuchten.

Ein Mädchen! Es kann nur wenig älter sein als ich, hat haselnussbraune Augen, hohe Wangenknochen, einen großen Mund und eine ausgeprägte Nase, die Haut ist bräunlich, das lange dunkle Haar zu einem Pferdeschwanz gebunden.

»Wer bist du???«

»Ich bin Nummer Sechs«, antwortet sie. »Ich habe versucht, vor ihnen hier zu sein.«

29

»Woher hast du gewusst, dass ich es bin?«, frage ich fassungslos.

Sie blickt zur Tür. »Seit Drei getötet worden ist, habe ich dich gesucht. Aber ich erkläre das alles später. Zuerst müssen wir hier raus.«

»Wie bist du denn ungesehen reingekommen?«

»Ich kann mich unsichtbar machen.«

Ah, das gleiche Erbe, das auch mein Großvater hatte! Die Fähigkeit, auch das, was man berührt, verschwinden zu lassen, wie das Haus an Henris zweitem Arbeitstag.

»Wie weit von hier wohnst du?«, will sie wissen.

»Drei Meilen.«

»Hast du einen Cêpan?«

»Ja, natürlich. Du nicht?«

Sie hält inne, als würde sie aus einem unsichtbaren Wesen Kraft ziehen, bevor sie antwortet: »Ich hatte eine. Sie ist vor drei Jahren gestorben. Seither bin ich allein.«

»Das tut mir leid.«

»Es ist Krieg, das bedeutet Tod. Und falls wir nicht auch sterben wollen, müssen wir hier jetzt raus. Wenn sie in dieser Gegend sind, wissen sie längst, wo ihr wohnt, also sind sie bereits dort, und es ist sinnlos, ein Geheimnis daraus zu machen, wenn wir hier raus sind. Diese Mogadori hier sind nur Scouts. Die Fighter mit ihren Schwertern sind unterwegs, und nicht weit hinter ihnen kommen die Bestien. Wir haben nicht viel Zeit, höchstens einen Tag. Und schlimmstenfalls sind sie schon da.«

Mein erster Gedanke: *Sie wissen, wo wir wohnen!* Ich gerate in Panik. Henri ist mit Bernie Kosar zu Hause, die Soldaten und die Bestien könnten schon dort sein. Mein zweiter Gedanke: *Ihre Cêpan ist seit drei Jahren tot.* So lange ist Sechs schon allein auf einem fremden Planeten. Seit sie dreizehn, vierzehn war.

»Henri ist zu Hause. Mein Cêpan.«

»Bestimmt ist ihm nichts passiert. Sie rühren ihn nicht an, solange du frei bist. Dich wollen sie, und ihn werden sie benutzen, um dich herbeizulocken.« Sechs schaut zu dem vergitterten Fenster. Draußen sind zwei Scheinwerfer zu erkennen, die sich um die Kurve der Schule nähern, langsamer werden, dann am Eingang vorbeifahren und schnell wieder verschwinden. Sechs bricht das Schweigen: »Alle Türen sind verschlossen. Wie kommen wir trotzdem hinaus?«

Sarah antwortet: »Wir können durch die Turnhalle raus. Es gibt einen Gang unter der Bühne, der zu einer Art Kellertür hinten an der Schule führt.«

»Fasst an.« Sechs streckt die Hände aus, ich ergreife ihre rechte, Sarah die linke Hand. »Seid so leise wie möglich. An meinen Händen seid ihr beide unsichtbar. Aber hören könnten sie uns. Draußen laufen wir dann so schnell wie möglich. Und: Wir können ihnen nie entfliehen, wir müssen sie töten, jeden Einzelnen, bevor die anderen ankommen.«

»Okay«, sage ich.

»Du weißt, was das bedeutet?«, fragt Sechs.

Ich schüttle den Kopf, denn ich bin mir nicht sicher, was sie meint.

»Du wirst kämpfen müssen.«

Die Geräusche, die ich vorhin gehört habe, verstummen vor der Tür. Stille. Dann wird die Klinke heruntergedrückt. Sechs holt tief Luft und lässt meine Hand los. »Hinausschleichen können wir nicht mehr. Der Kampf hat begonnen.«

Mit vorgestreckten Händen stürzt sie los, die Tür bricht aus den Scharnieren und kracht auf den Gang. Holz splittert, Glas zerspringt.

»Licht!«, schreit sie.

Ich gehorche.

Ein Mogadori steht mitten in den Trümmern.

Er lächelt, Blut sickert aus seinen Mundwinkeln, wo die Tür ihn getroffen hat. Schwarze Augen, blasse Haut, als hätte die Sonne ihn nie berührt. Ein Höhlenbewohner, von den Toten auferstanden.

Er wirft etwas, das ich nicht sehe, Sechs neben mir stöhnt. Ich sehe in seine Augen und ein Schmerz durchfährt mich so sehr, dass ich mich nicht mehr rühren kann.

Es wird dunkel. Traurigkeit. Mein Körper wird steif. Bilder vom Tag der Invasion flimmern vor meinen Augen entlang: der Tod von Frauen und Kindern, meine Großeltern, Tränen, Schreie, Blut, Haufen brennender Leichen.

Sechs bricht den Bann, indem sie den Mogadori in die Luft hebt und gegen die Wand schleudert. Er versucht sich aufzurappeln, doch Sechs hebt ihn erneut; diesmal wirft sie ihn, so fest sie kann, erst an die eine Wand, dann an die andere. Der Scout fällt verdreht und gebrochen zu Boden, seine Brust hebt sich noch einmal, dann bleibt er reglos liegen. Eine oder zwei Sekunden vergehen, bevor der gesamte Körper zu einem Aschehäufchen zerfällt, dabei klingt es, als würde ein Sandsack umfallen.

»Was zum Teufel war das?«, frage ich, verblüfft, wie ein Köper sich so völlig auflösen kann.

Sechs kümmert sich nicht um meine Verwirrung. »Sieh ihnen nicht in die Augen!«, schreit sie.

Jetzt verstehe ich den Redakteur von SIE SIND UNTER UNS und was er durchgemacht haben muss, als er ihnen in die Augen geblickt hat. Ob er den Tod dann willkommen geheißen hat, nur um die Bilder loszuwerden, die ständig in seinem Kopf kreisten?

Zwei weitere Scouts kommen vom Ende des Gangs auf uns zu. Dunkelheit umhüllt sie, als würden sie alles um sich herum mit Schwärze vernichten. Sechs steht auf festen Beinen vor mir, das Kinn hochgereckt. Sie ist bestimmt fünf Zentimeter kleiner als ich, aber durch ihre Ausstrahlung wirkt sie mindestens einen Kopf größer. Sarah kauert hinter mir. Beide Mogadori, die Zähne höhnisch gefletscht, bleiben da stehen, wo die Gänge sich kreuzen. Sie atmen tief und keuchend – das war es, was wir vor der Tür gehört haben, ihr rasselnder Atem, nicht ihre Schritte. Sie beobachten uns. Dann ertönt ein neuer Lärm im Gang, dem sich die Mogadori zuwenden. An einer Tür wird gerüttelt, ein Schuss fällt, die Eingangstür der Schule wird aufgetreten. Die Mogadori wirken verblüfft, und als sie fliehen wollen, knallen zwei weitere Schüsse durch den Gang. Beide Scouts werden zurückgeschleudert. Zweierlei Schritte und Hundekrallen sind auf dem Linoleum zu hören. Neben mir spannt Sechs die Muskeln an, sie ist bereit für das, was uns entgegenkommt.

Henri! Es waren die Scheinwerfer seines Trucks, die wir gesehen haben. Er trägt ein doppelläufiges Gewehr, das ich noch nie zuvor gesehen habe. Bernie Kosar neben ihm rast auf mich zu. Ich hebe ihn hoch, er leckt heftig mein Gesicht und ich freue mich so sehr, ihn zu sehen, dass ich fast vergesse, Sechs zu erklären, wer der Mann mit dem Gewehr ist.

»Das ist Henri. Mein Cêpan.«

Henri kommt vorsichtig näher, mit einem aufmerksamen Blick in jedes Klassenzimmer, an dem er vorbeigeht. Hinter ihm folgt … Mark, den lorienischen Kasten unterm Arm. Ich habe nicht die leiseste Ahnung, warum Henri ihn mitgebracht hat. In Henris Augen ist ein wilder Ausdruck, in ihm spiegeln sich Erschöpfung, Angst, Sorge. Ich fürchte das Schlimmste nach meiner Flucht aus dem Haus, vielleicht eine heftige Auseinandersetzung, eine Ohrfeige – aber er schiebt das Gewehr in die linke Hand und umarmt mich, so fest er kann. Ich drücke ihn ebenso an mich. »Tut mir leid, Henri. Ich habe nicht gewusst, dass es so kommen würde.«

»Das ist mir klar. Ich bin einfach nur froh, dass du okay bist«, antwortet er. »Kommt, wir müssen weg von hier! Die ganze verdammte Schule ist umstellt.«

Sarah führt uns in den sichersten Raum, der ihr einfällt: die Hauswirtschaftsküche am Ende des Ganges. Die Tür schließen wir hinter uns ab. Sechs schiebt drei Kühlschränke davor, damit niemand hereinkommen kann, während Henri die Rollos vor den Fenstern herunterlässt. Sarah holt das größte Metzgermesser aus der Schublade, das sie finden kann. Mark nimmt sich ebenfalls ein Messer, dazu einen Hammer zum Fleischschlagen, den er sich in den Hosenbund steckt.

»Alles okay mit euch?«, fragt Henri.

»Ja«, sage ich.

»Bis auf den Dolch in meinem Arm, ja, geht es mir gut«, bestätigt Sechs.

Ich lasse meine Lichter gedämpft auf ihren Arm leuchten – sie macht keine Witze. Ein kleiner Dolch steckt zwischen Bizeps und Schulter. Deshalb hat sie so gestöhnt, bevor sie den Scout getötet hat. Er hat die Waffe nach ihr geworfen! Henri zieht den Dolch mit einer Bewegung aus ihrem Arm. Sie stöhnt wieder.

»Ein Glück, dass es nur ein Dolch ist«, sagt sie zu mir. »Ihre Fighter tragen Schwerter, die in einem anderen Glanz der Stärke erstrahlen.«

Bevor ich genauer fragen kann, was sie damit meint, mischt Henri sich ein. »Nimm das.« Er hält Mark das Gewehr hin, der es ohne Widerrede in die freie Hand nimmt. Wie viel hat Henri ihm wohl erzählt – und warum hat er ihn überhaupt mitgebracht? Jetzt drückt er Sechs ein Tuch auf den Arm, sie hält es fest. Dann stellt er den Kasten auf den nächsten Tisch. »Los, John.«

Ohne Erklärung helfe ich ihm, das Schloss zu öffnen. Henri holt einen flachen Stein heraus, der so dunkel ist wie die Aura der Mogadori. Sechs scheint zu wissen, wozu er gut ist. Sie zieht ihr Shirt aus. Darunter trägt sie einen schwarzgrauen Gummianzug, der dem silberblauen meines Vaters ähnelt, wenn ich mich recht erinnere. Sie streckt Henri den nackten Arm hin und er drückt den Stein auf die Wunde. Sechs beißt die Zähne zusammen, keucht und krümmt sich vor Schmerzen. Auf ihrer Stirn glänzt der Schweiß, ihr Gesicht wird rot, im Nacken treten Sehnen hervor. Henri hält den Stein fast eine Minute lang fest, bevor er ihn wieder löst. Sechs beugt sich vor und holt tief Luft. Der Schnitt an ihrem Arm ist komplett verheilt, nichts ist zu sehen außer ein wenig getrocknetem Blut und einem kleinen Riss im Anzug.

»Was ist das denn?« Ich deute auf das Gesteinsstück.

»Ein heilender Stein«, antwortet Henri.

»Solcher Kram existiert wirklich?!«

»Auf Lorien ja. Aber der Schmerz beim Heilungsprozess ist doppelt so groß wie der ursprüngliche, und der Stein heilt nur, wenn die Verletzung mit dem Ziel zugefügt wurde, dem anderen sehr zu schaden oder ihn gar zu töten. Außerdem muss er sofort angewandt werden.«

»Er hilft also nicht, wenn ich mich aus Versehen geschnitten habe?«, frage ich neugierig.

»Nein. Das ist der ganze Sinn der Vermächtnisse. Verteidigung und Reinheit.«

»Würde er Mark oder Sarah heilen können?«

»Keine Ahnung. Und ich hoffe, wir müssen es nicht herausfinden.«

Sechs steht wieder aufrecht da und betastet ihren Arm. Ihr Gesicht hat wieder eine normale Färbung. Bernie Kosar läuft immer wieder aufgeregt zu den Fenstern, die zu hoch für ihn sind, stellt sich auf die Hinterbeine und knurrt das an, was vermutlich draußen ist.

»Hast du heute mein Handy mitgenommen, als du in der Schule warst?«, frage ich Henri.

»Nein.«

»Es war nicht da, als ich zurückkam.«

»Nun, es hätte sowieso nicht funktioniert. Wir haben keinen Strom mehr, und Signale dringen nicht durch die Art von Abschirmung, die sie eingerichtet haben. Alle Uhren sind stehengeblieben. Selbst die Luft wirkt wie tot.«

»Wir haben nicht mehr viel Zeit«, mahnt Sechs.

Henri nickt, betrachtet sie lächelnd mit einer Mischung aus Erleichterung und Stolz. »Ich erinnere mich an dich.«

»Mir geht es genauso.«

Er streckt die Hand aus und Sechs schüttelt sie. »Es ist beschissen gut, dich wiederzusehen«, sagt er.

»*Verdammt* gut«, verbessere ich ihn, aber er beachtet mich nicht.

»Ich habe euch Jungs schon seit einiger Zeit gesucht«, sagt Sechs.

»Wo ist Katarina?«, fragt Henri.

Traurig schüttelt sie den Kopf. »Sie hat es nicht geschafft. Vor drei Jahren ist sie gestorben. Seither war ich auf der Suche nach den anderen, euch eingeschlossen.«

»Tut mir leid«, sagt Henri.

Sechs nickt. Dann sieht sie zu Bernie Kosar hinüber, der jetzt wild grollt. Er scheint so gewachsen zu sein, dass er mit der Nasenspitze den unteren Teil des Fensters erreicht. Henri hebt das Gewehr vom Boden auf und geht näher ans Fenster.

»John, mach deine Lichter aus!« Ich gehorche. »Und jetzt zieh das Rollo hoch, wenn ich es sage.«

Neben dem Fenster wickle ich mir die Schnur zweimal um die Hand. Ich nicke Henri zu und sehe, dass Sarah die Hände auf die Ohren drückt.

Henri spannt den Hahn und zielt. »Heute ist Zahltag. Jetzt!« Ich ziehe an der Schnur, das Rollo fliegt hoch. Henri schießt. Der Krach ist betäubend und hallt noch Sekunden später in meinen Ohren nach. Er spannt wieder den Hahn, zielt. Ich schaue hinaus und sehe zwei gefallene Scouts reglos im Gras liegen. Einer wird, wieder mit einem dumpfen Schlag, in Asche verwandelt. Henri schießt zum zweiten Mal auf den anderen, mit dem gleichen Ergebnis. Schatten scheinen um sie zu schwärmen.

»Sechs, bring einen Kühlschrank herüber«, ordnet Henri an. Sarah und Mark sehen verblüfft zu, wie der Kühlschrank durch die Luft zu uns schwebt und so vor das Fenster dirigiert wird, dass die Mogadori nicht hereinschauen können.

»Besser als nichts.« Henri wendet sich an Sechs. »Wie viel Zeit bleibt uns?«

»Nicht viel. Sie haben einen Außenposten drei Stunden von hier, in einer Berghöhle in West Virginia.«

Henri legt zwei neue Patronenstreifen ein.

»Wie viele Kugeln sind darin?«, frage ich.

»Zehn.«

Sarah und Mark flüstern miteinander. Ich schleiche zu ihnen. »Alles in Ordnung?«

Sarah nickt, Mark zuckt die Achseln, beide wissen nicht wirklich, was sie in dieser entsetzlichen Situation sagen sollen.

Ich küsse Sarah auf die Wange und greife nach ihrer Hand. »Macht euch keine Sorgen«, beruhige ich sie. »Wir kommen hier raus!« Dann wende ich mich an Sechs und Henri: »Warum warten sie tatenlos dort draußen? Warum schlagen sie nicht ein Fenster ein und kommen herein? Sie wissen, dass sie uns zahlenmäßig überlegen sind.«

»Ihr Ziel ist es, uns hier drinnen festzuhalten«, antwortet Sechs. »Uns alle zusammen an einer Stelle. Jetzt warten sie auf die Fighter mit den Waffen, auf die geschickten Killer. Im Moment sind sie verzweifelt, weil sie wissen, dass wir unser Erbe entwickeln. Sie können es sich nicht leisten zu versagen und zu riskieren, dass wir stärker werden. Sie wissen, das einige von uns jetzt ebenfalls kämpfen können.«

»Dann müssen wir hier raus«, sagt Sarah leise, ihre Stimme zittert. Sechs nickt ihr aufmunternd zu.

Und dann fällt mir ein, was ich in der ganzen Aufregung vergessen hatte. »Moment – dass du hier bist, dass wir zusammen sind, das bricht den Zauber. Alle anderen sind jetzt Freiwild. Sie können uns nach Belieben töten!«

Henris entsetztes Gesicht sagt mir, dass auch er nicht daran gedacht hat.

Sechs nickt. »Das musste ich riskieren. Wir können nicht weiter davonlaufen, und ich habe das Warten satt. Wir alle entwickeln uns, wir alle sind bereit, zurückzuschlagen. Lasst uns nicht vergessen, was sie uns an jenem Tag angetan haben. Und ich werde nie aus dem Gedächtnis verlieren, was sie Katarina angetan haben. Alle, die wir kennen, sind tot, unsere Familien, unsere Freunde. Ich denke, sie wollen mit der Erde genauso umgehen wie damals mit Lorien, und sie sind fast bereit dazu. Sich jetzt zurückzulehnen und nichts zu tun würde bedeuten, die gleiche Zerstörung, das gleiche Töten und Vernichten zuzulassen. Warum sollen wir es geschehen lassen? Wenn dieser Planet stirbt, dann sterben wir mit ihm.«

Bernie Kosar bellt immer noch am Fenster. Fast möchte ich ihn hinauslassen und sehen, was er tun kann. Sein Maul schäumt, die Zähne sind gefletscht, das Fell sträubt sich auf dem Rücken: Der Hund ist sichtlich kampfbereit. Und wir übrigen? …

»Nun, du bist jetzt hier«, sagt Henri. »Hoffen wir, dass die anderen nicht in Gefahr sind, dass sie sich wehren können. Ihr beide werdet es sofort wissen, wenn ihnen das nicht gelingt. Was uns angeht, so haben wir den Kampf vor uns. Wir haben ihn nicht gewollt, aber jetzt, wo er da ist, müssen wir uns wehren, mit aller Kraft.«

Er blickt uns an, das Weiß seiner Augen strahlt durch den dunklen Raum. »Ich stimme dir zu, Sechs. Die Zeit ist gekommen.«

30

Wind bläst durch das geöffnete Fenster in den Hauswirtschaftsraum, der Kühlschrank davor hält die kalte Luft kaum zurück. In der Schule ist es sowieso schon frostig, weil die elektrische Heizung ausgefallen ist. Sechs trägt jetzt nur noch den Gummianzug, der komplett schwarz ist bis auf ein graues Band, das sich diagonal über die Vorderseite zieht. Sie steht in perfekter Haltung und mit solchem Selbstvertrauen mitten in unserer Gruppe, dass ich wünsche, ich hätte auch einen lorienischen Anzug. Gerade will sie etwas sagen, aber ein lauter Knall draußen kommt ihr zuvor. Wir stürzen alle zum Fenster, können aber nicht sehen, was draußen passiert. Dem Krach folgen mehrere laute Schläge und ein Reißen und Knirschen – etwas wird zerstört.

»Was ist passiert?«, frage ich.

»Dein Licht!«, ruft Henri über die Vernichtungsgeräusche.

Ich gehorche und leuchte durch den Hof draußen. Nach etwa drei Metern wird der helle Schein allerdings von der Dunkelheit geschluckt. Henri tritt zurück und horcht mit höchster Konzentration, dann nickt er resigniert.

»Sie zerstören alle Autos draußen, auch meinen Truck. Wenn wir das überstehen und aus der Schule herauskommen, muss es zu Fuß weitergehen.«

Mark und Sarah sehen entsetzt aus.

»Wir dürfen keine Zeit mehr vergeuden«, sagt Sechs. »Strategisch richtig oder nicht, wir müssen raus, bevor die Fighter und Bestien da sind.« Sie nickt Sarah zu. »Sie hat gesagt, durch die Turnhalle können wir hinaus. Es ist unsere einzige Hoffnung.«

»Ihr Name ist Sarah«, sage ich. Das Drängen in ihrer Stimme macht mich nervös. Sie wirkt so ruhig, gelassen, selbst bei dem ganzen Terror, den wir bisher erfahren haben. Bernie Kosar ist wieder an der Tür, kratzt an den Kühlschränken, die sie versperren, knurrt und jault ungeduldig. Weil ich leuchte, kann Sechs ihn zum ersten Mal betrachten. Sie starrt ihn an, kneift die Augen zusammen, geht zu ihm und streichelt ihn. Ich sehe sie an – ich finde es ziemlich unpassend, dass sie grinst.

»Was?«, frage ich genervt.

»Wisst ihr nicht Bescheid?«, fragt sie.

»Was soll das heißen, wissen wir nicht Bescheid?!«

Ihr Grinsen wird breiter. Bernie rast immer noch zwischen ihr und dem Fenster hin und her, kratzt, jault, grollt, bellt frustriert. Die gesamte Schule ist vom sicheren Tod umgeben – und Sechs grinst weiter.

»Euer Hund«, sagt sie. »Ihr wisst wirklich nicht, was los ist?«

»Nein«, antwortet Henri. Ich blicke ihn an. Er schüttelt den Kopf.

»Ja, was denn, zum Teufel?!«, frage ich. »Was ist los?«

Sechs blickt erst mich an, dann Henri. Sie stößt ein Lachen aus und will gerade antworten, als etwas anderes ihre Aufmerksamkeit erregt. Sie läuft zurück ans Fenster. Wir folgen ihr und erkennen, dass sich Scheinwerfer nähern und auf den Parkplatz einbiegen. Ein weiterer Wagen.

Ich schließe die Augen und hole tief Luft. »Das muss nichts bedeuten.«

»Licht aus«, sagt Henri zu mir.

Ich gehorche und balle die Fäuste. Irgendetwas an dem Wagen draußen regt mich unheimlich auf. Zur Hölle mit der Anstrengung, zur Hölle mit dem Zittern, das mich seit dem Sprung aus dem Fenster des Direktors begleitet! Es ist nicht mehr auszuhalten, hier gefangen zu sein, zu wissen, dass die Mogadori draußen warten und unseren Tod planen. Dieser Wagen könnte die ersten Fighter bringen. Aber gerade, als ich das denke, weichen die Scheinwerfer zurück und der Wagen braust auf der gleichen Straße davon, auf der er gekommen ist.

»Wir müssen aus dieser verdammten Schule raus«, sagt Henri.

◆◆◆

Henri sitzt auf einem Stuhl drei Meter von der Tür entfernt, auf die er mit seinem Gewehr zielt. Er atmet langsam, ist aber angespannt. Niemand sagt ein Wort. Sechs hat sich unsichtbar gemacht und ist hinausgeschlüpft, sie will die Lage erkunden. Wir warten einfach nur – und dann kommt das erwartete Signal, dreifaches schwaches Klopfen an der Tür. Henri senkt das Gewehr, Sechs kommt herein, danach schiebe ich einen der Kühlschränke wieder vor die Tür. Zehn Minuten war sie weg.

»Du hattest recht«, sagt sie zu Henri. »Sie haben jeden Wagen auf dem Platz zerstört und mit den Trümmern alle Türen versperrt. Und Sarah hat ebenfalls recht: Den Bühnenausgang haben sie übersehen. Draußen habe ich sieben Scouts gezählt, fünf patrouillieren im Gebäude die Gänge. Einer war vor dieser Tür, ist aber mittlerweile entsorgt. Sie scheinen nervös zu werden. Ich glaube, das bedeutet, die anderen sollten schon da sein. Das wiederum bedeutet: Weit sind sie bestimmt nicht.«

Henri steht auf, nimmt den Kasten und nickt mir zu. Ich helfe ihm beim Öffnen. Er holt ein paar kleine runde Kiesel heraus und stopft sie in seine Tasche. Ich habe keine Ahnung, wofür die sind. Dann schließt und verriegelt er den Kasten, schiebt ihn in einen der Backöfen und macht die Tür zu. Ich befördere einen Kühlschrank vor diesen Herd, damit der Backofen nicht geöffnet wird. Wir haben keine andere Wahl: Der Kasten ist schwer, und wer ihn trägt, kann nicht kämpfen.

»Ich lasse ihn nur sehr ungern zurück«, sagt Henri kopfschüttelnd. Sechs nickt befangen. Der Gedanke, der Kasten könnte den Mogadori in die Hände fallen, entsetzt beide.

»Hier wird ihm nichts passieren«, sage ich.

Henri sieht Sarah und Mark an. »Das ist nicht euer Kampf. Ich weiß nicht, was uns draußen erwartet, aber wenn es schlimm aussieht, lauft ihr zurück und versteckt euch hier. Sie verfolgen ja nicht euch, und ich glaube nicht, dass sie die Schule durchsuchen, wenn sie uns schon haben.«

Sarah und Mark sehen sehr ängstlich aus, mit weißen Knöcheln umkrampfen sie ihre Messer. Mark hat alles in seinen Gürtel gesteckt, was ihm in den Küchenschubladen nützlich vorkam: weitere Messer, zwei Scheren, den Fleischklopfer und eine Käsereibe.

»Aus dem Zimmer gehen wir nach links, am Ende des Gangs etwa sechs Meter nach rechts, die Turnhalle liegt hinter Doppeltüren«, sage ich zu Henri.

»Die Luke ist genau in der Mitte der Bühne«, sagt Sechs. »Sie ist mit einer blauen Matte verdeckt. In der Turnhalle waren vorhin keine Scouts, aber das muss nicht heißen, dass sie auch jetzt nicht da sind.«

»Wir gehen also einfach hinaus und versuchen ihnen davonzulaufen?«, fragt Sarah voller Panik. Sie atmet schwer.

»Es ist unsere einzige Chance«, sagt Henri ruhig.

Ich greife nach ihrer Hand. Sie zittert heftig.

»Es wird alles gut gehen«, versuche ich sie zu beruhigen.

»Woher weißt du das?« Das klingt eher anklagend als fragend.

»Ich weiß es nicht«, sage ich.

Sechs schiebt den Kühlschrank von der Tür. Sofort kratzt Bernie Kosar daran, knurrt wieder und will hinaus.

»Ich kann nicht euch alle unsichtbar machen«, sagt Sechs. »Wenn ihr mich nicht seht, bin ich trotzdem in der Nähe.«

Sechs fasst nach der Türklinke, und Sarah neben mir holt tief Luft, wobei sie meine Hand umklammert. Das Messer in ihrer Rechten zittert.

»Bleib dicht bei mir«, flüstere ich.

»Ich weiche nicht von deiner Seite.«

Die Tür schwingt auf und Sechs springt in den Gang, Henri dicht hinter sich. Ich folge und Bernie Kosar rast wie ein Ball aus Zorn voraus. Henri deutet mit dem Gewehr nach einer Seite, dann nach der anderen. Der Gang ist leer. Bernie Kosar ist schon an der Kreuzung und verschwindet. Sechs folgt ihm, wird unsichtbar, und der Rest von uns läuft mit Henri an der Spitze zur Turnhalle. Ich lasse Mark und Sarah vor mir laufen. Keiner von uns kann etwas sehen, nur die Schritte der anderen hören, also leuchte ich mit den Händen. Und das ist mein erster Fehler.

Eine Zimmertür rechts von mir wird aufgerissen. Alles geschieht im Bruchteil einer Sekunde und bevor ich reagieren kann, werde ich von etwas Schwerem an der Schulter getroffen. Meine Lichter gehen aus. Ich krache voll in ein Vitrinenglas, schneide mich oben am Kopf, sofort läuft mir das Blut übers Gesicht. Sarah schreit. Wieder trifft mich ein dumpfer Schlag, jetzt in die Rippen, und nimmt mir die Luft.

»Licht an!«, bellt Henri. Ich gehorche. Ein Scout mit einer zwei Meter langen Holzkeule steht über mir. Er hebt sie hoch und will wieder zuschlagen, doch Henri, sechs Meter entfernt, schießt zuerst. Der Kopf des Scouts wird zerfetzt und verschwindet. Sein Körper verwandelt sich in Asche, noch bevor er zu Boden fällt.

Henri senkt das Gewehr. »Scheiße«, murmelt er, als er das Blut sieht. Er macht einen Schritt auf mich zu, in dem Moment sehe ich aus den Augenwinkeln einen weiteren Scout an der gleichen Stelle, der einen Vorschlaghammer über den Kopf hebt. Er senkt ihn, und mit Telekinese werfe ich den erstbesten Gegenstand auf ihn, ohne zu wissen, was es ist. Etwas Goldenes saust durch die Luft und trifft den Scout so heftig, dass sein Schädel knackt und er zu Boden fällt. Henri, Mark und Sarah rennen zu ihm, und Henri tötet ihn mit Sarahs Messer. Dann gibt er es Sarah zurück. Sie hält es zwischen Daumen und Zeigefinger am ausgestreckten Arm wie fremde schmutzige Unterwäsche. Mark hebt das in drei Stücke zerbrochene Ding auf, das ich geworfen habe.

»Es ist mein letzter Siegespokal«, sagt er – und muss dann doch kichern. »Vor einem Monat habe ich ihn gewonnen.«

Ich stehe auf. Es war die Preisvitrine, in die ich hineingekracht bin.

»Geht's?«, fragt Henri.

»Ja. Nichts wie raus.«

Wir rennen in die Turnhalle und springen auf die Bühne. Ich leuchte, und wir sehen, wie sich die blaue Matte wegschiebt und der Riegel hochrutscht.

Erst dann macht sich Sechs wieder sichtbar. »Was war los?«, fragt sie mit Blick auf mein Gesicht.

»Wir hatten ein bisschen Ärger.« Henri steigt als Erster die Leiter hinunter, um zu sehen, ob die Luft rein ist. Sarah und Mark folgen.

»Wo ist der Hund?«, frage ich.

Sechs schüttelt den Kopf.

»Geh nur«, sage ich. Sie steigt hinunter. Jetzt bin ich allein auf der Bühne und pfeife laut. Ich weiß sehr wohl, dass ich mich dadurch verrate. Aber ich warte.

»Komm schon, John«, ruft Henri von unten.

Ich krieche in die Luke, meine Füße sind schon auf der Leiter, doch von der Hüfte aufwärts bin ich noch auf der Bühne. »Mach schon«, sage ich zu mir selbst. »Wo steckst du?« Aber gerade bevor mir keine andere Wahl mehr bleibt, zeigt sich Bernie Kosar auf der anderen Seite der Turnhalle und rast mit angelegten Ohren auf mich zu. Ich lächle.

»Los jetzt!«, schreit Henri.

»Eine Sekunde«, rufe ich zurück. Bernie Kosar springt mir in die Arme.

»Hier!« Ich reiche Sechs den Hund, springe hinunter, schließe die Luke und leuchte so hell wie möglich.

Die Wände und der Boden bestehen aus Beton und riechen schimmelig. Wir müssen gebückt gehen, Sechs voran. Der Gang ist etwa dreißig Meter lang, und ich kann mir nicht vorstellen, welchen Sinn er einmal gehabt haben mag. Am Ende führen ein paar Stufen zu einer Doppeltür aus Metall, der Kellertür. Sechs wartet, bis alle da sind.

»Wo kommen wir heraus?«, frage ich.

»Hinter dem Lehrerparkplatz«, sagt Sarah. »Nicht weit vom Footballfeld.«

Sechs drückt das Ohr in den schmalen Spalt zwischen den Türflügeln. Auf allen Gesichtern sind Schweiß, Staub und auch Angst zu sehen. Sechs blickt Henri an und nickt. Ich lösche mein Licht.

»Also los«, flüstert Sechs und wird unsichtbar. Sie öffnet die Tür nur weit genug, um den Kopf hinausstrecken und sich umschauen zu können. Wir warten mit angehaltenem Atem und horchen. Schließlich schiebt sie die Tür ganz auf, und wir laufen hintereinander hinaus.

Alles ist dunkel und still, kein Wind, die Bäume rechts stehen reglos da. Ich sehe die Autowracks vor den Türen der Schule.

Keine Sterne, kein Mond, überhaupt kein Himmel, fast als bewegten wir uns in einer Blase aus Finsternis, in der nur Schatten vorhanden sind. Bernie Kosar fängt an zu knurren, zuerst leise, dann wilder und drohender, und ich weiß, dass er dort draußen Feindseliges spürt. Ich schiebe mich vor Sarah und würde gern leuchten, aber das würde uns noch schneller als Hundeknurren verraten. Plötzlich rennt Bernie Kosar hinaus.

Nach etwa zehn Metern springt er durch die Luft und verbeißt sich in einem der ungesehenen Scouts, der sich aus dem Nichts materialisiert, als wenn der Zauber der Unsichtbarkeit gebrochen worden wäre. Jetzt können wir sie alle sehen, mindestens zwanzig Mogadori, die uns umzingeln und langsam näher kommen.

»Das war eine Falle!«, ruft Henri, feuert zweimal, und zwei Scouts fallen sofort.

»Zurück in den Gang!«, schreie ich Mark und Sarah zu.

Ein Scout will sich auf mich stürzen. Ich hebe ihn in die Luft und schleudere ihn sechs Meter weit gegen eine Eiche. Dumpf fällt er zu Boden, steht schnell wieder auf und wirft einen Dolch auf mich. Ich lenke die Waffe um, hebe den Scout erneut hoch und werfe ihn wieder, diesmal noch fester. Am Boden des Stamms zerstäubt er zu Asche. Henri schießt erneut, die Schüsse hallen durch die Nacht. Zwei Hände packen mich von hinten. Ich lenke sie fast um, da wird mir klar, dass es Sarah ist. Sechs ist nirgendwo zu sehen. Bernie Kosar hat einen Mogadori zu Boden geworfen, seine Zähne sind jetzt tief in dessen Kehle gesunken, die Augen strahlen.

»Zurück in die Schule!«, schreie ich.

Sarah lässt mich nicht los. Ein Krachen durchbricht die Stille, ein Gewitter bricht aus, dunkle Wolken bilden sich, von Blitzen durchschnitten, laute Donnerschläge lassen Sarah jedes Mal zusammenfahren. Sechs steht jetzt etwa zehn Meter entfernt, sieht konzentriert zum Himmel, die Arme erhoben – sie erzeugt und kontrolliert das Gewitter. Blitze schießen herunter, erschlagen die Scouts, wo immer sie stehen, und lösen kleine Explosionen aus, die Aschewolken träge über den Hof schweben lassen. Henri steht an der Seite und lädt sein Gewehr. Der Scout, den Bernie Kosar würgt, stirbt schließlich, seine Aschewolke steigt dem Hund ins Gesicht. Bernie Kosar niest, schüttelt sich die Asche ab und jagt dem nächsten Scout nach, bis beide im dichten Wald verschwinden. Ich habe Angst, ihn nicht wiederzusehen.

»Du musst in die Schule«, sage ich zu Sarah. »Geh jetzt und versteck dich. Mark!«, rufe ich. Er ist nirgends zu sehen. Ich fahre herum und beobachte, wie er zu Henri läuft, der immer noch mit seinem Gewehr beschäftigt ist. Zuerst verstehe ich nicht, was Mark vorhat, dann sehe ich den Scout, der sich angeschlichen hat.

»Henri!« Ich hebe die Hand, um den Scout mit dem erhobenen Messer aufzuhalten, doch Mark kommt mir zuvor: Er stürzt sich auf ihn. Sie ringen. Henri schließt das Gewehr, Mark tritt das Messer weg, Henri schießt und der Scout explodiert. Henri sagt etwas zu Mark. Ich rufe Mark wieder, und er rennt keuchend herüber.

»Du musst Sarah in die Schule bringen.«

»Ich kann hier helfen«, protestiert er.

»Es ist nicht dein Kampf. Du musst dich verstecken! Geh in die Schule und verstecke dich mit Sarah!«

«In Ordnung.«

»Ihr müsst versteckt bleiben, egal, was geschieht!«, schreie ich über das Gewitter hinweg. »Euch werden sie nicht holen. Hinter *mir* sind sie her. Versprich mir das, Mark! Versprich mir, dass du mit Sarah versteckt bleibst!«

Mark nickt schnell. »Ich verspreche es!«

Sarah weint, und ich habe keine Zeit, sie zu trösten. Wieder ein Donnerschlag, wieder eine Gewehrsalve. Sie küsst mich einmal auf den Mund, ihre Hände halten mein Gesicht, und ich weiß, sie würde am liebsten für immer so verharren. Mark zieht sie weg.

»Ich liebe dich«, flüstert sie und blickt mich so an, wie ich sie angesehen habe, bevor ich den Unterricht verließ – als würde sie mich zum letzten Mal sehen und sich dieses letzte Bild einprägen, damit es ihr ein Leben lang bliebe.

»Ich liebe dich auch«, sage ich tonlos, während die beiden gerade schon die Stufen zum Gang erreichen. In diesem Moment höre ich einen Schmerzensschrei von Henri. Ein Scout hat ihm ein Messer in den Bauch gestoßen. Er zieht das Messer heraus, an der Klinge glitzert das Blut. Der Mogadori will Henri ein zweites Mal verwunden, doch ich strecke die Hand aus und entreiße ihm das Messer in letzter Sekunde, sodass nur die Faust Henri trifft. Er unterdrückt ein Stöhnen, presst den Gewehrlauf ans Kinn des Scouts und schießt. Der Scout bricht kopflos zusammen.

Der Regen kommt. Ein kalter, schwerer Regen. Sofort bin ich bis auf die Knochen durchnässt. Blut rinnt Henri aus dem Bauch. Er zielt in die Dunkelheit, aber alle Scouts sind in die Schatten zurückgewichen, fort von uns, und Henri hat kein wirkliches Ziel. Sie sind offenbar nicht mehr daran interessiert, uns anzugreifen, sie wissen, dass zwei von uns sich zurückgezogen haben und ein Dritter verwundet ist. Sechs greift immer noch nach dem Himmel. Der Sturm ist stärker geworden, er beginnt zu heulen. Sie scheint Schwierigkeiten zu haben, das Wintergewitter im Januar zu kontrollieren.

So schnell wie alles kam, verzieht es sich – der Donner, der Blitz, der Regen. Der Wind legt sich. Ein leises Stöhnen in der Ferne wird lauter. Sechs lässt die Arme sinken, wir alle horchen angestrengt. Das Stöhnen wächst, es kommt immer näher und wird zu einem tiefen, mechanischen Brummen. Die Mogadori treten aus den Schatten und fangen an zu lachen. Wir haben mindestens zehn von ihnen getötet, aber auf einmal sind sie viel zahlreicher als zuvor. Über den Baumwipfeln steigt eine Rauchwolke auf, als käme jeden Augenblick eine Dampfmaschine um die Kurve. Die Scouts nicken einander zu, grinsen hinterhältig und bilden wieder ihren Kreis um uns, offenbar wollen sie uns zurück in die Schule treiben. Und offenbar haben wir keine Wahl. Sechs läuft herüber.

»Was ist das?«, frage ich.

Henri hinkt, das Gewehr hängt an seiner Seite. Er atmet schwer, hat eine Wunde unter dem rechten Auge und einen runden Blutfleck von der Messerwunde auf dem grauen Pullover.

»Das sind die übrigen, nicht wahr?«, fragt Henri Sechs.

Sie schaut ihn unglücklich an. Ihre Haare sind nass und kleben an ihrem Gesicht. »Die Bestien«, sagt sie. »Und die Fighter. Sie sind hier.«

Henri lädt das Gewehr und holt tief Luft. »Und so beginnt der richtige Kampf. Ich weiß nicht, wie ihr zwei das seht, aber wenn es sein muss, dann muss es sein. Ich jedenfalls …« Er verstummt. »Ich jedenfalls will verdammt sein, wenn ich ohne Kampf umkomme.«

Sechs nickt. »Unser Volk hat gekämpft bis zuletzt. Und so werde ich es auch tun.«

Eine Meile entfernt steigt immer noch Rauch hoch. *Lebendige Fracht!*, denke ich. *So transportieren die Mogadori sie, in übergroßen Sattelschleppern!* Sechs und ich folgen Henri die Stufen hinunter. Ich schreie nach Bernie Kosar, aber er ist nirgendwo zu sehen.

»Wir können nicht noch einmal auf ihn warten«, mahnt Henri. »Wir haben keine Zeit.«

Ich schaue ein letztes Mal in die Runde, dann schlage ich die Kellertür zu. Wir laufen zurück durch den Gang, hinauf auf die Bühne, durch die Turnhalle. Weder ein Scout noch Mark und Sarah sind zu sehen. Ich hoffe, die beiden sind gut versteckt, Mark hält sein Versprechen und sie bleiben, wo sie sind. Vor dem Hauswirtschaftsraum rücke ich den Kühlschrank weg und hole den Kasten. Henri und ich öffnen ihn. Sechs nimmt den heilenden Stein heraus und drückt ihn auf Henris Bauch. Er schweigt, schließt die Augen, hält den Atem an. Sein Gesicht ist rot vor Anstrengung, aber kein Laut entschlüpft ihm. Nach einer Minute entfernt Sechs den Stein. Der Schnitt ist verheilt. Henri atmet aus, seine Stirn ist schweißüberströmt.

Dann bin ich an der Reihe. Sie drückt den Stein auf die Wunde an meinem Kopf und ein Schmerz, schlimmer als alles, was ich je gespürt habe, zerreißt mich. Ich ächze und stöhne, jeder Muskel in meinem Körper ist angespannt. Ich kann nicht atmen, bis es vorbei ist, dann beuge ich mich vor und ringe eine ganze Minute lang um Luft.

Draußen hat das mechanische Brummen aufgehört. Der Sattelschlepper ist nicht zu sehen. Während Henri den Kasten schließt und wieder in denselben Ofen wie zuvor schiebt, blicke ich auf der Suche nach Bernie Kosar aus dem Fenster – vergeblich. Wieder zeigen sich Scheinwerfer vor der Schule, das Fahrzeug – ich kann nicht sagen, ob es ein Personenwagen oder ein Truck ist – wird an der Auffahrt langsamer, dann fährt es schnell weiter, ohne einzubiegen. Henri zieht sein Hemd herunter und greift nach dem Gewehr. Auf dem Weg zur Tür lässt uns ein Gebrüll innehalten.

Das Gebrüll kommt von draußen, laut, tierisch, ein unheimliches Heulen, anders als alles, was ich je zuvor gehört habe, gefolgt von dem metallischen Klicken, mit dem ein Gitter aufgeschlossen, gesenkt und geöffnet wird. Ein lauter Schlag lässt uns zusammenzucken. Henri schüttelt den Kopf und seufzt zu einer fast hoffnungslosen Geste, wie man sie bei einer Niederlage macht.

»Es gibt immer Hoffnung, Henri«, sage ich. Er sieht mich fragend an. »Die neuen Entwicklungen müssen sich noch zeigen. Nicht alle Informationen liegen vor. Nein. Gib die Hoffnung noch nicht auf.«

Ein schwaches Lächeln huscht bei diesem Zitat über seine Lippen. Dann blickt er Sechs an; ihre Ankunft ist eine neue Entwicklung, mit der wir beide nicht gerechnet haben. Und wer weiß, ob nicht noch andere warten?

Und dann macht Henri exakt da weiter, wo ich aufgehört habe mit dem, was er mir gesagt hat, damals, als ich ihn fragte, wie wir diesen Kampf gewinnen sollen, allein, zahlenmäßig unterlegen – gegen die Mogadori, die an Krieg, Zerstörung und Tod ihre wahre Freude haben.

»Es ist das Letzte, was vergeht«, sagt Henri. »Wenn du die Hoffnung verloren hast, hast du alles verloren. Und wenn du glaubst, alles sei verloren, wenn alles entsetzlich und trostlos ist – gibt es immer noch Hoffnung.«

Ich nicke. »Ganz genau.«

31

Ein anderes Gebrüll dringt durch die Nachtluft, durch die Mauern der Schule; ein Gebrüll, das mein Blut gefrieren lässt. Der Boden beginnt zu dröhnen unter den stampfenden Schritten der Bestie, die jetzt freigelassen worden ist. Ich habe in den Rückblenden des Krieges auf Lorien mit eigenen Augen gesehen, wie groß sie waren.

»Deinen Freunden und uns zuliebe sollten wir zur Hölle noch mal aus dieser Schule raus, solange das noch geht«, sagt Sechs. »Sie werden auf der Suche nach uns das ganze Gebäude zerstören.«

Wir nicken einander zu.

»Wir müssen in den Wald, das ist unsere einzige Hoffnung«, meint Henri. »Vielleicht können wir fliehen, solange wir unsichtbar sind.«

Sechs nickt. »Haltet nur meine Hände fest.«

Henri und ich gehorchen.

»So leise wir können!«, mahnt Henri.

Der Gang ist dunkel und still. Wir laufen so schnell und leise es uns möglich ist. Wieder Gebrüll, und mittendrin ein weiteres. Wir bleiben wie angewurzelt stehen: Nicht nur ein Monster – es sind zwei! Wir laufen weiter und kommen in die Turnhalle. Von den Scouts ist nichts zu sehen. Plötzlich bleibt Henri stehen. Ich schaue hinüber, doch es ist zu dunkel, ich erkenne ihn nicht.

»Warum bleiben wir stehen?«, flüstere ich.

»Pst! Hört nur.«

Ich strenge mich an, kann aber nichts als das gleichmäßige Blutsummen in meinen Ohren vernehmen.

»Die Bestien bewegen sich nicht mehr«, sagt Henri.

»Na und?«

»Pst! Dort draußen ist noch was anderes.«

Und dann höre ich es auch: ein hohes, schrilles Piepsen, wie von kleinen Tieren. Diese Töne sind unterdrückt, werden aber lauter.

»Was zum Teufel?!«

Etwas schlägt an die Bühnenluke, durch die wir fliehen wollten.

»Leuchte!«, sagt Henri.

Ich lasse die Hand von Sechs los, leuchte und richte das Licht auf die Bühne. Henri blickt an seinem Gewehrlauf entlang. Die Lukensperre bewegt sich, als wolle sich jemand durchzwängen, sei aber nicht stark genug dafür. *Die Wiesel!*, denke ich. *Die kleinen Geschöpfe mit den stämmigen Körpern, vor denen sich die Typen in Athens so gefürchtet haben.* Eines von ihnen schlägt nun so fest auf die Luke, dass der Rahmen herausbricht und auf den Boden klappert. Zwei der kleinen Tiere drücken sich durch, und sowie sie uns sehen, rasen sie so schnell auf uns zu, dass ich sie kaum erkennen kann. Henri richtet mit einem leichten Grinsen das Gewehr auf sie. Sie trennen sich, und beide springen aus etwa sechs Metern Entfernung auf uns zu, eins zu Henri, eins zu mir. Henri feuert einmal, das Wiesel wird zerrissen und bedeckt ihn mit Blut und Eingeweiden. Und gerade als ich kurz davor bin, das zweite mit Telekinese auseinanderzureißen, wird es mitten in der Luft von unsichtbaren Händen gepackt und auf den Boden getreten wie ein Football. Es ist auf der Stelle tot.

Henri lädt das Gewehr nach. »Das war nicht weiter schlimm«, meint er – da wird die ganze Bühnenwand von der

Klaue einer Bestie eingeschlagen. Das Monster zieht sie zurück, schlägt wieder zu, zerschmettert die Bühne in tausend Stücke und gibt den Blick auf den Nachthimmel frei. Die Wucht stößt Henri und mich zurück.

»Lauft!«, brüllt Henri und schießt eine Kugelsalve in die Bestie. Das Monster bleibt unberührt. Es beugt sich vor und brüllt so laut, dass meine Jeans und T-Shirt flattern. Eine Hand packt mich und macht mich unsichtbar. Nun stürzt die Bestie direkt auf Henri zu und entsetzt brülle ich: »Nein! Zu Henri! Lauf zu Henri!« Ich winde mich unter dem Griff von Sechs, packe sie schließlich und stoße sie weg. Ich werde sichtbar, sie bleibt verborgen. Das Monster nähert sich immer noch Henri, der ihm kühn entgegenblickt. Ohne Kugeln. Ohne Chance. »Zu Henri!«, schreie ich wieder. »Zu ihm, Sechs!«

»Hau ab in den Wald!«, schreit sie zurück.

Ich kann nur zusehen. Das Monster muss zehn Meter hoch sein, vielleicht mehr, es türmt sich über Henri auf und brüllt, in seinen Augen ist nichts als Zorn. Die muskulöse, pralle Klaue streckt es so hoch, dass sie direkt durch die Sparren und das Dach der Schulturnhalle stößt. Und dann rast diese Klaue so schnell hinunter, dass sie verschwimmt wie die Speichen eines sich drehenden Rads. Ich stöhne auf vor Entsetzen, ich weiß, dass Henri gleich zerschmettert wird. Aber ich kann nicht wegschauen. Henri wirkt winzig, wie er dort steht, das Gewehr an der Seite. Und gerade in dem Moment, als die Klaue exakt über ihm ist, verschwindet Henri. Die Pranke birst durch den Boden, das Holz splittert, der Einschlag lässt mich in die drei Meter entfernte Sprossenwand krachen. Die Bestie wendet sich mir zu und nimmt mir die Sicht auf die Stelle, wo Henri gerade noch gestanden hat.

»Henri!«, schreie ich. Doch das Gebrüll des Monsters ist so laut, dass jede mögliche Antwort übertönt wird. Es macht einen

Schritt auf mich zu. *In den Wald*, hatte Sechs gesagt. *Hau ab in den Wald.* Ich stehe auf und sprinte dahin, wo die Bühnenwand war, die das Monster durchbrochen hat. Es folgt mir nicht. Vielleicht hat Sechs es abgelenkt. Ich weiß nur, dass ich jetzt auf mich allein gestellt bin.

Ich springe über einen Schutthaufen und renne weg von der Schule, zum Wald. Schatten umschwärmen mich, sie folgen mir wie niederträchtige Gespenster. Ich weiß, dass ich schneller laufen kann als sie. Die Bestie brüllt wieder, eine weitere Mauer scheint zusammenzubrechen. Ich erreiche die Bäume, und die wuseligen Schatten sind offenbar verschwunden.

Ich bleibe stehen und horche. Die Bäume schwanken unter einem leichten Wind. Ich bin davongekommen! Etwas Warmes sammelt sich unter meinem Hosenbund – die Wunde auf dem Rücken, die ich mir beim Brand von Marks Haus geholt habe, ist wieder geöffnet.

Die Turnhalle ist nur noch ein einziger Steinhaufen. Der Schatten der Bestie fällt auf den Schutt dessen, was mal die Cafeteria war. Warum hat sie mich nicht verfolgt? Und wo ist das zweite Monster, das wir alle gehört haben? Und wieder fällt die Pranke der Bestie herab, ein weiterer Raum ist vernichtet.

Irgendwo dort sind Mark und Sarah! Ich habe ihnen gesagt, sie sollen zurückgehen. Wie dumm ich bin! Ich habe nicht geahnt, dass die Bestie die Schule zerstören würde, sobald sie weiß, dass ich nicht mehr drin bin. Ich muss sie weglocken! Während ich noch überlege, meine Kräfte sammle und gerade den ersten Schritt machen will, trifft mich etwas am Hinterkopf. Ich falle mit dem Gesicht voraus in den Schlamm. Als ich den Hinterkopf betaste, läuft mir Blut über die Hand. Zuerst erkenne ich nichts hinter mir. Dann tritt jemand aus dem Schatten und grinst.

Ein Fighter. Er ist größer als die Scouts – zwei, vielleicht zweieinhalb Meter groß, die Muskeln wölben sich unter einem schwarzen, zerfetzten Umhang. Dicke Adern treten an den Armen hervor. Schwarze Stiefel. Weder Mütze noch Helm, die Haare fallen auf die Schultern. Die gleiche fahle, wächserne Haut wie die Scouts. Ein selbstsicheres Grinsen. In einer Hand trägt er ein langes, schimmerndes Schwert aus einem Metall, das ich weder auf der Erde noch in meinen Visionen von Lorien je gesehen habe, und die Waffe scheint zu pulsieren, als wäre sie lebendig.

Das Blut läuft in meinen Nacken. Das Monster in der Schule stößt wieder ein Gebrüll aus, ich greife nach einem niedrigen Ast und ziehe mich hoch. Der Fighter ist drei Meter entfernt. Ich balle die Fäuste, da bewegt er das Schwert lässig auf mich zu und ein kleiner Dolch schnellt aus der Spitze. Ich sehe, wie der Dolch einen Bogen beschreibt und eine dünne Spur wie einen Kondensstreifen nach sich zieht.

Ein Lichtblitz hüllt alles ins Dunkel, die Welt versinkt in einer geräuschlosen Leere. Keine Mauern. Kein Boden. Keine Decke. Ganz langsam kommen die Umrisse wieder, die Bäume stehen flüsternd da wie Symbole einer alten Welt, einst, in einem anderen Reich, wo nur Schatten wohnen.

Ich strecke die Hand nach dem nächsten Baum aus, dem Einzigen, was grau ist in einer sonst weißen Welt. Meine Hand dringt hindurch, und einen Moment lang schimmert der Baum, als wäre er flüssig. Ich hole tief Luft. Beim Ausatmen kommt der Schmerz zurück aus der Wunde auf meinem Hinterkopf und den Schnitten an Armen und Rumpf vom Brand des James-Hauses. Irgendwo tropft Wasser. Langsam nimmt sechs oder mehr Meter entfernt der Fighter Gestalt an. Er ist so riesig! Wir betrachten einander. Sein Schwert schimmert heller in dieser neuen Welt. Er kneift die Augen zusammen und ich balle wieder die Fäuste. Ich habe schon schwerere Gegenstände gehoben! Ich habe Bäume zersplittert und Zerstörungen angerichtet! Bestimmt kann sich meine Kraft mit seiner messen. Ich presse alles, was ich fühle, in den Kern meiner Existenz, alles, was ich bin, und alles, was ich je sein werde, bis ich das Gefühl habe, gleich zu zerbersten.

»Jaaahhh!«, schreie ich und werfe die Arme vor. Die rohe Gewalt verlässt meinen Körper und rast zu dem Fighter. Zugleich schleudert sie sein Schwert über seinen Körper, als würde sie eine Fliege zerquetschen. Die Kraft biegt ab zu den Bäumen, die kurz tanzen wie Ähren in einem Kornfeld, die sich in einem leichten Wind wiegen. Und dann wieder Stille.

Er lacht. Er lacht mich aus, ein tiefes, kehliges und höhnisches Lachen. Seine roten Augen beginnen zu leuchten, in ihnen wogt es, als wären sie mit Lava gefüllt. Er hebt die freie Hand und ich wappne mich gegen das Unbekannte. Und ohne, dass ich weiß, was geschehen ist, hat er meine Kehle in seinem Griff, die Kluft zwischen uns hat sich geschlossen. Er hebt mich mit einer Hand hoch, wobei er mit offenem Mund schnauft, sodass ich seinen sauer stinkenden Atem riechen muss – den Geruch der Verwesung. Ich wehre mich, versuche seine Finger von meinem Hals zu lösen, aber sie sind wie aus Eisen.

Und dann wirft er mich.

Ich lande fünfzehn Meter entfernt auf meinem Rücken. Sofort stehe ich wieder auf und er greift an, schwingt das Schwert auf meinem Kopf zu, ich weiche aus und stoße ihn, so fest ich kann. Er stolpert zurück, fällt aber nicht. Ich versuche ihn mit Telekinese hochzuheben, doch nichts geschieht. In dieser alternierenden Welt sind meine Kräfte schwächer, fast wirkungslos. Hier ist der Mogadori im Vorteil.

Er grinst über meine vergebliche Anstrengung und stemmt das Schwert mit beiden Händen in die Höhe. Das Schwert wird lebendig, von schimmerndem Silber verändert es sich zu einem Eisblau. Blaue Flammen züngeln über die Klinge. Ein Schwert, das vor Kraft glüht, genau wie Sechs es beschrieben hat. Er schwingt es in meine Richtung und wieder fliegt ein Dolch aus der Spitze direkt auf mich zu. Damit werde ich fertig! All die Trainingsstunden mit Henri im Hof haben mich darauf vorbereitet. Immer die Messer, mehr oder weniger so wie ein Dolch. Hat Henri gewusst, dass die Mogadori sie gebrauchen? Bestimmt, obwohl sie in meinen Visionen von der Invasion nie aufgetaucht sind. Aber auch diese Geschöpfe habe ich noch nie gesehen. Auf Lorien, am Tag der Invasion, wirkten sie kränklich und ausgehungert. Ist die Erde schuld an dieser Erholung, haben die Ressourcen hier sie stärker und gesünder gemacht?

Der Dolch schreit mir seinen Zorn buchstäblich entgegen. Er wächst und wird von Flammen umhüllt. Gerade als ich ihn aus seiner Bahn lenken will, verwandelt er sich in einen kompletten Feuerball, die Flammen stürzen sich auf mich. Ich bin darin gefangen, von einer perfekten Feuerkugel umgeben. Jeder andere würde brennen, lichterloh, aber nicht ich, meine Kraft kehrt im Feuer zurück. Ich kann atmen. Jetzt bin ich an der Reihe, über die vergebliche Anstrengung des Fighters zu grinsen.

»Ist das alles, was du kannst?«, brülle ich.

Er wird zornig. Über die Schulter greift er nach einem kanonenähnlichen Gewehr, das sich im gleichen Augenblick seinem Körper angleicht. Die Waffe wickelt sich um seinen Unterarm und wird eins mit ihm. Ich ziehe das Messer aus der Hosentasche, es ist klein, untauglich, aber besser als nichts. Damit greife ich an, vom Feuerball unterstützt. Der Soldat schlägt mit dem Schwert zu. Ich lenke es mit dem Taschenmesser ab, doch sein Gewicht schlägt meine Klinge entzwei. Ich lasse die Stücke fallen und boxe den Fighter in den Magen. Er krümmt sich, richtet sich aber gleich wieder auf und schwingt erneut das Schwert. In letzter Sekunde ducke ich mich unter der Klinge, sie rasiert die Haare auf meinem Hinterkopf. Gleich nach dem Schwert kommt die Kanone: Sie trifft mich an der Schulter und ich falle stöhnend um. Mein Gegner richtet die Waffe in die Luft.

Zuerst bin ich verwirrt – das Grau zwischen und über den Bäumen wird von dem Gewehr aufgesogen. Dann verstehe ich: Das Gewehr muss geladen werden, bevor es abgefeuert werden kann, es muss die Essenz der Erde aufnehmen, erst dann ist es schießbereit. Das Grau zwischen den Bäumen besteht nicht aus Schatten, nein, es ist das Leben der Bäume auf seiner elementarsten Stufe. Und jetzt wird dieses Leben gestohlen, von den Mogadori verbraucht und zerstört. Eine Alienrasse hat ihres vermeintlichen Fortschritts wegen den eigenen Planeten geplündert und tut nun hier genau das Gleiche. Aus diesem Grund haben die Mogadori Lorien angegriffen! Aus dem gleichen Grund werden sie die Erde angreifen!

Ein Baum nach dem anderen fällt und wird zu einem Aschehaufen. Das Gewehr leuchtet immer heller, so hell, dass es die Augen blendet.

Ich greife an. Der Mogadori richtet das Gewehr senkrecht zum Himmel und schwingt das Schwert. Ich weiche aus und stürze mich auf ihn. Er krümmt sich vor Schmerz – das Feuer um mich herum verbrennt ihn. Schwach schwingt er noch einmal das Schwert, nicht genug, um mich zu verwunden, aber es fällt auf mich, und ich werde wie von einem Blitz getroffen fast zwanzig Meter weit zurückgeschleudert.

Da liege ich, mein Körper zittert in Krämpfen von den Nachwirkungen der Stromschläge. Ungefähr dreißig Aschehaufen umgeben mich. Wie viele Schüsse kann er noch abgeben? Ein leichter Wind kommt auf und die Asche fliegt durch die Luft. Der Mond ist wieder da. Diese Welt beginnt unterzugehen. Der

Mogadori weiß es. Sein Gewehr ist bereit. Ich kämpfe mich hoch. Ein paar Meter entfernt liegt einer der Dolche, die er auf mich geworfen hat, er glänzt noch. Ich hebe ihn auf.

Der Fighter senkt das Gewehr und zielt. Das Weiß, das uns umgeben hat, wird schwächer, Farbe kommt zurück. Und dann feuert das Gewehr einen hellen Lichtblitz, der die schaurigen Gestalten aller umfasst, die ich je gekannt habe – Henri, Sam, Bernie Kosar, Sarah – sie scheinen tot, das Licht ist so hell, dass ich nichts anderes sehen kann, sie wollen mich mitnehmen und rasen voran in einem Ball aus Energie, der wächst, während er näher kommt. Ich versuche ihn umzulenken, er ist zu stark, das Weiß erreicht meine brennende Schutzschicht, und als sich die beiden berühren, wirft mich die Explosion ein Stück weit durch die Luft. Ich lande mit einem dumpfen Schlag, bin aber unverletzt. Der Feuerball ist erloschen. Er hat mir offenbar das Leben gerettet.

So also, überlege ich, funktioniert das Gewehr: der Tod des Baums für den Tod eines Menschen, ein Tod für einen anderen. Gehirnwäsche, Manipulation mithilfe der Angst, möglich durch die Vernichtung der Elemente der Welt. Die Scouts versuchen, das mit geistigen Kräften zu erreichen, die Fighter verlassen sich auf Waffen, die wesentlich wirkungsvoller sind.

Ich bin aufgestanden und habe den glühenden Dolch immer noch in der Hand. Der Fighter zieht an einem Hebel an der Seite des Gewehrs, als wolle er es wieder laden. Ich laufe zu ihm, ziele auf sein Herz und schleudere den Dolch, so fest ich kann. Er feuert. Ein orangefarbenes Geschoss fliegt los, kreuzt sich mitten in der Luft mit dem Dolch, ohne ihn zu berühren, und dann, als ich wieder mit dem Tod rechne, trifft meine Waffe – zuerst.

Ich mache einen Schritt zurück und falle. Die dunkle Gestalt des Fighters steht nicht weit von mir, die Klinge des glühenden

Dolchs ist tief in sein Herz gesunken, der Griff pulsiert orange im Mondlicht. Der Mogadori stolpert, stöhnt, schwarzes Blut dringt aus der Wunde. Seine Augen werden ausdruckslos, er fällt zu Boden, liegt reglos da, dann wird er zu einer Aschewolke, die sich sanft auf meine Schuhe legt.

Ich habe meinen ersten Feind getötet.

Ich lege die Hand an einen Baum, ich will mich anlehnen und Atem holen – doch der Baum ist nicht mehr da. Ich sehe mich um. Alle Bäume hier sind zu Aschehaufen geworden, genau wie die Mogadori, wenn sie sterben.

Da höre ich wieder eine Bestie brüllen. Ich blicke auf, will sehen, wie viel von der Schule noch steht. Doch statt des Gebäudes drängt sich ein Fighter in mein Blickfeld, in einer Hand hält er ein Schwert, in der anderen ein ähnliches Gewehr wie das des Toten. Das Gewehr, bereits geladen und glühend vor Energie, ist auf mich gerichtet. Ich bezweifle, ob ich die Kraft habe, mich zu wehren.

Es gibt nichts, was ich werfen kann, und die Kluft zwischen uns ist zu groß, um ihn anzugreifen, bevor er schießt. Doch dann zuckt sein Arm, ein Schuss knallt durch die Luft, aber ich bleibe unverletzt. Verwirrt schaue ich auf und sehe ein Loch, so groß wie ein Centstück, in der Stirn des Soldaten, daraus quillt Blut. Dann fällt der Mogadori und löst sich auf.

»Das ist für meinen Dad!«, höre ich hinter mir. Sam hält eine silbrige Pistole in der Hand, die er jetzt senkt. »Sie sind mitten durch die Stadt gekommen. Ich habe sie erkannt, sowie ich den Anhänger gesehen habe.«

Ich starre ihn verwirrt an. Gerade noch war er im Schuss des ersten Fighters ein gespenstischer Leichnam aus der Hölle, der mich mitnehmen wollte. Und jetzt hat er mich gerade gerettet.

»Ist alles okay mit dir?«

Ich nicke. »Woher kommst du denn jetzt?!«

»Ich bin ihnen im Truck meines Dads gefolgt, war vor fünfzehn Minuten hier und habe alle gesehen, die hier herumwimmeln. Da habe ich lieber eine Meile entfernt geparkt und bin durch den Wald gelaufen.«

Die zweiten Scheinwerfer, die wir von der Schule aus bemerkt haben, kamen also von Sams Truck!

Ein Donnerschlag knallt durch die Nacht, ein neues Gewitter kündigt sich an und ich bin erleichtert – Sechs lebt noch. Ein Blitz fährt über den Himmel, Wolken brauen sich aus allen Richtungen zusammen und vereinen sich zu einer schwarzen Masse. Es wird noch dunkler, dann fällt schlagartig ein so starker Regen, dass ich Mühe habe, Sam in zwei Metern Entfernung noch zu erkennen. Die Schule wird vom Regen verschluckt. Doch dann schlägt ein heller Blitz und in dem Licht erkenne ich kurz, dass die Bestie getroffen ist. Ein entsetzliches Gebrüll folgt.

»Ich muss zur Schule!«, rufe ich. »Mark und Sarah sind noch drin.«

»Ich komme mit!«, schreit Sam über das Rumpeln des Donners zurück.

Wir sind kaum fünf Schritt gegangen, da kommt Wind auf. Heulend treibt er uns zurück, Regen wie aus Kübeln sticht uns ins Gesicht. Aber auch wenn ich jetzt zittere vor Kälte – ich weiß, dass ich lebe. Sam fällt auf ein Knie, dann liegt er auf dem Bauch und versucht, nicht zurückgeblasen zu werden. Ich tue es ihm nach. Durch zusammengekniffene Augen blinzele ich in die schweren, dunklen Wolken, die in kleinen Kreisen wirbeln. Und in der Mitte dieses Kreises scheint sich ein Gesicht zu bilden.

Es ist ein altes, verwittertes, bärtiges Gesicht, offenbar das eines Schlafenden. Die Wolken senken sich, langsam kommen sie näher und umhüllen und verdunkeln alles. Die Finsternis ist so tief und undurchdringlich, dass man sich eine Sonne irgendwo kaum vorstellen kann. Wieder ein Gebrüll voll Groll und Unheil. Ich versuche aufzustehen, werde aber schnell zurückgeworfen, der Wind ist zu stark. Wieder das Gesicht, es erwacht, die Augen öffnen sich, eine Grimasse des Zorns, der Rache entsteht. Es nähert sich rasch, der Mund – die Lippen ziehen sich von den Zähnen zurück, der Blick spricht von reiner Bösartigkeit, von größtem Zorn.

Dann geschieht wieder zu viel auf einmal: Das Gesicht sinkt herunter, eine Schallwelle erschüttert den Boden, im Licht einer Explosion erstrahlt die Schule rot, orange und gelb. Bäume brechen entzwei. Ich werde zurückgeworfen, Äste und Schlamm fallen auf mich, in meinen Ohren schrillt es. Ein Knall, so laut, dass er fünfzig Meilen weit noch vernommen werden müsste …

Und dann hört der Regen auf und alles ist still.

Ich liege im Schlamm und höre nur meinen eigenen Herzschlag. Die Wolken lösen sich auf, der Mond ist wieder zu sehen. Kein einziger Windhauch. Ich suche vergeblich nach Sam, rufe ihn, bekomme keine Antwort. Ich sehne mich danach, irgendetwas zu hören, ein weiteres Gebrüll, Henris Gewehr, irgendwas – aber da ist nichts.

Dann laufe ich zum zweiten Mal aus dem Wald hinaus, wische mir Schmutz und Laub aus dem Gesicht, so gut es geht. Die Sterne sind zurück, eine Million Sterne, sie blinken am Nachthimmel. Ist alles vorbei? Oder ist das nur eine Atempause? Ich muss in die Schule! Ich laufe weiter, und da höre ich es: wieder Gebrüll. Es kommt aus dem Wald hinter mir.

Die Geräusche kehren zurück. Drei Schüsse hallen durch die Nacht; ich hoffe, dass sie aus Henris Gewehr kommen, dass er noch lebt, noch kämpft.

Die Erde bebt, die Bestie ist auf dem Weg, kommt auf mich

zu, hinter mir fallen Bäume um, werden entwurzelt. Sie scheinen das Vieh kein bisschen aufzuhalten. Ist es noch größer als das andere? Ich lasse es nicht drauf ankommen, dies herauszufinden, sondern renne Richtung Schule – aber dann fällt mir ein, dass ich damit die anderen gefährde: Sarah und Mark sind hoffentlich noch dort, verstecken sich.

Alles wird, wie es vor dem Gewitter war: die Schatten folgen, Scouts, Fighter. Ich spurte zum Footballplatz, die Bestie hinter mir. Werde ich sie abhängen können? Wenn ich es bis zu dem Wald hinter dem Platz schaffe, könnte es vielleicht klappen. Ich kenne diesen Wald wie meine Westentasche, er führt zu unserem Haus. Heimvorteil. Ich schaue mich um, Mogadori sind auf dem Schulhof, zu viele. Sie sind in der Überzahl. Haben wir wirklich geglaubt, wir könnten gegen sie gewinnen?

Ein Dolch fliegt an mir vorbei, um Zentimeter verfehlt er mein Gesicht, bleibt im Stamm eines Baums neben mir stecken und lässt ihn in Flammen aufgehen. Wieder Gebrüll. Die Bestie gewinnt an Geschwindigkeit. Wer von uns hat mehr Ausdauer? Ich laufe ins Stadion, spurte über die Fifty-Yard-Linie und durch die Seite der auswärtigen Mannschaft. Ein weiteres Messer zischt vorbei, diesmal ist es blau. Der Wald ist nah, endlich erreiche ich ihn. Da jagt der dritte Dolch durch die Luft – und trifft. Strike.

Ich schreie auf und falle mit dem Gesicht in den Schlamm. Der Dolch zwischen meinen Schulterblättern verursacht einen heftigen, lähmenden Schmerz. Ich versuche ihn herauszuziehen, aber er steckt zu hoch und scheint sich immer tiefer zu graben. Der Schmerz breitet sich aus, als wäre ich vergiftet. Auch mit Telekinese kann ich mich von der Waffe nicht befreien, meine Kräfte versagen. Ich krieche vorwärts. Einer der Fighter – vielleicht auch ein Scout – stellt den Fuß auf meinen Rücken und zieht den Dolch heraus. Ich stöhne. Der Schmerz bleibt. Der

Mann nimmt den Fuß weg und ich drehe mich mühsam auf den Rücken, damit ich ihn sehen kann.

Wieder ein Fighter, groß und breit steht er da, grinst voller Hass und dreht den Dolch in den Händen. Das ist es, was ich gespürt habe, das Drehen der Klinge in meinem Fleisch. Ich bewege meine Hand in seine Richtung, aber vergeblich, ich kann nicht fokussieren, alles ist verschwommen.

Er hebt sein Schwert. Die Klinge schmeckt den Tod, glänzt im Nachthimmel dahinter. *Das war's. Nichts, was ich noch tun könnte.* Ich blicke ihm in die Augen. Zehn Jahre Verfolgung, und so einfach endet es, so ruhig.

Doch hinter dem Mann lauert etwas anderes, etwas Bösartigeres als eine Million Soldaten mit einer Million Schwertern. Die Zähne sind so lang wie der Fighter groß ist, sie leuchten weiß in einem Maul, das zu klein für sie ist. Die Bestie mit ihren teuflischen Augen richtet sich über uns auf.

Die Luft bleibt mir in der Kehle stecken, entsetzt reiße ich die Augen auf. Das Monster wird uns beide umbringen! Der Soldat bemerkt gar nichts. Er hebt sein Schwert und will gerade zustoßen … doch er ist zu langsam, die Bestie schlägt zuerst zu. Ihre Kiefer schließen sich wie eine Bärenfalle. Der Biss hört nicht auf, bis die Zähne des Monsters zusammenkommen und der Körper des Soldaten unterhalb der Hüften entzweigeschnitten ist. Zwei Stümpfe stehen noch dort. Das Monster kaut zweimal und schluckt. Die Beine des Soldaten fallen mit dumpfem Schlag auf den Boden und lösen sich rasch auf.

Mit letzter Kraft greife ich nach dem Dolch, der mir vor die Füße gefallen ist. Ich stecke ihn in den Hosenbund und krieche davon. Dabei spüre ich das Monster über mir, spüre seinen Atem in meinem Nacken. Der Geruch nach Tod und vergammeltem Fleisch ist übermächtig. Ich krieche auf eine kleine Lichtung, jeden Moment erwarte ich die Zähne des Monsters in meinem Nacken, jede Sekunde können sie fallen, seine Klauen mich in Stücke reißen. Ich ziehe mich voran, bis ich nicht mehr kann und lehne mich mit dem Rücken an eine Eiche.

Die Bestie steht mitten auf der Lichtung, ungefähr zehn Meter von mir entfernt. Zum ersten Mal betrachte ich die unheimliche Gestalt in der dunklen, kalten Nacht genauer. Sie ist größer und breiter als das Monster an der Schule, bestimmt zwölf Meter hoch, aufrecht auf den beiden Hinterbeinen. Dicke graue Haut spannt sich über prallen Muskeln. Kein Hals, der Kopf fällt nach hinten ab, sodass der Unterkiefer weiter vorsteht als der Oberkiefer. Ein Satz Fänge deutet zum Himmel, vom anderen tropfen Blut und Speichel auf die Erde. Auch wenn das Monster aufrecht steht, enden seine langen, dicken Arme etwa einen halben Meter über dem Boden und vermitteln den Eindruck, es würde sich leicht nach vorne lehnen. Es hat gelbe Augen, und runde Scheiben an den Kopfseiten pulsieren mit dem Herzschlag – immerhin ein Beweis, dass es ein Herz hat.

Es beugt sich vor und legt die linke Hand auf den Boden, eine Hand mit kurzen Wurstfingern, die Klauen erinnern an einen Raubvogel und können sicherlich alles, was sie berühren, zerreißen. Die Bestie schnuppert an mir und brüllt ohrenbetäubend. Sie öffnet das Maul und zeigt etwa fünfzig scharfe Zähne. Die freie Hand greift vor und zersplittert zehn, fünfzehn Bäume in der Nähe.

Kein Rennen mehr, kein Kämpfen. Blut von der Dolchwunde läuft mir über den Rücken, Hände und Beine zittern. Der Dolch steckt noch in meinem Hosenbund, aber wozu nach ihm greifen? Was kann eine Klinge von zehn Zentimetern gegen ein zwölf Meter großes Monster schon ausrichten? Sie wäre so wirksam wie ein Splitter, würde das Untier nur noch wütender machen. Vielleicht verblute ich, bevor es mich tötet und auffrisst, das ist meine einzige Hoffnung.

Ich schließe die Augen und akzeptiere den Tod. Meine Lichter sind aus. Ich will nicht sehen, was geschieht.

Aber dann nehme ich eine Bewegung hinter mir wahr und öffne nun doch die Augen. Einer der Mogadori will vielleicht mehr sehen und kommt näher. Aber an diesem tapsig-hüpfenden Laufen ist etwas Bekanntes, genau wie in diesem Hecheln. Und dann kommt er auf die Lichtung.

Bernie Kosar.

Ich lächele, doch mein Lächeln erstirbt sehr schnell wieder. Wenn ich verloren bin, muss er nicht auch noch sterben. *Bernie Kosar, du kannst hier nicht bleiben. Du musst fort und du musst laufen wie der Wind, so weit weg wie möglich. Lauf nach Hause, lauf, lauf, Bernie Kosar!*

Er sieht mich an, als er näher kommt. *Ich bin hier*, scheint er zu sagen. *Ich bin hier und ich werde bei dir bleiben.*

»Nein!«, sage ich laut.

Er leckt beruhigend meine Hand und sieht mich mit seinen großen braunen Augen an. *Lauf weg, John!*, höre ich. *Krieche, wenn du musst, aber hau jetzt ab.*

Der Blutverlust hat offenbar zu Wahnvorstellungen geführt. Bernie scheint mit mir zu kommunizieren. Ist Bernie eigentlich tatsächlich hier oder bilde ich mir auch das ein?

Er steht vor mir wie ein Wächter. Er fängt an zu knurren, zuerst leise, dann wächst sein Knurren zu einem wilden Gebrüll, dem des Monsters ebenbürtig. Die Bestie fixiert Bernie Kosar mit einem Blick, der töten oder wenigstens wehrlos machen soll. Bernie Kosars Rückenfell sträubt sich, er legt die Ohren an. Seine Treue, sein Mut lassen mir die Tränen in die Augen schießen. Er ist hundertmal kleiner als die Bestie, doch er hält ihr stand, zum Kampf bereit. Ein schneller Schlag von dem Monster – und alles wäre vorbei.

Ich strecke die Hand nach Bernie Kosar aus. Wenn ich nur

aufstehen und mit ihm weglaufen könnte! Er knurrt so heftig, dass er am ganzen Körper, mit jedem einzelnen Haar seines Fells zittert.

Und dann …

… fängt Bernie Kosar an zu wachsen.

32

Und jetzt erst, nach all der Zeit, fällt es mir wie Schuppen von den Augen: Die morgendlichen Läufe, wenn Bernie Kosar bei meinem Tempo nicht mithalten konnte, im Wald verschwand und Sekunden später vor mir auftauchte ... Sechs hatte versucht, es mir zu sagen. Sechs wusste nach einem Blick auf ihn Bescheid. Bei diesen Läufen verschwand er im Wald, um sich in einen Vogel zu verwandeln. Wie er jeden Morgen hinauslief, mit der Nase auf dem Boden den Hof absuchte. Um mich und Henri zu beschützen, auf Anzeichen der Mogadori zu achten. Der Gecko in Florida. Der Gecko, der mich von der Wand aus beim Frühstücken beobachtete – wie lange war er bei uns gewesen? Die Schimären, die in die Rakete geladen wurden. Hatten sie es doch bis zur Erde geschafft?

Bernie Kosar wächst weiter. Er sagt mir, ich soll rennen. Ich kann mit ihm kommunizieren. Nein, das ist noch nicht alles – ich kann mich mit *allen* Tieren verständigen. Noch ein Erbe. Es fing mit dem Reh in Florida an, am Tag unserer Abreise. Das Schaudern auf meinem Rücken, als es mir irgendetwas mitteilen wollte, ein Gefühl vermittelte. Ich hielt das für Abschiedsschmerz, aber ich irrte mich. Die Hunde von Mark James. Die Kühe, an denen ich morgens vorbeilief. Ich komme mir so dumm vor, dass ich es erst jetzt begreife. Alles ist so offensichtlich. Wieder muss ich Henri zitieren: Das Offensichtlichste wird am wahrscheinlichsten übersehen. Aber Henri wusste Bescheid. Deshalb sagte er Nein, als Sechs mich aufklären wollte.

Bernie Kosar ist fertig: Statt des Fells hat er jetzt rechteckige Schuppen. Er sieht aus wie ein Drache ohne Flügel. Sein Körper ist unglaublich muskulös. Gezackte Zähne und Krallen, Hörner, wie ein Widder sie hat. Dicker als die Bestie, aber wesentlich kürzer, doch mit ebenso bösartiger, gefährlicher Wirkung. Zwei Giganten auf gegenüberliegenden Seiten der Lichtung brüllen einander an.

Lauf!, sagt er mir. Ich versuche ihm mitzuteilen, dass ich nicht kann. *Doch, du kannst*, kommt die Antwort. *Du musst!*

Das Monster schlägt zu. Der Schlag beginnt in den Wolken und fällt voller Brutalität hernieder. Bernie Kosar hält ihn mit den Hörnern auf und greift an, bevor das Biest wieder zuschlagen kann. Ein kolossaler Zusammenstoß mitten auf der Lichtung. Bernie Kosar stößt hoch und senkt seine Zähne in die Seite des Monsters. Die Bestie stößt ihn zurück. Beide sind so schnell, dass es jeder Logik entbehrt. An einen Baum gelehnt sehe ich zu und versuche zu helfen, doch meine Telekinese lässt mich im Stich. Blut läuft mir immer noch über den Rücken, meine Glieder sind bleischwer, ich habe das Gefühl, immer mehr abzuschlaffen.

Das Monster steht noch aufrecht auf zwei Beinen, während Bernie Kosar auf allen vieren kämpfen muss. Das Ungeheuer greift an. Bernie Kosar senkt den Kopf, sie prallen zusammen und krachen durch die Bäume rechts von mir. Das Biest landet auf Bernie Kosar und senkt die Zähne tief in dessen Kehle. Bernie Kosar windet sich, kann sich aber nicht befreien. Er reißt mit den Pfoten am Fell der Bestie, doch sie lässt ihn nicht los.

Dann packt von hinten eine Hand meinen Arm. Vergeblich versuche ich sie wegzustoßen. Bernie Kosar hat die Augen geschlossen und kämpft unter den Kiefern des Monsters, doch seine Kehle ist eingeschnürt, er kann nicht atmen.

»Nein!«, schreie ich.

»Komm schon!«, ruft die Stimme hinter mir. »Wir müssen hier weg.«

»Der Hund!«, sage ich und verstehe nicht, wessen Stimme mit mir spricht. »Der Hund!«

Bernie Kosar wird gebissen und gewürgt, er wird gleich sterben, und ich kann nichts für ihn tun! Ich schreie auf. Bernie Kosar dreht den Kopf und schaut mich an, das Gesicht schmerzverzerrt, in ihm spiegelt sich der nahekommende Tod. *Geh*, sagt er zu mir. *Geh fort von hier, solange du kannst. Dir bleibt nicht viel Zeit.*

Ich taumle hoch, alles um mich herum ist verschwommen. Nur Bernie Kosars Augen bleiben klar und schreien: ›Hilfe!‹, während seine Gedanken etwas anderes sagen.

»Wir müssen los!«, brüllt die Stimme. Jetzt weiß ich, zu wem sie gehört: Es ist Mark James, er versteckt sich nicht länger in der Schule, er versucht mich aus diesem Kampf zu retten. Das muss bedeuten, dass auch Sarah in Sicherheit ist. Einen kurzen Moment erlaube ich mir das Gefühl der Erleichterung – doch es geht so schnell, wie es gekommen ist. In diesem Augenblick zählt nur eins. Bernie Kosar schaut mich mit glasigen Augen an. Er hat mich gerettet. Nun ist es an mir, ihn zu retten.

Mark fängt an, mich wegzuzerren, von der Lichtung fort, fort von dem Kampf. Ich winde mich frei. Bernie Kosar schließt langsam die Augen. Er verliert das Bewusstsein. *Ich will dich zur Hölle noch mal nicht sterben sehen*, sage ich ihm. *Ich bin gewillt, einige Dinge auf dieser Welt zu dulden, doch wenn ich dir beim Sterben zusehen muss, will ich verdammt sein.* Keine Antwort. Die Bestie verbeißt sich tiefer in ihm. Ich fühle, dass sein Tod nah ist.

Ich mache einen unsicheren Schritt und ziehe den Dolch aus meinem Hosenbund. Ich umklammere den Griff; er wird lebendig und fängt an zu glühen. Ich werde die Bestie nicht treffen, wenn ich den Dolch werfe, und mein Erbe steht mir jetzt nicht bei. Ich habe keine Wahl, ich muss angreifen.

Zitternd hole ich Luft, spanne jeden schmerzenden Muskel an, den Schmerz der Erschöpfung, kein Zentimeter in meinem Körper, der nicht wehtut.

»Nein!«, schreit Mark hinter mir.

Ich stürze vor. Das Monster hat die Augen geschlossen, die Kiefer fest um Bernie Kosars Kehle geschlossen, das Mondlicht spiegelt sich in den Blutpfützen ringsherum. Noch ein paar Meter. Sowie ich springe, öffnet die Bestie die gelben Augen, die sich zornig verdrehen, sobald sie sich auf mich konzentrieren. Ich segle durch die Luft auf die Kämpfenden zu, den Dolch in beiden Händen hoch über meinem Kopf, wie in einem heroischen Traum, aus dem ich nie wieder aufwachen will. Das Monster lässt Bernie Kosars Kehle los und will auf mich los, aber die Klinge des Dolchs glüht erwartungsvoll und ich stoße sie tief in sein Auge. Sofort tritt eine schlickige Flüssigkeit aus. Das Biest stößt einen markerschütternden Schrei aus, der bestimmt Tote wecken könnte.

Ich falle auf den Rücken, hebe den Kopf und sehe, wie das Monster auf mich zutappt. Dabei versucht es vergeblich, den Störenfried aus seinem Auge zu ziehen, doch seine Hände sind zu groß für den kleinen Dolch. Ich werde wohl nie verstehen, wie die Waffen der Mogadori funktionieren, denn jetzt zeigt sich Nachtschwärze wie eine wirbelähnliche Rauchwolke in den Augen des Monsters.

Es hört auf zu schreien, die Wolke dringt nun wohl ins Gehirn und der Dolch wird mitgezogen. Die Arme der Bestie fallen schlaff an den Seiten herunter, ein Zittern befällt die Hände, das bald den ganzen massigen Körper beben lässt. Als diese Zuckungen aufhören, krümmt sich das Monster vornüber und fällt dann zu Boden, den Rücken an den Bäumen. Obwohl es sitzt, ragt es auch jetzt noch mindestens sieben Meter hoch über mir auf. Alles ist still, wie in gespannter Erwartung, was geschehen wird. Einmal wird ein Gewehr so nah abgefeuert, dass der Schuss mir noch nach Sekunden in den Ohren hallt. Das Monster macht einen tiefen Atemzug und hält inne, als würde es meditieren. Plötzlich explodiert sein Kopf und verwandelt sich rasch in Asche und Staub.

In den Wäldern wird es ruhig. Ich schaue zu Bernie Kosar hinüber, der immer noch bewegungslos und mit geschlossenen Augen auf der Seite liegt. Ich vermag nicht zu sagen, ob er tot oder lebendig ist. Während ich ihn betrachte, verwandelt er sich wieder: Er schrumpft zu seiner gewohnten Größe, bleibt aber immer noch leblos. In der Nähe rascheln Blätter, Zweige knacken.

Mit letzter Kraft hebe ich den Kopf ein wenig über die Erde, öffne die Augen und erwarte im nächtlichen Dunkel Mark James zu sehen. Aber nicht er steht da über mir. Ich halte den Atem an. Eine große, im Mondlicht nicht deutlich erkennbare Gestalt macht einen Schritt auf mich zu. Und meine Augen weiten sich vor Erwartung und Angst zugleich.

33

Das neblige Bild wird schärfer. Durch Erschöpfung, Schmerz und Angst dringt große Erleichterung. Henri! Er wirft das Gewehr in die Büsche und kniet sich neben mich. Sein Gesicht ist blutbeschmiert, Hemd und Jeans sind in Fetzen, Schnitte ziehen sich über beide Arme und seinen Hals, seine Augen wirken verängstigt von dem, was er in meinen zu lesen glaubt.

»Ist es vorbei?«, frage ich.

»Schhhh! Hat dich einer ihrer Dolche getroffen?«

»In den Rücken.«

Er schließt die Augen, schüttelt den Kopf, greift in die Tasche und holt einen der kleinen runden Steine hervor, die ich ihn zuvor im Hauswirtschaftsraum aus dem lorienischen Kasten habe herausnehmen sehen. Seine Hände zittern.

»Mach den Mund auf.« Er legt mir den Stein hinein. »Behalte ihn unter der Zunge. Schluck ihn nicht herunter.« Er hebt mich auf und stützt mich weiter mit einem Arm, während ich ins Gleichgewicht komme. Mein Gesicht fühlt sich warm an, der Stein wirkt belebend. Die Glieder tun immer noch weh vor Erschöpfung, aber jetzt fühle ich mich kräftig genug, sie einzusetzen.

»Woraus besteht dieser Stein?«

»Aus lorienischem Salz. Er verlangsamt und betäubt die Wirkung des Dolchs«, antwortet Henri. »Du spürst einen Energieschub, aber er hält nicht lange vor. Wir müssen so schnell wie möglich zur Schule zurück.«

Der Stein ist kalt in meinem Mund und schmeckt nicht nach Salz – er schmeckt nach gar nichts. Ich schaue an mir hinunter und bürste mit den Händen die Aschereste der gefallenen Bestie ab. »Wie geht es den anderen?«

»Sechs ist schwer verletzt«, sagt er. »Sam trägt sie gerade zum Truck zurück, dann fährt er zur Schule und holt uns dort ab. Deshalb müssen wir dorthin.«

»Hast du Sarah gesehen?«

»Nein.«

»Mark James war gerade hier. Ich habe ihn zuerst mit dir verwechselt.«

»Ich habe ihn nicht gesehen.«

Ich schaue an Henri vorbei zu dem Hund und sage: »Bernie Kosar.« Er schrumpft immer noch, die Schuppen verschwinden, dafür bekommt er wieder hellbraunes, schwarzes und braunes Fell und nimmt die Form an, in der er mir noch bis vor Kurzem vertraut war: Schlappohren, kurze Beine, langer Rumpf. Ein Beagle mit kalter, nasser Schnauze, der ständig losrennen will. »Er hat mir gerade das Leben gerettet. Du hast es gewusst, nicht wahr?«

»Natürlich.«

»Warum hast du es mir nicht gesagt?«

»Weil er auf dich aufgepasst hat, wenn ich es nicht konnte.«

»Aber wie ist er hierhergekommen?«

»Er war mit uns im Raumschiff.«

Und da fällt mir das Tier ein, mit dem ich gespielt und das ich für ausgestopft gehalten habe – das war Bernie Kosar, auch wenn er damals Hadley genannt wurde.

Wir gehen beide zu ihm. Ich bücke mich und streiche über Bernie Kosars Flanke.

»Wir müssen uns beeilen«, sagt Henri.

Bernie Kosar regt sich nicht. Der Wald lebt, ist voll umherschwirrende Schatten, die nur eins bedeuten können, aber das ist mir gleichgültig. Ich lege meinen Kopf an den Brustkasten des Hundes und höre ganz schwach seinen Herzschlag. Ein Funke Leben ist immer noch in ihm! Bernie Kosar ist von tiefen Wunden bedeckt, sie bluten. Aber er lebt noch. Ich hebe ihn so vorsichtig wie möglich auf und halte ihn in den Armen wie ein kleines Kind. Henri hilft mir auf, dann holt er einen weiteren Salzkiesel aus der Tasche und steckt ihn in den eigenen Mund. Hat er von sich gesprochen, als er sagte, wir hätten nicht viel Zeit? Wir sind beide geschwächt. Und dann sehe ich an Henris Oberschenkel eine Wunde, die dunkelblau durch das Blut ringsherum leuchtet. Ob der Salzkiesel der einzige Grund dafür ist, dass auch er gerade auf zwei Beinen steht?

»Was ist mit dem Gewehr?«

»Ich habe keine Munition mehr.«

Sehr langsam gehen wir von der Lichtung. Bernie Kosar in meinen Armen bewegt sich immer noch nicht, aber ich spüre, dass er noch lebt. Und dann verlassen wir den Wald, wir lassen die herunterhängenden Äste, die Büsche und den Geruch feuchten, faulenden Laubs hinter uns.

»Meinst du, du kannst laufen?«, fragt Henri.

»Nein. Mach ich aber trotzdem.«

Vor uns muss einiges los sein, wir vernehmen Stöhnen und Kettenklirren. Und dann hören wir ein Gebrüll, nicht ganz so bedrohlich wie die anderen, aber laut genug, um ein weiteres Monster anzukündigen.

»Soll das ein Witz sein?«, fragt Henri.

Zweige knacken hinter uns im Wald. Wir fahren herum, sehen aber nichts. Ich lasse meine linke Hand zwischen die Bäume leuchten. Sieben oder acht Soldaten stehen vor dem Wald, und als mein Lichtschein sie trifft, ziehen alle ihre Schwerter, die sofort in verschiedenen Farben erglühen.

»Nein!«, bellt Henri. »Nutze nicht dein Erbe, das schwächt dich jetzt nur.«

Aber es ist zu spät. Ich leuchte zwar nicht mehr, doch Schwindel und Schwäche kommen zurück, dann der Schmerz. Ich halte den Atem an und warte auf den Angriff der Fighter. Noch rühren sie sich nicht. Nur direkt vor uns wird offenbar gekämpft. Dann hören wir Schreie hinter uns. Die leuchtenden Schwerter schwanken vorwärts. Ein zuversichtliches Lachen von einem der Soldaten. Neun Fighter, bewaffnet und unversehrt, gegen drei von uns, die verletzt sind und keine andere Waffe haben als ihren Mut. Das Monster vor uns, die Soldaten hinter uns – das ist jetzt unsere Lage.

Henri wirkt unbeeindruckt. Er holt zwei weitere Kiesel aus der Tasche und reicht mir einen. »Die beiden letzten.« Seine Stimme zittert, als würde das Sprechen ihn sehr anstrengen.

Ich stecke den neuen Kiesel in den Mund und berge ihn unter der Zunge, obwohl da noch ein bisschen vom ersten liegt. Neue Kraft durchströmt mich.

»Was meinst du?«, fragt mich Henri.

Wir sind umstellt. Henri, Bernie Kosar und ich sind die drei letzten. Sechs wurde schwer verletzt von Sam weggebracht. Mark war gerade bei mir, aber jetzt entdecke ich ihn nirgends. Bleibt noch Sarah – ich hoffe inständig, dass sie in der Schule, nur wenige Meter vor uns, in Sicherheit ist.

Ich hole tief Luft und akzeptiere das Unvermeidliche. »Ich glaube nicht, dass es noch irgendeine Rolle spielt, Henri.« Ich sehe ihn an. »Aber die Schule liegt vor uns, und dort wird bald Sam sein.«

Seine Reaktion verblüfft mich: Er lächelt. Dann greift er nach meiner Schulter und drückt sie. Seine Augen sind müde und rot, doch ich lese Erleichterung darin, eine gewisse Ruhe, als wüsste er, dass alles gleich zu Ende ist.

»Wir haben alles getan, was wir konnten. Und was geschehen ist, ist geschehen. Aber ich bin unglaublich stolz auf dich«, sagt er. »Du warst großartig heute. Das habe ich immer gewusst. Nie habe ich daran gezweifelt.«

Ich lasse den Kopf sinken – er soll nicht sehen, dass ich weine – und drücke den Hund. Zum ersten Mal seit ich ihn im Arm habe, gibt er ein schwaches Lebenszeichen von sich: Er hebt den Kopf gerade so weit, dass er meine eine Gesichtsseite lecken kann. Und er vermittelt mir ein einziges Wort, als wäre das alles, was seine Kraft erlaubt: *Mut!*

Ich hebe den Kopf. Henri umarmt mich, und ich schließe die Augen und presse mein Gesicht an seinen Hals. Immer noch zittert er, sein Körper ist erschöpft und schwach unter meinem Griff. Bestimmt ist meiner nicht stärker. *Das war es also*, denke ich. Mit erhobenem Kopf werden wir über den Platz gehen zu dem, was uns dort erwartet. Wenigstens liegt darin eine gewisse Würde.

»Verdammt gut hast du das gemacht«, sagt Henri.

Ich mache die Augen auf und sehe über seine Schulter, dass die Soldaten etwa sechs Meter von uns entfernt stehen geblieben sind. Einer hält einen Dolch, der silbrig und grau pulsiert. Der Fighter wirft ihn in die Luft, fängt ihn wieder auf und schleudert ihn dann auf Henris Rücken. Ich hebe die Hand und wehre ihn ab, er landet kaum einen halben Meter entfernt. Fast sofort verlässt mich meine Kraft, obwohl der Stein in meinem Mund sich erst halb aufgelöst hat.

Henri legt sich meinen freien Arm über die Schulter und stützt mich mit seinem rechten Arm um meine Mitte. So stolpern wir voran. Die Bestie kommt in Sicht, mitten auf dem Footballplatz ragt sie auf. Die Mogadori folgen uns. Vielleicht wollen sie das Monster in Aktion sehen, mitbekommen, wie es tötet. Jeder Schritt wird anstrengender als der vorausgegangene. Mein Herz trommelt in der Brust. Der Tod naht, und davor habe ich Angst. Aber Henri ist da. Und Bernie Kosar. Ich bin nicht allein.

Mehrere Fighter stehen hinter dem Monster. Selbst wenn wir an ihm vorbeikommen könnten, würden wir direkt in die gezogenen Schwerter der Soldaten laufen.

Wir haben keine Wahl. Wir sind am Footballplatz, jeden Augenblick kann die Bestie sich auf uns stürzen. Aber nichts geschieht. Als wir gerade noch drei Meter von ihr entfernt sind, bleiben wir stehen, gegenseitig aufeinander gestützt, um nicht umzukippen.

Dieses Monster ist halb so groß wie das andere, aber immer noch stark genug, um uns ohne große Anstrengung umzubringen. Fahle, fast durchscheinende Haut bedeckt vorstehende Rippen und knotige Gelenke, hellrote Narben ziehen sich über Arme und Seiten. Die Augen wirken weiß und blind. Jetzt verlagert es sein Gewicht, beugt sich vor und schwingt den Kopf tief übers Gras, wohl um zu riechen, was es nicht sehen kann. Es spürt, dass wir vor ihm stehen, und stößt ein tiefes, ächzendes Knurren aus. Und ich spüre nichts von der Wut und Bösartigkeit, die anderen Bestien ausstrahlten, keine Gier nach Blut und Tod. Hier sind Angst und Traurigkeit zu erahnen. Ich öffne mich dafür – und habe Visionen von Folter und Hungersnot. Ich sehe die Bestie eingesperrt, ihr gesamtes Leben auf der Erde, in einer feuchten, düsteren Höhle, wo es immer kalt und dunkel war und sie nachts zitterte, um sich damit ein wenig warm zu halten. Ich sehe, wie die Mogadori die Monster gegeneinanderhetzen und zum Kämpfen zwingen; ein Training, das sie abhärten und bösartig machen sollte.

Henri lässt mich los. Ich kann Bernie Kosar nicht mehr tragen und lege ihn behutsam ins Gras zu meinen Füßen. Seit Minuten habe ich keine Bewegung von ihm gespürt; ich weiß nicht, ob er noch lebt. Ich mache einen Schritt vor und knie nieder. Die Soldaten ringsum brüllen in ihrer unverständlichen Sprache. Offenbar sind sie ungeduldig. Einer schwingt sein Schwert, ein Dolch fliegt an mir vorbei wie ein weißer Blitz, der mein Hemd vor der Brust aufschlitzt. Ich bleibe auf den Knien und blicke zu dem Monster über mir hoch. Eine Waffe wird abgefeuert, das Geschoss segelt über unsere Köpfe – ein Warnschuss, der die Bestie anspornen soll. Sie zittert. Ein zweiter Dolch fliegt durch die Luft und trifft sie am linken Arm unter dem Ellbogen. Sie hebt den Kopf und brüllt vor Schmerz.

Es tut mir so leid, versuche ich ihr zu sagen, *dass du zu einem solchen Leben gezwungen worden bist. Man hat dir Unrecht getan, kein Lebewesen verdient eine solche Behandlung. Du wurdest gezwungen, die Hölle zu ertragen, von deinem Planeten entführt, um in einem Krieg zu kämpfen, der dich nicht betrifft. Du wurdest geschlagen, gefoltert und ausgehungert, und an all dem Schmerz und Leid sind sie schuld. Das erleiden wir beide, uns verbindet das Gleiche, diese Monster tun uns Unrecht.*

Angestrengt versuche ich weiterzugeben, was *ich* gesehen und gefühlt habe. Die Bestie wendet sich nicht ab. Meine Gedanken erreichen sie auf irgendeiner mir nicht verständlichen Ebene. Ich zeige ihr Lorien, den weiten Ozean, die dichten Wälder und grünen Hügel, die Lebewesen, die Lebendigkeit. Tiere trinken aus blauem kaltem Wasser, stolze Menschen verbringen ihre Tage im harmonischen Miteinander. Und dann die Hölle, das Massaker an Männern, Frauen, Kindern. Die Mogadori, kaltblütige Mörder, die alles auf ihrem Weg zerstören, sogar den eigenen Planeten vernichten. Wo soll das enden?! Und dann zeige ich dem Biest Sarah, gebe jede Emotion, die ich mit ihr erlebt habe, weiter, Glück und Seligkeit. Auch den Schmerz, weil ich sie der Mogadori wegen verlassen muss. *Hilf mir!*, bitte ich. *Lass uns dieses Töten und Schlachten beenden. Lass uns gemein-*

sam kämpfen. Ich habe nur noch wenig Kraft, aber wenn du mir beistehst, stehe ich dir bei!

Die Bestie hebt den Kopf zum Himmel und brüllt, ein langes, tiefes Brüllen. Die Mogadori können ahnen, was geschieht, gesehen haben sie genug. Dann beginnen sie zu feuern. Ich schaue hinüber, eine Kanone ist direkt auf mich gerichtet. Der Schuss löst sich und der weiße Tod braust los, doch die Bestie senkt rechtzeitig den mächtigen Kopf und schirmt den Schuss ab. Sie verzerrt das Gesicht vor Schmerz, drückt die Augen fest zu, reißt sie aber fast sofort wieder auf. Diesmal sehe ich den Zorn.

Ich falle mit dem Gesicht voran ins Gras. Etwas hat mich gestreift, aber ich weiß nicht, was es ist. Hinter mir schreit Henri auf vor Schmerz, er wird zehn Meter weit geschleudert, dann liegt er auf dem Rücken, scheint zu qualmen. Was war das, was ihn getroffen hat? Etwas Großes, Tödliches. Furcht und Panik packen mich. *Nicht Henri! Bitte nicht Henri!*

Das Monster schlägt mit aller Kraft um sich, es wirft mehrere Soldaten zu Boden, viele ihrer Schusswaffen bringt es damit zum Schweigen. Wieder brüllt es. Ich schaue auf, die Augen der Bestie sind jetzt rot, sie leuchten vor Wut. Vergeltung! Meuterei! Einmal nur schaut das Biest zu mir, dann läuft es den Soldaten nach. Gewehre feuern wieder los, verstummen aber ebenso schnell. *Bring sie alle um!*, beschwöre ich die Bestie in Gedanken. *Kämpfe nobel und ehrenhaft – und mögest du sie alle umbringen!*

Bernie Kosar liegt reglos im Gras. Henri, zehn Meter entfernt, bewegt sich ebenfalls nicht. Ich krieche sehr langsam, unglaublich mühselig voran zu Henri. Seine Augen sind leicht geöffnet, jeder Atemzug ist ein Kampf. Blut rinnt ihm aus Mund und Nase. Ich nehme ihn in die Arme und ziehe ihn in meinen Schoß. Sein Körper wirkt zerbrechlich und schwach, ich spüre, dass er stirbt. Er öffnet die Augen, blickt mich an, hebt die Hand und legt sie an mein Gesicht. Ich fange an zu weinen.

»Ich bin da«, sage ich.

Er versucht zu lächeln.

»Es tut mir so leid, Henri«, sage ich mit erstickter Stimme. »Es tut mir so leid! Wir hätten abreisen sollen, so wie du es vorgeschlagen hast.«

»Pst. Es ist nicht dein Fehler.«

»Es tut mir so leid.« Ich schluchze.

»Du warst großartig«, flüstert er. »Du warst so großartig. Ich habe immer gewusst, dass du es bist.«

»Wir müssen zur Schule«, murmele ich. »Sam könnte dort sein.«

»Hör mir zu, John. Alles …« Er spricht stockend, mit größter Anstrengung. »… alles, was du wissen musst, ist in dem Kasten. Der Brief.«

»Es ist nicht vorbei. Wir können immer noch gewinnen.«

Ich spüre, wie er sich entfernt. Ich schüttle ihn. Mühsam öffnet er die Augen. Wieder läuft Blut aus seinem Mund. »Hierher zu kommen, nach Paradise, war kein Zufall.« Ich weiß nicht, was er meint. »Lies den Brief.«

»Henri!« Ich wische ihm das Blut vom Kinn.

Er blickt mir tief in die Augen. »Du bist Loriens Vermächtnis, John. Du und die anderen. Die einzige Hoffnung, die der Planet noch hat. Die Geheimnisse …« Ein Hustenanfall unterbricht ihn, noch mehr Blut quillt hervor. Er schließt wieder die Augen. »Der Kasten, John.«

Ich ziehe ihn fester an mich. Sein Körper wird schlaff, die Atemzüge sind so flach, dass sie kaum Luft enthalten können.

»Wir kehren gemeinsam zurück, Henri. Du und ich, das verspreche ich dir.« Ich schließe die Augen.

»Sei stark.« Wieder schüttelt ein Hustenanfall seinen Körper.

Er versucht, trotzdem zu sprechen. »Diesen Krieg … gewinnen … Such die anderen … Sechs … die Kraft von …« Er verstummt.

Ich versuche mit ihm in den Armen aufzustehen, aber ich habe keine Kraft mehr, kann selbst kaum noch atmen. Aus der Ferne höre ich die Bestie brüllen. Kanonen werden immer noch abgefeuert, die Geräusche und Lichter davon dringen über die offene Zuschauertribüne. Doch mit jeder Minute wird weniger geschossen, zum Schluss fällt nur noch ein einziger Schuss, dann ist es still.

Ich lasse Henri in meinen Armen sinken und lege ihm eine Hand ans Gesicht. Vorsichtig heben sich seine Lider und er blickt mich an – ich weiß, zum letzten Mal. Dann, nach einem schwachen Atemzug, schließt er langsam die Augen. »Auf keine Sekunde davon möchte ich verzichten, Kleiner. Nicht um alles in Lorien. Nicht um alles in der ganzen verdammten Welt«, flüstert er, und nach dem letzten Wort weiß ich, dass er gestorben ist. Ich drücke ihn an mich, zittere, weine, verzweifelt, hoffnungslos. Seine Hand rutscht leblos ins Gras. Ich lege seinen Kopf in meine Hand und halte ihn eng an meine Brust gedrückt, ich wiege ihn hin und her und weine, wie ich noch nie zuvor geweint habe. Der Anhänger an meinem Hals glüht ganz kurz blau, wird einen Moment schwer, dann verblasst er wieder.

Ich sitze im Gras und halte Henri in den Armen, während die letzte Kanone verstummt. Der Schmerz verlässt mich, mit der nächtlichen Kälte spüre ich, wie mein Selbst schwindet. Am Himmel leuchten Mond und Sterne. Der Wind trägt ein abgebrochenes Gelächter herbei. Ich drehe den Kopf danach. Durch das Schwindelgefühl hindurch erkenne ich verschwommen einen Scout, fünf Meter von mir entfernt, im langen Trenchcoat, den Hut tief in die Stirn heruntergezogen. Nun lässt er den Mantel fallen und nimmt den Hut ab, sein Kopf ist fahl und haarlos. Er greift in seinen Gürtel und zieht ein Bowiemesser heraus, die Klinge ist mindestens dreißig Zentimeter lang. Ich schließe die Augen, es ist mir egal. Der rasselnde Atem des Scouts kommt näher, drei Meter, anderthalb. Und dann verstummen die Schritte. Der Scout stöhnt und beginnt zu röcheln.

Ich öffne die Augen, der Scout ist so nah, dass ich ihn riechen kann. Das Bowiemesser fällt ihm aus der Hand, und in seiner Brust, dort, wo ich das Herz vermute, ist der Griff eines Metzgermessers zu erkennen, das jetzt herausgezogen wird. Der Scout fällt auf die Knie, stürzt zur Seite und explodiert in einer Aschewolke. Hinter ihm steht Sarah mit Tränen in den Augen, das Messer in der zitternden rechten Hand. Jetzt lässt sie es fallen, läuft zu mir und schlingt die Arme um mich und Henri in meinem Schoß. Ich halte ihn, während mein Kopf zur Seite sinkt und die Welt zu einem Nichts verblasst.

Die Nachwehen des Krieges, die Schule ist zerstört, die Bäume sind gefallen, Aschehaufen bedecken das Gras des Footballplatzes – ich halte Henri immer noch fest in den Armen. Und Sarah hält mich.

34

Bilder flimmern vor meinem inneren Auge, jedes enthält seinen eigenen Schmerz oder seine eigene Freude. Manchmal beides vereint. Vom schlimmsten, einem undurchdringlichen Schwarz, zum schönsten, einem so strahlenden Glück, dass es in den Augen schmerzt, erscheinen und verschwinden sie, als würden sie von einem unsichtbaren Projektor an die Wand geworfen. Eins nach dem andern. Stopp! Vergrößere das. Druck es aus, und, verdammt noch mal, das musst du immer wieder ansehen. Henri hat immer gesagt: Der Preis der Erinnerung ist die Erinnerung an den Kummer, den sie enthält.

Es ist ein warmer Sommertag. Die Sonne steht hoch am wolkenlosen Himmel, eine Brise weht vom Wasser herüber und trägt die Frische des Meeres mit sich. Ein Mann geht auf das Haus zu, er ist jung, frisch rasiert, hat kurzes braunes Haar, leger angezogen. Seine Aktenmappe schiebt er von einer Hand in die andere, auf seiner Stirn schimmert Schweiß. Er klopft an die Tür, Großvater öffnet ihm und er kommt ins Haus. Ich spiele im Hof weiter mit Hadley, der ständig sein Aussehen verändert: mal fliegt er, mal duckt er sich, dann greift er wieder an. Wir ringen miteinander und lachen, bis ich Bauchweh habe. So vergeht der Tag in der unbekümmerten Sorglosigkeit der kindlichen Unschuld.

Nach fünfzehn Minuten, vielleicht weniger, wird die Tür geöffnet und geschlossen. Ich schaue hoch, und da stehen vor mir mein Großvater und dieser Mann.

»Hier ist jemand, den du kennen lernen solltest«, sagt Großvater.

Ich stehe vom Gras auf und klatsche in die Hände, damit der Schmutz abfällt.

»Das ist Brandon«, stellt Großvater den Mann vor. »Er ist dein Cêpan. Weißt du, was das bedeutet?«

Ich schüttle den Kopf. Brandon. So hieß er. Nach all den Jahren erinnere ich mich erst jetzt daran.

»Es bedeutet, dass er von jetzt an viel Zeit mit dir verbringen wird. Ihr beide gehört jetzt zusammen. Ihr seid miteinander verbunden. Verstehst du das?«

Ich nicke, gehe zu dem Mann und strecke ihm die Hand entgegen, wie ich es schon oft bei Erwachsenen gesehen habe. Der Mann lächelt und kniet auf einem Bein nieder. Er nimmt meine kleine Hand in seine rechte und schließt die Finger um sie.

»Ich freue mich, Sie kennen zu lernen, Sir«, sage ich.

Strahlende, freundliche Augen, die Lebensfreude versprühen, blicken in meine, als wollten sie ein Versprechen, eine Bindung anbieten – doch ich bin zu jung, ich weiß nicht, was Versprechen oder Bindung wirklich bedeuten.

Er nickt mir lächelnd zu und legt seine Linke auf seine Rechte, meine winzige Hand ist irgendwo in der Mitte versteckt. »Mein liebes Kind, die Freude ist ganz auf meiner Seite.«

◆◆◆

Unsanft werde aus dem Schlaf gerissen. Ich liege auf dem Rücken, mein Herz rast und ich atme so schwer, als wäre ich gelaufen. Die Augen lasse ich geschlossen, doch die Schatten hinter meinen Lidern und die frische Luft im Raum sagen mir, dass die Sonne gerade aufgegangen sein muss. Der Schmerz kehrt zurück, meine Glieder sind noch schwer. Und mit dem Schmerz einher geht eine andere, sehr viel größere Qual als alle physischen Leiden, die mir je zugefügt werden könnten – die Erinnerung an die vergangenen Stunden.

Ich hole tief Luft, atme aus, eine Träne läuft mir übers Gesicht, ich lasse weiter die Augen geschlossen in der irrationalen Hoffnung, dass der Tag mich nicht sieht, wenn ich ihn nicht sehe, dass die Dinge der Nacht ungeschehen gemacht werden können. Mein Körper erzittert und das leise Weinen wächst zu einem heftigen Weinkrampf an. Ich weiß, dass Henri tot ist und dass alle Hoffnung der Welt das nicht ändern kann.

Dann bewegt sich etwas neben mir; ich spanne mich an und versuche reglos zu bleiben, um nicht entdeckt werden. Eine Hand berührt meine Wange so zart, dass es etwas mit Liebe zu tun haben muss. Ich schlage die Augen auf, gewöhne mich an das Morgenlicht und erkenne die Zimmerdecke eines fremden Raums. Wo bin ich, wie bin ich hierhergekommen? Sarah sitzt neben mir und fährt jetzt mit ihrem Daumen meine Augenbraue nach, beugt sich herunter und küsst mich so zart und anhaltend, dass ich mir wünsche, ich könnte diesen Kuss konservieren und für immer aufbewahren. Dann hebt sie den Kopf. Ich atme tief durch, schließe meinen Augen und küsse sie auf die Stirn.

»Wo sind wir?«, frage ich.

»In einem Hotel dreißig Meilen von Paradise entfernt.«

»Wie bin ich hierhergekommen?«

»Sam hat uns hergefahren.«

»Was ist passiert? Dass du gestern Nacht bei mir warst, weiß ich noch, aber danach nichts mehr. Es kommt mir beinahe wie ein Traum vor.«

»Ich habe mit dir auf dem Sportplatz gewartet, bis Mark gekommen ist und dich zu Sams Truck getragen hat. Ich konnte mich nicht länger versteckt halten, ohne zu wissen, was los war. Und ich hatte das Gefühl, ich könnte dir irgendwie helfen.«

»Was du getan hast«, sage ich. »Du hast mir das Leben gerettet.«

»Ich habe einen Alien getötet«, sagt sie, als hätte sie das immer noch nicht richtig begriffen.

Sie schlingt die Arme um mich und legt die Hand auf meinen Hinterkopf. Ich versuche aufrecht zu sitzen und sie hilft mir dabei, vorsichtig, damit sie die Dolchwunde an meinem Rücken nicht berührt. Ich rutsche auf die Bettkante und betaste die Narben um meinen Knöchel. Immer noch drei. Sechs hat also überlebt. Ich hatte mich schon fast damit abgefunden, den Rest meiner Tage allein zu verbringen, als einsamer Wanderer ohne Heimat, ohne Ziel. Aber ich bin nicht allein. Sechs ist noch da, immer noch bei mir, meine Verbindung zu einer vergangenen Welt.

»Ist mit Sechs alles in Ordnung?«

»Ja. Sie ist mit Dolchen und Gewehren angegriffen worden, aber jetzt scheint sie okay zu sein. Ich glaube, sie hätte nicht überlebt, wenn Sam sie nicht zum Truck getragen hätte.«

»Wo ist sie?«

»Nebenan, mit Sam und Mark.«

Ich stehe auf. Meine Muskeln und Gelenke protestieren, alles ist steif und tut weh. Ich trage ein sauberes T-Shirt und eine Boxershorts. Meine Haut riecht nach Seife. Die Wunden sind gesäubert und verbunden, ein paar genäht.

»Hast du das alles gemacht?«, frage ich Sarah.

»Das meiste. Das Nähen war am schwersten. Die Stiche von Henri auf deinem Kopf haben uns gezeigt, wie so etwas aussehen soll. Sam hat mir dabei geholfen.«

Sarah sitzt auf dem Bett, die Beine hat sie unter sich gezogen. Irgendetwas Kleineres unter der Decke am Fuß des Bettes hat sich gerade bewegt. Sofort muss ich an die Wiesel denken, die durch die Turnhalle gerast sind. Sarah sieht, wohin ich schaue, und lächelt. Auf allen vieren kriecht sie zum Ende des Bettes.

»Da ist jemand, der dir Hallo sagen will.« Vorsichtig zieht sie die Decke hoch – und da liegt er und schnarcht vor sich hin: Bernie Kosar. Am Vorderbein hat er eine Metallschiene, sein Körper ist voller Schnitte und Löcher, die wie meine gesäubert worden sind und schon beginnen zu heilen. Nun öffnet er langsam die roten, müden Augen und lässt den Kopf liegen, doch mit dem Schwanz klopft er ganz schwach auf die Matratze.

»Bernie!« Ich knie vor ihn und lege ihm zärtlich die Hand auf den Kopf. Sein kleiner Körper ist zu einem Ball gerollt, der Kopf liegt auf den Vorderpfoten, die Augen begrüßen mich – von der Schlacht gezeichnet, verwundet und vernarbt, aber immer noch da, um die Geschichte weiter zu erzählen.

»Bernie Kosar, du hast es geschafft! Ich verdanke dir mein Leben.« Ich küsse ihn auf den Kopf.

»Ich habe ihn zum Truck getragen, während Mark dich geschleppt hat.«

»Mark … Tut mir leid, dass ich ihn so falsch eingeschätzt habe«, sage ich.

Sie hebt ein Ohr von Bernie Kosar an. Er dreht den Kopf, schnüffelt an ihrer Hand und leckt sie ab. »Es stimmt also, was Mark behauptet hat?! Dass Bernie Kosar mindestens zehn Meter gewachsen ist und ein Monster getötet hat, das fast doppelt so groß war wie er?«

»*Mindestens* dreimal so groß!«

Bernie Kosar blickt mich an, als wolle er sagen: *Lügner!* Ich zwinkere ihm zu, stehe wieder auf und sage zu Sarah: »Das ist alles so schnell passiert. Wie kommst du damit zurecht?«

»Womit? Dass ich mich unsterblich in einen Außerirdischen verliebt habe, was ich erst vor etwa drei Tagen erfahren habe, und dass ich kurz danach rein zufällig mitten in einen Krieg geraten bin? Klar, das ist ganz okay für mich.«

Ich lache. »Du bist ein Engel.«

»Von wegen. Bloß ein total verknalltes Mädchen.« Sie steht vom Bett auf und umarmt mich. So stehen wir eng umschlungen mitten im Zimmer.

»Du musst wirklich weg, oder?«

Ich nicke.

Sie holt tief Luft und atmet zitternd aus, sie will nicht weinen. In den letzten vierundzwanzig Stunden habe ich mehr Tränen gesehen als in meinem ganzen Leben.

»Ich weiß nicht, wohin du gehen oder was du tun musst, aber ich werde auf dich warten, John. Jede Faser meines Herzens gehört dir, ob du es willst oder nicht.«

Ich ziehe sie fester an mich. »Und mein Herz gehört dir.«

◆◆◆

Ich gehe durchs Zimmer. Auf dem Schreibtisch stehen der lorienische Kasten, drei gepackte Taschen und Henris PC, daneben liegt all das Geld, das er zuletzt abgehoben hat. Sarah muss den Kasten aus dem Hauswirtschaftsraum in der Schule gerettet haben. Ich lege die Hand darauf. Alle Geheimnisse, hat Henri gesagt. Sie alle liegen darin. Irgendwann werde ich den Kasten öffnen und die Geheimnisse entdecken, aber nicht jetzt. Und was hat er damit gemeint, dass wir nicht zufällig nach Paradise gekommen sind?

»Hast du meine Taschen gepackt?«, frage ich Sarah.

»Ja, und das war wohl das Schwerste, was ich je machen musste.«

Als ich eine Tasche anhebe, liegt darunter ein Umschlag mit meinem Namen darauf. »Was ist das denn?«

»Ich weiß es nicht. Ich habe den Umschlag in Henris Zimmer gefunden. Dort waren wir nach der Schule und haben so viel wie möglich eingepackt. Dann sind wir hierhergekommen.«

Ich öffne den Umschlag. Darin liegen alle Dokumente, die Henri für mich gemacht hat: Geburtsurkunden, Personalausweise, Versicherungskarten, Visa und so weiter. Siebzehn verschiedene Identitäten, siebzehn Mal ein anderes Alter. Auf dem ersten Blatt klebt ein Post-it, darauf Henris Schrift: *Für alle Fälle.* Hinter dem letzten Blatt befindet sich ein weiterer versiegelter Umschlag mit meinem Namen. Der Brief, von dem er gesprochen haben muss, bevor er starb. Ich habe nicht die Kraft, ihn jetzt zu lesen.

Ich sehe aus dem Fenster des Hotelzimmers. Leichter Schnee fällt aus tief hängenden grauen Wolken. Er bleibt nicht liegen, der Boden ist zu warm. Sarahs Wagen und der blaue Truck von Sams Vater sind nebeneinander geparkt. Jemand klopft, Sarah öffnet. Sam und Mark kommen ins Zimmer, Sechs hinkt hinter ihnen her.

Sam umarmt mich und sagt, wie leid es ihm tue.

»Danke.«

»Wie geht es dir?«, fragt Sechs. Den Anzug hat sie gegen die Jeans getauscht, die sie trug, als ich sie zum ersten Mal sah, dazu hat sie ein Sweatshirt von Henri an.

Ich zucke die Achseln. »Alles okay. Kaputt und steif. Mein Körper fühlt sich bleischwer an.«

»Das Schweregefühl kommt vom Dolch. Es geht aber allmählich weg.«

»Wie schwer bist du verletzt?«

Sie hebt das Sweatshirt und zeigt mir die Wunde in ihrer Seite, dann eine weitere auf dem Rücken. Insgesamt hat sie drei Stichverletzungen, außerdem verschiedene andere Schnitte und eine tiefe Schusswunde im rechten Oberschenkel, die jetzt mit Mullbinden und Pflaster verbunden und die Ursache für ihr Hinken ist. Sie erklärt, dass es bei unserem Rückzug zu spät für eine Heilung durch den Stein war. Mich erstaunt, dass sie überhaupt noch lebt.

Sam und Mark tragen die gleichen Sachen wie gestern, beide sind verdreckt, blutverschmiert und sehen sterbensmüde aus. Mark steht hinter Sam und tritt unbehaglich von einem Fuß auf den anderen.

»Sam, ich habe schon immer gewusst, dass du ein begnadeter Abschlepper bist.«

Er lacht unsicher. »Bist du okay?«

»Klar, mir geht's gut. Und dir?«

»Alles in Ordnung.«

Ich blicke über seine Schulter zu Mark. »Sarah hat mir erzählt, dass du mich in der Nacht vom Footballplatz getragen hast.«

Mark zuckt die Schultern. »Schön, dass ich helfen konnte.«

»Du hast mir das Leben gerettet, Mark.«

Er sieht mir in die Augen. »Ich glaube, jeder von uns hat in der Nacht jemanden gerettet. Zum Teufel, Sechs hat mich aus drei verschiedenen Situationen befreit. Und du hast am Samstag meine beiden Hunde gerettet. Ich würde sagen, wir sind quitt.«

Ich schaffe es zu lächeln. »Na schön. Ich bin bloß froh, dass du nicht der Blödmann bist, für den ich dich gehalten habe.«

Er grinst schief. »Sagen wir so: Hätte ich gewusst, dass du ein Alien bist und meinen Arsch zu Brei treten kannst, wäre ich von Anfang an ein bisschen netter zu dir gewesen.«

Sechs hinkt durchs Zimmer und betrachtet nachdenklich meine Taschen auf dem Schreibtisch. »Wir sollten wirklich los«, sagt sie dann und sieht mich mit unverhüllter Besorgnis an, die ihr Gesicht weich erscheinen lässt. »Nur eins ist nicht getan. Wir haben nicht gewusst, wie du das haben willst.«

Ich nicke. Ich muss nicht fragen, wovon sie spricht. Ich blicke Sarah an. Es geschieht also viel früher, als ich dachte. Mir wird so übel, dass ich glaube, mich übergeben zu müssen. Sarah greift nach meiner Hand.

»Wo ist er?«

◆◆◆

Der Boden ist feucht vom schmelzenden Schnee. Sarah und ich laufen Hand in Hand schweigend durch den Wald, der etwa eine Meile vom Hotel entfernt liegt. Sam, Mark und Sechs gehen voraus, sie folgen den schlammigen Spuren, die sie vor ein paar Stunden selbst gemacht haben. Vor uns tut sich eine kleine Lichtung auf, in deren Mitte Henri auf einer Holzplatte liegt. Er ist in die graue Decke von seinem Bett gehüllt. Ich gehe zu ihm. Sarah folgt mir und legt mir die Hand auf die Schulter. Die anderen stehen hinter mir. Ich ziehe die Decke von seinem Gesicht. Es ist aschgrau, die Augen sind geschlossen, die Lippen blau von der Kälte. Ich küsse ihn auf die Stirn.

»Was willst du tun, John?«, fragt Sechs. »Wir können ihn begraben, wenn du willst. Oder wir verbrennen ihn und äschern ihn ein.«

»Wie können wir ihn verbrennen?«

»Ich kann ein Feuer entstehen lassen.«

»Du beherrschst also nicht nur das Wetter?«

»Nicht das Wetter. Die Elemente.«

Ich schaue hinauf in ihr sanftes Gesicht, in dem ich Besorgnis lese, aber auch Zeitdruck: Wir müssen fort, bevor Verstärkung für die Mogadori eintrifft.

Ich antworte nicht und drehe mich weg. Dann drücke ich Henri zum letzten Mal an mich, lege mein Gesicht dicht an seines und verliere mich in meiner Trauer.

»Es tut mir so leid, Henri«, flüstere ich in sein Ohr und

schließe die Augen. »Ich liebe dich. Auch ich möchte keine Sekunde unseres gemeinsamen Lebens missen. Ich werde dich zurückbringen. Irgendwie kommst du zurück nach Lorien. Wir haben immer Witze darüber gemacht, aber du warst mein Vater – der beste Vater, den ich mir wünschen konnte. Nie werde ich dich vergessen, nicht eine Minute meines Lebens. Ich liebe dich, Henri. Ich habe dich immer geliebt.«

Ich lasse ihn los, ziehe die Decke wieder über sein Gesicht und lege ihn behutsam auf das Holz. Dann stehe ich auf und umarme Sarah. Sie hält mich, bis ich aufhöre zu weinen. Ich wische die Tränen mit dem Handrücken weg und nicke Sechs zu.

Sam hilft mir, die Zweige und Blätter wegzufegen, dann legen wir Henri auf den Boden, um seine Asche mit nichts anderem zu vermischen. Sam zündet eine Deckenecke an und Sechs lässt das Feuer von dort aus wüten. Wir blicken in die Flammen, in allen Augen stehen Tränen. Selbst Mark weint. Niemand sagt ein Wort. Als die Flammen erlöschen, sammle ich die Asche in eine Kaffeedose, die Mark geistesgegenwärtig vom Hotel mitgebracht hat. In der Sekunde, wo wir irgendwo anhalten, werde ich etwas Würdigeres zum Aufbewahren besorgen. Auf dem Rückweg stelle ich die Dose auf das Armaturenbrett im Wagen von Sams Vater. Es ist ein beruhigender Gedanke, dass Henri noch mit uns fährt, dass er auf die Straßen hinausblickt, wenn wir wieder einmal eine Stadt verlassen – wie wir beide es gemeinsam so oft getan haben.

Wir laden unsere Sachen hinten in den Truck. Neben den Taschen von Sechs und mir hat Sam auch zwei eigene hineingetan. Zuerst bin ich überrascht, aber dann wird mir klar, dass er mit Sechs eine Vereinbarung getroffen haben muss und mit uns kommen wird. Und ich bin froh darüber.

Sarah und ich gehen zurück in das Hotelzimmer. Sowie die Tür geschlossen ist, greift sie nach meiner Hand und zieht mich an sich. »Es bricht mir das Herz«, sagt sie. »Gerade jetzt will ich stark für dich sein, doch der Gedanke, dass du weggehst, bringt mich fast um.«

Ich küsse sie auf den Scheitel. »Mir geht es nicht anders. Sobald ich irgendwo angekommen bin, schreibe ich dir. Und ich rufe dich an, wenn ich weiß, dass es ungefährlich ist.«

Sechs streckt den Kopf ins Zimmer. »Wir müssen wirklich los!«

Ich nicke. Sarah hebt den Kopf und wir küssen uns, mitten im Hotelzimmer. Mein einziger Antreiber ist die Angst, die Mogadori könnten zurück sein, bevor wir weg sind – damit wäre auch Sarah wieder in Gefahr. Ohne diesen Gedanken würde ich zusammenbrechen. Oder für immer hierbleiben.

Bernie Kosar wartet noch am Fuß des Bettes. Er wedelt mit dem Schwanz, als ich ihn vorsichtig hochnehme und ihn nach draußen zum Truck trage. Sechs lässt schon den Motor an. Ich drehe mich noch einmal um und betrachte das Hotel. Schade, dass dies nicht unser Haus ist. Unser Haus, das ich nie wiedersehen werde, unser Haus mit seinen abblätternden hölzernen Schindeln, den zerbrochenen Fenstern, den von Wind und Wetter verzogenen schwarzen Holzverkleidungen. Es sieht aus wie das Paradies, habe ich einmal zu Henri gesagt. Aber das stimmt nicht mehr. Das Paradies ist verloren, Paradise lost.

Ich drehe mich um und nicke Sechs zu. Sie klettert in den Truck, schließt die Tür und wartet.

Sam und Mark schütteln sich die Hände, aber ich höre nicht, was sie einander sagen. Dann steigt auch Sam ein und wartet mit Sechs.

Ich schüttle Mark die Hand. »Ich schulde dir mehr, als ich je zurückzahlen kann.«

»Du schuldest mir gar nichts«, widerspricht Mark.

»Stimmt nicht. Eines Tages.«

Ich spüre, wie ich unter dem Kummer des Abschieds fast zusammenbreche. Mein Entschluss wird nur von einer zerschlissenen Schnur gehalten, die jeden Moment reißen wird.

Ich nicke. »Bis irgendwann, irgendwo.«

»Seid vorsichtig da draußen.«

Ich nehme Sarah in die Arme und drücke sie fest, so fest – nie mehr will ich sie loslassen. »Ich komme zu dir zurück«, flüstere ich. »Das verspreche ich. Und wenn es das Letzte ist, was ich tun kann, komme ich zu dir zurück.«

Sie hat das Gesicht an meinem Hals gedrückt. Jetzt nickt sie. »Ich werde die Minuten zählen, bis du da bist.«

Ein letzter Kuss, dann lasse ich sie los und öffne die Tür vom Truck. Meine Augen können sich nicht von ihren lösen. Sie bedeckt Mund und Nase mit zusammengepressten Händen, auch sie kann nicht wegsehen. Ich schließe die Tür. Sechs fährt rückwärts aus dem Parkplatz, hält an und schaltet. Mark und Sarah sehen uns nach, Sarahs Gesicht ist tränenüberströmt. Ich drehe mich um und schaue aus dem Rückfenster. Dann hebe ich meine Hand zum Winken. Mark winkt zurück, aber Sarah starrt uns nur hinterher. Ich betrachte sie, so lange ich kann, bis sie immer kleiner wird und schließlich als winziger Punkt in der Ferne verschwindet.

Ich drehe mich nach vorn. Die Felder gleiten an uns vorbei. Ich schließe die Augen, stelle mir Sarahs Gesicht vor und lächle. *Wir werden bald schon zusammen sein*, verspreche ich ihr. *Und bis dahin bist du in meinem Herzen und in jedem meiner Gedanken.*

Bernie Kosar hebt den Kopf, legt ihn in meinen Schoß und ich streichle seinen Rücken. Der Truck holpert über die Straße Richtung Süden. Wir vier, zusammen, auf dem Weg in die nächste Stadt. Wo auch immer das sein mag.